MICHAEL BÖCKLER

Tödlicher Tartufo

MICHAEL BÖCKLER

Tödlicher Tartufo

EIN KULINARISCHER FALL
FÜR HIPPOLYT HERMANUS

ROMAN

DROEMER

Die Folie des Schutzumschlags sowie die Einschweißfolie
sind PE-Folien und biologisch abbaubar.
Dieses Buch wurde auf chlor- und säurefreiem Papier gedruckt.

Besuchen Sie uns im Internet:
www.droemer.de

Redaktion: Dr. Gisela Menza
Umschlaggestaltung: ZERO Werbeagentur, München
Umschlagabbildung: FinePic, München
Karte: Achim Norweg, München
Gestaltung und Herstellung: Josef Gall, Geretsried
Satz: Adobe InDesign im Verlag
Druck und Bindung: GGP Media GmbH, Pößneck
Printed in Germany
ISBN 978-3-426-19745-5

2 4 5 3 1

Das Buch ist allen Trüffelliebhabern gewidmet. Unter anderem:

Cheops (Pharao), Pythagoras,
Lucullus, Lucrezia Borgia, Caterina de' Medici,
Alexandre Dumas, Casanova, Madame de Pompadour,
George Sand, Napoléon, Toscanini,
Harry S. Truman, Winston Churchill,
Rita Hayworth, Louis Armstrong,
Marylin Monroe, Alfred Hitchcock, Luciano Pavarotti,
Alain Delon, Giorgio Armani, Sophia Loren
und Gérard Depardieu.

Turin
PIEMONT
Asti
Alba
Genua
Parma
Reggio Emilia
Modena
Bologna
EMILIA-ROMAGNA
Dozza
Florenz
Ligurisches Meer
Livorno
TOSKANA
Siena
Montescudaio
Montalcino
N
W
O
S
0
30
60 km

Prefazione

Seit jeher ranken sich um die Trüffeln Mythen und Legenden. Diese reichen von ihrer mysteriösen Entstehung durch den Blitz des Zeus über ihre angeblich aphrodisierende Wirkung bis hin zum Phänomen, dass die alten Römer zwar keine Gabel kannten, aber sehr wohl den Trüffelhobel. Hinzu kommen die fabulösen Geschichten ihrer geheimnisumwitterten Suche, die Faszination, die von ihren oft exorbitant hohen Preisen ausgeht – und die lukullischen Freuden, die sie zu vermitteln imstande sind. Außerdem scheinen Trüffeln prädestiniert zu sein für kriminelle Machenschaften und Betrügereien. Was zwar bedauerlich ist, aber ein spannendes Umfeld schafft für den aktuellen Fall, mit dem sich Hippolyt Hermanus konfrontiert sieht. Dass die Story mit einer Trüffelsuche beginnt, versteht sich beim Titel des Romans fast von selbst …

Hippolyt Hermanus, der sich mehr auf Weine denn auf Trüffeln versteht, zudem notorisch wenig Lust verspürt, sein *dolce far niente* zu unterbrechen, fühlt sich moralisch verpflichtet, ins Piemont zu reisen und den Tod eines Feinschmeckers aufzuklären. Diese Exkursion gerät wesentlich aufregender als erwartet, hält weitere Leichen parat und bringt ihn gar selbst in Tatverdacht. Zum kulinarischen Ausgleich für all diese Unbilden wird er in die Welt der Trüffeln eingeführt. Bevorzugt in jene der weißen

Alba-Trüffel, des Tartufo bianco, der auf Lateinisch Tuber magnatum Pico heißt. Übrigens ist der unterirdisch wachsende Edelpilz als italienischer Tartufo männlichen Geschlechts, in der deutschen Schriftsprache jedoch weiblich – ein weiteres Rätsel, das er/sie allerdings gemeinsam hat zum Beispiel mit dem Mond (la luna) und der Sonne (il sole).

Das Schicksal, das keine Rücksicht auf Hippolyts kultiviertes Phlegma nimmt, führt ihn nicht nur nach Alba, wo er mit Maresciallo Viberti von den Carabinieri kooperiert, sondern weiter in das Schlemmerparadies der Emilia-Romagna. Zwischen Parma, Modena und Bologna – respektive Prosciutto, Aceto Balsamico und Parmigiano – nimmt das Verhängnis seinen Lauf. Und es bedarf mehr als eines Glases Sangiovese und eines Tellers mit Tagliatelle con tartufo bianco, um einen Ausweg (und den Mörder) zu finden.

Im Anhang dieses Buches gibt es ein »Supplemento« zur Vertiefung und mit ergänzenden Informationen. Alle Begriffe, die im Roman mit einem * gekennzeichnet sind, finden sich dort mit Erläuterungen wieder. Außerdem ist ein kompakter Trüffelführer integriert, der die entbehrungsreichen Recherchen des Autors reflektiert. Dieser hat nicht nur mit erfahrenen Trüffelsuchern lange Streifzüge absolviert (dabei mal mehr, mal weniger Trüffeln gefunden), sondern auch bei Trüffelmessen, bei Ausbildern von Trüffelhunden, bei professionellen Händlern, bei Herstellern von Trüffelprodukten und nicht zuletzt in den Küchen der regionalen Trüffelrestaurants »spioniert« und konspirative Gespräche geführt. Selbstverständlich sind alle Rezepte im Selbstversuch verkostet – wie natürlich auch die zitierten Weine. Unter den Ortsnamen finden sich im Anhang alle Restaurants aus dem Roman, darüber hinaus weitere empfehlenswerte Adressen zur Nahrungsaufnahme und Nächtigung.

Für alle Leser/-innen, die den vorangegangenen Roman *Vino Criminale* nicht kennen, sei noch angemerkt, dass Hippolyts Freundin Sabrina in selbigem fast zu Tode gekommen wäre und vorübergehend ihr Gedächtnis verloren hatte. Einige Äußerungen Sabrinas spielen auf diese Vorgeschichte an, sind aber für die aktuelle Geschichte ohne Belang. Auch der Maresciallo Viberti ist ein alter Bekannter. Die Aufklärung von Verbrechen hat für ihn einen nachgeordneten Rang, viel wichtiger sind die kulinarischen Genüsse seiner piemontesischen Heimat. Agnolotti, Tajarin, Fonduta, Risotto … zur Trüffelzeit grundsätzlich: con tartufo! Dazu eine Flasche Barolo, und sein Glück ist perfekt. Nur gefälscht sollte der Wein nicht sein, da versteht der Maresciallo keinen Spaß! Aber noch ist es nicht so weit. Es ist früh am Morgen, der Nebel hängt über dem Tal …

1

Er war kein Mann, der zur Furcht neigte. Nein, ganz bestimmt nicht. Ildefonso war es gewohnt, zu noch nachtschlafender Zeit seinen Fiat Punto auf einsamen Feldwegen abzustellen, bei Tagesanbruch durch dunkle Wälder zu streifen, sich unter tief hängenden Ästen hinwegzuducken, über Böschungen zu rutschen, einen Bach zu überqueren, kleine Hänge zu erklimmen. Das Rascheln im Laub, der Schrei eines Kauzes, leises Knacken im Unterholz, ein flüchtiger Schatten, die Sichel des Mondes – diese mystische Stimmung war ihm vertraut, mehr noch, er liebte sie von Kindesbeinen an. Dazu das eifrige Schnüffeln seines Hundes, der mit der Schnauze dicht über dem Boden von einem Baum zum nächsten kurvte, seinen Kommandos mehr oder weniger folgend, schließlich irgendwo innehielt, um aufgeregt im Erdreich zu scharren. Was konnte es Schöneres geben?

Aber heute, das spürte er, heute war kein Tag wie andere. Jedenfalls nicht hier, in diesem dichten Wald aus alten Eichen und Pappeln, einsam gelegen und weit entfernt von seinen üblichen Pfaden. Ildefonso fröstelte. Dabei war es gar nicht kalt. Der Schauder kam von innen. Auch sein Hund verhielt sich sonderbar. Profumo, so hieß er, weil er einen siebten Sinn für den Duft des Tartufo hatte, wirkte unkonzentriert, blieb häufig stehen, richtete den Kopf auf, um nervös zu wittern. Waren Wildschweine in der Nähe? Oder sollte etwas dran sein an den Legenden? Ildefonso dachte an die »vecchia strega«, an die alte Hexe, die in diesem Wäldchen hausen sollte. An die kleinen Monster, die in Höhlen unter den Wurzeln lebten. An die riesige Fledermaus, die sich wie ein Adler auf Eindringlinge stürzte, um sie …

Ildefonso schalt sich einen Narren, das waren Märchen, um Kinder zu erschrecken, Kinder und Fremde. Und diese magisch wirkenden Kreise im vertrockneten Waldboden, das war kein Teufelswerk, das waren auch keine Spuren von Außerirdischen, sondern ganz reale Hinweise für einen möglichen Fundort. Das sollte auch Profumo wissen. Warum fand er dann nichts?

Ildefonso umklammerte den Barot, den Stock, der für Trüffelsucher obligatorisch war. Er schnalzte mit der Zunge, um Profumo anzuspornen.

»Baica bin …«, rief er mit gedämpfter Stimme, »such, such gut!«

Der Hund sah ihn kurz an und begann dann wieder zu schnüffeln.

Ildefonso deutete mit dem Barot auf eine vielversprechende Pappel. »Baica sí, such hier.«

Profumo schlug einige Haken, fand eine Stelle und begann kurz zu scharren.

»Trovato?«

Nein, doch nicht. Der Hund hob ein Bein und setzte eine Duftmarke. Ildefonso nutzte die Pause, um sich erneut umzudrehen. Niemand zu sehen. Ihm war klar, sie waren hier nicht willkommen. Er musste darauf achten, dass Profumo keinen vergifteten Köder in die Schnauze bekam. Ob die Reifen bei seinem alten Fiat noch heil waren, wenn sie zurückkamen? Im letzten Jahr, als er schon mal hier auf Trüffelsuche gewesen war, da hatte man ihm zwei aufgestochen. Zwei! Das war besonders perfide gewesen. Wer hatte schon zwei Ersatzräder im Auto? Aber der Ausflug hatte sich dennoch gelohnt. Alle Taschen seiner Jacke hatte er voll gehabt mit weißen Trüffeln. Und dann dieses Prachtexemplar: ein Tartufo bianco* mit dem unglaublichen Gewicht von über einem Kilogramm.

Solch herausragende Funde waren es, denen er seinen Ruf als bester Trifolao* rund um Alba* verdankte. Das Fernsehen und die Zeitungen hatten darüber berichtet. Natürlich mit Foto – von ihm und der gigantischen Trüffel* in beiden Händen. Er wusste die Stelle noch ganz genau. Akkurat hatte er den Fundort im Diario, seinem geheimen Trüffeltagebuch, vermerkt. Da vorne, am Ende dieser kleinen Lichtung, fünf Meter links von der knorrigen Eiche – da hatte die Trüffel auf ihn gewartet. Sechzig Zentimeter tief im Erdreich verborgen. Aber das war nicht tief genug für den feinen Riechsinn seines Hundes.

Und heute? Die Lichtung hatte Profumo in fast gerader Linie überquert. Zielsicher steuerte er auf den Fundort des letzten Jahres zu. »Bravo, bravissimo«, murmelte Ildefonso, der seinem Hund rasch folgte. Entweder hatte Profumo ein ebenso gutes Gedächtnis wie er, oder es war ihm erneut der Duft eines Tartufo in die sensible Nase gestiegen. Nur wenig entfernt von der alten Stelle begann der Hund mit den Vorderpfoten zu scharren.

»Pijlo«, motivierte ihn Ildefonso im piemontesischen Dialekt, »hol ihn raus!«

Kurz darauf gab er den Befehl aufzuhören. »Speta sí!« Er wollte vermeiden, dass Profumo die Trüffel, die er gleich zu finden hoffte, mit seinen Krallen beschädigte.

Schweine, die in Italien zur Trüffelsuche aus gutem Grund verboten waren, würden dieses Kommando ignorieren, stattdessen wie wild den Boden aufwühlen und sich das Objekt der Begierde grunzend einverleiben – außer man hielt sie unter Einsatz körperlicher Anstrengung zurück. Profumo dagegen gehorchte aufs Wort. Ildefonso gab ihm zur Belohnung schon mal einen Hundekuchen, nahm die Hacke aus dem Gürtel, kniete sich hin und vergrößerte mit dem Sapin das Erdloch. Es dauerte nicht lang, bis er die Trüffel freigelegt hatte. Sie war nicht ganz so groß wie jene vom letzten Jahr, aber auch ein herausragendes Exemplar ihrer Gattung. Vor dem Loch kniend, den Tartufo in den Händen, verdrängten unbeschreibbare Glücksgefühle all jene merkwürdigen, irrationalen Ängste, die ihn bis vor wenigen Minuten geplagt hatten. Kein Gedanke mehr an zerstochene Reifen, keine Sorge, dass Profumo einem vergifteten Köder zum Opfer fallen könnte, keine alte Hexe, weder kleine Monster noch die Riesenfledermaus, kein Teufel …

Der Schuss, der von der anderen Seite der Lichtung abgefeuert wurde, traf Ildefonso in den Rücken, das Projektil durchschlug sein Schulterblatt, zerfetzte das Herz des Trüffelsuchers und trat vorne wieder aus. Profumo machte einen mächtigen Satz zur Seite und ging jaulend hinter einem Baum in Deckung. Ildefonso stürzte kopfüber auf den Waldboden, lag in einer rasch größer werdenden Blutlache, die Trüffel auch im Tod fest in den Händen. Hätte er noch gelebt, wäre ihm vielleicht die alte Sage eingefallen, dass die besten Trüffelplätze jene seien, die mit Menschenblut getränkt seien. Aber Ildefonso konnte nicht mehr denken. Sein Leben, es war vorbei. Für einen Trüffelsucher vielleicht sogar ein schöner Tod – den letzten Blick auf einen wunderbaren Tartufo bianco gerichtet, den überwältigenden Duft in der Nase und in Erwartung großer Anerkennung. Aber der Tod

Ildefonsos, er war gewaltsam, brutal – und vor allem zu früh, viel zu früh für einen Trifolao in den besten Jahren.

Der Schuss war längst verhallt. Friedlich lag sie da, die Lichtung. Der Mond am Himmel verblasst, die noch tief stehende Morgensonne ihre ersten Strahlen in den Wald werfend. Profumo hatte sein Versteck verlassen, stupste Ildefonsos Leichnam mit der Schnauze, rollte ihn mit den Vorderpfoten auf die Seite und schleckte ihm das Gesicht. Als alles nichts half, suchte er in der rechten Jackentasche nach den Hundekuchen – die Trüffel ignorierte er!

2

Gianfranco oder Giorgio? Eine schwierige Frage. Jedenfalls dann, wenn man sonst keine Probleme hatte. Hippolyt Hermanus stand in der Küche seines toskanischen Bauernhauses und betrachtete das Fleisch vom Wildschwein, das er auf einem Holzbrett in kleine Würfel geschnitten hatte. Er würde sich an einem Cinghiale in umido* versuchen, einer Art Wildschweingulasch mit schwarzen Oliven und Polenta. Gianfranco oder Giorgio? Nun, diese fundamentale Entscheidung ließ sich guten Gewissens bis morgen aufschieben. Zunächst forderte das Gulasch seine uneingeschränkte Aufmerksamkeit. Was brauchte er für die Marinade? Schalotten, eine Karotte, Lorbeerblätter, drei Knoblauchzehen, Thymian und Rosmarin. Hippolyt arbeitete grundsätzlich ohne Kochbuch. Das ungefähre Rezept hatte er im Kopf – ansonsten hoffte er auf die Inspiration des Augenblicks. Den Sellerie würde er kreativ weglassen, schlicht deshalb, weil er vergessen hatte, einen zu besorgen. Aber an die Gewürznelken hatte er gedacht, die waren unverzichtbar. Dann das Ganze mit dem Fleisch in eine große Schüssel geben, die Oliven dazu, mit Chianti aufgießen, Alufolie darüber und kalt stellen. Perfetto, das war's. Wenigstens für den Augenblick. Er mochte dieses Gericht schon deshalb, weil die Zubereitung große schöpferische Pausen zuließ. In denen würde er es sich in dem Korbsessel auf der Loggia bequem machen und seiner Lieblingsbeschäftigung nachgehen – dem *dolce far niente*, dem süßen Nichtstun.

Hippolyt Hermanus lebte seit nunmehr gut zwei Jahren in diesem kleinen, bescheidenen Rustico in der südwestlichen Toskana*, genauer gesagt in der Nähe von Montescudaio. Präzisere Ortsangaben machte er nur selten, er wollte sich das unschätzbare Privileg bewahren, einfach nicht auffindbar zu sein. Wer etwas von ihm wollte, konnte ja versuchen, ihn telefonisch zu erreichen. Was allerdings auf dem Festnetz fast immer scheiterte, denn ihm stand nur selten der Sinn nach Konversation. Erfolgversprechender waren E-Mails. Diese pflegte er zu beantworten – natürlich nicht sofort, aber immerhin. Seine Handynummer? Die kannte vorsichtshalber nur ein kleiner, handverlesener Personenkreis.

Hippolyt, der von seinen Freunden Hipp genannt wurde – für seinen umständlichen Namen konnte er nichts –, hatte in seinem früheren Leben als Psychologe bei der Polizei gearbeitet. Nach einigen brutalen Morden, von denen er bis heute glaubte, dass er sie vielleicht hätte verhindern können, hatte er den Job hingeschmissen. Eine kleine Erbschaft ermöglichte es ihm, auch ohne Arbeit mit Stil und einigem Komfort über die Runden zu kommen. Seine Ansprüche waren relativ bescheiden – sah man einmal davon ab, dass er eine kostensteigernde Vorliebe für großartige Weine hatte. Aber auch diese Passion konnte er sich leisten, wurde sie doch sozusagen gegenfinanziert durch kleine Ermittlungsaufträge, die er gelegentlich annahm. Er hatte sich auf Betrügereien spezialisiert, die im weitesten Sinne mit Wein zu tun hatten. Da konnte er das Angenehme mit dem Nützlichen verbinden.

Gianfranco oder Giorgio? Er würde im Korbsessel darüber nachdenken. Auf dem Weg von der Küche zur Loggia fiel sein Blick im Wohnzimmer auf sein Notebook. Ob er es zur Abwechslung mal einschalten und nach seinen E-Mails sehen sollte? Vielleicht bekam er auf diese Weise heraus, warum unter dem dicken Kissen sein Telefon immer wieder erstickte Klingeltöne vernehmen ließ. Er startete seinen Computer und ging online. Da hatte er tatsächlich eine neue Nachricht im virtuellen Briefkasten. Er stellte sein Glas ab und rief sie auf: »Buon giorno, lieber Hippolyt Hermanus. Kann Sie telefonisch leider nicht erreichen …«

Das glaube ich gerne, dachte Hipp mit einem Blick auf das Kissen.

»Ich brauche dringend Ihre Hilfe. Ich werde bedroht und weiß nicht, wie ich mit der für mich ungewohnten Situation umgehen soll. Es geht um Leben und Tod! Bitte melden Sie sich. Mit herzlichen Grüßen, Ihr Hubertus G. Rettenstein. Alba, Piemont.«

Hubertus G. Rettenstein? Hipp kannte den Mann, recht gut sogar. Er war ihm schon häufig auf Weinproben begegnet. Das letzte Mal in einer renommierten Enoteca in Turin. Sie hatten sich gelegentlich zum Essen verabredet, hatten in seinem Weinkeller ganz privat einige Raritäten verkostet und über die hohe Kunst des Weinmachens philosophiert. Rettenstein wusste von Hipps

Vergangenheit als Polizeipsychologe, auch dass er gelegentlich Ermittlungsaufträge übernahm.

»Es geht um Leben und Tod!« Nun, wenn es etwas gab, dem er geflissentlich aus dem Weg ging, dann allem, was nur entfernt mit Mord und Totschlag zu tun hatte. Dass ihm das in den letzten Jahren trotz dieses hehren Vorsatzes nicht immer gelungen war, stand auf einem anderen Blatt und machte ihn alles andere als glücklich. »Es geht um Leben und Tod!« Sehr theatralisch formuliert. Und in aller Regel dramatisch überspitzt. Beim Wildschwein für das Gulasch, ja, bei diesem Cinghiale war es vor kurzem um Leben und Tod gegangen. Aber doch höchst unwahrscheinlich bei diesem Signor Rettenstein. Und selbst wenn, er war gewiss der falsche Ansprechpartner. Er war froh, dass er nicht ans Telefon gegangen war. Hipp beschloss, sich mit der Beantwortung Zeit zu lassen. Und Hubertus Rettenstein dann den Rat zu geben, sich an die Polizei zu wenden. Oder an die Carabinieri in Alba, da könnte er ihm mit dem Maresciallo Viberti sogar einen Kontakt vermitteln.

Im Korbsessel ruhend, die Beine hochgelegt, im Glas den Rest des Chianti aus der Küche, dachte Hipp an den Besuch, den er morgen erwartete. Nein, weder Gianfranco noch Giorgio. Sein Gast sah zweifellos besser aus als die beiden, hatte schwarze Haare, dunklen Teint und konnte herzhaft lachen. Das war nicht immer so gewesen. Sabrina würde über Nacht bleiben. Hipp schloss die Augen. Nach kurzem Nachdenken entschied er sich für Giorgio. Sicher, ein Brunello* von Gianfranco, von Gianfranco Soldera, wäre als Begleitung zum Cinghiale über jeden Zweifel erhaben. Aber die E-Mail aus dem Piemont hatte den Ausschlag für Giorgio gegeben. Er würde eine Flasche Barbaresco* öffnen, von Giorgio Rivetti. Das war eine vortreffliche

Wahl. Im Einschlafen glaubte Hipp feine Fruchtaromen wahrzunehmen, ihm stieg ein Hauch von Lakritze und Schokolade in die Nase. Da war noch ein anderer, schwer beschreibbarer, betörender Duft. Hipp lächelte. Nein, dieses feminine Aroma gehörte definitiv nicht zum Barbaresco.

3

Maresciallo Viberti von den Carabinieri* in Alba* war alles andere als erfreut, als er an der Theke des Caffè Calissano angesprochen wurde. Nicht, dass er grundsätzlich etwas gegen eine Unterhaltung einzuwenden hätte, ganz im Gegenteil, diese attraktive Signorina am Tischchen neben dem Eingang würde er gern einem kleinen Verhör unterziehen, am liebsten nach Dienstschluss … Viberti räusperte sich. Aber dieser begriffsstutzige Journalist aus Mailand, der hatte ihm gerade noch gefehlt. Riccardo war ein Rompipalle, eine Nervensäge, wie sie in dieser Impertinenz nur aus der Lombardei kommen konnte. Schon allein die Tatsache, dass dieser Schmierenschreiber ein bekennender Fan von Inter Mailand war, diskreditierte ihn in jeglicher Hinsicht. Außerdem arbeitete er für die falsche Zeitung, aber das war vergleichsweise unerheblich.

Mit gedämpfter Stimme versuchte Riccardo sein Anliegen vorzutragen. »Maresciallo, ich würde gerne Ihre persönliche Einschätzung hören …«

»Perfetto«, unterbrach ihn Viberti mit einem schelmischen Grinsen, dabei am Kaffee riechend, »könnte nicht besser sein. Come sempre!«

»Scusi, ich wollte nicht Ihre Bewertung des Caffè macchiato in Erfahrung bringen.«

Viberti stellte die Espressotasse ab. »Tut mir leid, aber der Caffè ist wirklich eccellente. Das sollten Sie wissen. Ich war letzte Woche in Mailand, in einem sogenannten Caffè hinter der Scala …«

»Maresciallo, auch in Mailand gibt es guten Caffè macchiato, das können Sie mir glauben, wie überall in Italien …«

»Aber Ihr könnt keinen trinkbaren Bicerin machen«, ließ sich Viberti nicht so schnell vom Thema abbringen. »Den professionellen Umgang mit Kaffee, Milch und Schokolade beherrschen nur die Baristi im Piemont. Wissen Sie, dass wir den Kakao unserem Herzog Emanuele Filiberto zu verdanken haben? Ich glaube, das war bereits im 17. Jahrhundert …«

»Maresciallo«, beschloss Riccardo endlich auf den Punkt zu kommen, »wie erklären Sie sich den gewaltsamen Tod Ihres berühmtesten Trüffelsuchers?«

Der Maresciallo gab dem Barista ein Zeichen. »Piero, bitte einen Bicerin, unser Freund aus Mailand braucht etwas Nachhilfeunterricht.« Dann wendete er sich Riccardo zu. »Ildefonso Battardi? Nun, die Erklärung ist so einfach, dass ich Ihre Frage nicht verstehe. Ein Stahlmantelgeschoss, das von hinten ins Herz eindringt, führt normalerweise zum Tode. È così semplice.«

»Das ist mir klar, Maresciallo. Aber wer könnte ein Interesse daran haben, Signor Battardi zu töten? Was ist Ihre persönliche Meinung?«

Viberti zog eine Augenbraue nach oben. »Mein lieber Riccardo, erstens bin ich mehr oder weniger im Dienst und deshalb nicht befugt, eine persönliche Meinung kundzutun. Zweitens ist der Tod im Distrikt von Asti* erfolgt und fällt deshalb nicht in den Zuständigkeitsbereich der Carabinieri von Alba.« Er bekreuzigte sich. »Grazie a Dio! Drittens war Ildefonso ein ehrenwerter Bürger unserer Gemeinde – da ist niemand, der ein Interesse haben könnte, ihn zu töten. Und viertens muss ich in Kürze zurück in mein Büro. Der Aufenthalt in diesem Caffè soll meiner Entspannung dienen. Ich sehe mich nicht in der Lage, komplizierte Zusammenhänge zu erläutern.«

Der Barista kippte etwas Caffè in heiße Schokolade und ließ über einen umgedrehten Löffel halbfest geschlagene Sahne laufen.

»Wie wahrscheinlich ist ein Jagdunfall?«, gab Riccardo noch nicht auf.

Viberti wischte einen kaum wahrnehmbaren Zuckerbrösel von seiner Uniformmütze, die er auf der Theke abgelegt hatte. »Leider ist es so, dass die Trüffelzeit mit der Jagdsaison zusammenfällt. Sie können das selbst ausprobieren: Schleichen Sie in gebückter Haltung frühmorgens durch den Wald und finden Sie heraus, ob Sie einige Stunden später noch am Leben sind. Falls nicht, stellt sich nur die Frage, ob Sie mit einem Hasen oder mit einem Wildschwein verwechselt wurden. Reicht Ihnen das als Antwort?«

»Ich denke schon. Auch wenn ich auf das von Ihnen vorgeschlagene Experiment verzichten möchte.«

Viberti flüsterte: »Wie schade!«

»Das heißt«, fuhr Riccardo unverdrossen fort, »es könnte ein Jagdunfall gewesen sein. Ich gehe mal davon aus, dass in diese Richtung ermittelt wird. Möglich wäre aber doch auch, dass Ildefonso Battardi von einem anderen Trüffelsucher getötet wurde, oder?«

»Drei Schuss!«

»Wie bitte?«

»Per Gesetz darf der Jäger drei Schuss in Folge abgeben. Bei Ildefonso war bereits der erste ein Volltreffer, wie die Spurensicherung eindeutig ergeben hat. Das spricht für einen Cacciatore. Ein Trüffelsucher ist selten ein so guter Schütze. Jedenfalls ist die Guardiacaccia, die Jagdaufsicht, in die Ermittlungen eingebunden. Aber Sie haben recht, rein theoretisch könnte ein anderer Trifolao* der Täter sein. Dann würden wir allerdings nicht mehr von einem Unglück sprechen, sondern von Mord.«

»Was journalistisch viel ergiebiger wäre«, stellte Riccardo fest.

»Die Realität richtet sich gottlob nicht nach Ihren journalistischen Bedürfnissen. Dunque, wir alle wissen, dass es unter den Trüffelsuchern erhebliche Rivalitäten gibt. È vero! Mag sein, dass Ildefonso in diesem Wäldchen unerwünscht war. È possibile! Dann hätte man die Reifen seines Autos aufgestochen oder seinen Hund vergiftet. È giusto! Aber erschossen? Nein, erschossen wird deshalb niemand, glauben Sie mir.«

Riccardo schüttelte zweifelnd den Kopf. »Was ist eigentlich aus der Trüffel geworden, die Ildefonso noch als Leiche in den Händen hielt?«, wollte er wissen.

Viberti lächelte. »Das ist die erste intelligente Frage, die Sie heute stellen. Der Tartufo ist von meinen Kollegen in Asti zunächst als Beweisstück aufgenommen worden. Er wurde fotografisch erfasst, gewogen und protokolliert. Nach einem Tag in der Asservatenkammer hat man die Blutspuren sachkundig entfernt und die Trüffel an ein Ristorante verkauft. Dort wurde sie meines Wissens über Bandnudeln gehobelt. Der Verkaufserlös ging an die bedauernswerte Witwe.« Viberti machte eine kurze Pause. »Und nun interessiert mich Ihre Meinung.«

Riccardo sah den Maresciallo ratlos an. »Meine Meinung? Wozu?«

»Zum Bicerin vor Ihrer Nase. Falls Sie wissen, was ich sehr bezweifle, wo es etwas so Köstliches in Mailand gibt, dann rufen

Sie mich an.« Viberti setzte seine Uniformmütze auf und deutete mit zwei Fingern an der Krempe einen Gruß an. »Aber nur dann! Arrivederci e buona giornata!«

4

Entsetzt sah der Feinschmecker und passionierte Weinsammler Hubertus Rettenstein auf das Parmesanmesser, das mitten in die lederne Arbeitsfläche seines Schreibtisches gerammt war. Er blickte auf das Messer, dann auf die Flasche Wein, die daneben stand, ein Sassicaia* aus dem vortrefflichen Jahrgang 1988, und schließlich wieder auf das Blatt Papier, das von der kurzen Klinge durchbohrt war. Was darauf geschrieben stand, trieb ihm den Schweiß auf die Stirn. Ohne die Flasche anzulangen, unterzog er die Verkapselung über dem Korken einer genaueren Prüfung. Nichts zu sehen, absolut nichts. War das vielleicht doch nur ein schlechter Scherz? War dieser Wein, wie auf dem Zettel behauptet, tatsächlich vergiftet? Und war es wirklich möglich, dass in seinem Weinkeller fünf weitere und nicht näher bezeichnete Flaschen mit derselben tödlichen Substanz »verfeinert« waren? Einige tausend Flaschen hatte er im Kellergewölbe gelagert, das Beste und Feinste, was italienische Weinerzeuger hervorbrachten: Barolo*, Barbaresco*, Brunello* … ausgesuchte Jahrgänge von La Spinetta, Angelo Gaja, Ornellaia*, Biondi-Santi, Pieve Santa Restituta … Ob nur fünf vergiftet waren oder alle, das spielte keine Rolle. Er müsste den kompletten Bestand seines Weinkellers auf der Mülldeponie entsorgen. Er konnte doch nicht bei jeder geöffneten Flasche erst eine Laboruntersuchung durchführen lassen. In der Zeit würden sich alle Aromen verflüchtigen. Und was sollten seine Gäste denken? Rettenstein fühlte sich schwach und elend. Er zog den Schreibtischstuhl heran und setzte sich. Die Drohungen und die Erpressungsversuche, denen er seit einiger Zeit ausgesetzt war, wurden immer dramatischer. Sollte er vielleicht doch bei der Polizei eine Anzeige gegen Unbekannt erstatten? Erneut verwarf Rettenstein diesen Gedanken. Er hatte dabei mehr zu verlieren als zu gewinnen.

Sulawesi, so hieß seine Katze, schlich ins Zimmer, sprang auf seinen Schoß und ließ sich streicheln. Zu ärgerlich, dass Hippolyt Hermanus weder ans Telefon ging noch auf seine E-Mails antwortete. Mit ihm hätte er sich gerne besprochen. Er brauchte dringend Rat von jemandem, der sich mit so etwas auskannte. Diskretion vorausgesetzt. Außer Hippolyt kannte er niemanden. Sein Blick fiel wieder auf die Flasche mit der blau-goldenen Kompassrose auf dem Etikett. Wie konnte er herausfinden, ob der Wein wirklich vergiftet war? Irgendwie glaubte er nicht daran. Die Flasche an ein Labor zu geben kam nicht in Frage. Bei positivem Befund würde das Verhängnis seinen Lauf nehmen, so etwas blieb nicht geheim.

Ob man das Gift am Geruch feststellen konnte? Rettenstein hob die Katze vom Schoß, stand auf, holte einen Korkenzieher, nahm die Flasche Sassicaia, schnitt entschlossen die Kapsel ab, betrachtete den unversehrt wirkenden Korken, zog ihn heraus und roch an ihm. Er konnte nichts Verdächtiges feststellen. Nun goss er etwas Wein in ein Glas und hielt dieses gegen die weiße Wand. Die intensive Rubintönung war für den Sassicaia charakteristisch. Er ließ den Wein im Glas rotieren, steckte seine Nase hinein und nahm den Duft auf. Schwarze Johannisbeeren, reife Brombeeren, leichte Zedernnoten … Perfekt, ganz so wie sich dieser großartige Cabernet von der Tenuta San Guido zu präsentieren pflegte. Kein bisschen Fremdaromen. Jetzt war er

sich so gut wie sicher. Die Behauptung, der Wein sei vergiftet, war nichts anderes als ein billiger Bluff.
Er war kurz davor, aus dem das Glas zu trinken, da fiel sein Blick auf seine Katze. Sulawesi mochte Wein, das wusste er. Rettenstein grinste. Einen Sassicaia hatte er ihr bislang noch nie kredenzt, so weit ging seine Liebe nicht. Er holte aus der Küche eine Schale, füllte sie mit dem edlen Tropfen und stellte sie auf den Boden. Es dauerte nicht lange, bis Sulawesi auf seine Lockungen reagierte. Sie kam näher, roch an der Schale, tauchte eine Pfote hinein und schleckte diese ab. Von der Degustation offenbar überzeugt, begann sie den Wein aufzuschlabbern. Rettenstein lobte ihre Weinkennerschaft. Vor allem war er erleichtert zu sehen, dass sie sich dabei bester Gesundheit erfreute. Ein Bluff, hatte er es doch geahnt! Die Katze hatte ein feines Näschen, sie würde sich nie und nimmer vergiften. Rettenstein ging zum Tisch, zog das Messer heraus, knüllte das Papier mit der lächerlichen Botschaft zusammen, goss den restlichen Wein in sein Glas und führte es zum Mund.
Sein Glück war, dass er Sulawesi aus Spaß zuprosten wollte. Und so sah er im letzten Augenblick, wie sich seine Katze in der Ecke zusammenkrümmte, noch kurz zuckte, auf den Rücken rollte und ekelhaft verrenkt erstarrte.

5

Vor dem Cinghiale hatte sich Hippolyt als Antipasto für Bruschetta entschieden. Und zwar für Bruschetta con lardo*, geröstete Brotscheiben mit hauchdünn geschnittenem Speck. Er hatte eine Vorliebe für die einfachen italienischen Gerichte, für die Klassiker der »cucina povera«, der Küche der armen Leute. Dazu ein gutes Glas Wein – und sein kulinarisches Glück war vollkommen. Den Wein hatte er bereits eingegossen, nun aber doch nicht den vorgesehenen Barbaresco von Giorgio Rivetti, denn Sabrina hatte ihre eigene Flasche mitgebracht, einen Brunello von der Tenuta del Leone, die sie im Auftrag ihres Vaters seit einigen Monaten leitete. Aber das war eine andere Geschichte. Jedenfalls war der Brunello durch die Fahrt gut durchgeschüttelt, lag auch temperaturmäßig nicht gerade im grünen Bereich – und mundete trotzdem ganz wunderbar, was wieder mal bewies, dass man alles nicht so ernst nehmen sollte.

Sabrina saß mit übereinandergeschlagenen Beinen auf dem Küchentisch, ihr Weinglas in der Hand. Aus dem Wohnzimmer war ein Violinkonzert zu hören. Sie fühlte sich wohl. Wie immer, wenn sie in Hipps Nähe war. Von den Verletzungen nach ihrem schweren Autounfall hatte sie sich komplett erholt, auch war ihr Erinnerungsvermögen fast vollständig zurückgekehrt. Was blieb, war ein nur schwer beschreibbares Gefühl der Unsicherheit und des generellen Misstrauens anderen Menschen gegenüber. Sie war häufig nervös und leicht reizbar. Aber diese Anspannung war wie weggeblasen, kaum war sie mit Hipp zusammen. Sie genoss diese seltenen Stunden, die zeitlose Ruhe in seinem Haus, seine Gelassenheit, die Gespräche, die mal albern waren und heiter, dann wieder tiefgründig und ernsthaft. Sie ließ sich gerne von ihm berühren, freute sich schon jetzt darauf, in seinen Armen einzuschlafen. Sie vermied es, mit ihm über ihre psychischen Probleme zu sprechen. Wahrscheinlich wusste er sowieso, wie es um sie stand. Er schien es immer zu wissen, vom ersten Moment ihrer Begegnung an.

Sabrina sah ihm zu, wie er den schneeweißen Speck in hauchdünne Scheiben schnitt. Er erwähnte, dass der Lardo* aus Colonnata in der Toskana stamme, einem kleinen Ort in den weltberühmten Marmorsteinbrüchen von Carrara, dass er aus dem Rücken von schweren Landschweinen gewonnen würde, raffiniert gewürzt, zum Beispiel mit Lorbeer, Nelken, Rosmarin, Zimt und Pfeffer, dann mit Meersalz in Trögen aus Carrara-Marmor eingelegt, wobei diese vorher mit Knoblauch ausgerieben würden, schließlich mit einem Marmordeckel beschwert und einer mehrmonatigen Reifezeit überlassen. Die Marmortruhen sähen aus wie kleine Särge.

Hipp röstete in der Pfanne einige Brotscheiben, rieb diese mit einer Knoblauchzehe ab, dann legte er die Lardoscheiben darauf und schob die Pfanne in den heißen Ofen …

»Ich wusste gar nicht, dass du kochen kannst«, stellte Sabrina fest, »es eröffnen sich völlig neue Perspektiven.«

Hipp schloss die Ofentür. »Erstens bedarf es der Richtigstellung, dass ich leider nur sehr einfache Gerichte zustande bringe, und auch das mit höchst ungewissem Ergebnis. Zweitens sind meine Kochversuche existenziell notwendig, da ich gelegentlich wie ein Einsiedler lebe, aber auf regelmäßige Nahrungszufuhr angewiesen bin. Drittens würde ich gerne wissen, welche Perspektiven meine küchenhandwerklichen Tätigkeiten eröffnen sollten?«

Sabrina lächelte. »Nun, unsere Beziehung hat sich intensiviert, seit ich nicht mehr in Kalifornien, sondern in Montalcino lebe …«

»Damit bist du mir schon bedrohlich nahe gekommen«, warf Hipp ein, wobei es Sabrina schwerfiel, seinen Gesichtsausdruck zu deuten.

»Für die Fahrt hierher, die ja einige Stunden in Anspruch nimmt«, fuhr sie fort, »muss es für mich gute Gründe geben. Bruschetta mit Lardoschinken und ein Wildschweingulasch stellen zweifellos einen gewissen Anreiz dar.«

Hipp lehnte lässig an der Wand, die Hände in den Hosentaschen, darauf wartend, dass der Lardo eine leichte Schmelze entwickelte. »Andere Motive als kulinarische sind auszuschließen?«, fragte er.

Sie hauchte ihm ein Küsschen zu. »Mir fallen keine ein. Dir vielleicht?«

»Nicht spontan«, gab er grinsend zurück, »aber da war noch was, ich kann mich dunkel erinnern.«

Er nahm die Pfanne mit den Bruschette aus dem Ofen, stellte sie auf ein Holzbrett und reichte Sabrina Messer und Gabel.

»Es ist angerichtet. Teller gibt's für renitente Gäste keine, wir essen direkt aus der Pfanne.«

»Ist eh viel schöner.«

»Genau. Buon appetito!«

*

Es war spät am nächsten Vormittag, als Hipp aufwachte. Im Halbschlaf tastete er nach Sabrina. Vergeblich. Langsam dämmerte ihm, dass sie sich schon vor Stunden verabschiedet hatte. Danach war er wieder eingeschlafen. Warum auch nicht? Er hatte keine Termine. Und die Küche aufräumen, das konnte er später. Oder morgen. Noch hing ihr Duft im Bett, im Kopfkissen. Hipp drehte sich zufrieden auf den Rücken und sah an die Decke. Eigentlich ging es ihm nicht schlecht. Er hatte keinen Grund, sich zu beklagen. Die Freundschaft zu Sabrina war für ihn wie maßgeschneidert. Er war gern alleine, das ergab sich bei dieser Beziehung von selbst. Und er war gern mit ihr zusammen, auch das gelang immer häufiger. Er erinnerte sich, dass Sabrina gestern Abend scherzhafterweise von Perspektiven gesprochen hatte. Nun, welche Zukunftsaussichten ihre Beziehung hatte, war schwer zu sagen. Aber musste man immer klar definierte Erwartungen haben? Kam es darauf an, Ziele zu definieren, um sie dann doch nicht zu erreichen? Musste das Leben geplant werden? Lebensplanung, das war die Planung des Unplanbaren – also in sich selbst ein Widerspruch. Wenn das jemand wusste, dann er. Aber Träume, ja, die durfte man haben.

Hipp gab sich einen Ruck, stand auf und ging die Treppe hinunter ins Erdgeschoss. Im Vorbeigehen startete er das Notebook. In der Küche warf er die Espressomaschine an und machte sich einen Cappuccino. Zurück am Computer, checkte er seine eingegangenen E-Mails. Nichts von Belang. Abgesehen von einem erneuten Hilferuf von Hubertus Rettenstein. Der Mann schien wirklich unter Druck zu stehen. Schrieb was von einem vergifteten Wein, einer toten Katze und einem Parmesanmesser. Ziemlich verworren. Oder lag es an ihm? Vielleicht war er noch nicht so richtig wach und deshalb schwer von Begriff? Hipp ging zum Hocker am Kamin und nahm das Kissen vom Telefon. Kurz anrufen, das sollte er. Womöglich konnte er ihm einen Rat geben – und wenn es der war, zur Polizei zu gehen oder zu Viberti von den Carabinieri. Hipp gab die Nummer ein, hörte sich eine Minute das Freizeichen an, es nahm niemand ab. Er zuckte mit den Schultern und legte auf. Na gut, dann eben nicht. Er hatte seinen guten Willen gezeigt. Rettenstein würde auch ohne ihn klarkommen.

6

Auch Maria Battardi versuchte, Rettenstein telefonisch zu erreichen. Immer wieder wählte sie seine Nummer. Dass er den Hörer nicht abnahm, kam ihr mehr als seltsam vor. Denn

sie kannte seine Gewohnheiten, immerhin war sie seit Jahren seine Haushälterin. Maria wusste, dass Rettenstein keine Reise geplant hatte. Außerdem war Trüffelzeit, da fuhr er nie weg. Eigentlich wollte Maria ihm nur sagen, dass sie sein Angebot nun doch annehme, seinen Vorschlag, eine weitere Woche freizunehmen. Zunächst hatte sie sich gesträubt, hatte erklärt, dass sie nach dem Tod ihres Mannes die Arbeit in seinem Haus als Ablenkung brauche. Aber Rettenstein hatte recht gehabt. Sie konnte einfach nicht, noch nicht. Zu wenige Tage erst waren vergangen, seit man Ildefonso im Wald erschossen aufgefunden hatte. Noch hatte sie keine Zeit für sich und für ihre Trauer gefunden, ständig gab es etwas zu tun – und wenn es nur darum ging, Beileidsbekundungen entgegenzunehmen.
Obwohl sie mit den Gedanken also ganz woanders war – bei ihrem verstorbenen Mann, bei den ungeklärten Umständen seines dramatischen Todes, bei lieben Freunden, die ihr kondolierten –, bereitete es ihr doch zunehmend Sorge, dass Rettenstein nicht ans Telefon ging. Nun gut, vielleicht war sie momentan etwas hysterisch, das mochte sein. Aber gerade weil ihre Nerven so angegriffen waren, wollte sie sichergehen, dass ihm nichts passiert war.

Mit ihrem Fiat Panda fuhr sie kurz entschlossen zur Enoteca ihres Bruders Carlo und fragte ihn, ob er den Laden zusperren und sie begleiten könne. Sie hatte das unbestimmte Gefühl, dass es besser sei, nicht alleine zu sein. Carlo Giardina hatte gerade keinen Kunden, und außerdem konnte er seiner Schwester in ihrer jetzigen Situation sowieso keinen Wunsch abschlagen. Also hängte er ein Schild mit »chiuso« an die Tür und stieg zu Maria ins Auto. Nur wenige Kilometer waren es von Neive* bis zu Rettensteins Haus in Altavilla, einer exklusiven Wohngegend oberhalb von Alba. Das schmiedeeiserne Tor war nur angelehnt, für Maria ein sicherer Hinweis, dass Rettenstein keine Reise angetreten hatte. Wie üblich parkte sie ihr Auto unter der Kastanie neben der Garage. Durch das kleine Fenster sah sie seinen Mercedes.

Unwillkürlich beschleunigte sie ihre Schritte. Irgendwas stimmte hier nicht, das fühlte sie. Vielleicht hatte ihr Padrone einen Schwächeanfall erlitten? Sie war schon immer der Meinung gewesen, dass er ungesund lebte – zu viel Grappa, zu viele Zigarren, zu wenig Bewegung. Carlo rüttelte an der verschlossenen Haustür. Dann folgte er Maria, die um die Ecke zum Nebeneingang eilte, für den sie einen Schlüssel hatte. In der Villa stellten sie fest, dass der Schlüssel für die große Tür von innen steckte. Sie riefen Rettensteins Namen, sahen im Wohnzimmer nach, im Schlafzimmer. Sein Reisekoffer war im Schrank. Die Brieftasche lag auf dem Nachtkästchen. Wo war eigentlich Sulawesi, seine geliebte Katze? »Micio, micio, micio …«, rief Maria. Na ja, wahrscheinlich war sie durch den Schlupf nach draußen, um auf Mäusejagd zu gehen.

Auf seinem Schreibtisch entdeckten sie ein Parmesanmesser. Carlo deutete fragend auf das Loch in der Arbeitsfläche. Es sah so aus, als ob es von dem kleinen kräftigen Messer herrühren würde. Maria zuckte ratlos mit den Schultern. Rettenstein konnte recht impulsiv sein, neigte zu gelegentlichen Wutausbrüchen, die er gottlob nie an ihr ausließ. Über irgendetwas musste er sich unbändig geärgert haben, da war er zu solchen Reaktionen fähig.

»Signor Rettenstein, dov'è? Signore …«

Im Degustationsraum angelangt, stieg ihnen ein immer intensiverer Weingeruch in die Nase. Er kam aus der offenen Tür, hinter der die Treppe in Rettensteins Heiligtum führte, in seinen Weinkeller. Das Licht brannte.

»Signore, è giù in cantina? Sind Sie da unten?«

Sie eilten die Stufen hinab, wobei ihnen der schwere Duft, der ihnen entgegenschlug, fast den Atem nahm.

Auf dem letzten Absatz blieben sie abrupt stehen. Carlo schlug die Hände vors Gesicht. Maria, die ihr Gleichgewicht zu verlieren drohte, musste sich am Geländer festhalten. »Dio mio«, flüsterte sie. Unter dem umgestürzten Weinregal, aus dem infernalischen Chaos zerbrochener Flaschen und Bretter, ragte Rettensteins Leichnam hervor, in einer klebrigen Brühe auf dem Rücken liegend, mit starren Augen und ausgebreiteten Armen. Eine abgebrochene Flasche hatte sich in seinen Hals gebohrt. Auf dem Etikett war deutlich eine blau-goldene Kompassrose zu erkennen.

Hubertus Rettenstein, der weithin bekannte Feinschmecker, Trüffelfreund und Liebhaber exquisiter Weine, er war ausgerechnet von seinem wertvollsten Regal erschlagen worden, jenem, in dem er komplett alle Sassicaia-Jahrgänge versammelt hatte – beginnend mit 1968.

7

Die vergangenen Tage hatte Hipp damit verbracht, lange auszuschlafen, mit Sandro über den richtigen Zeitpunkt der Olivenernte zu philosophieren, mit der ENEL in Volterra zu telefonieren, um hinter die Ursachen der häufigen Stromausfälle zu kommen, ein Buch über die Etrusker und ihre Grabbauten zu lesen, Kaminholz zu schlagen, einige Weinflaschen einer Vergleichsdegustation zu unterziehen, die Reste des weißen Specks

zu verzehren – und Sabrina zu versprechen, am Wochenende nach Montalcino zu kommen.
Dass er sich auf diesen Ausflug besonders freute, lag nicht nur in ihrer Person begründet, sondern, er schämte sich fast, dies zuzugeben, auch in der Wahl des Fortbewegungsmittels. Vor einigen Tagen nämlich hatte er sich zum Kauf eines Autos hinreißen lassen. Seine dreirädrige Ape, mit der er die Besorgungen vor Ort zu erledigen pflegte, war für längere Wegstrecken nun wirklich ungeeignet. Und Franco von der Bar Centrale hatte ihm unmissverständlich klargemacht, dass ihm sein privater Lancia nicht länger als »Leihwagen« zur Verfügung stehen würde – weder bei Voranmeldung noch in Notfällen. Das konnte er sogar verstehen. Dennoch hatte er den Erwerb eines Automobils lange hinausgezögert. Bis er kürzlich in einer Werkstatt bei Montescudaio den alten Alfa Romeo entdeckt hatte. Nicht irgendeinen Alfa, sondern eine offene Giulietta Spider, Baujahr 1961. Es war so etwas wie Liebe auf den ersten Blick. Kein Wunder bei solch einer legendären Schönheit, deren blechernes Kleid Pinin Farina geschneidert hatte. Die in die Jahre gekommene Giulietta hatte nichts von ihrem Charme eingebüßt. Sie war von der Werkstatt restauriert worden, nicht ganz perfekt, aber laut Roberto »con molta passione«, mit großer Leidenschaft. Die zweisitzige Giulietta hatte vorne Einzelradaufhängung, hinten Starrachse, einen Motor mit oben liegenden Nockenwellen – und ein wunderbares Auspuffgeräusch.
Zweifellos war das Auto völlig unpraktisch, wahrscheinlich nur bedingt alltagstauglich, das Verdeck nicht dicht, der Motor alles andere als zuverlässig ... Kurzum, die Giulietta entsprach genau seinen Vorstellungen! Sie brachte alle Attribute mit für eine leidenschaftliche Beziehung voller Höhepunkte und dramatischer Krisen. Roberto wollte noch den Vergaser einstellen, den Was-

serkühler abdichten und die Bellezza auf Hochglanz polieren. Heute Nachmittag durfte er sie endlich abholen. Er würde anschließend in der Bar Centrale mit Franco auf die Giulietta anstoßen, im Kiosk die gesammelten Zeitungen der letzten Tage abholen, schließlich den Spider unter der Pergola parken, sich auf die Veranda setzen und in der örtlichen Tageszeitung, dem *Tirreno*, blättern.

Einige Stunden später hatte Hipp die Beine entspannt auf einem Hocker liegen, ein Glas Wein auf dem Tisch stehen, die Zeitungen auf dem Boden verstreut, und aus dem Haus war gedämpft eine Arie aus Puccinis *Tosca* zu hören. Die Giulietta erholte sich wie geplant unter der Pergola von ihrer ersten gemeinsamen Fahrt, die sie mit großer Bravour gemeistert hatte. Hipp entnahm den neu ausgestellten Fahrzeugpapieren, dass sie über 1300 ccm, 90 PS und eine Höchstgeschwindigkeit von 165 km/h verfügte, was für seine beschaulichen Exkursionen völlig ausreichen sollte.
Er legte die Papiere zur Seite und nahm sich die nächste Ausgabe des *Tirreno* vor. Unkonzentriert las er, dass der Wasserstand der Cecina leicht gestiegen war, in Castellina Marittima war eine Straße abgerutscht, vor Livorno hatte eine Fähre ein Fischerboot gerammt. Da war schon interessanter, dass die Tenuta dell'Ornellaia nach erfolgter Weinernte überschwenglich die Qualität des Merlot lobte. Das berechtigte zu großen Hoffnungen.
Hipp wollte die Zeitung gerade zur Seite legen, da fiel sein Blick auf eine kleine Meldung unter der Rubrik *varie*.
»Scaffale di vini travolge Tedesco ad Alba«, las er die Überschrift, »Deutscher im Piemont von Weinregal erschlagen.« Zwei Zeilen später dann der Name des Unglücksopfers: Huber-

tus G. Rettenstein. Hipp setzte sich erschrocken auf. Rettenstein tot, erschlagen von einem Weinregal?
»Nach dem bisherigen Stand der Ermittlungen geht die Polizei von einem tragischen Unfall aus. Alle Umstände sprechen dafür, dass Hubertus G. Rettenstein bei der Entnahme einer Flasche das hohe Regal in seinem Weinkeller zum Einsturz gebracht hat. Durch die Wucht ist der deutsche Staatsbürger in seiner Villa bei Alba zu Boden gerissen worden. Die dabei erlittenen Verletzungen haben sofort zum Tode geführt. Entdeckt wurde der Leichnam von seiner Haushälterin Maria B. und ihrem Bruder Carlo G.«
Das war's. Hipp schloss die Augen, ließ die Zeitung sinken und die Nachricht auf sich wirken. Da versuchte dieser Rettenstein ihn tagelang zu erreichen, hatte in seinen E-Mails von einer Bedrohung geschrieben, der er sich ausgesetzt fühle, hatte behauptet, dass es um Leben und Tod gehe, dass man ihm Wein vergiftet habe … Und kurz danach war genau dieser Hubertus Rettenstein durch einen »tragischen Unfall« ums Leben gekommen? Hipp erinnerte sich an seinen Versuch, Rettenstein telefonisch zu erreichen. Er sah auf das Datum der Meldung. Kein Wunder, dass Rettenstein nicht abgehoben hatte, zu diesem Zeitpunkt war er schon tot gewesen. Ein »tragischer Unfall«? Hipp glaubte nicht an Zufälle, jedenfalls nicht an solche.
Er stand auf und ging ins Haus, um auf seinem Computer die E-Mails von Rettenstein aufzurufen. Wenig später stand er wieder auf der Veranda. Mit dem Fuß trat er gegen eine der Säulen. Und obwohl es überhaupt nicht seiner Wesensart entsprach, stieß er einen lauten Fluch aus. Er warf das Glas mit dem Wein in einen Ginsterbusch. »Porca miseria!« Warum nur hatte er auf Rettensteins Hilferufe nicht reagiert? Dabei spielte es keine Rolle, ob er ihm wirklich hätte helfen können. Aber sie einfach zu ignorieren, das war nicht in Ordnung gewesen. Weil ihm ein

Gulasch vom Wildschwein und Bruschetta con lardo wichtiger gewesen waren? Nun gut, er war nicht auf der Welt, anderen Menschen zu helfen, nein, wirklich nicht. Es war gelegentlich schwierig genug, sich selbst zu helfen. Und er hatte diesem Rettenstein gegenüber keinerlei Verpflichtungen. Trotzdem, seit einigen Minuten fühlte er sich alles andere als wohl.
»Ich brauche dringend Ihre Hilfe«, zitierte er flüsternd aus Rettensteins erster Mail. Jetzt war es zu spät, er würde ihm nicht mehr helfen können.
Aber vielleicht war er ihm was schuldig?
Hipp setzte sich und stützte den Kopf in die Hände. Langsam reifte eine Entscheidung. Er musste herausfinden, ob Rettenstein wirklich Opfer eines Unfalls geworden war. Doch, das zumindest sollte er tun. Für ihn und für sich selbst. Sein Entschluss stand fest. Er würde den Besuch bei Sabrina verschieben, stattdessen die Giulietta volltanken und ihre Reisetauglichkeit auf die Probe stellen. Mit etwas Glück schien die Sonne, dann konnte er wenigstens offen fahren. Und eilig hatte er es auch nicht. Rettenstein war schon tot!

8

Die Trüffel lag als Corpus Delicti auf einem braunen Packpapier. »Seit wann werden Trüffeln mit Schrot geschossen?«, fragte der Tourist aus Dänemark. Seine blonde Begleitung nickte zustimmend.
Viberti schmunzelte. Na, immerhin hatten die beiden Humor. »Wie kommen Sie denn darauf?«, antwortete er scheinheilig mit einer Gegenfrage. Dabei war ihm völlig klar, worauf sie hinauswollten.

»Sehen Sie hier!« Der junge Däne pulte mit einem Taschenmesser aus der Trüffel eine Schrotkugel hervor und zeigte sie triumphierend dem Maresciallo.
»Tatsächlich«, spielte Viberti den Überraschten, »eine Schrotkugel. Unglaublich, incredibile.«
»Die Trüffel wurde beim Kauf mit 80 Gramm gewogen«, sagte Soeren.
Viberti schüttelte den Kopf. »Non è possibile, dafür ist sie entschieden zu klein.«
»Sie wird noch kleiner, wenn man den Lehm wegbürstet«, sagte Lene, Soerens Freundin. »Sehen Sie hier, da sind tiefe Rillen in der Trüffel, die mit Erde zugekleistert sind.«
»Krallenspuren«, stellte Viberti fest.
»Wie bitte?«
»Das sind Spuren von Hundekrallen«, erklärte er, »so etwas kommt vor. Gelegentlich sind Trüffelhunde* etwas ungestüm.«
»Und dieses Loch hier?«
»Das wiederum dürfte eine Schnecke gewesen sein. Auch im Tierreich gibt es Feinschmecker.«
»Jedenfalls hat man uns betrogen, die Trüffel ist nicht einmal die Hälfte wert. Wir möchten Anzeige erstatten!«
»In Ordnung«, sagte Viberti. »Gegen wen?«
»Leider wissen wir nicht, wie der Mann heißt«, musste Soeren zugeben.
»Schade. Sie haben diese Trüffel ganz offiziell auf dem Trüffelmarkt, dem Mercato del Tartufo im Cortile della Maddalena erworben?«
Soeren sah den Maresciallo verlegen an. »Nun, nicht direkt. Das ist uns zu teuer. Wir haben diese Trüffel in einer Nebenstraße von einem Mann in einem grauen Sakko mit ausgebeulten Taschen gekauft.«

»Damit haben Sie erstens den Pfad der Tugend verlassen«, erklärte Viberti mit strenger Miene. »Zweitens haben alle Trüffelhändler in Alba Sakkos mit ausgebeulten Taschen. Diese Personenbeschreibung ist also völlig unzureichend …«
»Aber wir sind mit dieser Knolle doch ganz offensichtlich übers Ohr gehauen worden«, unterbrach ihn Lene mit einem treuherzigen Augenaufschlag.
»Drittens«, fuhr der Maresciallo unbeirrt fort, »ist dieser Tartufo keine Knolle, sondern ein Pilz von der Gattung der Schlauchpilze. Wenn Sie eine Knolle essen wollen, kaufen Sie sich eine Kartoffel.« Viberti beugte sich über die Trüffel, fächelte sich etwas Luft zu, nahm einen Bleistift zur Hand, drehte ihn um und drückte ihn leicht auf die Oberfläche. »Und viertens hat dieses Exemplar, wenn Sie mir die Bemerkung erlauben, seine beste Zeit längst hinter sich. Ich würde diese Trüffel nicht zum Verzehr empfehlen – mit oder ohne Schrotkugeln.«
»Sind Sie sicher?«, fragte Lene und sah die Trüffel fast mitleidig an.
»Absolut sicher«, bestätigte Viberti, »zufällig bin ich ein Experte auf diesem Gebiet. Dieser Tartufo ist definitiv ein Fall für die Pathologie.«
»Für die Pathologie? Wie meinen Sie das?«
»Im übertragenen Sinne. Wäre dieser Tartufo ein menschliches Wesen, wäre er ein Fall für den Leichenbeschauer. Er ist sozusagen verstorben. Exitus. Finito! Sie verstehen?«
»Man hat uns eine Leiche verkauft«, flüsterte Lene.
»Umso schlimmer«, insistierte Soeren. »Wir möchten Anzeige erstatten!«
Viberti schüttelte den Kopf. »Ich würde dringend davon abraten. Sie müssten Stunden damit verbringen, meinem Appuntato beim Protokoll behilflich zu sein. Bedenken Sie doch,

draußen scheint die Sonne, unsere Amtsstuben sind klein und stickig. Außerdem müssten wir Sie über die grobe Fahrlässigkeit Ihres Verhaltens aufklären. Auch dazu müssten wir ein Schriftstück aufsetzen. Weitere Stunden würde es in Anspruch nehmen …«

»Nein, wir ziehen unsere Anzeige zurück«, entschied Lene über Soerens Kopf hinweg. »Können wir jetzt gehen?«

Viberti machte eine großzügige Handbewegung Richtung Tür. »Naturalmente, amici. Mi dispiace, es tut mir leid. Sie wollten besonders schlau sein und Geld sparen. Das kann ich verstehen, ich war auch mal jung. Die nächste Trüffel kaufen Sie bitte auf dem Mercato del Tartufo. Da wird man Sie nicht betrügen.« Viberti hüstelte. »Nun ja, vielleicht ein kleines bisschen, das gehört zum Geschäft, aber nicht wirklich.«

Lene und Soeren standen auf, um zu gehen.

Der Maresciallo deutete auf die Trüffel. »Ich würde Sie bitten, dieses traurige Exemplar wieder mitzunehmen.«

»Was sollen wir damit machen? Sie sagten doch, die Trüffel sei zum Verzehr nicht mehr geeignet.«

»Werfen Sie den Tartufo in eine Mülltonne, gießen Sie ihn als Souvenir in Acryl, beerdigen Sie ihn würdevoll auf der Wiese hinter dem Parkplatz – aber tun Sie mir bitte einen Gefallen«, Viberti faltete die Hände, »nehmen Sie ihn mit! Dieser Tartufo stimmt mich depressiv.«

9

Zunächst hatte Hippolyt mit Vernaccia und Cabernet geliebäugelt, mit Sangiovese di Romagna, Lambrusco*, Gutturnio und schließlich Barbera* und Moscato*. Nein, nicht um all

diese Weine zu trinken, höchstens gelegentlich ein kleines Degustationsglas. Vielmehr hatte er seine Giulietta durch die Anbaugebiete steuern wollen, getreu der Maxime, dass der Weg das Ziel wäre. Er liebte die romantischen Strade dei vini, die durch die reizvollsten Landschaften Italiens führten. Der Vernaccia hätte ihn nach San Gimignano ins Elsa-Tal geleitet, von dort durchs Chianti Classico und an Florenz vorbei nach Carmignano, wo traditionell Cabernet Sauvignon angebaut wird. Dann den Apennin überquerend in die Emilia-Romagna*, der antiken Via Emilia folgend durch die Anbaugebiete des Sangiovese di Romagna und des oft zu Unrecht geschmähten Lambrusco, an Parma* vorbei in die Colli Piacentini mit dem roten Gutturnio. Schließlich in die Lombardei und ins Oltrepò Pavese, wo einen der Barbera schon aufs Piemont* einstimmte, dann nach Asti* mit den schäumenden Weinen aus der Moscato-Traube – und in die Weinberge bei Alba mit dem großartigen Barolo und dem nicht minder ansprechenden Barbaresco.
Recht bald aber hatte er diese reizvolle Streckenführung verworfen, sie war ihm dann doch zu zeitraubend und lustorientiert erschienen. Immerhin gab es für seinen Ausflug einen ernsten, einen todernsten Anlass. Entweder hatte sich Rettenstein durch einen makabren Unglücksfall ins Jenseits befördert, oder er war Opfer einer brutalen Gewalttat geworden. In jedem Fall erforderte es der Respekt, sich dem Ziel auf direktem Weg zu nähern. Also an dem Chianti der Colline Pisane und dem Vermentino bei La Spezia vorbei, durch die Cinqueterre, über Genua, den Cortese von Gavi ignorierend, unmittelbar ins Nebbiolo*-Gebiet.

Unter weitgehender Vermeidung von Autobahnen und Schnellstraßen, die ihm schon immer ein Greuel waren und erst recht nicht mit seiner neuen, aber gleichwohl altersschwachen Freundin Giulietta harmonierten, erreichte Hippolyt ohne jegliche Pannen die Langhe*. Er parkte den Alfa in Altavilla oberhalb von Alba in einer kleinen Ausbuchtung am Straßenrand. Kurioserweise lief der Motor eine Zeit lang weiter, obwohl er den Zündschlüssel schon abgezogen hatte. Als die Giulietta schließlich zur Ruhe kam, streichelte er ihre Motorhaube. »Braves Mädchen, brava piccola!«

Er war sich darüber im Klaren, dass es eigentlich wenig Sinn machte, auf gut Glück Rettensteins Villa zu besuchen. Der Hausherr würde ihm nicht öffnen können. Wann war er das letzte Mal hier gewesen? Vor zwei Monaten anlässlich einer vorzüglichen Weinprobe. Das musste man Rettenstein lassen, er hatte sich immer von seiner großzügigsten Seite gezeigt.

Hipp lief auf der Straße die wenigen Meter zum Eisentor, stellte fest, dass es nur angelehnt war, und betrat das Grundstück. Ein breiter Kiesweg führte hinauf zur Villa. Den kleinen Fiat, der neben der Garage stand, konnte er von hier nicht sehen. Die Haustür war verschlossen. Auch war kein Fenster offen. Es war still, totenstill. Hipp ging ums Haus herum, sah sich die Rosenstöcke an, die gepflegten Oleandersträucher, schlenderte zu einer Bank, setzte sich hin und dachte nach.

Wie er den Blick über die Wiese schweifen ließ, glaubte er am Rand zwischen zwei Zypressen ein kleines Kreuz zu erkennen. Er erhob sich und ging hinüber. Tatsächlich, ein Kreuz, wie es schien ganz neu, zusammengenagelt aus zwei schmalen Holzlatten, mit einem eingebrannten Namen: Sulawesi. Davor ein kleiner frischer Erdhaufen. Sulawesi? Eine indonesische Insel? Wer oder was war hier beerdigt worden? Ein Hund? Er erinnerte sich an Rettensteins letzte E-Mail. Nein, Sulawesi war …

»Scusi, Signore, ma che sta cercando? Questa è proprietà privata!« Die Stimme kam vom Haus und hatte einen energischen

Ton. »Verlassen Sie sofort das Grundstück, oder ich hole die Polizei!«

Hipp drehte sich um und sah, wie in einem geöffneten Fenster im ersten Stock eine Frau gestikulierte.

»Mi dispiace«, entschuldigte er sich, »aber ich möchte Hubertus Rettenstein besuchen, ich bin ein alter Freund. Hippolyt Hermanus mein Name. Ist Hubertus da?«

»Signor Hermanus? Io mi ricordo di lei, ich erinnere mich an Sie, wir haben uns mal kennengelernt. Sie wollen den Padrone besuchen? Dio mio, Sie wissen es also nicht? Warten Sie, ich komme herunter.« Die Haushälterin bekreuzigte sich und schloss das Fenster.

Kurz darauf machte Maria Battardi die Eingangstür auf. Sie war bis auf rote Turnschuhe schwarz angezogen.

»Ist was passiert?«, spielte Hipp den Unwissenden.

Maria nickte. »Der Padrone, Signor Rettenstein, er ist tot.« Wieder bekreuzigte sie sich. »Ein tragisches Unglück, vor gut einer Woche. Gestern war die Beisetzung.«

Hipp sah Maria betroffen an. »Hubertus tot? Ich bin erschüttert. Deshalb auch Ihre Trauerkleidung, ich verstehe.«

Maria deutete nach unten. »Entschuldigen Sie meine Schuhe, sie sind unpassend. Aber ich trage sie immer bei der Arbeit. Die Trauerkleidung, nein, nicht wegen dem Padrone, das heißt, nicht nur wegen ihm, ich trage schon länger Schwarz. Vor einiger Zeit ist mein Mann verstorben.«

Jetzt war Hipp tatsächlich überrascht. »Mein aufrichtiges Beileid.« Und nach einer kurzen Pause. »Darf ich fragen, wie …?«

»Mein Mann oder der Padrone?«

»Signor Rettenstein, Sie sagten, er ist einem Unglück zum Opfer gefallen?«

»Sì, certo, ich selbst habe ihn gefunden, zusammen mit meinem

Bruder Carlo. Er ist im Weinkeller von einem einstürzenden Regal erschlagen worden. Eine Tragödie.«
»Hubertus Rettenstein ist tot, erschlagen von einem Regal«, murmelte Hipp. »Sie haben recht, eine Tragödie. Haben Sie etwas dagegen, wenn ich reinkomme?«
Maria zögerte. »Aber nur kurz. Ich möchte gleich gehen. Ich bin nur hier, um ein bisschen zu putzen und Ordnung zu schaffen. Sie können sich vorstellen, es war alles verdreckt, die Polizisten, Sanitäter, Journalisten, Fotografen, keiner hat sich die Schuhe abgeputzt, sie sind auf die Toilette gegangen, haben die Schüssel nicht saubergemacht, die dreckigen Handtücher auf den Boden geworfen, Espresso getrunken, die schmutzigen Tassen in die Spüle gestellt. Auf dem Boden in der Küche habe ich Glassplitter gefunden und Spuren von Rotwein. Alles kleine Schweine, Sporcaccioni! Und einen Teppich hat dieses Diebesgesindel auch mitgehen lassen, aus dem Flur.«
»Unglaublich. Könnte ich wohl ein Glas Wasser haben? Ich habe einen trockenen Mund. Das ist sehr freundlich, vielen Dank.« Auf dem Weg in die Küche fragte er: »Wer hat Sie eigentlich beauftragt, das Haus zu reinigen?«
»Niemand«, antwortete Maria. »Signor Rettenstein, er war ein guter Chef, er hat immer zum Monatsanfang gezahlt. Aber ich würde es auch umsonst machen. Ich war seit vielen Jahren seine Haushälterin. Was sollen die Erben von mir denken, wenn sein Haus so verdreckt ist?«
»Seine Erben? Wissen Sie, wer das ist?«
»Nein, keine Ahnung. Interessiert mich auch nicht. Morgen putze ich noch die Fenster, und dann ist Schluss. Ich habe zu Hause genug zu tun. Der Tod meines Mannes, Sie verstehen?«
»Ja, natürlich. Sie tun mir wirklich leid. Ich hoffe, Sie werden damit fertig.« Er nahm das Glas und trank einen Schluck.

Maria ließ ihn in der Küche kurz allein, um einen Besen zu holen. Die Zeit reichte ihm, eine spontane Idee in die Tat umzusetzen.
»Wer war Sulawesi?«, fragte Hipp, als Maria zurückkam.
»Seine Katze, er hat sie geliebt. Sie muss kurz vor ihm gestorben sein, er hat sie im Garten begraben. Sie haben ja das Kreuz gesehen. Ich habe es auch erst nach Rettensteins Tod entdeckt.«
»Seine Katze?« Hipp nickte. »Ich erinnere mich, ein schönes Tier.« Er stellte das Glas ab. »Ich will Sie nicht länger belästigen. Eine letzte Frage: Ob ich wohl kurz einen Blick in Rettensteins Weinkeller werfen dürfte, dort, wo er ums Leben gekommen ist?«
Maria schüttelte energisch den Kopf. »Bitte seien Sie mir nicht böse. Nein, das kann ich Ihnen nicht erlauben. Ich muss Sie jetzt wirklich bitten zu gehen. Ich hätte Sie wahrscheinlich gar nicht reinlassen dürfen. Ich sperre in wenigen Minuten alles ab, ich möchte nach Hause.«
Hipp verbeugte sich. »Selbstverständlich, Signora. Tut mir leid, dass ich Sie so überfallen habe. Ich bin immer noch völlig fassungslos. Rettenstein tot. Auch Ihr Mann. Sie haben mein Mitgefühl. Le mie condoglianze. Arrivederci, cara Signora. Le auguro ogni bene!«

Hipp versteckte die Giulietta auf einem kleinen Feldweg, beobachtete das Tor, bis er Maria wegfahren sah, stieg dann über die Mauer und lief erneut zu Rettensteins Villa. Das von ihm präparierte Küchenfenster ließ sich mit einem leichten Schlag aufstoßen. Er kletterte ins Haus, schloss das Fenster, ein Taschentuch verwendend, um Fingerabdrücke zu vermeiden, und atmete tief durch. Es war schon länger her, dass er sich als Einbrecher betätigt hatte. Er blickte auf den von Maria sorgfältig gereinigten Terrakotta-Boden, kontrollierte, ob seine Schuhsohlen sauber waren, kniete sich hin und inspizierte einige Fugen und Ritzen. Dann begann er ziellos durch das Haus zu wandern. Im Arbeitszimmer blieb er vor dem Notebook stehen. Er schaltete das Gerät ein, es gab kein Passwort, er war sofort drin. Unter »Gesendete Post« fand er die E-Mails, die ihm Rettenstein geschickt hatte. Ein Parmesanmesser in den Schreibtisch gerammt? Hipp sah auf die Arbeitsfläche. Richtig, dieses hässliche Loch in der Mitte mochte von einem solchen Messer herrühren. Ein vergifteter Wein, dem die Katze zum Opfer gefallen war? Nun, ihr Grab hatte er gefunden. Sozusagen ein Tierversuch mit letalem Ausgang. Aber wo war der erwähnte Drohbrief? Hipp durchsuchte die Schreibtischschubladen, ohne Ergebnis. Auch las er sich durch die aktuellen E-Mails. Er vermochte nichts zu finden, das in einem Zusammenhang mit Rettensteins Tod stehen könnte. Er nahm einen Speicher-Stick aus Rettensteins Arbeitsutensilien und kopierte die elektronische Post der letzten Wochen. Dann schaltete er das Gerät wieder aus und machte sich auf den Weg zum Weinkeller. Die Tür war unverriegelt. Außerdem stammte das Schloss aus dem späten Mittelalter, er hätte es mit einem Stück Draht aufgebracht. Nicht nur er, auch jeder andere. Hipp schaltete das Licht ein und ging die Stufen hinab. Es roch nach Wein, aber leider auch nach Putzmittel. In einer Ecke waren die Überreste des Regals gestapelt, in mehreren großen Plastikwannen fanden sich Scherben und zerbrochene Flaschen. Wie Hipp feststellte, handelte es sich tatsächlich um Sassicaia. Einige Flaschen schienen das Unglück überlebt zu haben. Sie standen aufgereiht auf dem gescheuerten Boden, der aber gleichwohl Spuren von eingesickertem Rotwein erkennen ließ. Hipp zuckte mit den Schultern. Hier hatte Maria

so konsequent Ordnung gemacht, dass beim besten Willen nichts mehr zu erkennen war. Selbst der obligatorische Kreidestrich fehlte, der die Umrisse des Leichnams markierte. Er ging wieder hinauf, machte das Licht aus, schloss die Tür, setzte sich im Wohnzimmer einige Zeit in den großen Ohrensessel, dachte nach – und verließ schließlich das Haus durch die Küche, das Fenster hinter sich zuziehend.
Wäre er auf dem Weg hinunter zur Mauer plötzlich und unerwartet stehengeblieben, hätte sich rasch umgedreht und zu dem Schuppen mit den Gartengeräten geblickt, dann hätte er wahrscheinlich bemerkt, dass er nicht alleine war. Aber Hipp blieb weder stehen, noch sah er sich um.

10

Die große Lagerhalle der Firma Delicatezze dall'Italia, die der Einfachheit halber auch unter Delita firmierte, befand sich vor den Toren Parmas, verkehrsgünstig gelegen an der Autobahn, die von Mailand nach Bologna führte. Hier waren die feinsten italienischen Spezialitäten gelagert: Prosciutto di Parma*, Parmigiano Reggiano*, Mortadella, Ricotta, getrüffeltes Olivenöl, Aceto Balsamico Tradizionale* di Modena. Hinzu kamen Fische und Meeresfrüchte, Wein ... Alles für den Export bestimmt, bevorzugt nach Deutschland, nach Österreich und in die Schweiz, zunehmend auch in die Ostmärkte, nach Russland, sogar bis nach China.
Die Geschäftsleitung von Delita residierte im Centro storico von Parma*, jener alten Residenzstadt, die einst von den Farnese regiert wurde, später zum Herrschaftsbereich der Bourbonen zählte und heute als Zentrum der italienischen Nahrungsmittel-

industrie gilt. Die Büros lagen im ersten Stock eines klassizistischen Altbaus in unmittelbarer Nähe der Piazza Garibaldi. Ugo Zorzi und sein österreichischer Partner Amedèo Steinknecht gönnten sich diesen Luxus schon deshalb, weil sich das Flair Parmas auf ihre Kunden aus nördlicheren Gefilden durchaus verkaufsfördernd auswirkte. Außerdem schätzten sie für ihr eigenes Wohlbefinden die vielen Straßencafés und Trattorien in der unmittelbaren Nähe. Und wenn die Geschäfte mal nicht so gut liefen, dann konnte man in der Pfarrkirche Madonna della Steccata eine Kerze stiften, bei größeren Problemen gab es entsprechend teurere und wirkungsvollere Kerzen im Duomo Santa Maria Assunta. Aber Zorzi und Steinknecht hatten schon länger keine Kerzen mehr stiften müssen, Umsatz und Gewinn entwickelten sich prächtig.

Während Steinknecht schon seit vielen Jahren in Parma lebte und fast täglich im Büro war, kam Zorzi nur zu wichtigen Terminen vorbei. Was auch kurzfristig erfolgen konnte, denn von Modena*, wo ihm eine traditionsreiche Acetaia, eine Essigfabrik, gehörte, war es nicht weit. Dass sich die beiden Herren heute im Büro trafen, war freilich schon seit Tagen verabredet. Der Sekretärin hatten sie gesagt, dass sie keinesfalls gestört werden wollten. Auf dem Tisch war ein großer Teller mit hauchdünn aufgeschnittenem Parmaschinken und Grissini vorbereitet. Außerdem hatten sie eine Flasche Bricco dell Uccellone geöffnet, vielleicht half der Barbera* bei der anstehenden Entscheidungsfindung.
»E ora che facciamo, was machen wir jetzt?«, kam Ugo Zorzi auf den Punkt. Steinknecht wusste genau, worauf sein Partner anspielte. Der Anlass ihres Zusammentreffens lag im plötzlichen Ableben von Hubertus G. Rettenstein begründet. Denn Ret-

tenstein war stiller Teilhaber von Delita gewesen, ihm gehörten nicht weniger als vierzig Prozent der Firma.
»Vor allem sollten wir keinen Fehler machen«, antwortete Steinknecht vieldeutig. Er nahm einen Grissino, umwickelte ihn mit Schinken und biss ab.
»In jedem Problem liegt gleichzeitig eine Chance«, stellte Zorzi fest.
»Eine Chance für wen? Für dich oder für uns?«
»Jedenfalls nicht für Hubertus.«
»Du bist pietätlos. Immerhin war Hubertus nicht nur unser Partner, sondern auch ein guter Freund.« Steinknecht sah Zorzi konzentriert an, um dann fortzufahren: »Weißt du, was mir immer wieder durch den Kopf geht?«
»Was denn?«
»Nur so eine Idee. Es wäre doch denkbar, dass Hubertus keinen Unfall hatte, sondern umgebracht wurde. Wäre doch möglich, rein theoretisch, oder?«
Zorzi lächelte. »Rein theoretisch? Sì, perchè no? Aber wer sollte so etwas tun?«
Steinknecht ließ sich mit der Antwort Zeit. »Du zum Beispiel«, sagte er schließlich, »du könntest es getan haben.«
»Bist du verrückt!«, brauste Zorzi auf. »Warum sollte ich?«
»Soviel ich weiß, hat dir Hubertus ein zinsloses Darlehen für den Ausbau deiner Acetaia gewährt. Und jetzt wollte er das Geld zurück. Da ist es vielleicht ganz praktisch, dass er seiner Forderung keinen Nachdruck mehr verleihen kann.«
»Caro amico«, sagte Zorzi, der sich schon wieder beruhigt hatte, »du bist nicht auf dem neuesten Stand. Das Darlehen habe ich zurückgezahlt, vor genau zwei Wochen.«
»Bist du dir da sicher?«, fragte Steinknecht.
»Ganz sicher, amico mio. Das kannst du mir glauben.« Zorzi

nahm das Weinglas und prostete seinem Partner zu. »Ich habe also kein Motiv. Che peccato, so ein Pech. Aber was ist mit dir?«

»Was soll mit mir sein?«

»Nun, ich habe mir nämlich auch schon überlegt, dass unser lieber Hubertus nicht ganz freiwillig verstorben ist. Und seltsamerweise habe ich dabei an dich gedacht.«

Steinknecht verschluckte sich an seinem Grissino und hustete. »Jetzt bist aber du verrückt, completamente pazzo! Ich hatte nun wirklich keinen Grund, Hubertus umzubringen, ganz im Gegenteil.«

Zorzi roch am Glas mit dem Bricco dell Uccellone. »Wunderbar, dieses Bukett aus roten Früchten, ein Hauch von Konfitüre ... Keinen Grund, Hubertus umzubringen? Vielleicht nicht vorsätzlich, aber im Affekt. Ihr habt doch immer wieder darüber gestritten, wie die Firma geführt werden sollte. Hubertus war leicht erregbar, und du bist es auch, das wissen wir beide.«

Steinknecht langte sich an den Kopf. »Ugo, ich glaub, du spinnst, das ist doch völliger Unsinn. Nun gut, wir hatten gelegentlich Meinungsverschiedenheiten, aber das ist doch kein Grund, ihn umzubringen.«

»Che bello, diese weichen Tannine und der lange Abgang.« Zorzi schmatzte und stellte das Glas wieder ab. »Sì, das ist kein Grund. Doch du solltest lernen, dich besser zu beherrschen.«

»Jetzt ist aber Schluss!«, protestierte Steinknecht. »Das bringt doch nichts, wenn wir uns gegenseitig verdächtigen.«

»Nein, das bringt nichts«, bestätigte Zorzi, »aber du hast angefangen.«

»Und jetzt?«

»Jetzt sollten wir darüber nachdenken, was auf uns zukommen

kann und wie wir uns darauf vorbereiten können. Wir haben beide keine Ahnung, wer Hubertus beerbt, richtig?«
Steinknecht zuckte ratlos mit den Schultern. »So ist es. Er war schon lange geschieden, hat keine Geschwister, keine Kinder …«
»Keine Kinder? Bist du dir da sicher?«
»Ich denke schon. Hat er je ein Kind erwähnt? Nein, weder Sohn noch Tochter. Wahrscheinlich gibt es irgendwelche entfernten Verwandten, die den ganzen Schotter erben.«
»Den ganzen Schotter, die Villa bei Alba, den Mercedes, den Weinkeller – und die Anteile an unserer Firma.«
»Das genau ist das Problem. Laut Vertrag haben im Todesfall die verbleibenden Partner, also wir beide, ein Vorkaufsrecht.«
»Wobei der Wert von Hubertus' Anteilen von einem neutralen Gutachter festgesetzt wird.«
»Und weder du noch ich haben das Geld, das Vorkaufsrecht auf zwanzig oder vierzig Prozent der Anteile auszuüben.«
»Was bedeutet, dass wir über kurz oder lang einen Gesellschafter oder Treuhänder in der Firma haben, der uns das Leben schwer macht.«
Die beiden sahen sich mit ernster Miene an. »Was es zu verhindern gilt«, stellte Steinknecht fest.
»Allora«, sagte Zorzi nach kurzem Nachdenken, »ich sehe nur eine Möglichkeit. Wir müssen unsere aktuelle Bilanz so flexibel uminterpretieren, dass unsere Firma fast nichts mehr wert ist, am besten kurz vor dem Konkurs steht. Mögliche Erben werden sich in diesem Fall gerne und möglichst schnell von ihren Anteilen trennen, und wir beide übernehmen diese zu gleichen Teilen. Und wie durch ein Wunder sind wir kurz darauf wieder saniert und erfolgreicher denn je.«
»Ich habe gerade einen Großauftrag von einem Versender aus

Frankfurt angenommen. Tausende von Gläsern mit Pastasaucen ...«, erwähnte Steinknecht.
»Ruinös, absolut ruinös!«, kommentierte Zorzi grinsend.
»Und die Lieferung mit dem Olivenöl nach Österreich. Billigste Tankware aus Süditalien, höchst rentabel zum Olio extra vergine aufgewertet und in sehr dekorativen Flaschen abgefüllt.«
»Eine entsetzliche Fehlkalkulation. Die Flaschen waren viel zu teuer, und erst die Transportkosten!«
»Wahrscheinlich haben wir auch bei den Scampi etwas falsch gemacht.«
»Eine Tragödie. Die Kühlanlage ist ausgefallen, wir mussten unseren gesamten Bestand vernichten. Ich bin mir sicher, dass wir die entsprechenden Dokumente finden werden. Ich kenne da einen sehr talentierten Buchhalter.«
»Also war das gesamte Geschäftsjahr bislang ...«
»Eine einzige Katastrophe. So ist es. Spätestens in einigen Tagen wird das aus unseren Büchern zweifelsfrei hervorgehen. Der Wert unserer Firma geht gegen Null.«
Steinknecht lächelte und hob sein Glas. »Darauf sollten wir einen trinken!«
Zorzi nickte und stieß mit seinem Partner an. »Alla salute! Auf den Niedergang unserer Firma!«

11

Hippolyt hatte sich mit Maresciallo Viberti in dessen Lieblings-Osteria zum Essen verabredet. Er kannte ihn gut genug, um zu wissen, dass dies die einzige Möglichkeit war, ihm Informationen zu entlocken. Wie üblich übernahm es Viberti, das Menü zusammenzustellen, eine Aufgabe, für die er in höchstem Maße qualifiziert war. Hipp stellte amüsiert fest, dass der Maresciallo ein einfaches Konzept verfolgte – indem er nämlich durchgängig jedes Gericht mit Trüffel bestellte, angefangen von Uovo in cocotte con tartufo bianco*, was immer das auch sein mochte, über Tajarin con tartufo* bis zu Tagliata con tartufo bianco*.

Viberti zuckte entschuldigend mit den Schultern. »Signor Hermanus, es ist nun mal Trüffelzeit. Nur Ignoranten bestellen im Oktober etwas anderes. Außerdem haben Sie extra den weiten Weg aus der kulinarischen Wüste ins gesegnete Piemont* auf sich genommen.«

»Kulinarische Wüste?«

»Die Toskana, mein lieber Dottore. Ich verstehe sowieso nicht, warum Sie sich gerade dort niedergelassen haben. Nun gut, es gibt ein paar schöne Gebäude, da will ich nichts sagen, die Renaissance ist eine feine Sache. Aber seien Sie doch mal ehrlich, rein kulinarisch hat die Toskana nicht viel zu bieten. Schmecken Ihnen vielleicht Fagioli? Bei den Florentinern muss genetisch irgendetwas passiert sein, dass sie so in weiße Bohnen vernarrt sind. Die Bistecca alla fiorentina ist etwas für englische Touristen. Die Cantuccini aus Prato sind so hart, dass man sie erst in Vin Santo tunken muss, um sie überhaupt essen zu können. Und wie kann man Pecorino über die Pasta reiben, wo es doch wunderbaren Parmigiano gibt? Von der Livorneser Fischsuppe will ich gar nicht reden, eine äußerst unappetitliche Angelegenheit.«

Hipp musste lachen, die Gespräche mit Viberti schienen immer dem gleichen Muster zu folgen. »Sie übertreiben, verehrter Maresciallo. Man kann in der Toskana vorzüglich essen. Zum Beispiel …«

»Zum Beispiel gibt es in der ganzen Toskana kein gutes Risotto«, unterbrach ihn Viberti, »das ist eine allseits bekannte Tatsache. Polenta mit Haselnüssen? Fehlanzeige! Einen Brasato al Barolo*? Unbekannt! Agnolotti? Noch nie gehört! Agnolotti con tartufo bianco? Das scheitert schon an der Trüffel!«

»Sie wissen, dass man in der Toskana sehr wohl Trüffeln findet«, merkte Hipp vorsichtig an.

»Ja, das weiß ich. Aber nach meiner subjektiven Einschätzung können sie sich in keinster Weise mit der originären Alba-Trüffel messen. Deshalb ist es besonders dreist, wenn gelegentlich Trüffeln aus der Toskana* oder den Marken* unter unsere königlichen Tartufi d'Alba geschmuggelt werden. In meinen Augen handelt es sich bei diesem Delikt um ein Kapitalverbrechen.«

Hipp reichte Viberti die Weinkarte, in der Hoffnung, seinen Redefluss auf diese Weise zumindest vorübergehend zu unterbrechen. »Darf ich Sie bitten, uns einen Wein auszuwählen.«

Der Maresciallo wehrte die umfangreiche, in Leder gebundene Mappe elegant ab. »Nein, vielen Dank. Erstens kenne ich die Weinkarte auswendig. Zweitens sind Sie der Gastgeber. Und drittens, mein lieber Dottore, mögen Sie zwar beim Essen noch gewisse Bildungsdefizite haben, aber beim Wein verfügen Sie über phänomenale Kenntnisse und einen unübertroffenen Geschmackssinn. Davon habe ich mich mehr als einmal überzeugt. Ich lege mein Schicksal vertrauensvoll in Ihre Hände.«

Hipp schmunzelte. »Soll ich zum Auftakt einen Wein aus der Toskana bestellen?«

Viberti ließ ein leises Stöhnen vernehmen. »Wenn es unvermeidbar ist. Aber bitte keinen Chianti, auf diesen Wein reagiere ich gewöhnlich mit einem allergischen Schock.«

»Also vielleicht doch lieber einen feinen Spumante zum Auftakt. Und danach einen Barbaresco, wie wäre es mit einem Costa Russi von Angelo Gaja?«

Der Maresciallo küsste seine zu einer Rose geformten Fingerspitzen. »Ottimo, complimenti. Ich wusste ja, ich kann mich auf Ihren noblen Geschmack verlassen.«

Das Uovo in cocotte con tartufo bianco* wurde in einem Förmchen serviert. Von einem Ei war nichts zu sehen, dafür war reichlich weiße Trüffel über eine cremige Masse gehobelt. Zögerlich nahm Hipp eine Gabel, probierte etwas davon und identifizierte neben der intensiven Trüffel leichte Käsearomen. Amüsiert sah ihm Viberti zu.

»Fonduta?«, fragte Hipp.

»Ganz genau«, bestätigte Viberti, »eine Soße vom Fontina-Käse. Das immerhin haben Sie rausgeschmeckt. Aber ansonsten machen Sie, wenn ich mir diese Bemerkung erlauben darf, so ziemlich alles falsch. Sie benötigen dringend eine intensive kulinarische Fortbildung. Natürlich unter meiner Anleitung.«

»Aber gerne.«

»Sehen Sie diesen kleinen Löffel neben Ihrem Teller? Er ist nicht als Tischdekoration gedacht. Mit diesem Cucchiaino rühren Sie die frisch gehobelten Trüffelscheiben in die Masse. Sehen Sie? Da ist ein wachsweicher Eidotter drin. Schön verrühren! Nun den Duft inhalieren. So, jetzt dürfen Sie erneut probieren. Schmeckt's?«

»Buonissimo!«

Eine halbe Stunde später fand Hipp, dass es langsam Zeit wurde, die nicht unerhebliche Investition in das Mittagessen zu amortisieren. Also lenkte er das Gespräch behutsam in Richtung Hubertus Rettenstein. Er hatte dem Maresciallo ja schon am Telefon sein Anliegen angedeutet. So kam es für Viberti nicht wirklich überraschend, als Hipp nach den näheren Umständen des Unglücksfalls fragte, obwohl es der Maresciallo bedauerte, seine Ausführungen zu den verschiedenen Käsesorten des Piemont beenden zu müssen.

»Wie dieser Signor Rettenstein ums Leben gekommen ist? Nun, das ist leicht zu beantworten: Wahrscheinlich hätte allein die Wucht des umstürzenden Regals ausgereicht, seinen Tod herbeizuführen. Die abgebrochene Flasche Wein, die sich ihm dabei tief in den Hals gebohrt hat, dürfte sein Ableben beschleunigt haben. Ein schreckliches Unglück. Sie wissen, dass ihm der Sassicaia zum Verhängnis geworden ist? Kein schlechter Wein, ganz gewiss nicht, aber leider aus der Toskana. Da stellt sich schon die Frage: Wie kann man in einem Weinkeller im Piemont ein ganzes Regal ausschließlich mit diesen Flaschen bestücken? Und das ganz offenbar unter Missachtung der Statik. Verzeihen Sie mir die Anmerkung. Bei allem Respekt vor der Sammelleidenschaft des Signor Rettenstein, aber hätte er sich bei diesem überteuerten Wein aus der Toskana etwas zurückgehalten, im Barolo-Regal wäre noch reichlich Platz gewesen, dann wäre er noch am Leben.«

Hipp konnte sich ein Lächeln nicht verkneifen. »Das ist eine interessante These. Maresciallo, haben Sie an die Fotos gedacht, um die ich Sie gebeten habe?«

»Sì, certo. Natürlich verstößt das gegen die Bestimmungen. Aber weil Sie ein guter Freund sind und den Carabinieri mal bei der Aufklärung eines Falles geholfen haben, setze ich mich darüber hinweg.« Viberti zog einen Umschlag aus der Jackentasche und reichte ihn über den Tisch. »Die Aufnahmen zeigen den Verstorbenen unter den Trümmern seines Weinregals«, erläuterte er, was ohnehin zu sehen war. »Ich finde, die Bilder sind gut gelungen, unser Fotograf ist sehr talentiert. Achten Sie bitte auf die dramatischen Schatten, die klaren Farben, das ist fast schon künstlerisch wertvoll. Sehr schön auch die Lichtreflexe auf den zerbrochenen Flaschen …« Viberti sah, wie Hipp beim Anblick der Bilder leise den Kopf schüttelte. »Was ist? Gefallen sie Ihnen nicht?«

»Nein, sie gefallen mir nicht, ganz und gar nicht. Vor allem diese Nahaufnahme mit der abgebrochenen Flasche im Hals.«

Viberti zog eine Grimasse. »Ich gebe zu, das sieht nicht gut aus.«

Hipp legte die Fotos zur Seite. »Maresciallo, stellen Sie sich ein über zwei Meter hohes Weinregal vor, das aus unerfindlichen Gründen nicht vertikal in sich zusammenstürzt, sondern nach vorne umfällt, und zwar direkt auf Sie zu. Wie würden Sie reagieren?«

Viberti kreuzte die Arme schützend vor den Kopf. »Vielleicht so?«

»Sehr gut, ganz genau. Das wäre ein normaler Reflex. Aber unser Opfer liegt mit ausgebreiteten Armen auf dem Boden. Das kommt mir eigenartig vor.«

»Vielleicht hat die Wucht des Regals«, spekulierte Viberti, »die Arme zur Seite gerissen?«

Hipp nickte. »Das könnte sein. Nicht sehr wahrscheinlich, aber möglich. Was mir jedoch noch weniger gefällt, ist dieses Flaschenfragment in seinem Hals. Das ist mir völlig unerklärlich. Die Flaschen liegen mit dem Boden nach hinten in den Fächern, das Regal fällt um, die Flaschen sind zu diesem Zeitpunkt alle intakt. Jetzt dreht sich eine Flasche in der Luft um hundertachtzig Grad, bricht dabei in der Mitte entzwei, um sich dann mit den scharfen Zacken voraus in den ungeschützten Hals des Opfers zu bohren. Wie soll das gehen?«

Viberti nahm die Fotos und steckte sie wieder in den Umschlag.

»Dottore, Sie haben ein scharfes Auge. In der Tat kam dieser Einwand auch aus der Gerichtsmedizin. Aber unsere Experten aus der Ballistikabteilung sind zu dem Schluss gekommen, dass dies sehr wohl möglich ist. Ein Regalbrett von weiter oben könnte die Flasche im Flug getroffen haben …«

Hipp schüttelte erneut den Kopf. »Ich möchte Ihren Experten nicht widersprechen, aber ich halte das nicht nur für sehr unwahrscheinlich, sondern sogar für völlig ausgeschlossen.«

Viberti steckte den Umschlag in die Tasche und schob den Teller mit der Tagliata con tartufo zur Seite. Ihm schien der Appetit vergangen zu sein. »Dottore, worauf wollen Sie hinaus?«

»Um es kurz zu sagen: Hubertus Rettenstein ist nach meiner Überzeugung keinem Unglück zum Opfer gefallen, sondern umgebracht worden.«

»Wir haben den Fall bereits abgeschlossen«, protestierte Viberti, »wobei wir Carabinieri uns ausnahmsweise mit der Questura einig sind. Es liegen keine ausreichenden Verdachtsmomente vor, die für eine Gewalttat sprechen würden.«

»Was halten Sie davon, wenn ich Ihnen einige Verdachtsmomente liefere?«

Viberti zupfte sich am Ohrläppchen. »Abgesehen davon, dass Sie mir damit Arbeit machen würden, womöglich viel Arbeit, also abgesehen davon könnte ich sie mir ja mal anhören, Ihre Verdachtsmomente. Auch wenn ich mir beim besten Willen nicht vorstellen kann, wie diese aussehen könnten.«

Hipp deutete auf Vibertis Teller. »Per favore, lassen Sie die Tagliata nicht kalt werden.«

»Sie haben recht, das wäre eine Schande. Das Fleisch ist wunderbar zart. Unsere Rinder der Rasse Piemontese haben ein einzigartiges Fleisch, sehr fettarm und wenig Cholesterin. Die Rinder sollten zum Weltkulturerbe ernannt werden.«

Hipp erzählte von den E-Mails, die ihm Rettenstein geschickt habe, davon, dass er um Hilfe gebeten habe, dass er von Leben und Tod geschrieben habe, von einem Drohbrief, von einem vergifteten Wein, einer toten Katze und einem Parmesanmesser. Vibertis Aufmerksamkeit wurde zwischen der Tagliata und Hipps Ausführungen hin- und hergerissen. Beim Stichwort »Parmesanmesser« erschrak er. »Wollen Sie damit andeuten, dass Signor Rettenstein seine Katze mit einem Coltello da parmigiano …?«

»Nein, das Messer war in seinen Schreibtisch gerammt, mit einem Drohbrief.«

»Grazie a Dio, das wäre sonst ein Fall für den Tierschutzverein. Ein Drohbrief?«

»Ja, habe ich doch gerade erzählt«, sagte Hipp.

»Entschuldigen Sie, das ist mir entgangen. Sie wissen schon, dieses überaus köstliche Fleisch. Al sangue, einfach delizioso! Übrigens, darf ich noch etwas Wein nachschenken?«

»Sehr gerne. Vielleicht hilft der Barbaresco bei unseren Überlegungen?«

»Davon bin ich überzeugt. Das ist sozusagen ein Naturgesetz. Allora, wir waren beim Parmesanmesser und dem Drohbrief. Dottore, verzeihen Sie mir, was Sie erzählen, klingt zwar beunruhigend, ist aber als Verdacht nicht ausreichend. Signor Rettenstein ist weder vergiftet worden, noch hat man ihn mit einem Parmesanmesser erstochen. Wo besteht hier ein Zusammenhang? Mi scusi, ich kann keinen erkennen!«

»Ich hatte Gelegenheit, mit Maria Battardi zu sprechen …«

»Mit Rettensteins Haushälterin? Die arme Frau habe ich persönlich verhört, sie kann leider nichts zur Aufklärung beitragen.«

»Da haben Sie sicherlich recht, aber sie hat mich auf eine Idee gebracht. Darf ich Ihnen meine Theorie des Tathergangs erläutern?«, fragte Hipp.

»Nur zu, jetzt bin ich wirklich neugierig.«

»Ich vermute, dass Hubertus Rettenstein in der Küche ermordet wurde. Vielleicht nicht vorsätzlich, sondern im Streit oder wie auch immer. Jedenfalls hat dort jemand die Flasche abgeschlagen und sie ihm in den Hals gestoßen.«

»In der Cucina? Wie kommen Sie denn darauf?«

»Maria hat mir erzählt, dass sie am Boden kleine Glassplitter entdeckt habe und in den Ritzen und Fugen Reste von Rotwein. Sie hat kräftig putzen müssen, bis die Küche wieder ihren Vorstellungen von Sauberkeit entsprochen hat. Ich glaube nicht, dass es ihre Kollegen waren, die hier Rotwein verschüttet und eine Flasche zerbrochen haben.«

»No, è assolutamente escluso, das ist völlig ausgeschlossen«, bestätigte Viberti. »Rotwein im Dienst, no, no!«

»Also spricht einiges dafür, dass der Täter Spuren beseitigen wollte. Aber es eben nicht sorgfältig genug für Marias scharfe Augen getan hat. Was halten Sie davon, die Küche von Spezialisten der Carabinieri untersuchen zu lassen, sozusagen mikroskopisch genau? Ich möchte wetten, dass selbst Maria noch einiges übersehen hat. Und ich gehe davon aus, dass nicht nur Rotweinreste gefunden werden, sondern auch Spuren von Blut.«

»Etwa Blut vom bedauernswerten Rettenstein? Das wäre wirklich interessant. Nun gut, das kann ich veranlassen.«

»Im Anschluss hat der Täter Rettensteins Leichnam in einen Teppich gerollt und in den Weinkeller geschleift …«

»In einen Teppich?«

»Ja. Maria hat einen fehlenden Flurteppich erwähnt. Er muss voller Blut gewesen sein, der Täter konnte ihn nicht zurücklassen. Im Keller hat er die Leiche mit dem Rücken auf den Boden gelegt, die abgebrochene Flasche erneut in den Hals gebohrt …«

»Che schifo, wie ekelhaft!«

»... und das Regal umgeworfen. Ich denke, dass Rettenstein dort nicht mehr allzu sehr geblutet hat. Er war ja schon einige Zeit tot, aber das war mit all dem Rotwein wahrscheinlich kaum festzustellen. Anschließend hat der Täter versucht, alle Spuren zu beseitigen. Vielleicht hat er auch den oder die Drohbriefe an sich genommen, oder sie lassen sich im Haus noch irgendwo finden. Dann hat er das Haus verlassen ...«

»Die Haustür und auch jene vom Nebeneingang waren abgesperrt«, brachte Viberti einen Einwand.

»Zumindest beim Nebeneingang hat von innen kein Schlüssel gesteckt, richtig? Sonst hätte sie ja Maria nicht öffnen und Rettensteins Leiche finden können. Also könnte der Täter ganz gemütlich von außen abgesperrt haben. Vielleicht fehlt ein Schlüssel. Man wird das womöglich nicht feststellen können, weil niemand weiß, wie viele Hausschlüssel wirklich existierten. Oder der Täter hat einen anderen Weg gefunden. Über ein Kellerfenster oder aus dem ersten Stock, wer weiß? Das ist sekundär.«

Der Maresciallo nahm einen Schluck Rotwein. »Dieser Barbaresco wirkt überaus anregend. Ich kann mich zunehmend mit Ihrer Theorie anfreunden. Schade, dass wir keine weiteren Anhaltspunkte für den Wahrheitsgehalt haben.«

»Sie sollten eine Autopsie durchführen lassen«, schlug Hipp vor.

»Das ist unmöglich«, empörte sich der Maresciallo, »der arme Verstorbene ist erst gestern feierlich beerdigt worden. Ich kann ihn nicht einfach wieder ausgraben, mit der einzigen Begründung, dass mir diese Idee bei einem Glas Barbaresco gekommen ist.«

»Nein, ich spreche nicht von Rettenstein«, korrigierte Hipp,

»vielmehr von seiner geliebten Katze Sulawesi. Er hat sie kurz vor seinem Tod im Garten beerdigt, das Grab mit dem Kreuz ist leicht zu finden. Wenn ich Rettensteins verworrene Nachricht richtig interpretiere, wird sich herausstellen, dass die Katze vergiftet worden ist. Was immerhin belegen würde, dass die Bedrohung kein Hirngespinst war.«

»Rettensteins Katze exhumieren? Nun, ich denke, das kann ich veranlassen. Dottore, Sie kennen mich als großen Skeptiker, aber ich könnte mir vorstellen, dass Sie in diesem Punkt recht haben. Und ich bin wirklich neugierig, ob wir in der Küche Spuren von Blut finden.«

»Warten wir's ab«, sagte Hipp. »Wir könnten uns jetzt dem Dolce zuwenden.«

»Una buona idea. Aber vorher brauche ich eine Grappa. Ihre Theorie schlägt mir auf den Magen.«

»Due Grappe, ich kann auch eine brauchen.«

»Dottore, Sie müssen mir versprechen, dass Sie mir helfen.«

»Inwiefern?«

»Wenn Sie mit Ihrer Theorie recht haben sollten, muss ich eine Sonderkommission einsetzen und höchstpersönlich deren Leitung übernehmen. Das bringt mich ermittlungstechnisch in Zugzwang.« Der Maresciallo räusperte sich. »Ich möchte mich nicht blamieren, wenn Sie verstehen, was ich meine. Immerhin habe ich einen Ruf zu verlieren.«

Hipp lächelte. »Keine Sorge. Im Rahmen meiner bescheidenen Möglichkeiten trage ich gerne zur Aufklärung bei.«

»Grazie, Dottore. Das beruhigt mich.«

»Darf ich noch zwei Fragen stellen?«

Viberti nickte. »Naturalmente. Sie wollen wissen, welche Grappa? Ich empfehle eine Grappa di Moscato, sehr weich und aromatisch.«

»Grappa di Moscato? Sehr gerne. Nein, ich wollte Sie fragen, ob schon bekannt ist, wer Hubertus Rettenstein beerbt?«

Viberti zuckte mit den Schultern. »Keine Ahnung. Da müssen Sie Rettensteins Anwalt fragen. Die Kanzlei von Avvocato Romagnosi finden Sie in der Via Mandelli. Am besten lassen Sie sich vorher einen Termin geben. Aber ich bezweifle, dass er Ihnen eine Auskunft erteilen wird. Falls sich allerdings unser Verdacht bestätigt …«

Beim Wörtchen »unser« musste Hipp leise schmunzeln.

»… werde ich als Leiter der Sonderkommission offiziell Akteneinsicht beantragen. So lange müssen wir uns wohl gedulden. Und die zweite Frage?«

»Als ich Maria Battardi traf, trug sie Trauerkleidung. Sie sagte, dass vor kurzem ihr Mann verstorben sei. War er krank, oder ist was passiert?«

»Ildefonso Battardi, er ruhe in Frieden. Nein, er war nicht krank. Er ist erschossen worden, bei der Trüffelsuche. Vermutlich ein Jagdunfall. Sie müssen wissen, Ildefonso war der beste und berühmteste Trifolao unserer Region. Sein Tod ist ein großer Verlust.«

»Erschossen? Ein Jagdunfall?«

Viberti hob abwehrend die Hände. »Dottore, bitte zügeln Sie Ihre Phantasie. Keine neue Theorie! Ich kann nicht zwei Sonderkommissionen zur selben Zeit leiten. Erst recht nicht zur Trüffelzeit, impossibile. Ildefonso ist ziemlich sicher einem Jagdunfall zum Opfer gefallen, so etwas kommt leider immer wieder vor. Vor allem in Asti. Die Jäger dort sind lausige Schützen. Natürlich ermitteln wir. Dazu verpflichtet uns nicht nur das Gesetz, das sind wir auch der armen Maria schuldig.«

»In Asti? Dort hat Marias Mann nach Trüffeln gesucht?«

»Perchè no? Dort gibt es schöne Wälder.«

»Nun, ich habe keinen Grund, den Jagdunfall in Zweifel zu ziehen.« Hipp machte eine nachdenkliche Pause. »Wie hat man sich eigentlich so eine Trüffelsuche vorzustellen?«, fragte er.
»Sie interessieren sich für die Trüffelsuche? Perfetto, Sie müssen wissen, das ist eine hohe Kunst. Natürlich könnte ich Ihnen viel dazu erzählen, sehr viel, aber besser noch, Sie fragen Marias Bruder Carlo. Mit ihm können Sie sich auch gut über Weine unterhalten, ihm gehört eine Enoteca in Neive*. Außerdem hat er einen Tesserino, eine staatliche Lizenz zum Trüffelsuchen. Vielleicht nimmt er Sie mal mit? Das ist ein schönes Erlebnis. Aber passen Sie auf, dass Sie nicht erschossen werden!«
Hipp grinste. »Vielen Dank. Ich werde mich bemühen. Schließlich können Sie nicht drei Sonderkommissionen leiten!«
Der Maresciallo hob sein Grappa-Glas und stieß mit Hipp an. »Da haben Sie völlig recht. Jedenfalls nicht gleichzeitig und nicht zur Trüffelzeit!«

12

Wenn Amedèo Steinknecht in Parma* ungestört nachdenken wollte, dann verabschiedete er sich im Büro und ging spazieren. Über die Strada Garibaldi, durch die Torbögen des mächtigen Palazzo della Pilotta mit seinen Museen und dem großartigen Teatro Farnese, über den Ponte Verdi zum Parco Ducale. Hier konnte er sich auf eine Bank setzen, die Enten auf dem kleinen See beobachten – und seine Gedanken schweifen lassen.
Waren die Probleme, die es zu reflektieren galt, von schwerwiegender Natur, dann suchte er gewöhnlich einen Friedhof auf und ging zwischen den Grabsteinen spazieren. Das hatte er

schon immer so gemacht, als kleines Kind in Wien auf dem Zentralfriedhof, später in Venedig auf der unvergleichlichen Friedhofsinsel San Michele. Er hatte überall seine Lieblingsplätze.
Seine musikbegeisterten Eltern hatten ihm den Vornamen Amadeus gegeben. Weil er schon so lange in Italien lebte, war daraus Amedèo geworden.
Heute war er zum Cimitero della Villetta gefahren. Der Friedhof gefiel ihm schon deshalb, weil hier der gottlose Teufelsgeiger Niccolò Paganini beerdigt war. In seiner Geburtsstadt Genua hatte man seinen Sarg abgelehnt, in Parma aber war sein Leichnam willkommen gewesen. An ihn erinnerte ein kleiner Tempel mit goldener Kuppel. Darunter eine Büste des Maestro. Sehr schön auch der Adler mit einer Violine im Schnabel und einem Geigenbogen in der Kralle. Neben Paganinis letzter Ruhestätte lud der flache Grabstein der Famiglia Campanini dazu ein, selbigen als Sitzbank zu entehren und zu meditieren. Ein idealer Platz, um über den Sinn des Lebens nachzudenken, die Vergänglichkeit des Daseins immer vor Augen und Paganinis virtuoses Geigenspiel gleichsam im Ohr.
Steinknecht fragte sich, wie er die Zeitspanne, die ihm bis zum eigenen Dahinscheiden blieb, am erfolgreichsten gestalten konnte. Sollte er sich einfach treiben und vom Schicksal überraschen lassen? Oder war es klüger, den Lauf der Dinge aggressiv zu beeinflussen, mutig und kompromisslos? Nach seiner festen Überzeugung gab es kritische Momente im Leben, kurze Augenblicke nur, Wimpernschläge, die nicht vorhersehbar waren, die aber über die Zukunft entschieden und in denen man die richtigen Entscheidungen treffen musste. Diese waren unumkehrbar und in ihren Auswirkungen erst aus zeitlicher Distanz im Rückblick abzuschätzen.
Amedèo Steinknecht überlegte, ob das jetzt so ein kritischer

Moment war. Ein kleines Zeitfenster, das über seine Zukunft entschied. Er hatte eine anspruchsvolle Frau geheiratet, eine Mailänderin, die ein unglaubliches Talent im Geldausgeben hatte. Sein Riva-Boot auf dem Comer See, die Villa mit Swimmingpool, das Internat seines Sohnes in England, die Mitgliedschaft im Golfclub, die gemietete Cessna für die Wochenendausflüge zu ihrem Haus auf Sardinien – all das kostete Geld, viel Geld. Deshalb beglückwünschte er sich zum Tod seines Geschäftspartners und Freundes Rettenstein. Steinknecht konnte sich eines Grinsens nicht erwehren. Die Wege des Herrn sind unerforschlich.

Er neigte den Kopf und betrachtete Paganinis Grabstein. Was würde ihm der Teufelsgeiger raten? Steinknecht dachte an das Gespräch, das er erst gestern mit Ugo Zorzi geführt hatte. Dieser hatte sich von ihm erfolgreich manipulieren lassen. Von selbst war er auf die Idee gekommen, den Wert ihrer Firma nach unten zu korrigieren, und zwar gegen null. Ein perfekter Winkelzug, um Rettensteins Anteile quasi umsonst übernehmen zu können. Ein erster Schritt zu einem größeren Wohlstand im Leben. Allerdings hatte Ugo übersehen, dass ein zweiter Schritt denkbar wäre, der ihm einen noch größeren Wohlstand bescheren würde. Amedèo Steinknecht kicherte und gab Paganini mit den Händen den Auftakt für ein Solo. Er zog die Augenbrauen nach oben. Nichts zu hören! Paganini verweigerte sich. Ein zweiter Schritt? Nun, wenn mit Ugos Hilfe die Bücher so korrigiert waren, dass ihre gemeinsame Firma auf dem Papier nichts mehr wert war, dann konnte er nicht nur Rettensteins Anteile vom Nachlassverwalter oder seinen Erben billig erwerben, nein, auch Ugo Zorzis Anteile waren nichts mehr wert und ebenso günstig zu haben – vorausgesetzt, auch er wäre unglückseligerweise dahingeschieden! Steinknecht begann erneut zu dirigieren. Jetzt glaubte er Paganinis Stradivari zu hören, erst ganz leise, dann immer lauter und eindringlicher, sich zu einem furiosen Finale steigernd.

13

Hippolyt Hermanus hätte wohl bis mittags geschlafen, wäre er nicht vom Handy geweckt worden. Sabrina war dran, die ihm mit spöttischem Unterton einen guten Morgen wünschte, nach dem Wetter fragte, ob sein Alfa noch gehe, was er herausgefunden habe und wann er zurückkomme. Entschieden zu viele Fragen auf einmal! Weil er eine Antwort schuldig blieb und stattdessen unüberhörbar gähnte, entwickelte Sabrina spontan die Idee, ihn in Alba zu besuchen. Sie habe Lust auf Agnolotti, aber bitte ohne Trüffeln. Wie er wisse, könne sie sich mit dem intensiven Duft nicht anfreunden. Hipp erinnerte sich an das gestrige Mittagessen mit Viberti. So viel stand fest, auch er würde heute auf Trüffeln verzichten. Weder auf Tagliatelle noch im Espresso! Im Espresso? Er entschuldigte sich, ging ins Bad und hielt den Kopf unter das kalte Wasser.
So, nun war er annähernd wach. Er gab Sabrina einen kurzen Lagebericht. Auch dass heute die Sonne scheine, konnte er mit einem Blick aus dem Fenster bestätigen. Er freute sich, Cabrio-Wetter, er sollte einen Ausflug machen. Der Vorschlag mit dem Besuch sei ausgesprochen lieb, sagte er, aber wahrscheinlich komme er schon in wenigen Tagen zurück in die Toskana. Dann hätten sie mehr Zeit füreinander. Ob er schon attraktive Damen kennengelernt habe, wollte sie wissen. Hipp dachte an Maria Battardi und konnte diese Frage guten Gewissens verneinen. Er versprach, sich später wieder zu melden. Buona giornata, ciao, un bacino!

Eine gute Stunde später stand Hipp vor der geöffneten Kühlerhaube seines Alfas und betrachtete ratlos den Motor. Warum sprang seine Giulietta heute nicht an? Bei herrlichstem Wetter! Alle Kabel und Schläuche schienen am Platz. Die Batterie war nagelneu.
»Bella macchina, ma molto delicata.« Hipp drehte sich um. Noch keine attraktiven Damen kennengelernt? Jetzt sollte ihn Sabrina besser nicht mehr fragen. Allerdings, die junge Signorina, die ihn mitfühlend anlächelte, war nicht gerade das, was man sich unter einer Dame vorstellte. Jedenfalls nicht in diesem Outfit – sie hatte Jeans an, Bergstiefel, eine Fleecejacke und einen Rucksack über der Schulter. Aber attraktiv, das war sie, ganz zweifellos. Kurze schwarze Haare, die Sonnenbrille nach oben geschoben, ungeschminktes hübsches Gesicht. Er erinnerte sich, dass er sie vorhin im Hotel gesehen hatte, an der Rezeption beim Begleichen der Rechnung. Ein burschikoser Typ, und trotzdem feminin. Eine zweifellos interessante Kombination.
»Sì, molto sensibile, sehr empfindlich«, bestätigte er und zuckte hilflos mit den Schultern, »der Wagen springt nicht an.«
»Posso, darf ich?«, fragte die Frau und deutete ins Auto.
»Aber gerne.«
Die Frau gab ihm den Rucksack, stieg ins Auto und betätigte den Anlasser. Keine Reaktion. Sie stieg aus und beugte sich über den Motor. »Alles klar. Haben Sie einen Hammer?«
Hipp schüttelte lächelnd den Kopf. »Nein, keinen Hammer. Ich glaube auch nicht, dass …«
»Doch, definitiv«, unterbrach sie ihn. Sie sah sich um, entdeckte am Bürgersteig einen kleinen Stapel mit Pflastersteinen, holte sich einen und näherte sich bedrohlich der Giulietta.
Hipp hob erschrocken die Hand. »Bitte nicht. Ich sollte besser einen Mechaniker rufen.«

Die junge Frau hielt kurz inne, den Pflasterstein in der Hand wiegend, und sah ihn provozierend an. »Sind Sie etwa auch der Meinung, dass Frauen nichts von Autos verstehen?«, fragte sie.
»Das nicht, aber …«
»Fahren Sie mich zum Bahnhof in Asti, wenn ich Ihren Wagen zum Laufen bringe?«
»Nach Asti, zum Bahnhof, natürlich, mit dem größten Vergnügen. Aber machen Sie bitte nichts kaputt!«
»Tun Sie den Rucksack in den Kofferraum, Sie können sich schon mal ans Steuer setzen.«
Hipp hatte das Gefühl, dass es besser wäre, dieser energischen Person nicht zu widersprechen, vor allem, solange sie den Pflasterstein in der Hand hielt. Sie beugte sich über den Motor. Ein kurzer Schlag.
»Bitte anlassen!«
Zu Hipps großer Verblüffung sprang die Giulietta sofort an. Durch die Frontscheibe grinste die Frau Hipp triumphierend an. Sie warf den Pflasterstein über den Gehsteig, offenbar war es ihr egal, wo genau er zum Liegen kam, machte mit geübtem Griff die Kühlerhaube zu, schwang sich auf den Beifahrersitz und gab Hipp die Hand. »Ich bin Gina. In solchen Fällen müssen Sie kurz, aber fest auf den Anlasser schlagen. Ein Hammer wäre besser, man kommt schlecht ran. So, und nun bringen Sie mich nach Asti. Geht das Radio? Ich würde gerne Musik hören.«

Obwohl die Fahrt in die Provinzhauptstadt über eine halbe Stunde dauerte, ergab sich mit Gina kein Gespräch. Außer seinem Vornamen wollte sie von ihm nichts in Erfahrung bringen. Und umgekehrt hatte sie ganz offenbar wenig Lust, etwas über sich zu erzählen. Sehr viel mehr, als dass sie ihren Zug in Alba verpasst hatte und den Anschluss in Asti nach Bologna zu erreichen hoffte, gab sie nicht preis. Hipp hatte kein Problem damit, im Gegenteil, er fand ohnehin, dass oft zu viel geredet wurde. Sie wechselte alle paar Minuten den Radiosender, freute sich über die Sonne und den Fahrtwind, lächelte ihn einige Male freundlich an – und gab ihm zum Abschied am Bahnhof in Asti einen überraschenden Kuss auf die Wange. Das war's.

Jetzt saß Hipp in Asti an der Piazza Alfieri unter den Arkaden der Gran Bar Cocchi. Er trank einen Campari Soda, dachte über seinen erstaunlichen Fahrgast nach und darüber, dass gelegentlich von Menschen eine viel größere Faszination ausging, wenn sie einem rätselhaft erschienen und auf diese Weise die Phantasie anregten. Er könnte im Hotel nach Ginas Nachnamen und ihrer Adresse fragen, aber er würde es nicht tun. Ihm gefiel es, ihre gemeinsame Fahrt im offenen Cabriolet als Begegnung der seltsamen Art in Erinnerung zu behalten. Gina, die Mysteriöse, ein Fabelwesen in Bergstiefeln, das mit einem Pflasterstein einen Alfa zum Laufen brachte.
Ob Viberti schon etwas von der Katze oder den Spuren in der Küche wusste? Nur keine Hektik, der Maresciallo würde sich melden, er hatte ja die Nummer von seinem Handy. Und nun? Er hatte am späten Nachmittag einen Termin beim Avvocato Romagnosi. Vielleicht machte er doch eine Andeutung, wie der Nachlass von Hubertus Rettenstein geregelt war? Vorher könnte er in einer Osteria Gnocchi essen und dazu einen Moscato* trinken. Und um achtzehn Uhr war er mit Carlo verabredet, Marias Bruder, der sich laut Viberti so gut mit Trüffeln auskannte. Ihm fiel ein, dass er nach der gestrigen Überdosis heute auf den Verzehr von Trüffeln verzichten wollte. Bei den Gnocchi würde er eine Ausnahme machen. Gnocchi con tartufo, das

hörte sich gut an. Um mit dem Maresciallo zu sprechen: Da er doch extra den weiten Weg aus der kulinarischen Wüste ins gesegnete Piemont auf sich genommen hatte!

14

Maria Battardi saß mit ihrem Bruder Carlo im Wohnzimmer. Sie weinte, Carlo hielt ihre Hände und redete beruhigend auf sie ein. Sie nahm ein Taschentuch und wischte sich die Tränen aus dem Gesicht.

»Scusa, aber ich bin mit den Nerven völlig am Ende. Mir wird erst jetzt richtig bewusst, dass Ildefonso tot ist. Und als ob das nicht genug wäre, ist auch Signor Rettenstein ums Leben gekommen. Ich habe keine Arbeit mehr, dabei wäre sie jetzt so wichtig.«

»Wenn du Geld brauchst, ich kann dir was geben.«

»No, mille grazie, das geht schon, wenigstens vorläufig. Und wie es aussieht, bekomme ich ja etwas Geld von der Lebensversicherung. Ich brauche die Arbeit zur Ablenkung. Ich sitze alleine in unserem Häuschen, vermisse Ildefonso und fühle mich fürchterlich einsam. Noch kümmern sich die Freunde und die Verwandten um mich, das ist lieb. Aber wie wird das im Winter? Jeder hat was zu tun, der Nebel hängt im Tal, es kriecht kalt durch die Ritzen. Und es ist niemand da, der mich wärmen könnte. Nicht nur körperlich, vor allem seelisch.«

Wieder begann Maria zu schluchzen.

Carlo nahm sie in den Arm. »Cara Maria, unsere Familie wird immer für dich da sein, glaub mir. Und ich sowieso, ich bin doch dein Bruder.«

Sie schneuzte sich. »Es macht Ildefonso nicht mehr lebendig, aber ich möchte, dass der Todesschütze gefunden und bestraft wird. Kannst du das verstehen?«

»Natürlich, mir geht's nicht anders.«

»Glaubst du, es war ein Jagdunfall?«

»Ja, das glaube ich«, bestätigte Carlo.

»Ich nicht. Mein Gefühl sagt, dass es ein anderer Trifolao war, der nicht damit einverstanden war, dass Ildefonso in diesem Wald auf Trüffelsuche geht. Wir Albenser sind in Asti nicht sehr beliebt.«

»Das beruht auf Gegenseitigkeit!« Carlo stand auf, holte eine Flasche Barolo Chinato* aus dem Schrank und goss zwei Gläser ein. »Trink, das beruhigt die Nerven. Die Carabinieri in Asti haben alle Trüffelsucher befragt, von denen man weiß, dass sie diesen Wald zu ihrem Revier zählen. Alle haben ohne Ausnahme ein Alibi. Das überrascht mich nicht. Es wäre viel zu gefährlich, der Verdacht fällt doch automatisch auf sie. Und für jeden anderen Trüffelsucher macht's erst recht keinen Sinn, er müsste den Wald jahrelang meiden.«

»Mag sein, ich glaub's trotzdem. Kannst du dich ein bisschen umhören?«

»Maria, meine Liebe, was glaubst du, was ich seit Ildefonsos Tod mache? Ich spreche mit jedem Trifolao, der mir über den Weg läuft. Auch mit jedem Jäger.«

»Wir sollten eine Belohnung aussetzen«, schlug Maria vor. »Sobald die Lebensversicherung überwiesen ist, werde ich in der Zeitung eine Anzeige aufgeben. Was hältst du davon?«

»Ich fürchte, das wird wenig bringen. Aber mach's, vielleicht täusche ich mich und wir haben Glück. Wir sind es Ildefonso schuldig, dass wir nichts unversucht lassen.« Er überlegte. »Vielleicht sollte ich mal nach Asti fahren und mich dort mit einigen Leuten unterhalten.«

Maria nahm Carlos Gesicht in ihre Hände. »Eine gute Idee. Aber pass auf dich auf, nicht dass dir auch noch was passiert.«

15

Um zur Rechtsanwaltskanzlei von Avvocato Elio Romagnosi zu gelangen, musste Hipp in der Via Mandelli auf Holzbrettern eine Baustelle und anschließend einen vom gestrigen Regen verdreckten Bürgersteig überqueren. Dann ging es die Treppe hinauf in den »secondo piano«. Er läutete, die Tür öffnete sich mit einem Summton, er wollte den ersten Schritt in die Büroräume machen …

»Signore, un momento, per favore stopp!«, brachte ihn eine resolute Stimme zum sofortigen Anhalten. Die Dame am Empfang deutete panisch auf seine Schuhe. »Bitte sorgfältig abstreifen und reinigen. Wir haben einen hellen Teppichboden. Dauert die Baustelle noch länger, müssen wir ihn komplett rausreißen und einen neuen verlegen lassen.«

Hipp machte seine Schuhe sauber, nahm sogar einen Lappen, der neben dem Eingang hing, kontrollierte die Sohlen – und wagte es schließlich, die Kanzlei zu betreten.

»Mille grazie, Signore«, bedankte sich die Empfangssekretärin. »Molto gentile. Darf ich Sie was fragen? Haben die Pelandroni, die Faulpelze auf der Baustelle gearbeitet, oder machen sie schon wieder Pause?«

»Sieht sehr nach Pause aus.«

Die Sekretärin schüttelte verzweifelt den Kopf. »Wie wollen die je fertig werden? Signore, Sie haben einen Termin beim Avvocato?«

»Ja, mein Name ist Hermanus, ich habe angerufen.«

»Signor Hermanus, d'accordo. Der Avvocato erwartet Sie bereits.«

Elio Romagnosi, ein kleiner, kahlköpfiger Mann, bot Hipp einen Stuhl an und faltete die Hände.
»Nun, Signor Hermanus, was führt Sie zu mir, wie kann ich Ihnen helfen?«
»Um es gleich zu sagen, ich komme nicht als Klient zu Ihnen.«
»Schade, sehr schade, aber vielleicht lässt sich das ändern. Ohne anwaltschaftliche Unterstützung ist ein längerer Aufenthalt in Italien undenkbar.« Romagnosi lachte. »Das war ein Scherz. Was also kann ich für Sie tun?«
Hipp erzählte, dass er ein Freund des verstorbenen Hubertus Rettenstein sei, dass er als privater Ermittler arbeite und von Rettenstein kurz vor seinem Tod einen Auftrag erhalten habe, zu dem er leider nichts sagen dürfe, den er aber aus Pflichtbewusstsein noch zu Ende bringen wolle. In diesem Zusammenhang müsse er Kontakt mit Rettensteins Erben aufnehmen, um die weitere Vorgehensweise zu besprechen.
Der Avvocato sah Hipp misstrauisch an. »Sie haben einen Auftrag erhalten? Ich hoffe, Sie können das belegen.«
»Könnte ich, ja. Herr Rettenstein hat mir den Auftrag sogar schriftlich bestätigt. Aber zum Inhalt möchte ich, wie bereits erwähnt, nichts sagen, und deshalb kann ich Ihnen das Schriftstück auch nicht zeigen.«
Romagnosi machte Anstalten aufzustehen. »Ich fürchte, in diesem Fall ist unser Gespräch bereits beendet, denn …«
»Sie können den Wahrheitsgehalt meiner Aussage überprüfen, indem Sie bei den Carabinieri anrufen«, unterbrach ihn Hipp. »Maresciallo Viberti, mit dem ich kooperiere, wird sie Ihnen bestätigen.«

»Maresciallo Viberti? Sie arbeiten mit den Carabinieri zusammen? Nun, das ist was anderes. Warum haben Sie das nicht gleich gesagt? Bitte behalten Sie Platz. Also, Sie wollen wissen, wer Rettenstein beerben wird, um sich mit der oder den betreffenden Personen abzusprechen?«

Hipp nickte. »Ganz genau. Und ich möchte nicht länger warten. Der Auftrag des Verstorbenen hat gewisse zeitliche Prioritäten.«

»Ich fürchte, Sie müssen vorläufig mit mir als Nachlassverwalter vorliebnehmen. Es wird nämlich noch etwas dauern, bis die Erbschaft geregelt ist.«

»Ich verstehe. Gibt es eigentlich ein Testament?«

Der Avvocato hüstelte verlegen. »Nun, so viel darf ich andeuten, es gibt kein Testament. Sehr unvernünftig, natürlich, aber Signor Rettenstein hat das immer hinausgeschoben, mit dem Argument, er wolle ja noch ein Weilchen leben. Grob fahrlässig. Vor einigen Wochen allerdings hat er zum ersten Mal angedeutet, dass er nun doch ein Testament machen wolle, aber dazu ist es nicht mehr gekommen.«

»Also greift die gesetzliche Erbfolge. Wie ich von Maria Battardi weiß, hatte er keine Kinder.«

»Sie kennen seine Haushälterin?« Romagnosi nahm einen Füller und drehte ihn nachdenklich zwischen den Fingern. »Signora Battardi weiß vieles, aber nicht alles. Es gibt eine uneheliche Tochter. Sie war erst heute früh bei mir.«

Hipp sah den Avvocato überrascht an. »Eine Tochter?«

»Ja, Anfang dreißig, molto simpatica.«

»Lebt sie hier im Piemont? Oder etwa in Deutschland?«

»Nein, in Bologna. Sie ist schon wieder im Zug auf dem Weg nach Hause. Aber geben Sie sich keine Mühe, ihr Nachname ist nicht Rettenstein. Und Sie werden von mir keine weiteren Auskünfte bekommen, tut mir wirklich leid. Also, wie gesagt,

wenn es etwas zu besprechen gibt, was die Interessen des Verstorbenen betrifft, müssen Sie schon mit mir vorliebnehmen.«
»Ich verstehe. Hubertus Rettenstein hat mal erwähnt, dass er an einer Exportfirma für italienische Feinkost beteiligt sei?«
»Das ist allgemein bekannt, die Firma heißt Delita, mit Sitz in Parma. Er hat dort zwei Partner, Ugo Zorzi und Amedèo Steinknecht. Hat Ihr Auftrag mit der Exportfirma zu tun?«
Hipp zuckte mit den Schultern. »Möglich wäre es, aber wohl eher nicht.« Er stand auf und gab Elio Romagnosi die Hand. »Avvocato, vielen Dank, dass Sie sich die Zeit genommen haben. Sehr freundlich. Ich muss noch einige Ermittlungen abwarten, dann werde ich Sie ins Vertrauen ziehen, und wir können uns gemeinsam überlegen, wie wir die Interessen des Verstorbenen am besten vertreten.«
»Würde mich sehr freuen. Grüßen Sie den Maresciallo von mir.«
»Mache ich, grazie e arrivederci.«

Hipp blieb im Flur kurz stehen, dann ging er zur Rezeption, lächelte die Sekretärin an und deutete auf den Teppichboden.
»Sieht doch gar nicht so schlimm aus«, sagte er wie beiläufig. »Wenn man bedenkt, dass Gina heute früh da war, in ihren Bergstiefeln mit dem groben Profil.«
»Gina? Ach so, Sie meinen Gina Zazzari. Ja, die Sohlen ihrer Stiefel waren eine einzige Katastrophe. Ich habe die Signorina gebeten, sie vor der Tür auszuziehen.«
»Das hat sie gemacht? So viel Rücksicht hätte ich Gina gar nicht zugetraut. Auf Wiedersehen, buona sera!«

Auf der Baustelle vor dem Haus wurde immer noch nicht gearbeitet. Hipp grinste. Egal, ihm hatte der Dreck jedenfalls geholfen. So hatte er auf elegante Weise in Erfahrung bringen können, dass seine eigenwillige Beifahrerin von heute Vormittag niemand anders war als Rettensteins Tochter. Sie hatte im selben Hotel genächtigt wie er, was kein so großer Zufall war, allzu viele Hotels gab es nicht in Alba. Den Nachnamen hatte ihm freundlicherweise die Empfangssekretärin mitgeteilt: Zazzari. Ihre genaue Adresse in Bologna würde er sich an der Hotelrezeption besorgen. Na also, da hatte sich der Besuch beim Avvocato entgegen Vibertis Annahme doch gelohnt. Es sprach einiges dafür, Gina in Bologna aufzusuchen und mit ihr über ihren Vater zu plaudern. Dann gab es diese beiden Kompagnons namens Zorzi und Steinknecht. Auch mit denen sollte er sich mal unterhalten. Weil Parma auf dem Weg nach Bologna lag, würde Gina noch etwas warten müssen. Hipp setzte die Sonnenbrille auf. Aber nicht allzu lange.

16

Auf der Zugfahrt nach Bologna war Gina im Abteil alleine. Sie zog die Stiefel aus, klappte die Armlehnen hoch und legte sich längs auf die Sitze. Mit dem Rucksack unter dem Kopf konnte sie zum Fenster hinaussehen, an den vorüberhuschenden Baumwipfeln vorbei auf die immer flacher werdenden Hügel. In der Ferne die schneebedeckten Gipfel der Westalpen, die der Region Piemont ihren Namen gegeben hatten: Piè dei monti – am Fuße der Berge.
Gina dachte an Hipp, an jenen Mann, der sie im alten Alfa zum Bahnhof gebracht hatte. Sie hatte ihn ziemlich sympathisch gefunden. Und das, obwohl er ein Deutscher war, der allerdings gut Italienisch sprach, der kein unnützes Zeug quatschte, der schweigen konnte, der nicht herumprotzte, der sie vor allem we-

der angemacht noch blöd nach ihrer Adresse gefragt hatte. Sie musste lächeln. Eigentlich schade.

Gina schloss die Augen. Jetzt sah sie ihren Vater vor sich. Genauso wie auf den Bildern in jener Gourmet-Zeitschrift, in der sie vor einigen Wochen auf ihn gestoßen war. Rettenstein mit dem Weinglas in der Hand, im Korbsessel auf der Terrasse seiner Villa, eine Zigarre zwischen den Fingern, an die Kühlerhaube seines Mercedes gelehnt, in seinem Weinkeller, beim Trüffelessen.
Gina war es fast schlecht geworden. Sie war ihrem Vater noch nie begegnet, wusste nicht, wie er aussah, sie kannte nur seinen Namen. Dass er ein solches Leben führte, hatte sie nicht erwartet.
Von einer Sekunde auf die andere hatte sie einen Entschluss gefasst. Sie war mit dem nächsten Zug ins Piemont gefahren, hatte ihren Vater aufgesucht, ihm ihre Geburtsurkunde auf den Tisch geknallt …
Nun, wie er auf ihren Auftritt reagiert hatte, das hätte sie sich eigentlich denken können.

Ihr kam wieder die kurze Nachricht in der *Gazzetta di Bologna* vom plötzlichen Tod des Hubertus G. Rettenstein in den Sinn. Symbolträchtig erschlagen von den Reliquien seines Wohlstandes. War es eine Sünde, dass sie keine Trauer empfunden hatte? Ende letzter Woche dann der Anruf, der alles verändern sollte. Ein Avvocato aus Alba war am Telefon gewesen, der sie dringend aufgefordert hatte, in seine Kanzlei zu kommen. Er müsse den Nachlass des Verstorbenen regeln, und da es kein Testament gebe, außerdem keine anderen nahen Verwandten, sehe es ganz so aus, als ob sie die alleinige Erbin wäre. Der Avvocato hatte sie außerdem gebeten, an Rettensteins Beerdigung teilzu-

nehmen. Gina war zunächst unschlüssig gewesen – um dann doch zuzusagen.
Sie dachte an die Trauerfeier und all die fremden Menschen, die ihren Vater viel besser gekannt hatten als sie selbst. Ja, die ihn auch mehr geliebt hatten. Was allerdings nicht schwer war, denn geliebt hatte Gina ihren Vater nie.

Und jetzt? Jetzt saß sie wieder im Zug. Ihr Vater war tot. Wenn der Avvocato recht hatte, dann war sie bald eine reiche Frau, mit einer Villa im Piemont, einem silbergrauen Mercedes, Anteilen an einer großen Exportfirma in Parma, einem Aktiendepot. Alles Dinge, auf die sie keinen Wert legte. Sie würde den Krempel verkaufen und ihr Leben in Bologna fortsetzen. Trotzdem, das Erbe kam gerade noch zur rechten Zeit, denn sie brauchte dringend Geld. Deshalb hatte sie auch kein schlechtes Gewissen. Keine Sekunde. Das Schicksal sorgte für ausgleichende Gerechtigkeit – hatte sich nur lange Zeit damit gelassen.

17

Die hochmoderne Cantina lag in den Colli di Parma, in den sanften Hügeln, die für ihren leicht perlenden Malvasia und für ihren Lambrusco* bekannt sind. Amedèo Steinknecht hatte sich am späten Vormittag in der Cantina eingefunden, wo er schon erwartet wurde. Man führte ihn zu großen Edelstahltanks, entnahm eine Probe und reichte ihm das Glas. Steinknecht begutachtete die Farbe, ließ den Wein rotieren, roch an ihm, lächelte zufrieden, probierte, schloss die Augen, schmatzte und kaute und schluckte ihn schließlich hinunter.

Der Kellermeister sah ihn erwartungsvoll an. »Und? Entspricht er Ihren Vorstellungen?«
Steinknecht nickte. »Einfach genial. Sehr gute Arbeit, nicht wiederzuerkennen. Und das in der kurzen Zeit. Complimenti! Wie haben Sie das gemacht?«
»Die Tankware mit dem Nebbiolo*, die Sie vor zwei Wochen haben anliefern lassen, war von ziemlich minderer Qualität.«
»Das ist noch geschmeichelt. Wie kann man in Sizilien Nebbiolo anbauen? Das kann ja nichts werden, aber dafür war er spottbillig.« Steinknecht probierte erneut vom Wein. »Ich kann es nicht fassen. Sie sind ein Zauberer!«
Der Kellermeister lächelte zufrieden. »Und ein guter Zauberer verrät keine Tricks. Nur so viel, wir haben den Wein zunächst mit Hilfe der Umkehrosmose verdichtet, dann einige Aromastoffe aus Amerika hinzugefügt und etwas flüssige Tannine.«
»Und wo kommen die Barriquenoten her?«
»Getoastete Eichenchips.«
»Hab ich's mir doch gedacht.«
»Zwei Säcke pro Stahltank. Nach einigen Tagen wieder umgepumpt, das war's. Wer braucht schon Barriquefässer? Kosten nur Geld und dauert viel zu lange.«
Steinknecht nickte. »Den Unterschied merkt doch keiner.«
»So ist es. Was meinen Sie, sollen wir die Maschine anwerfen und ihn auf Flasche ziehen?«
»Natürlich. Ihre Mitarbeiter an der Abfüllanlage sind hoffentlich vertrauenswürdig?«
»Hundertprozentig. Wie Sie wissen, machen wir das nicht zum ersten Mal. Haben Sie die Etiketten mitgebracht?«
»Aber sicher. Druckfrisch. Die Kartons sind draußen im Lieferwagen.«

Eine gute Stunde später wurde die riesige Abfüllanlage gestartet. Bei den ersten Flaschen ging es noch relativ langsam. Steinknecht konnte verfolgen, wie der Wein aus den Stahltanks gepumpt und über ein großes Rohrsystem synchron in Dutzende von Flaschen gefüllt wurde. Diese wurden vakuumiert und verkorkt, mit einer Kapsel versehen, vollautomatisch in die Etikettieranlage befördert, dort mit einer Etichetta beklebt, schließlich weiter in die Verpackung, zwölf Flaschen pro Karton, Deckel zu, verschlossen und zugetackert, um hundertachtzig Grad gedreht, mit einem großen Aufkleber versehen und mit dem obligatorischen Hinweis: Fragile, zerbrechlich. Immer schneller ging dieser Prozess. Die Kartons rutschten auf Paletten, wurden dort in Position gebracht, mit einer dicken Plastikfolie verschweißt und mit Gabelstaplern in die Expedition transportiert.

Der Kellermeister klopfte Steinknecht auf die Schulter und überreichte ihm eine Flasche. Er nahm sie in die Hand und betrachtete das Etikett. Was war das doch plötzlich für ein wunderbarer Wein. Ein Barolo aus La Morra im Piemont. Ein bekannt guter Jahrgang. Die Farbe Rubinrot. Und, wie er sich überzeugt hatte, mit einem feinen Bukett und angenehm weichen Tanninen. Natürlich in Barrique ausgebaut. Am besten gefiel ihm auf dem Etikett die amtliche Bestätigung der kontrollierten Herkunft: Denominazione di Origine Controllata e Garantita!

18

Hipp schlenderte durch den malerischen Ortskern von Neive*, setzte sich auf der Piazza Cocito in den Schatten der alten Bäume, las vor der Locanda Contea die Speisekarte, kam an der Casaforte Cotto vorbei, dem ältesten Gebäude Neives, besuchte die Pfarrkirche Santi Pietro e Paolo mit der alten Rosenkranzmadonna und im Palazzo Borgese die Bottega dei Quattro Vini. Schließlich stand er fast pünktlich vor Carlos Laden: Vini, funghi e tartufi. Im Schaufenster entdeckte er neben Flaschen renommierter Winzer wie Bruno Giacosa und Pio Cesare kultigen Grappa von Romano Levi und Gläser mit Akazienhonig con tartufo, Trüffelmayonnaise und eine Crema di zucca e tartufo.

Wenig später saß er mit Carlo Giardina an einem kleinen Marmortisch. Vor ihnen standen zwei Rotweingläser mit Dolcetto*, und auf einem karierten Geschirrtuch waren einige Trüffeln ausgebreitet. Schön sahen sie nicht aus, die knolligen Edelpilze, aber sie verströmten ein unvergleichliches Aroma, das ihre Ästhetik relativierte und Trüffelliebhaber in Verzückung versetzen konnte. Schon in der Antike hatte die Trüffeln eine mystische Aura umgeben, hatte man ihnen wie Pythagoras eine aphrodisierende Wirkung zugesprochen und geglaubt, dass sie nicht nur die Sinne betören, sondern auch die Manneskraft steigern und Frauen in venusgleiche Liebesgöttinnen verwandeln könnten. Aber auch bei nüchterner Betrachtung konnte man sich ihrer Magie kaum entziehen. Ob es stimmte, dass der animalische Geruch der Trüffeln etwas mit den Ausdünstungen eines paarungsbereiten Ebers zu tun hatte? Jedenfalls konnte Hipp auch jene sensiblen Nasen verstehen, die wie Sabrina mit der olfaktorischen Wucht einer weißen Trüffel so ihre Probleme hatten. Carlo erzählte, dass er die Trüffeln heute Morgen gefunden habe. Das heißt, genau genommen nicht er, sondern sein Hund, am Fuße einer Eiche. Trüffeln, die unter Eichen wüchsen, seien am besten, erklärte er. Weidentrüffeln zum Beispiel hätten ein weniger intensives Aroma. Spätestens beim Hobeln seien die Unterschiede auch optisch wahrzunehmen. So hätten Eichentrüffeln karamellfarbige Adern, die von Weiden seien rosa marmoriert. Auch an den Wurzeln von Pappeln, Platanen, Buchen, Linden und Nussbäumen finde man Trüffeln.

Hipp wusste, dass das vor ihm auf dem Tisch Tartufi bianchi waren, weiße Alba-Trüffeln, die man auch Piemont- oder Herrentrüffeln nannte. Die Saison für Tartufi bianchi war im Herbst, von Ende September bis Dezember. Aber was war mit den anderen Trüffeln? Es gab doch auch schwarze und rosafarbene, und das zu allen möglichen Jahreszeiten? Aus Frankreich kannte er die Périgord-Trüffel*.

Seine Frage nach den verschiedenen Erscheinungsformen beantwortete Carlo zunächst mit einem stillen Lächeln, nahm einen Schluck vom Dolcetto und verschränkte die Arme.

»Allora, machen wir ein kleines Trüffelseminar für Anfänger, un corso introduttivo al tartufo. Die Trüffel ist ein Edelpilz, der sich unter der Erde versteckt, d'accordo? Über ihr Fadengeflecht, den Myzel, bildet die Trüffel eine Lebensgemeinschaft mit den Wurzeln der Bäume. Das ist wie bei einer Ehe, ein gegenseitiges Nehmen und Geben. Wird die Trüffel ausgegraben, ist die Ehe geschieden. Der Tartufo bianco heißt auf Lateinisch Tuber magnatum Pico, benannt nach dem Turiner Botaniker Vittorio Pico, der im 18. Jahrhundert die Trüffel erforscht hat. Ecco, für uns hier im Piemont gibt es keinen Zweifel, dass der Tartufo bianco die beste Trüffel der Welt ist, punto! Natürlich ist er auch am teuersten, logico!«

»Aber es gibt ihn nicht nur in Alba, oder?«, fragte Hipp vorsichtig an.

»Nein, unglückseligerweise findet man den Tartufo bianco auch in der Umgebung von Asti und im Monferrato*«, gab Carlo eher widerstrebend zu. »Rein botanisch wächst der Tuber magnatum Pico sogar in der Emilia-Romagna*, in den Marken*, in der Toskana*, dort vor allem südlich von San Miniato*, in Umbrien*, leider auch in Istrien*. Da hat der hochverehrte Dottor Pico einen gravierenden Fehler gemacht. Die Trüffeln dort sind allenfalls ferne Verwandte, sie können an die Qualität unserer Spezies nicht heranreichen, das wird Ihnen jeder Experte bestätigen.«

»Jedenfalls jeder Experte aus Alba. Aber kommen wir zu den anderen Trüffeln …«

»Sì, sì, volentieri. Im Dezember beginnt die Saison des Tartufo nero pregiato*. Die schwarze Edeltrüffel heißt auf Lateinisch Tuber melanosporum. Melano wie schwarz. In Frankreich ist das die Périgord-Trüffel. Diese Trüffel hat weniger intensive Aromen, sie ist ganz ordentlich, aber natürlich nicht annähernd so gut wie unsere Alba-Trüffel.«

»Was Franzosen vermutlich etwas anders sehen«, warf Hipp ein.

Carlo zuckte mit den Schultern. »Mag sein, aber würde der Tartufo nero sonst weniger als die Hälfte kosten? Die Périgord-Trüffel ist gut für eine Gänseleber-Pastete, da will ich nichts sagen, aber über Tagliatelle oder Tajarin? Lassen wir das. Mit einem echten Tartufo nero häufig verwechselt wird die schwarze Wintertrüffel. Dieser Tartufo nero invernale* verströmt im günstigsten Fall einen Muskatgeruch, oft stinkt er nach Bitumen. Er kommt mir nicht in die Küche. Ab Mai gibt's die Sommertrüffel*, den Tartufo estivo*, bei uns heißt er schlicht Scorzone*. Die Sommertrüffel ist außen schwarz und innen weiß. Ihr Aroma ist nicht besonders intensiv, aber mit ihr kann man die Zeit bis zum Herbst ganz gut überbrücken, dazu etwas Trüffelöl*, non ci sta male. Und wenn man das schwarze Äußere abschält, glauben schlichte Gemüter, sie hätten einen Tartufo bianco auf dem Teller. Kleiner Irrtum. Fast hätte ich den Bianchetto* vergessen. Den findet man ab März. Ich mag ihn nicht, riecht wie eine alte Socke, come un vecchio calzino. Dann lieber getrocknete Steinpilze und etwas Knoblauch.«

»Wir haben also die weiße Alba-Trüffel«, fasste Hipp zusammen, »den Tartufo nero pregiato respektive Périgord-Trüffel, die Wintertrüffel Tartufo nero invernale, die außen schwarze und innen helle Sommertrüffel Tartufo estivo beziehungsweise Scorzone und den Bianchetto. Mehr gibt es nicht?«

Carlo hob in gespielter Verzweiflung die Hände. »Es soll weltweit über zweihundert Arten von Trüffeln geben, das ist ja die Tragödie. Nach meiner bescheidenen Meinung kann man sie fast alle vergessen. Im günstigsten Fall sind sie geschmacklos. Wenn man Pech hat, dann führen sie zu Übelkeit und Durchfall.« Er deutete auf das Geschirrtuch. »Glauben Sie mir, das hier, das sind die einzig wahren und echten Trüffeln.«

Carlo stand auf, ging in die kleine Küche und schlug ein paar Eier in die Pfanne. Währenddessen inspizierte Hipp das reichhaltige Weinsortiment. Carlo kam mit einem Teller zurück, nahm einen Tagliatartufo, einen Trüffelhobel, und rieb reichlich Tartufo bianco über die Spiegeleier.

»Buon appetito, lassen Sie es sich schmecken. Wie mir Maria sagte, haben Sie mich aber nicht nur deshalb besucht, um mit mir über Trüffeln zu reden?«

»Nicht nur, aber vor allem«, erwiderte Hipp. »Auch Viberti hat mich an Sie verwiesen, um meine Trüffelkenntnisse zu vertiefen.«

»Viberti? Sie kennen den Maresciallo?«

»Ja, vor allem vom Essen«, stellte Hipp lachend fest. »Wie Sie von Ihrer Schwester wissen«, wechselte er das Thema, »war ich gut bekannt mit Hubertus Rettenstein. Ich bin immer noch fassungslos, dass er einen so unglücklichen Tod finden musste.«
»Das sind wir alle«, sagte Carlo.
Auf Hipps Wunsch schilderte er, wie er zusammen mit seiner Schwester den Leichnam gefunden hatte. Dass das ein wenig erfreulicher Anblick war, konnte Hipp nachvollziehen – immerhin hatte er die Fotos gesehen. Allerdings vermochte Carlo darüber hinaus kaum Informationen zu liefern. Als seine Haushälterin sei Maria weit besser über Rettenstein, seine Gewohnheiten und Geschäftsbeziehungen informiert. Auch sein verstorbener Schwager Ildefonso habe intensiveren Kontakt zu Rettenstein gehabt. Aber ihn könne man ja leider nicht mehr fragen.
Was Hipp denn mit Rettenstein verbinde, wollte Carlo wissen. Hipp zog sich aus der Affäre, indem er ähnlich wie beim Avvocato Romagnosi nebulös einen Auftrag erwähnte, den er noch zu Ende bringen wolle, das sei er Rettenstein schuldig.
Da ihm Carlo schon das Stichwort gegeben hatte, fragte er nach den näheren Umständen von Ildefonsos Tod. In Übereinstimmung mit Maresciallo Viberti führte Carlo den tödlichen Schuss auf einen Jagdunfall zurück. So was komme gelegentlich vor. Ein vorsätzlicher Mord eines rivalisierenden Trüffelsuchers? Nein, das könne er sich kaum vorstellen. Gewiss, auch seine Schwester habe diese fixe Idee, aber so weit gehe der Konkurrenzkampf nicht. Sich gegenseitig die Trüffelhunde* zu vergiften, Autos zu verkratzen oder die Reifen aufzustechen, das komme vor und sei schlimm genug, habe aber Tradition und gehöre irgendwie zum Spiel. Aber kein Trüffelsucher würde so weit gehen, einem anderen Trifolao eine Kugel in den Rücken zu jagen. Nicht einmal in Asti. Nie und nimmer, mai e poi mai!

Hipp spürte, dass er kaum mehr erfahren würde. Er fragte, ob er Carlo mal bei einer Trüffelsuche begleiten dürfe, bei einer echten, nicht bei einer simulierten für Touristen, bei denen die Trüffeln vorher eingegraben würden. Wohl wissend, dass dies eine besondere Ehre wäre, denn die meisten Trifolai machten ein großes Geheimnis um ihre nächtlichen Exkursionen. Zu seiner Freude erklärte sich Carlo dazu bereit. Nächste Woche, da habe er Zeit. Er werde ihm nicht seine geheimsten Plätze zeigen, sagte er grinsend. Auch müsse er früh aufstehen und dürfe sich weder waschen noch rasieren. Hipp sah ihn verwundert an. »Weder waschen noch rasieren?« Carlo lachte und deutete auf die Nase. »Wegen der Seife und des Aftershaves«, gab er die Begründung. »Trüffelhunde sind sehr sensibel.«

19

Olio di Brisighella, Aceto Balsamico, Parmigiano Reggiano*, Culatello* ... Die Lagerhalle von Delita war gut gefüllt mit den kulinarischen Spezialitäten Norditaliens. Morgen früh würde zwischen den stählernen Hochregalen hektische Betriebsamkeit herrschen, würden Gabelstapler rangieren, Paletten mit Ware zur Rampe transportiert und dort in Lastwagen verladen werden. Jetzt, spät am Abend, war es in der verwaisten Halle gespenstisch ruhig. Das kalte Neonlicht ließ trotz der feinen Delikatessen keine appetitanregende Atmosphäre aufkommen. Amedèo Steinknecht und Ugo Zorzi war das egal. Zufrieden gingen sie an den Kartons entlang, tauschten sich mit kurzen Stichworten über aktuelle Trends aus, freuten sich gemeinsam über besonders erfolgreiche und renditeträchtige Produkte. Dass Amedèo Steinknecht nicht immer bei der Sache war, stattdessen darüber nachdachte, ob er es wirklich fertigbringen würde, seinen Partner zu töten, diese Unaufmerksamkeit entging Ugo Zorzi. Hätte er Gedanken lesen können, wäre ihm frostig kalt geworden, denn Steinknecht konnte nicht anders, als bei dem Kontrollgang zwischen den Regalen fortwährend über mögliche Unfallszenarien nachzudenken. Vermutlich wäre es wenig geschickt, so überlegte er, wenn auch sein zweiter Partner von einem Regal erschlagen wurde. Diese Duplizität der Ereignisse wäre wohl doch zu auffällig. Eigentlich schade, denn die Hochregale mit einem Gabelstapler zum Einsturz zu bringen würde ein mörderisches Vergnügen bereiten. In seiner Phantasie hatte er Zorzi vor einigen Minuten bereits über die Verladerampe gestoßen, ihm beim Berühren der Klimaanlage einen tödlichen Stromstoß versetzt, ihn höchst unglücklich in einen Fleischerhaken laufen lassen. Gleichwohl wusste er, dass all diese spontanen Eingebungen völlig ungeeignet waren. So viel war klar, Ugo Zorzi musste aus größerer Distanz einen tödlichen Unfall erleiden. Noch besser wäre ein Selbstmord. Steinknecht musste lächeln. Das wäre leicht nachvollziehbar, wo doch ihre Firma kurz vor der Pleite stand.

»Was gibt's zu grinsen?«, fragte Zorzi unvermittelt.

Steinknecht erschrak. »Warum ich grinse?«, wiederholte er stupide die Frage. Glücklicherweise fiel sein Blick auf die Weinkartons, vor denen sie jetzt standen. Erleichtert konnte er sein Amüsement erklären. »Ich dachte gerade an die blöden Russen, denen wir diesen wunderbaren Barolo verkauft haben, da kann ich mir ein Grinsen nicht verkneifen.«

»Blöde Russen? Du meinst unsere Geschäftspartner in Moskau?« Zorzi zog die Augenbrauen zusammen. »Willst du damit andeuten …«

»Dass wir an diesem Barolo wunderbar verdienen, das will ich damit andeuten.«

Zorzi schüttelte missbilligend den Kopf. »Amedèo, caro amico, genau das hat Hubertus gestört. Wie oft hat er gesagt, dass du nicht übertreiben sollst. Das ist kein Spiel. Ab und zu eine kleine Manipulation, allora, dagegen ist nichts zu sagen. Vor allem beim Olivenöl, è normale!« Zorzi deutete auf die bis zur Decke gestapelten Paletten. »Aber diese riesigen Mengen an gefälschtem Barolo. Bist du völlig verrückt? Erinnerst du dich ans letzte Jahr? Bei dem Prosecco sind wir gerade noch mal davongekommen. Was bitte machst du, wenn die Russen das merken? Die schneiden dir …«

»Basta, basta«, fiel Steinknecht seinem Partner ins Wort. »Die schneiden mir gar nichts ab. Im Büro habe ich einige Flaschen stehen. Komm, wir machen eine auf. Und dann sag ehrlich, ob du einen Verdacht schöpfen würdest. Und wenn du es nicht merkst, glaubst du, den Russen fällt was auf? Wir verkaufen ihnen ja keinen gefälschten Wodka oder Kaviar, das würde ihnen auffallen, aber einen wirklich gut gemachten Barolo?« Steinknecht hob beschwörend die Hände. »Ma ti prego, Ugo, non c'è alcun rischio, kein Risiko, wirklich nicht. Glaub mir!«

»Ich will's hoffen. Aber ein gutes Gefühl habe ich nicht. Ich werde den Wein probieren, lass uns ins Büro gehen. Dort müssen wir sowieso die Dokumente vom Wirtschaftsprüfer durcharbeiten.« Jetzt war es an Zorzi, der sich ein Lächeln nicht verkneifen konnte. »È fatta, es ist vollbracht!«

»Wir stehen kurz vor der Pleite? Wunderbar.« Steinknecht boxte seinem Partner feixend an die Schulter. »Und da machst du mir Vorwürfe wegen eines gefälschten Weines? Du kennst erst recht keine Skrupel.«

Zorzi hob protestierend den Zeigefinger. »Das ist etwas völlig anderes. Der Barolo ist purer Leichtsinn und Übermut, dagegen zählen gefälschte Bilanzen im Wirtschaftsleben zur Tagesordnung. Ein Manager, der diese Kunst nicht beherrscht, ist eine Fehlbesetzung, hat im Studium nicht aufgepasst und ist im globalen Wettbewerb nicht überlebensfähig. Capici?«

»Ist ja recht. Jetzt komm schon. Ich will mir die Bilanzen ansehen, dazu trinken wir einen Barolo, der ein Bruder im Geiste ist.«

»Ein Bruder im Geiste?« Zorzi lachte. »Ich verstehe. Und Jesus konnte aus Wasser Wein machen. Bleibt nur zu hoffen, dass der Kellermeister annähernd so gut ist …«

»Wie Jesus?«

»Nein, wie mein Wirtschaftsprüfer.«

Wenige Minuten später saßen sie im verglasten Büro. Steinknecht hatte einige Flaschen vom gefälschten Barolo auf dem Tisch stehen. Er entkorkte eine und reichte Zorzi ein Glas. Dieser begutachtete die Farbe, roch daran, verkostete ihn schmatzend und schlürfend, um schließlich wohlwollend zu nicken. »Keine Frage, er ist gut gelungen, sehr gut. Complimenti! Ich bin immer noch nicht einverstanden, aber ich muss zugeben, ich würde im Ristorante den Barolo nicht reklamieren. Allora, stoßen wir mit ihm an, auf unsere Bilanz. Und dann erkläre ich dir, wie wir das Geld verschoben haben, wo es geparkt ist, worauf du achten musst. Du musst mir auch noch ein paar Transaktionen gegenzeichnen.«

»Ich hab auch einiges zum Unterschreiben.«

»Die übliche Routine? D'accordo, fangen wir mit deinen an, das ist schnell erledigt. Bei mir dauert's länger. Eine Flasche wird nicht reichen.«

Ohne groß hinzusehen, unterzeichnete Zorzi die Papiere in der Unterschriftenmappe, das machten sie immer so, da vertrauten sie sich blind. Dann öffnete Zorzi seinen Dokumentenkoffer, legte Akten mit dem Wappen des Wirtschaftsprüfers auf den Tisch und startete den Computer. Währenddessen schloss Steinknecht die Jalousien an den raumhohen Fenstern des Büros, durch die man sie aus der Lagerhalle hätte sehen können. Sie waren zwar allein, aber was jetzt kam, das bedurfte keiner Zeugen. So fühlte er sich wohler.

20

Am Empfang seines Hotels nahm Hipp den Portier zur Seite und fragte ihn, wie ihm Gina Zazzari gefallen habe, die junge Frau, die heute früh abgereist sei. »Von Mann zu Mann, Sie verstehen schon!«

Giuseppe nickte. Natürlich verstand er. »Signorina Zazzari? Una bella ragazza con due bellissime poppe.«

»Bellissime poppe?«

»Sì, sì«, bestätigte Giuseppe und formte mit seinen Händen zwei Halbkugeln, die die anatomischen Vorzüge ins richtige Bild setzten.

»Poppe, verstehe.« Hipp schmunzelte. »Ich habe Gina heute Vormittag zum Bahnhof gebracht«, sagte er mit Verschwörermiene. »Ich möchte sie gerne wiedersehen.«

Giuseppe lächelte wissend. »Aber sie hat vergessen, Ihnen ihre Adresse zu geben. Richtig?«

»Ganz genau, das hat sie vergessen.«

Giuseppe schüttelte in gespielter Verzweiflung den Kopf. »So sind sie, die Frauen, je schöner, desto vergesslicher. Das ist quasi

ein Naturgesetz. Nur die Unscheinbaren denken an alles, aber wer will schon von einer hässlichen Ente die Adresse?«
Er gab ihren Namen in den Computer ein, nahm einen Zettel und notierte Ginas Straße und Telefonnummer in Bologna.
Hipp schob ihm einen Geldschein zu und erhielt im Gegenzug den Zettel.
Giuseppe gab ihm den Rat: »Gut verstecken!«
Hipp sah ihn verständnislos an. »Warum soll ich den Zettel verstecken?«
Giuseppe zuckte mit den Schultern. »Ich persönlich würde ihn verstecken, wenn auf dem Zimmer meine Frau auf mich wartet.«
»Wie bitte?«
»Ach, das wissen Sie nicht? Vor zwei Stunden ist Ihre Frau angekommen. Soll wohl eine Überraschung sein.«
»Meine Frau?«
»Certo, Ihre Frau. Sie sind doch verheiratet, oder?«
»Nicht, dass ich wüsste.«
Giuseppe schnalzte mit der Zunge. »Signor Hermanus, Sie sind ein Cascamorto, ein Schwerenöter. So habe ich Sie gar nicht eingeschätzt. Ihre Frau sieht sehr gut aus, sie ist ziemlich groß, schlank, hat schwarze Haare, spricht Italienisch mit amerikanischem Akzent – hilft Ihnen das weiter?«
Hipp nickte. »Ich denke schon. Vielen Dank für die Personenbeschreibung.«
»Ich hoffe, es war kein Fehler, dass ich ihr den Schlüssel …?«
»Nein, ganz im Gegenteil. Aber Sie haben recht, den Zettel mit Ginas Adresse sollte ich besser wegstecken.«

Dass es Sabrina war, die ihn erwartete, war ihm klar. Hipp ging an die Hotelbar und bestellte ein Bier. Es gab Momente, da war

ihm ein Bier lieber als der beste Wein. Er hatte sich auf die Ruhe in seinem Zimmer gefreut, hatte nachdenken wollen und hatte vorgehabt, die kopierten E-Mails von Rettensteins Computer zu lesen. Dann morgen bis Mittag schlafen. Und erst im Anschluss überlegen, was er als Nächstes machen würde. Er hatte keinen Auftrag, der ihn drängte. Er war aus eigenem Antrieb hier. Und er wollte selbst entscheiden, wie er die Nacht verbrachte. Sicher, er mochte Sabrina, sehr sogar. Und hätte sie ihm vorher gesagt, dass sie kommen würde, er hätte sich darauf gefreut, den Termin mit Carlo abgesagt und wäre mit ihr nett zum Essen gegangen. Aber ihn überraschen? Er hatte weder Geburtstag, noch war Weihnachten.
Hipp ließ sich Zeit, bestellte ein zweites Bier, dachte über Rettenstein nach, über die merkwürdigen Umstände seines Todes. Es wurde Zeit, dass sich der Maresciallo mit den Untersuchungsergebnissen meldete. Konnten in der Küche wirklich Blutspuren und Splitter einer Flasche gefunden werden? Was war mit Sulawesi passiert? Wo waren der oder die Drohbriefe? Dass Rettenstein ihn oder sie weggeworfen hatte, wollte er nicht glauben. Und vor allem: Wer hatte ein Motiv gehabt, ihn umzubringen? Jemand, der ihm seinen Erfolg neidete? Seine Partner in der Exportfirma für italienische Delikatessen? Ein Konkurrent? Ein betrogener Ehemann? Ob er wollte oder nicht, es fiel ihm noch jemand ein: Gina, seine Erbin!
Hipp nahm einen Schluck, stützte den Kopf in die Hand und betrachtete sinnierend das Bierglas. Und was hatte es mit Ildefonso auf sich? Warum wollte er nicht glauben, dass der Tod des Trüffelsuchers ein Unfall war? Die Antwort fiel leicht. Weil er ein misstrauischer Zeitgenosse war, der zunächst immer vom Schlimmsten ausging, der bis zum Beweis des Gegenteils hinter scheinbaren Zufällen menschliche Niedertracht vermutete, der

weder glaubte, dass aus heiterem Himmel ein Regal umfiel, noch, dass ein Trüffelsucher von einem kurzsichtigen Jäger mit einem Wildschwein verwechselt wurde. Gewiss, eigentlich konnte ihm alles egal sein. Der Schuss auf Marias Ehemann allemal. Was ging ihn ein Trifolao an, den er nicht einmal gekannt hatte? Und selbst den Tod Rettensteins könnte er ignorieren – wären da nicht seine Hilferufe, die er missachtet hatte. Irgendwie fühlte er sich moralisch in Zugzwang und Rettenstein sozusagen post mortem verpflichtet. Ob er in der Toskana seine Zeit im Liegestuhl unter dem Olivenbaum verplemperte oder hier im Piemont nach dem Rechten sah, was machte es für einen Unterschied? Hier lernte er wenigstens etwas über Trüffeln. Wenn die Sonne schien, konnte er seine Giulietta oben ohne spazieren fahren. Mit etwas Glück fand er heraus, wem Hubertus Rettenstein sein vorzeitiges Ableben zu verdanken hatte. Wenn ihm langweilig wurde, konnte er sich mit dem Maresciallo treffen und sich über seine Eigenheiten amüsieren. Mit Carlo würde er auf Trüffelsuche gehen. Er würde Gina wiedersehen …

Hipp leerte das Glas und stellte es ab. Fast hatte er vergessen, dass »seine Frau« auf ihn wartete. Die Pause an der Bar hatte ihm gutgetan. Sein anfänglicher Ärger war verraucht.

21

Gina war in Bologna* geboren und aufgewachsen. Sie lebte gerne in dieser traditionsreichen Universitätsstadt mit den vielen jungen Menschen, den alten Bauten im historischen Zentrum, den ewig langen Arkadengängen, den Kon-

zerten auf der Piazza Maggiore, den zahllosen Trattorien und Bars. Nach ihrer Meinung konnte es in Italien keine andere Stadt mit Bologna aufnehmen. Nirgendwo ließ sich so gut leben, auch mit wenig Geld. Und wenn man am Wochenende ans Meer wollte, war selbst das kein Problem. Die Strände der Adria waren gerade achtzig Kilometer entfernt. Bologna hatte viele Beinamen: La Rossa wegen der roten Ziegelbauten und Dächer; La Dotta, die Gelehrte, wegen der Universität. Gina gefiel La Grassa am besten, die Fette! Denn das gute Essen hatte in Bologna schon immer einen besonderen Stellenwert. Davon zeugte die Cucina classica mit Spaghetti bolognese, Tortellini und Tagliatelle, Bollito misto, Mortadella und Tagliata di chianina.
Sie bewohnte ein Apartment im Westen Bolognas, von wo es nur einige Busstationen ins Zentrum waren. Und mit der Vespa auf der Via Emilia Richtung Modena konnte sie in einer guten halben Stunde ihren Arbeitsplatz erreichen. Dass auch dieser mit einer kulinarischen Spezialität der Emilia-Romagna zu tun hatte, war wohl eher ein Zufall. Über den Onkel einer Freundin hatte sie vor einigen Jahren den Job in dem Caseificio bekommen, wo der vielleicht berühmteste Käse Italiens hergestellt wurde, der Parmigiano Reggiano*. Seit jeher ist dies reine Männersache, kein Wunder bei dem Gewicht der großen Käseräder. Deshalb hatte man sie anfangs in den Verkauf gesteckt. Aber sie war weder schwach, noch hielt sie was von althergebrachten Konventionen. Und so hatte sie es geschafft, erst kleine, dann immer wichtigere Tätigkeiten in der Produktion zu übernehmen. Während die Herstellung des Hartkäses auf die Monate April bis November beschränkt war, mussten die Laibe während ihrer ganzen Lagerung einmal die Woche gewendet und gebürstet werden. Zwölf bis sechs-

unddreißig Monate dauerte diese Reifezeit in einer großen Halle, die in ihrer Firma »Fort Knox« genannt wurde. Gina steuerte ein gabelstaplerähnliches Spezialgerät, mit dem sie zwischen den Hochregalen hin und her fuhr, die Käselaibe heraushob, diese wendete und mit einer rotierenden Bürste bearbeitete.

Auch heute ging sie dieser Tätigkeit nach. Mit ihren Gedanken aber war sie woanders. Ihr fiel ihr toter Vater ein. Der Avvocato in Alba. Der Scheck, den sie so sehnsüchtig erwartet hatte und der heute morgen aus Alba eingetroffen war. Endlich. Gleich nach Arbeitsschluss würde sie mit ihrer Vespa zurück nach Bologna fahren und die längst fällige Zahlung leisten.

22

In der Herbstsonne auf der Terrasse des Tornavento sitzend, musste Hipp zugeben, dass Sabrinas Überraschungsbesuch keine wirklich schlechte Idee war. Sie hatten es unchristlich lange im Bett ausgehalten, hatten an der Piazza Savona einen Latte macchiato getrunken und waren mit der Giulietta ganz gemächlich von Alba nach Treiso* gefahren. Dass sie bei der Fahrt stillschweigend darauf verzichtet hatten, das Autoradio einzuschalten, hatte einen besonderen Grund. Sie wollten beide das Risiko vermeiden, per Zufall ein Lied von Paolo Conte zu hören. Nein, nicht deshalb, weil sie seine rauchige Stimme nicht mochten, ganz im Gegenteil. Aber speziell mit einem Stück verband Sabrina grauenvolle Erinnerungen, Erinnerungen an einen schweren Autounfall ganz hier in der Nähe, vor über einem Jahr, auf der kurvigen Straße, die von Monforte d'Alba über Castiglione Falletto nach Grinzane Cavour* führte. Ein

Unfall, bei dem ihre Freundin und Cousine Eva-Maria ums Leben gekommen war. Damals hatte das Autoradio gerade ein Stück von Paolo Conte gespielt: »Via, via, vieni via con me …« Sabrina selbst hatte nur mit viel Glück überlebt. Es hatte lange gedauert, bis sie ihr Trauma überwunden hatte und sich wieder an ihr Vorleben erinnern konnte – und an die näheren Umstände des Unfalls[1].

Der Blick, der sich von ihrem Tisch aus bot, war unvergleichlich. Oben ein strahlend blauer Himmel, unten in den Tälern ein dichter Nebelteppich, aus dem wie Inseln im Meer befestigte Dörfer und Burgen auftauchten, die auf ihren Hügelkuppen zu schweben schienen. Nach längerem Schweigen, währenddessen beide dieses unwirkliche Panorama genossen, nahm Sabrina seine Hand.

»Ich danke dir«, sagte sie.

»Wofür?«

»Dafür, dass du mir damals geholfen hast. Ohne dich wäre ich nicht mehr am Leben. Und selbst wenn, ich wüsste nicht, wer ich bin.«

»Das wissen viele Menschen nicht«, erwiderte Hipp mit einem leisen Lächeln.

»Nein, im Ernst …«

»Schon gut. Es ist vorbei, wir müssen nicht darüber reden.«

»Weißt du, dass ich seitdem nie mehr in dieser Gegend war?«

»Nein, aber ich habe es mir gedacht. Umso weniger hätte ich mit deinem Kommen gerechnet.«

»Vielleicht wollte ich mir beweisen, dass es mir nichts aus-

[1] Die Ereignisse rund um den tödlichen Unfall werden im Roman *Vino Criminale* erzählt.

macht?« Sabrina zögerte kurz, um dann fortzufahren: »Und tatsächlich, es macht mir nichts aus. Nun gut, es kommen Erinnerungen auf, aber ich habe keine Angstattacken, keine Schweißausbrüche, Zitteranfälle oder was auch immer. Nein, ich fühle mich gut, ich bin froh, hier zu sein, mit dir auf dieser Terrasse zu sitzen, diesen unvergleichlichen Blick zu genießen. Ich bin ruhig, bin traurig und glücklich zugleich. Ich finde, es war ein guter Einfall, dich zu besuchen.«

»Ja, das war es. In vielerlei Hinsicht. Und wenn dir dein Besuch dabei hilft, ein unschönes Kapitel endgültig abzuschließen – dann erst recht. Wie ich schon sagte, es ist vorbei.«

»Vorbei? Ist es das wirklich?«

»Natürlich, warum nicht?«

»Der Täter ist entkommen«, flüsterte Sabrina, »wie kann es da vorbei sein?«

»Sei unbesorgt, er wird dir nichts tun. Es gibt keinen Grund.«

»Sicher, den gibt es nicht, nicht mehr. Er hat die Tat gestanden, ich kann ihn als Zeugin nicht mehr verraten. Das leuchtet mir ein. Aber was ist mit der Gerechtigkeit?«

»Gerechtigkeit? Die existiert vielleicht im Himmel, aber nicht auf Erden.«

»Wie kann er frei herumlaufen, wo er doch für Eva-Marias Tod verantwortlich ist, ihre Familie ins Unglück gestürzt hat? Wie kann das sein?«

Hipp lehnte sich zurück, verschränkte die Arme, betrachtete Sabrina – und schwieg.

»Nun sag schon was!«

»Was soll ich sagen? Dass ich Rachegefühle zwar verstehe, aber für wenig zielführend halte? Dass es mir egal ist, was mit ihm passiert? Dass es auch dir egal sein sollte? Dass ich mich momentan mit dem Mord an einem gewissen Hubertus Rettenstein beschäftige und mich für Trüffeln interessiere? Dass ich am liebsten gar nichts tun würde …«

»Rettensteins Mörder willst du fangen«, argumentierte Sabrina, »den Mörder von Eva-Maria lässt du laufen. Wo ist da die Logik?«

»Ich will überhaupt keinen Mörder fangen. Ich will mit dir in der Sonne sitzen und ein Glas guten Wein trinken, das will ich. Auch bei Rettenstein geht's mir nicht darum, einen Mörder zu fassen. Dafür sind in Italien die Polizia di Stato zuständig und die Carabinieri. Ich bin allenfalls dazu bereit, einige Hinweise zu geben, darauf aufmerksam zu machen, dass es überhaupt ein Verbrechen gegeben hat. Vielleicht kommt mir eine Idee, wer es war und warum. Das sage ich dann dem Maresciallo, fertig, Ende. Ich hoffe, dass meine Giulietta anspringt, und fahre gemütlich nach Hause. Vielleicht bekomme ich zur Abwechslung mal wieder einen Auftrag, für den ich bezahlt werde, bei dem es beispielsweise darum geht, eine Weinfälschung aufzuklären? In Ordnung. Ansonsten möchte ich meine Ruhe.«

Sabrina schüttelte den Kopf. »Ich nehme dir nicht ab, dass es dir egal ist, ob ein Verbrecher gefasst wird.«

»Es ist mir aber egal. Mit einer Einschränkung: Bei Gewaltverbrechen gilt es zu verhindern, dass es zu Wiederholungen kommt. Wenn der Täter weiterhin gefährlich bleibt, gehört er aus dem Verkehr gezogen.«

»Wie der Mörder von Hubertus Rettenstein?«

»Wenn ich das wüsste. Er könnte weiter eine Bedrohung darstellen, das genau ist das Problem.«

»Was wirst du in dieser Angelegenheit als Nächstes unternehmen?«, fragte Sabrina.

»Keine Ahnung, ich habe keinen Plan, ich folge meiner Intuition. Ich werde wohl mit einigen Leuten reden. Zum Beispiel hatte Rettenstein zwei Geschäftspartner in Parma, mit denen möchte ich mich gerne mal unterhalten. Außerdem soll Parma eine schöne Altstadt haben, mit guten Lokalen.«

»Der Dom ist berühmt, und dieses Theater, wie heißt es doch gleich?«

»Das Teatro Farnese?«

»Richtig. Es ist ganz aus Holz gebaut. Ich würde dich gerne begleiten, aber leider muss ich morgen zurück nach Montalcino. Wir erwarten eine Gruppe Weinjournalisten aus Amerika.«

»Schade, wir hätten bei der Fahrt durch die Bassa auf den Spuren Verdis wandeln können. Busseto, Le Roncole …«

23

Die Metallbox war erstaunlich klein, kaum größer als ein Zuckerwürfel. Amedèo Steinknecht hatte sich das Wunderding über das Internet besorgt und unter einem falschen Namen an ein Postamt in Mailand schicken lassen, wo er die Sendung heute früh abgeholt hatte. Das sollte als Vorsichtsmaßnahme ausreichen. Im Päckchen war nicht nur diese schwarz lackierte Box mit der kurzen Antenne, sondern auch der zugehörige Sender. Erstaunlich, was Firmen so alles herstellten und frohen Herzens zum Verkauf anboten. Auf der Website dieses Spezialversenders hatte er eine Vielzahl von Mikrokameras und winzigen Mikrophonen gefunden, mit denen man diskret seine untreue Ehefrau, böse Nachbarn oder missgünstige Geschäftspartner ausspionieren konnte. Viel interessanter war diese unauffällige Sprengkapsel, die vor ihm auf dem Tisch lag. Nun gut, die Explosionskraft war minimal, zu klein, um jemanden zu töten. Aber glaubten die Konstrukteure allen Ernstes, dass es für dieses Produkt einen legalen Verwendungszweck gab? Vielleicht als hochentwickelter Abflussreiniger? In die verstopfte Toilette werfen und zünden? Oder als Geheimwaffe im Kampf gegen Maulwürfe?

Wirklich erstaunlich war die Reichweite des Senders, mit dem sich die Kapsel zünden ließ. Bis zu fünfzig Kilometer dürfe man sich vom Zielobjekt entfernen. Das sollte ausreichen, um nicht in Verdacht zu geraten, wenn sein Partner Ugo Zorzi ums Leben kam.

Steinknecht breitete eine Straßenkarte aus, auf der er die Zeiten eingetragen hatte, die Ugo nach Verlassen ihres Büros auf der Autobahn Richtung Modena bis zu bestimmten Wegmarken brauchen würde. Unter der Voraussetzung, dass wenig Verkehr war. Folglich war es am sichersten, Ugo in Parma zum Abendessen einzuladen. Am besten etwas außerhalb. Wenn er erst nach zehn Uhr die Heimfahrt antrat, sollte er gut durchkommen. Er dachte an die Trattoria Le Viole in Castelnovo di Baganzola. Sie lag strategisch günstig, von dort war es nicht weit zur Autobahn – und die Ravioli waren ein Genuss.

Er selbst würde in der Trattoria sitzen bleiben, auf dem Handy die Staumeldungen kontrollieren und bei freier Fahrt exakt nach sechzehn Minuten die Fernsteuerung betätigen. Ugo liebte seinen Ferrari, wobei er die eigenwillige Auffassung vertrat, dass Geschwindigkeitsbegrenzungen für die roten Renner aus Maranello zumindest auf diesem Autobahnabschnitt keine Gültigkeit hatten. Irgendwo müssten die Fahrzeuge ja getestet werden.

Nach sechzehn Minuten sollte er auf der langen Geraden vor Reggio Emilia* sein. Beim infernalischen Lärm des Zwölfzylinders würde er nicht mitbekommen, wie es an seinem Auto eine kleine Explosion gab, die die manipulierte Vorderradaufhängung in ihre Einzelteile zerlegte.

Derweil würde er friedlich und entspannt im Viole sitzen, vielleicht einen Digestivo bestellen, für die Nachtruhe. Und später auf dem Nachhauseweg von der Ponte di Mezzo den Fernauslöser in den Fluss werfen. Ja, so würde es laufen, so oder so ähnlich. Mit etwas Glück zog man hinterher die Möglichkeit in Betracht, dass Ugo Zorzi vorsätzlich mit Vollgas in die Leitplanken gesteuert hätte. Das wäre nur allzu verständlich, immerhin konnte man als Gesellschafter einer Firma, die kurz vor der Pleite stand, schon mal auf den Gedanken kommen, sich das Leben zu nehmen. Amedèo kicherte. Außerdem hatte er etwas in den Händen, das diesen Verdacht höchst überzeugend bestätigte.

24

So zeitig war Hipp schon lange nicht mehr aufgestanden. Aber da Sabrina früh aufbrechen musste, um zurück nach Montalcino zu fahren, hatte er beschlossen, aus der Not eine Tugend zu machen. Er hatte seine Lederjacke angezogen und schlenderte durch die Altstadt von Alba. Aus dem Nebel, der zwischen den Häusern hing, fiel leichter Sprühregen, das Pflaster auf den Straßen war nass und glänzte. Eine Stimmung, die er mochte. In einer Bar trank er einen Latte macchiato, dann lief er hinüber zur Via Vittorio Emanuele. Längst war er nicht mehr alleine, es herrschte ein reges Treiben. Er wusste auch, warum. Nur noch wenige Meter waren es zum Hof mit dem Trüffelmarkt.

Er blieb vor dem Schaufenster von Tartufi Ponzio stehen. Seit 1947, stand geschrieben, war man hier dem Handel mit Trüffeln verpflichtet. Hipp hatte gelesen, wie es Alba nach dem

Krieg geschafft hatte, den Mythos um die weißen Trüffeln zu kreieren und bis nach Amerika zu tragen. Vor allem einem Mann war dies zu verdanken: Giacomo Morra. Dass er bis heute als »Re dei Tartufi«, als König der Trüffeln, galt, hatte zweifellos seine Berechtigung. Als junger Mann im Weinhandel zu Geld gekommen, kaufte er 1928 das in Alba noch heute existierende Hotel Savona. Intensiv kümmerte er sich um alle Belange, wobei ihm besonders die Küche am Herzen lag. Zwar spielten die weißen Trüffeln in der Region schon immer eine besondere Rolle, welches Potenzial aber wirklich in ihnen steckte, sowohl kulinarisch als auch unter kommerziellen Gesichtspunkten, das erkannte erst Giacomo Morra. Er brachte nicht nur viele Trüffelgerichte auf seine Speisekarte, sondern verschaffte auch der noch jungen Trüffelmesse* größere Bedeutung. Geradezu genial aber war seine Idee, die größte Trüffel, die jedes Jahr gefunden wurde, einer international bedeutenden Persönlichkeit zu schenken und für entsprechende Medienaufmerksamkeit zu sorgen. Über zwei Kilogramm wog die legendäre Trüffel, die Morra 1951 dem amerikanischen Präsidenten Truman zukommen ließ. Keine Fehlinvestition, wie sich zeigen sollte. Das Weiße Haus schloss mit Morra einen mehrjährigen Liefervertrag. Marilyn Monroe war von ihrer Trüffel so entzückt, dass sie Giacomo Morra zu ihrem Darling erklärte und zudem plötzlich ganz versessen darauf war, einen Trüffelhund zu besitzen. Und Louis Armstrong wurde von den unvergleichlichen Aromen des Tartufo bianco zu einem jazzigen Trüffelsong inspiriert.

Lag es an diesen Geschichten, dass Hipp immer intensiver der Duft von Trüffeln in die Nase stieg? Er drehte sich um, ging ein Stück weiter, an den Auslagen von Tartufi Elio Ratti vorbei, um schließlich den Cortile della Maddalena zu betreten. Vor dem Palatartufo, dem großen Zelt, waren Bilder von prominenten Trüffelliebhabern zu sehen: Luciano Pavarotti, Alain Delon, Alfred Hitchcock, Giorgio Armani, Sophia Loren, Gérard Depardieu. Er kaufte sich eine Eintrittskarte und bekam eine Tüte mit einem Glas für Degustationen um den Hals gehängt – was er angesichts der Uhrzeit etwas irritierend fand. Schon die ersten Stände zeigten, dass es auf der Fiera del tartufo bianco nicht allein um Trüffeln ging. Ihm wurde eine Scheibe Salami angeboten, er kostete vom Toma-Käse, dann eine Torrone d'Alba. Dazu etwas Dolcetto* für sein Probierglas. Sich dem großen Hauptraum nähernd, wurde der Geruch nach Trüffeln immer intensiver, die Luft schien mit jedem Atemzug dichter zu werden. Vorbei an der Grande Enoteca della Fiera, gelangte er zu den Plätzen, an denen die Trüffelsucher ihre kostbaren Funde der vergangenen Nacht auf karierten Tüchern präsentierten. Dem raschen Zugriff durch Glasglocken, Tortenhauben oder schnöde auf den Kopf gestellte Plastikbecher entzogen. Was wohl auch ihren Duft besser bewahrte. Versehen mit kleinen Zetteln, auf denen das Gewicht und der Preis vermerkt war. Die Trüffeln wurden beschnuppert und gewogen, es wurde diskutiert und gefeilscht. Auch wenn Hipp keine Absicht hatte, als Käufer aktiv zu werden, so bereitete es ihm zunehmendes Vergnügen, das Treiben zu beobachten, zu sehen, wie Trüffeln ihre Besitzer wechselten, wie mit Geldscheinen gewedelt oder verächtlich mit der Hand abgewinkt wurde. Eine junge Frau, die seinen Vorstellungen eines Trüffelsuchers so gar nicht entsprechen wollte, schien gerade ein größeres Geschäft am Telefon abzuwickeln, tippte Preise in ihren Taschenrechner, sortierte Trüffeln, wickelte sie in ein Tuch, verstaute sie in einer Frischhaltedose, Deckel

drauf, Gummiband, ab unter den Tisch. Ihm gefiel, dass das weiße Gold von Alba ganz offenbar keiner repräsentativen Verpackung bedurfte. Auf einer kleinen Bühne bot das Centro Nazionale Studi Tartufo bei Zweifeln an der Qualität einer Trüffel mit einer besonders großen Waage und ernst dreinblickendem Personal ihre unbestechliche Analyse an. Hipp ließ sich von einem älteren Trüffelsucher die unübersehbaren Vorzüge eines größeren Exemplars schildern, durfte sich die Trüffel unter die Nase halten, verhandelte über den Preis. Das machte Spaß, man fühlte sich schnell dazugehörig.
Einige Meter weiter traf er auf Carlo Giardina, der ihm erst vorgestern eine Einführung in die Welt der Trüffeln gegeben hatte. Auch Carlo bot Tartufi zum Verkauf. Hipp freute sich zu sehen, dass seine im Durchschnitt größer waren als die meisten anderen. Carlo verstand also was von der Trüffelsuche. Umso interessanter würde es werden, ihn demnächst bei einer nächtlichen Exkursion zu begleiten – falls er dazu Zeit finden sollte.

Eine schwere Hand legte sich auf Hipps Schulter. »Buon giorno, Dottore. Sie sind verhaftet!«
Sich umdrehend, blickte er in Maresciallo Vibertis ernstes Gesicht. »Sie haben eine Trüffel gestohlen, ich habe es genau gesehen. Darauf steht in Alba die Todesstrafe.«
»Tod durch Erhängen?«, fragte Hipp.
»Nein, das wäre zu human. Der Delinquent muss so viele Trüffeln essen, bis er an Magenkrämpfen zugrunde geht.«
»Ein schrecklicher Tod.«
Viberti grinste. »Grauenvoll! Laden Sie mich zu einem Cappuccino ein? Ich muss Ihnen was erzählen.«
Viberti bugsierte Hipp in eine Ecke des Zeltes, wo frischer Kaf-

feegeruch vergeblich versuchte, gegen die übermächtigen Trüffelaromen anzukämpfen. Während die Menschen vor ihnen Probleme hatten, an der belagerten Bar ihre Bestellung loszuwerden, hob der Maresciallo nur wortlos zwei Finger. Es dauerte keine zehn Sekunden, da wurden ihnen die Cappuccini serviert – zwei anderen Kunden waren sie vor der Nase weggezogen worden.

»Was wollen Sie mir erzählen?«, fragte Hipp. »Liegen Ihnen die Ergebnisse der Laboruntersuchungen vor?«

»Naturalmente, sie liegen mir vor. Nicht nur das, die Carabinieri haben bereits eine Sonderkommission eingesetzt ...«, Viberti räusperte sich, »deren Leitung selbstverständlich mir übertragen wurde.«

Hipp schmunzelte. »Demzufolge hat sich Ihre Theorie bestätigt?«

Viberti sah verlegen auf seine hochglanzpolierten Stiefel. »Dottore, Sie und ich wissen, dass diese Theorie von Ihnen stammt, aber warum sollte ich meine Vorgesetzten verwirren?«

»Das geht schon in Ordnung. Also, was ist mit der Küche? Haben Ihre Experten Blutspuren gefunden?«

Viberti nickte. »Blutspuren und feine Glassplitter. Marias Putzfimmel hat es uns nicht gerade leicht gemacht. Die Glassplitter könnten zur abgebrochenen Sassicaia-Flasche passen. Ganz genau kann man das nicht sagen. Aber die Blutpartikel, sie ließen sich eindeutig Signor Rettenstein zuordnen. Natürlich beweist das noch gar nichts, außer dass der Verblichene in der Küche geblutet hat. Er könnte sich beispielsweise ganz harmlos mit dem Trüffelhobel geschnitten haben.«

»Richtig, das Parmesanmesser wäre zu stumpf. Was ist mit Sulawesi?«

»Die Katze? Sie ist definitiv keines natürlichen Todes gestorben.

Eine Überdosis Methadon hat sie unter die Erde gebracht. Dieses Teufelszeug ist schwer nachweisbar und führt in entsprechender Konzentration auch beim Menschen zu letaler Atem- und Herzlähmung.«

»Das heißt …«

»Ecco, das heißt, dass wir mit unserer Theorie ziemlich richtig liegen, dass Signor Rettenstein wohl nur knapp einem Giftanschlag entkommen ist, dass er womöglich in der Küche getötet wurde, dass der Teppich aus dem Flur unauffindbar ist, dass laut Maria ein Haustürschlüssel vom Haken fehlt, dass wir es hier mutmaßlich mit einem Kapitalverbrechen zu tun haben, das dringend der Aufklärung bedarf.«

»Das haben Sie sehr schön formuliert.«

»Die Sonderkommission der Carabinieri hat ihre Arbeit aufgenommen. Wir gehen verschiedenen Spuren nach, die zweifellos innerhalb kurzer Zeit …«

»Welchen Spuren gehen Sie nach?«

Der Maresciallo sah Hipp überrascht an. »Wie bitte?«

»Welchen Spuren Sie nachgehen, wollte ich wissen.«

Viberti nickte. »Welchen Spuren? Eine gute Frage.« Er überprüfte den Sitz seiner Krawatte. »Das gerade war der Text der offiziellen Presseverlautbarung. Unsere Ermittlungsarbeiten werden nicht näher spezifiziert.«

»Welchen Spuren?«, insistierte Hipp.

»Nun, keinen konkreten«, gab Viberti zu. »Ich denke, wir werden als Nächstes die Nachbarn rund um seine Villa befragen. Vielleicht hat jemand etwas beobachtet. Dann müssen wir den Avvocato Romagnosi dazu bringen, dass er uns den oder die Erben des Toten nennt. Diese Personen sind bis zum Beweis des Gegenteils tatverdächtig. Es gilt zu überprüfen, ob Rettenstein ein Verhältnis mit einer verheirateten Frau hatte. Ein betrogener Ehemann passt zum möglichen Tathergang. Darüber hinaus …«

»Darüber hinaus?«

Der Maresciallo hüstelte. »Darüber hinaus habe ich vorläufig keine Idee.«

»Die Drohbriefe sind verschwunden?«

»So ist es. Genauso wie der Teppich und der Schlüssel.«

»Was ist mit seinen Geschäftspartnern in Parma?«

»Steinknecht und Zorzi? Ich glaube nicht, dass sie etwas mit dem mutmaßlichen Mord zu tun haben. Aber wir werden mit ihnen reden.«

»Sie haben nichts dagegen, wenn ich mich schon vorher mit den beiden unterhalte? Ich bin nämlich morgen um zehn Uhr mit Amedèo Steinknecht in Parma verabredet und am Nachmittag mit Ugo Zorzi in Modena.«

»Keine Einwände. Italien ist ein freies Land, jeder darf mit jedem sprechen. Ich hätte nur eine Bitte …«

»Eine Bitte?«

»Rufen Sie mich nach den Gesprächen an und schildern Sie mir Ihre Eindrücke. Falls Sie eine Anregung für meine weiteren Ermittlungen haben, dürfen Sie mir diese gerne mitteilen.« Der Maresciallo stellte seine Cappuccino-Tasse zurück. »Normalerweise verbitte ich mir derartige Einmischungen. Aber in Ihrem Fall, Dottore, mache ich eine Ausnahme.« Er deutete zu roten Stehtischen vor dem großen Tresen der Enoteca. »Übrigens, wie wäre es mit einem Aperitivo al tartufo?«

Hipp schaute demonstrativ auf die Uhr. »Etwas früh für einen Aperitivo, finden Sie nicht?«

Viberti strich sich verlegen über den Ärmel seiner Uniform. »Sie haben recht, ich bin im Dienst und stehe hier gewissermaßen unter öffentlicher Beobachtung. Auf das zugehörige Glas

Barolo sollte ich bei diesem Aperitivo verzichten. Aber die Spiegeleier mit einer Grattata di tartufo bianco dürfen wir uns keineswegs entgehen lassen.«

25

Vor einigen Jahren war Carlo Giardina beim Paglio degli Asini, beim Eselspalio, in Alba mitgeritten. Nein, nicht auf einem Esel im eigentlichen Rennen, sondern in einem historischen Kostüm im vorausgehenden Umzug. Wie er wusste, traf Ähnliches auch auf Cesare zu, was das anstehende Gespräch nicht gerade einfacher machte. Denn Cesare kam aus Asti. Der dortige Palio wird wie in Siena auf ungesattelten Pferden geritten. Seine Tradition reicht zurück bis ins 13. Jahrhundert. Und mindestens so alt ist die Rivalität zwischen Alba* und Asti*. Als reiche Stadtrepublik hatte Asti im Piemont lange Zeit eine dominierende Rolle gespielt, sogar die Savoyer geschlagen und Turin beherrscht. 1259 wurde schließlich auch Alba von Asti erobert. Um ihre Nachbarn zu provozieren, hielten am 10. August 1275 die Astigiani ihren Palio direkt vor den Stadtmauern von Alba ab. Dies ausgerechnet am Tag, als Albas Einwohner ihren Schutzpatron San Lorenzo feierten. Als es wegen des Palios erneut zu einem Zwischenfall kam, hob Alba den Eselspalio aus der Taufe – mit dem erklärten Ziel, Asti zu verspotten. Denn der Ausgang des Rennens hängt weniger vom Geschick der Reiter ab, sondern wird vom Eigensinn der Esel bestimmt, die in Führung liegend plötzlich stehen bleiben oder sogar die Richtung wechseln.

Zwar machten Carlo und Cesare schon seit Jahren Geschäfte miteinander, aber enge Freunde waren sie in der Zeit nicht geworden. Mal stritten sie über die Hagelkanonen, mit denen Alba die Wolken vertrieb, um seine Weinberge zu schützen. Nach Cesares fester Überzeugung wurde der Hagel genau in Richtung Asti geschoben. Dann revanchierte sich Carlo, indem er die überwältigenden Vorzüge des Nebbiolo* aus Alba lobte – und wider besseren Wissens den Moscato aus Asti schmähte.

Heute war er behutsamer, verkniff sich alle Seitenhiebe, war von einer fast übertriebenen Freundlichkeit. Er ging sogar so weit, die Qualität der Trüffeln aus Asti zu loben. Womit er den gewünschten Übergang zum eigentlichen Thema geschafft hatte. Denn eingedenk der Aufforderung seiner Schwester begann er Cesare vorsichtig auszuhorchen. Ob ihm das Waldstück vertraut sei, wo sein Schwager erschossen worden sei, wollte er wissen. Tatsächlich war Cesare gut informiert, er kannte dort fast jeden Baum, auch die finsteren Legenden, die sich um diesen Wald rankten, die Märchen von der alten Hexe und der riesigen Fledermaus. Auch schien Cesare mit den meisten Trüffelsuchern der Region gut bekannt. Für diese könne er seine Hand ins Feuer legen, versicherte er. Sie würden gerne Reifen aufstechen, das schon, vor allem von Autos aus Alba. Aber bereits das Vergiften von Hunden sei verpönt, erst recht erschieße man nicht jemanden. Auch konnte sich Cesare nicht vorstellen, dass ein Jäger Ildefonso aus Versehen eine Kugel in den Rücken gejagt habe. Um solche Zwischenfälle zu vermeiden, sei es üblich, dass die Jäger erst dann auf die Pirsch gingen, wenn die Trüffelsucher den Wald längst verlassen hätten. Als Carlo nachfragte, musste er zugeben, dass zeitliche Überschneidungen unvermeidlich waren. Wie sonst sei es zu erklären, dass es immer wieder mal zu Unfällen komme?

Cesare bot Carlo eine Wette an. Falls man den Täter finden sollte, wofür allerdings nicht sehr viel sprach, dann würde sich ganz gewiss herausstellen, dass er nicht aus Asti stammte. Er sei bereit, einen Korb mit weißen Trüffeln darauf zu setzen. Carlo hielt dagegen, ließ sich dabei nicht lumpen und erhöhte seinen Wetteinsatz mit einer Kiste Barbaresco.

26

Noch am späten Nachmittag fuhr Hipp von Alba nach Parma*. Er nahm sich ein Zimmer in einem etwas auswärts gelegenen Hotel, ging abends in der Altstadt spazieren, die Via Cavour entlang, über die Piazza Garibaldi in die Strada Farini. In der Trattoria del Tribunale aß er zu Abend: Piatto misto di salumi, Tagliolini al culatello, Tagliata di manzo all'aceto balsamico. Schließlich saß er in der Hotelbar am offenen Kaminfeuer, um noch einen Amaro zu trinken, vor sich auf dem Tisch sein Notebook. Er klickte durch die E-Mails, die er von Rettensteins Computer heruntergeladen hatte. Korrespondenz mit einer Journalistin wegen eines Interviews. Eine Bestellung von zwei Kisten Barbera. Nicht schlecht, er persönlich hätte einen anderen Jahrgang bevorzugt. Eine heftige Diskussion mit seinem Partner Amedèo Steinknecht. Offensichtlich war Rettenstein mit dessen Geschäftsführung nicht immer einverstanden gewesen. Und er hatte überhaupt nichts davon gehalten, Kunden mit minderwertiger Ware übers Ohr zu hauen. Was Steinknecht wohl gelegentlich etwas anders sah. Jetzt eine Bestellung von Syrah aus Sizilien. Siehe da, auch Rettenstein hatte die Senkrechtstarter von der Insel entdeckt. Ein Monatsbericht von Steinknecht mit den Umsätzen ihrer gemeinsamen Firma Delita. Das Geschäft schien zu florieren. Eine Reklamation seines Rasenmähers. Nun, dahinter verbarg sich wohl kein Mordmotiv. Interessanter war eine Mahnung an seinen anderen Partner, an Ugo Zorzi, endlich sein Darlehen zurückzuzahlen. Was für ein Darlehen? Die Vermittlung eines Auftrags aus Düsseldorf über fünftausend Gläser Trüffelöl*. Die Bestätigung von Steinknecht. Die Aufstellung der von Rettenstein gelieferten Trüffeln der letzten Wochen. Eine Einladung zu einer Weinverkostung nach Canale* ...

Hipp nahm sich die Zeit, alle E-Mails der letzten Monate aufzurufen, sowohl die eingegangenen als auch die abgeschickten, darunter jene zwei, die an ihn selbst adressiert waren. Zwar vermittelte die elektronische Korrespondenz ein genaueres Bild von Rettenstein, zeigte ihn von seiner eitlen Seite, als Weinliebhaber, als Geschäftsmann. Eine Spur zu seinem Mörder war aber nicht zu entdecken. Hipp klappte das Notebook zu und trank den Amaro aus. Schade, dass die Drohbriefe nicht per E-Mail mit Absenderangabe geschickt worden waren. Aber das wäre auch zu einfach gewesen.

Er verabschiedete sich vom Mann an der Bar, wechselte einige Worte mit dem Nachtportier und ging zu Bett.

27

Ugo Zorzi bremste kurz, schaltete herunter, gab wieder Gas. Gleichzeitig zog er den Ferrari von der linken Seite über die beiden Spuren ganz nach rechts. So spät am Abend machte es Spaß, bei der Auffahrt zur Autobahn wie auf einer Rennstrecke die Ideallinie zu finden. Der Zwölfzylinder im Rücken blies ihm eine infernalische Symphonie um die Ohren. Ein kurzes

Ausbrechen des Hecks, ein kurzes Gegenlenken. Wieder abbremsen. An der Station links vorbei an den normalen Spuren, elektronische Registrierung statt Biglietto, Schranke hoch. A tutta velocità!

Zweiter Gang, dritter Gang … Kein Adagio, nein, der Ferrari war wie ein Orchester, das zum Fortissimo gepeitscht wurde. Und der Dirigent, das war er, Ugo Zorzi, il maestro. Wer brauchte Trompeten und Posaunen? Sein Orchester holte Luft aus mächtigen Einlassöffnungen, pumpte diese mit Kompressoren auf, blies ein explosives Gemisch durch polierte Einspritzdüsen. Wer brauchte eine Stradivari aus zerbrechlichem Holz? Seine Geige hatte Nockenwellen aus Titan und glühende Bremsscheiben aus Kohlefaser.

Zorzi sah auf den Tacho und grinste. Damit dürfte er jenseits des Messbereichs einer jeden Radarfalle sein. Jedenfalls war das die fulminante Krönung eines angenehmen Abends. Er hatte zwar keine Ahnung, warum ihn sein Partner Amedèo Steinknecht nach dem Büro zum Essen eingeladen hatte, aber mit der Trattoria Le Viole hatte er zweifellos eine gute Wahl getroffen. Und Amedèo war ungewöhnlich fröhlich gewesen, geradezu ausgelassen. Ob das daran lag, dass ihre Firma Delita kurz vor der Pleite stand? Zorzi musste lachen. Jedenfalls würde der Rechtsanwalt aus Alba, der sein Kommen angekündigt hatte, genau diesen Eindruck gewinnen.

Sein Partner hatte noch auf dem Handy festgestellt, dass für die Strecke nach Modena keine Staumeldungen vorlagen. So zuvorkommend war Amedèo noch nie gewesen. Er hatte ihn zum Ferrari hinausbegleitet, ihn umarmt und ihm eine gute Fahrt gewünscht, war dann wieder hineingegangen, um den bereits bestellten Digestivo zu trinken und die Rechnung zu zahlen.

Zorzi lockerte den Griff am Lenkrad. Auf dieser langen Geraden hielt sein Ferrari perfekt die Spur, durch die Aerodynamik auf den Asphalt gepresst, kaum höher als die Leitplanke, unempfindlich gegen Seitenwinde.

28

Vor der Lagerhalle von Delicatezze dall'Italia stehend, war Hipp von ihren Ausmaßen beeindruckt. An der Rezeption sagte man ihm, dass Signor Steinknecht noch nicht da sei, er möge bitte im Besucherzimmer warten. Was Hipp mit einem leisen Lächeln quittierte, denn neben dem Eingang hatte er den reservierten »Parcheggio per A. Steinknecht« gesehen, mit einem dort geparkten Range Rover. Aber es machte ihm nichts aus zu warten. Nach einer halben Stunde wurde er aber dann doch am Empfang vorstellig. Ob er lieber am Nachmittag wiederkommen solle, fragte er. Die Damen blieben ihm eine Antwort schuldig, sie telefonierten aufgeregt. Irgendetwas schien passiert zu sein.

Während Hipp noch unschlüssig herumstand, stürzte ein Mitarbeiter herein und redete hektisch auf die Empfangsdamen ein. Hipp versuchte sich aus den aufgeschnappten Wortfetzen einen Reim zu machen. Während eine der Damen hysterisch kreischend zu Boden sank, verständigte die andere die Polizei. Der Angestellte rannte zurück in die Lagerhalle, Hipp heftete sich an seine Fersen.

Wenig später stand er mit mehreren Angestellten vor einer großen Truhe. Sie war halb voll mit tiefgefrorenen Scampi. Obendrauf lag ein mindestens ebenso tiefgefrorener Mann. Dass es sich bei dem Leichnam um Amedèo Steinknecht handelte, ging aus den Gesprächen zweifelsfrei hervor. Weniger

einsichtig war, warum zwischen den Scampi eine Flasche Wein steckte. Hipp identifizierte einen ihm unbekannten Barolo. Blieb die Frage, ob Steinknecht schon tot gewesen war, als man ihn auf die Scampi legte, oder ob er in der von außen verschlossenen Truhe erfroren war. Weder in dem einen noch in dem anderen Fall handelte es sich um ein Unglück. Amedèo Steinknecht war ziemlich eindeutig einem Mordanschlag zum Opfer gefallen. Dieses beklagenswerte Schicksal teilte er mit seinem Partner Hubertus Rettenstein.
Hipp stellte misslaunig fest, dass er in eine Situation geraten war, in der es schon drei Tote gab. Wobei die kulinarischen Begleitumstände ihrem Ableben eine bizarre Note gaben. Ildefonso Battardi mit einer großen Trüffel in den Händen. Hubertus Rettenstein mit einer abgebrochenen Flasche Sassicaia im Hals. Und Amedèo Steinknecht auf einem Totenbett aus Scampi. Buon appetito!

Beim Verlassen der Lagerhalle entdeckte Hipp auf einer Palette einige Kartons mit dem Barolo aus der Tiefkühltruhe. Da auch einzelne Flaschen herumstanden, nahm Hipp eine mit. Dieser Barolo interessierte ihn. Er legte den Wein auf den Beifahrersitz seiner Giulietta, beobachtete Polizeiwagen, die mit Blaulicht und Sirene vor der Lagerhalle zum Stehen kamen. Dass man ihn nicht so einfach gehen lassen würde, war klar. Er musste seine Personalien angeben, seine Identität wurde überprüft, er durfte vorläufig den Hof nicht verlassen.

Ein schwarzer Ferrari hielt schleudernd vor dem Eingang, mit rotem Frontspoiler. Ein Mann sprang heraus und eilte zu den Polizisten. Hipp hörte, wie er sich als Ugo Zorzi vorstellte. Aus dem Termin heute Nachmittag in Modena würde wohl nichts werden. Hipp nahm sein Handy, rief den Maresciallo in Alba an und berichtete vom Tod Steinknechts. Wenig später bekam er die Erlaubnis zu fahren, unter der Bedingung, dass man ihn jederzeit über sein »Telefonino«, also über sein Handy, erreichen könne. Hipp kurvte mit der Giulietta durch die Lücken zwischen den Polizeiautos. Sein Blick fiel auf den Beifahrersitz mit der Flasche Barolo. Dass er sie gestohlen hatte, wurde ihm erst jetzt bewusst.

29

Sie hatten sich in einem Caffè an der Piazza Maggiore verabredet. Gina und der Avvocato Romagnosi saßen an einem der Tische vor der Renaissance-Fassade des Palazzo del Podestà. Ihnen gegenüber die größte Kirche Bolognas, die Basilica di San Petronio. Links ging es durch die Torbögen im Palazzo dei Banchi, wo im Mittelalter die Wechselstuben untergebracht gewesen waren, in die kleinen Gassen mit den vielen Lebensmittelgeschäften. Und schräg hinter ihnen lag der Palazzo di Re Enzo, benannt nach Enzo von Sardinien, dem Sohn Friedrichs II., der hier über zwanzig Jahre gefangen gehalten wurde.

Als Gina dem Avvocato zum Auftakt ihres Gesprächs etwas über die Palazzi rund um die Piazza Maggiore und ihre wechselvolle Geschichte erzählen wollte, musste dieser lachen.

»Signorina Zazzari«, fragte er, »wo, glauben Sie, habe ich studiert? Wie es der Zufall will, in Bologna*. Der Sitz der juristischen Fakultät ist nicht weit von hier, im Palazzo Malvezzi Campeggi in der Via Zamboni. Ich könnte Ihnen aus dem Stand einen Vortrag halten über die Rechtmäßigkeit der Gefangennahme des von Ihnen zitierten Stauferkönigs Enzo nach der Schlacht von Fossalta 1249.«

»Ich bin beeindruckt.«

»Zu Recht, meine Liebe«, gefiel sich Romagnosi in der Rolle des gebildeten Akademikers. »Die Historie ist mein Steckenpferd. Ich freue mich, festzustellen, dass auch Sie sich für die Stein gewordene Geschichte unseres unvergleichlichen Landes interessieren.«

»Ich interessiere mich überhaupt nicht dafür«, stellte Gina klar. »Ich bin nur in Bologna zur Schule gegangen, da bleibt einem die Geschichte der Palazzi nicht erspart.«

Romagnosi lächelte Gina vieldeutig an. »Wie schade, ich dachte, wir hätten eine gemeinsame Passion entdeckt.«

»Da sehe ich schwarz«, entgegnete sie. »Ich bin Ihnen zwar wirklich dankbar, dass Sie mich als Erbin ausfindig gemacht haben, auch für das zinslose Darlehen und den Scheck, aber ich kann mir nicht vorstellen, dass wir irgendeine gemeinsame Passion hätten.«

»Signorina Zazzari, wie können Sie so etwas sagen? Ich kann mir das sehr gut vorstellen.«

»Tatsächlich?«

Der Anwalt nickte. »Aber vielleicht sollten wir dieses Thema zurückstellen ...«

»Eine gute Idee.«

»... und zum eigentlichen Grund unseres Zusammentreffens kommen. Den Scheck haben Sie schon angesprochen. Wie ich feststellen durfte, haben Sie ihn bereits eingelöst.«

»Ja, umgehend. War leider nötig.«

Romagnosi hob die Hände. »Sie sind mir keine Rechenschaft schuldig.« Er reichte ihr einen Stift und deutete auf eine Mappe, die vor ihm auf dem Tisch lag. »Dürfte ich Sie bitten, mir einige Dokumente zu unterzeichnen?«

»Muss ich sie lesen?«

»Nein, Signorina Gina, ich darf doch Gina zu Ihnen sagen?«
»Wenn es Sie glücklich macht.«
»Ja, ein klein wenig. Was ich sagen wollte, Sie können mir vertrauen. Das sind Formalien, unter anderem für das Erbschaftsgericht. Außerdem eine Vollmacht, dass ich gegenüber Behörden und dritten Vertragspartnern Ihre Interessen wahrnehmen darf, eccetera, eccetera.«
Gina nickte, nahm den Stift und setzte ihre Unterschrift an die vormarkierten Stellen.
»So, das hätten wir erledigt. Was kommt jetzt?«
»Jetzt sollten wir einen Prosecco trinken und auf Ihre Zukunft anstoßen. Darauf, dass Sie nie mehr finanzielle Sorgen haben werden, sofern Sie sich von mir professionell beraten lassen.«
Gina lächelte. »Ich hoffe, Sie haben recht.«
Der Avvocato schnippte einen Ober herbei und bestellte zwei Gläser Prosecco. »Natürlich habe ich recht. Ich werde Ihnen in allen Dingen des Lebens zur Seite stehen …«
»Das ist nicht nötig.«
»Natürlich nur da, wo Sie es wünschen. Leider habe ich noch eine schlechte Nachricht. Aber ich kann Sie gleich beruhigen, Sie können sich das leisten.«
»Was kann ich mir leisten?«
»Nun, es sieht so aus, als ob die Firma Delicatezze dall'Italia, an der Ihnen über Ihren Vater vierzig Prozent Anteile zustehen, kurz vor der Pleite steht. Das ist mehr als überraschend, aber offensichtlich ein Faktum.«
»Das bedeutet?«
»Dass Sie etwas weniger reich sind als gedacht. Aber wie gesagt, Sie können es sich leisten.«
»Ich lege keinen Wert auf Reichtümer.«
»Wie mir von den Partnern Ihres verstorbenen Vaters mitgeteilt

wurde, sind diese bereit, Ihre Anteile an der Firma zu einem symbolischen Preis zu kaufen. Gleichzeitig würden die Partner alle Bürgschaften Ihres Vaters übernehmen, womit Sie aus dem Schneider wären. Ihnen kann es dann egal sein, was aus dem Laden wird.«

»Trotzdem schade. An einer Exportfirma für italienische Delikatessen beteiligt zu sein, das hätte mir Spaß gemacht. Bei Käse kenne ich mich aus, besonders beim Parmigiano.«

»Ich weiß. Aber was soll's. Vergessen Sie den Parmigiano Reggiano, Signorina Gina, genießen Sie das Leben.«

»Wenn das so einfach wäre.«

»Oh, ich helfe Ihnen, wo immer ich kann.«

»Dabei können Sie mir nicht helfen.«

»Es wird mir ein Vergnügen sein, Sie vom Gegenteil zu überzeugen. Vorausgesetzt ...« Elio Romagnosi machte eine dramatische Pause. Sein fortwährendes Lächeln wich einem ernsten Gesichtsausdruck. »Vorausgesetzt, Sie haben mit dem Tod Ihres Vaters nichts zu tun.«

»Wie bitte?«

»Ich meine ...«

»Ich weiß, was Sie meinen. Wollen Sie wirklich andeuten ...?«

»Nein, meine liebe Gina. Ich will gar nichts andeuten. Ich bin davon überzeugt, dass Sie reinen Herzens sind. Würde ich mich sonst so für Sie einsetzen? Aber seitdem festzustehen scheint, dass Ihr Vater umgebracht wurde ...«

Gina wurde blass. »Umgebracht?«

»Das wussten Sie nicht? Tut mir leid. Gina, meine Liebe, verzeihen Sie mir, aber seitdem die Polizei von einem Mord ausgeht, stellt sich natürlich die Frage nach dem oder den Erben.«

»Warum denn das?«, stammelte Gina.

»Weil die Erben ein Motiv hätten, ist doch klar. Signorina, somit wären auch Sie aus Sicht der ermittelnden Behörden potenziell tatverdächtig. Noch kennt die Polizei Ihren Namen nicht, weiß auch nichts davon, dass Sie die Alleinerbin sind, aber das kann nicht mehr lange dauern. Wir sollten uns darauf vorbereiten.«

»Mein Vater Hubertus Rettenstein ermordet«, flüsterte Gina, »und ich, ich bin tatverdächtig.«

»Nicht wirklich, Signorina. Sie haben doch Ihren Vater überhaupt nicht gekannt.«

»Doch, habe ich«, sagte sie leise.

Der Anwalt sah Gina entsetzt an. »Sie hatten Kontakt zu Ihrem Vater?«

»Ich habe ihn vor einigen Wochen in Alba besucht und ihn zur Rede gestellt. Aber er hat mich rausgeschmissen.«

Romagnosi schüttelte besorgt den Kopf. »Das hätten Sie mir sagen müssen.«

»Jetzt wissen Sie es. Aber deshalb habe ich ihn nicht umgebracht.«

»Ich hoffe, Sie haben ein Alibi?«

»Keine Ahnung, was ich am Tag seines Todes gemacht habe.«

»Am Tag und in der Nacht, Signorina. Er wurde wahrscheinlich am späten Abend umgebracht.«

»Ich führe doch keinen Terminkalender. Woher soll ich wissen, was ich vor einigen Wochen an einem x-beliebigen Abend gemacht habe?«

»Keinen Terminkalender? Das ist ein Fehler, meine Liebe.«

»Und für die Nacht habe ich bestimmt kein Alibi. Ich schlafe gewöhnlich alleine.«

»Alleine? Signorina Gina, das ist ein noch größerer Fehler. Außerdem unvorstellbar, eine so schöne Frau wie Sie.«

»Sparen Sie sich Ihre Komplimente, wir haben andere Probleme.«

Der Anwalt nickte. »Ja, so schaut es aus. Aber nicht wirklich. Sie sind unschuldig …« Romagnosi lächelte süffisant. »Natürlich nicht als Frau, sondern als Tatverdächtige.«
Gina sah Romagnosi vorwurfsvoll an.
Er räusperte sich. »Entschuldigen Sie, Signorina. Sie bringen mich völlig durcheinander. Ich werde Sie also anwaltschaftlich vertreten. Erfreulicherweise können Sie sich eine Kapazität meines Ranges leisten. Wir werden deutlich machen, dass Sie als Tatverdächtige keinesfalls in Betracht kommen. Und wir werden die Polizei ermuntern, so schnell wie möglich den oder die wahren Täter zu finden.«
»Das klingt vernünftig«, stellte Gina fest.
»Natürlich, kein Problem. Möchten Sie noch einen Prosecco?«
»Nein, vielen Dank. Mir ist die Nachricht, dass mein Vater ermordet wurde, auf den Magen geschlagen. Ich hätte gerne eine Grappa.«
»Zwei Grappe. Ich brauche auch eine. Warum haben Sie mir nicht gesagt, dass Sie Ihren Vater vor seinem Tod besucht haben?«
»Sie haben mich nicht gefragt.«
»Korrekt«, gab Romagnosi zu. »Aber ab jetzt erzählen Sie mir bitte alles, versprochen?«
»Alles?«
»Nun, alles, was für mich als Ihr Anwalt von Belang sein könnte.«
»Ich verstehe.«
Wieder räusperte sich der Avvocato. »Und wenn Sie mal ein Alibi brauchen sollten …?«
»Ein Alibi?«
»Weil Sie doch meistens alleine schlafen. Ich könnte Ihnen da behilflich sein. Ich bin immer noch fest davon überzeugt, dass wir gemeinsame Passionen haben.«

Gina schmunzelte. »Sie lassen nicht locker, was?«
»Nein, nie. Ich bin ein Spezialist für aussichtslose Fälle!«

30

Das Büro von Delicatezze dall'Italia war in der Innenstadt von Parma leicht zu finden. Nur wenige Schritte waren es von der Piazza Garibaldi in die Strada Farini, dann links, schon stand Hipp vor dem Eingang mit dem polierten Messingschild. Wohl wissend, dass Ugo Zorzi den vereinbarten Termin nicht einhalten würde, drückte Hipp auf den Klingelknopf. Oben angelangt, sah er sich mit einer Empfangsdame konfrontiert, die über eine bemerkenswerte Selbstdisziplin verfügte. Dass man einen ihrer beiden Chefs heute Vormittag tot aufgefunden hatte, schien ihr wenig auszumachen. Nein, zu ihrem Bedauern könne Signor Zorzi heute nicht mit ihm sprechen. Und auch für die nächsten Tage seien alle Termine abgesagt. Ihm sei sicher bekannt, dass Signor Steinknecht verstorben sei. Seine höfliche Kondolenz quittierte sie mit einem kurzen Nicken. Ihr fiel auf, dass Hipp einen langen Blick in ihren Kalender warf, der vor ihr auf dem Empfang lag. Da er voll mit Notizen war, die allerdings auf dem Kopf stehend kaum zu entziffern waren, schlug sie den Kalender missbilligend zu.

Während sie ein Telefongespräch entgegennahm, sah sich Hipp im Vorzimmer um. Auf einer Konsole standen einige repräsentative Weinflaschen, darunter jener Barolo, den er in der Lagerhalle mitgenommen hatte. An der Wand hingen viele Bilder. Eines zeigte den Mann, der sich der Polizei als Ugo Zorzi vorgestellt hatte. Er lehnte an einem roten Ferrari. Das Foto schien

ziemlich neu zu sein. Auch waren einige Auszeichnungen gerahmt, die Delita für seine vorbildlichen Leistungen erhalten hatte. Ein Bild von Rettenstein mit einer großen Trüffel in den Händen. Ein Artikel aus einem Feinschmeckermagazin über den ersten Preis, den die italienisch-russische Handelskammer an Amedèo Steinknecht verliehen hatte …
Obwohl Hipp dem Empfang scheinbar desinteressiert den Rücken zukehrte, verfolgte er aufmerksam das Telefonat. In routiniertem Englisch diskutierte sie eine größere Weinlieferung nach Moskau, bei der es irgendwelche Probleme gab. Sie versicherte, dass Signor Zorzi zurückrufen werde, einen gewissen Michail, aber erst morgen, früher gehe es nicht.
»Ist das hier Ugo Zorzi?«, fragte er nach Beendigung ihres Gesprächs und deutete auf das Foto.
»Ja, das ist er«, bestätigte sie kurz und knapp.
»Ich dachte, ich hätte ihn heute Vormittag mit einem schwarzen Ferrari gesehen«, fuhr er fort.
»Signor Zorzi hatte gestern Abend einen Motorschaden«, ließ sie sich zu einer Erklärung herab. »Der schwarze Ferrari ist ein Leihwagen.«
»Einen Motorschaden?«
»Ja, so etwas kommt vor. Und nun dürfte ich Sie bitten zu gehen. Wie Sie sich denken können, habe ich einiges zu tun. Wir werden Sie anrufen, sobald sich eine Gesprächsmöglichkeit ergibt.«

Hipp verabschiedete sich, ging die Treppen hinunter, blieb vor dem Haus kurz stehen, wendete sich dann nach links und schlenderte die Strada Farini entlang. Den Weg kannte er, ganz in der Nähe hatte er gestern zu Abend gegessen. Vor der Enoteca Fontana überflog er die Liste der Weine, die offen ausgeschenkt wurden. Schienen gut sortiert zu sein. Er ging hinein und bestellte an der Bar ein Glas Sauvignon. Ob er einen Blick in die Weinführer werfen dürfe, die im Regal stünden, fragte er. Hipp war an den aufgelisteten Weingütern für Barolo interessiert. Da es davon in den elf zugelassenen Gemeinden über siebenhundert gab, konnte man nicht alle kennen. In Cherasco wäre es leicht, da gab es nur einen Betrieb, auch Diano d'Alba und Roddi waren übersichtlich. Aber die Flasche, die er bei Delita mitgenommen hatte, stammte laut Etikett aus La Morra*. In dieser hoch gelegenen Gemeinde waren für Barolo über zweihundert Weingüter zugelassen. Natürlich kannte er Elio Altare, Silvio Grasso, Lorenzo Accomasso und Renato Ratti. Auch waren ihm die wichtigsten Lagen geläufig: Arborina zum Beispiel, Bricco Chiesa, Rocche und Manzoni. Aber was war mit dem Barolo von Delita? Von ihm hatte er noch nie gehört. Er freute sich, festzustellen, dass das nicht an seinem Gedächtnis lag. Der Erzeuger war in keinem der Weinführer gelistet. Hipp grinste zufrieden, gab die Bücher zurück und trank den Sauvignon aus.

Vor der Enoteca lief er dem Avvocato Elio Romagnosi in die Arme. »Was machen Sie denn hier?«, fragte dieser verblüfft. »Signor Hermanus, richtig?«
»Ganz genau, wir kennen uns aus Ihrer Kanzlei in Alba.«
»Sie müssen mir nichts erklären«, sagte der Anwalt. »Ich weiß alles. Sie sind sozusagen post mortem für meinen ehemaligen Mandanten Rettenstein tätig. Sie wollten Kontakt mit seinen Erben aufnehmen, wobei ich Ihnen nicht behilflich sein konnte …«
»Sie haben eine uneheliche Tochter erwähnt«, präzisierte Hipp.

Der Avvocato lächelte vieldeutig. »Habe ich das?«

»Und wir haben uns über seine Partner bei Delicatezze dall'Italia unterhalten. Von denen einer heute Morgen tot aufgefunden wurde.«

»Das wissen Sie schon?«, wunderte sich Romagnosi.

»Ich hatte sogar das zweifelhafte Vergnügen, seine Leiche zu sehen.«

»Gewiss unappetitlich.«

»Nein, nicht direkt. Er war tiefgefroren.«

»Ich habe gehört, er lag in einer Kühltruhe mit Scampi?»

»So ist es«, bestätigte Hipp. »Wobei ich hoffe, dass die Scampi nicht mehr in den Verkauf gelangen.«

»Sie haben einen schwarzen Humor.«

»Finden Sie?«

»Ja, aber ich mag das. Übrigens könnte ich mir vorstellen, dass der Geschmack der Scampi durch einen tiefgefrorenen Leichnam kaum beeinträchtigt wird.«

»Das vielleicht nicht, aber die Kühlkette ist mindestens zweimal unterbrochen worden«, setzte er einen drauf. »Außerdem hatte er noch seine Schuhe an.«

»Das geht natürlich zu weit!« Romagnosi deutete auf einen der Tische vor der Enoteca. »Wollen wir uns kurz setzen?«

»Gerne. Der Sauvignon ist recht gut, ich habe gerade ein Glas getrunken.«

»Vielen Dank für die Empfehlung. Ich denke, es ist kein Zufall, dass wir uns hier begegnen. Waren Sie auch im Büro von Delita?«

»Ja. Aber erwartungsgemäß hatte Signor Zorzi keine Zeit für mich.«

»Ging mir genauso«, sagte Romagnosi, »aber das muss man verstehen.«

»Natürlich. Innerhalb kurzer Zeit gleich beide Geschäftspartner zu verlieren ist heftig.«

»Ja, sehr. Kommt hinzu, dass die Firma kurz vor der Pleite steht.«

»Tatsächlich?«

»Darüber wollte ich mit Signor Zorzi reden. Schließlich entstehen der Erbin von Herrn Rettenstein dadurch finanzielle Nachteile.«

»Ich verstehe. Ist sie attraktiv?«

»Die Erbin?« Der Avvocato schmunzelte. »Nun, sie sieht ziemlich gut aus, sehr individuell. Ein sportlicher Typ, muskulös, und gleichzeitig ausgesprochen feminin, vor allem dort, wo es drauf ankommt. Eine faszinierende Kombination.«

»Das ist ja eine glänzende Personenbeschreibung. Da kann ich die Signorina in Bologna wohl kaum verfehlen.«

»Bologna hat fast vierhunderttausend Einwohner. Sie werden sich schwertun.«

»Nun, da kann man nichts machen.«

»Tut mir leid«, entschuldigte sich Romagnosi. »Aber Sie haben recht, der Sauvignon ist sehr angenehm.«

»Ja, mit ähnlichen Attributen wie Rettensteins illegitime Tochter.«

»Inwiefern?«

»Muskulös und gleichzeitig feminin!«

31

Von Neive war es an Alba vorbei nicht weit nach Roddi. Carlo hatte seine Enoteca zugesperrt, um Profumo, den Trüffelhund seines Schwagers, abzuholen. In Roddi gab es seit

1880 die Università dei Cani da Tartufo. Hier wurden Trüffelhunde ausgebildet, hier brachte man ihnen die nötigen Befehle bei, zeigte ihnen, wo und wie sie zu suchen hatten. Vor allem wurden ihre feinen Nasen auf den Geruch der Trüffeln trainiert, mit kleinen Stückchen, die im Wald vergraben wurden. Nicht dass Profumo eine solche Ausbildung nötig gehabt hätte, ganz gewiss nicht. Bei ihm ging es darum, ihn wieder zu beruhigen, ihm die Fähigkeit zurückzugeben, sich nicht ablenken zu lassen und sich auf die Suche nach Trüffeln zu konzentrieren. Denn seit dem Schuss auf Ildefonso war Profumo hypernervös und für die Trüffelsuche nicht mehr zu gebrauchen. Maria hatte den Hund ihrem Bruder gegeben. Schließlich war Profumo nicht irgendein Vierbeiner, sondern ein perfekt ausgebildeter Trüffelhund, der schon die großartigsten Tartufi gefunden hatte. Trüffelhunde waren grundsätzlich unverkäuflich, blieben in der Familie. Maria wusste, dass Profumo, ein Lagotto Romagnolo, bei ihrem Bruder gut aufgehoben war. Schließlich ging auch Carlo regelmäßig auf die Trüffelsuche. Er konnte Profumo gut brauchen, vorausgesetzt, der Hund fand wieder zu sich selbst.

Da Carlo neben seiner Enoteca die Zeit fehlte, mit Profumo zu arbeiten, hatte er ihn in die »Hundeuniversität« nach Roddi gegeben, in der Hoffnung, dass man ihn dort therapieren könne. Seine Erwartungen wurden nicht enttäuscht. Der Hund schien sich gut erholt zu haben, kam schwanzwedelnd auf ihn zu, interessierte sich für seine rechte Jackentasche, in der er wie sonst nur bei der Trüffelsuche einige Hundekuchen verstaut hatte. Giovanni führte ihm vor, wie Profumo auf die Kommandos reagierte, brav den Hinweisen mit dem Barot folgte, mal nach rechts, dann wieder nach links – obwohl hier gewiss nichts zu finden war und gleichzeitig einige Motorräder vorbeifuhren.

Wenn der Hund im Wald die gleiche Disziplin zeigen sollte, wenn er nicht nur immun gegen Motorradlärm, sondern auch gegen Wildschweinspuren war, dann hatte sich die Hundekur in Roddi gelohnt.
Carlo fragte Giovanni, ob er es für möglich halte, mit Profumos Hilfe Ildefonsos Mörder zu finden. Er könne sich ja beim Waldstück mit dem Hund auf die Lauer legen und über einige Tage und Nächte alle Menschen kontrollieren, die des Weges kamen. Es könne doch sein, dass der Hund noch die Witterung des Mörders in der Nase habe und deshalb …
»Dimenticalo, vergiss es«, unterbrach ihn der Hundetrainer. »Sei froh, wenn Profumo wieder Trüffeln findet, aber auf die Spur des Mörders wird er dich nicht bringen. Sollte er jemanden anbellen, dann wahrscheinlich deshalb, weil sich einige Tartufi in den Taschen verbergen, aber bestimmt nicht deshalb, weil er auf Ildefonso geschossen hat.«
Profumo, erklärte Giovanni, sei der vielleicht beste Trüffelhund, mit dem er je gearbeitet habe. Man könne ihn auch auf dem Flughafen einsetzen und ihn nach Drogen oder Sprengstoff suchen lassen. Aber Profumo sei nun mal kein Spürhund für flüchtige Kriminelle. Carlo solle sich darüber freuen, als Polizeihund wäre Profumo weniger als die Hälfte wert.
Carlo zuckte mit den Schultern, gab Giovanni das Geld fürs Training, machte die Heckklappe auf und machte Profumo ein Zeichen. Dieser schubste Giovanni zum Abschied mit der Schnauze und sprang folgsam ins Auto. Als Carlo die Klappe besonders kräftig zuschlug, zuckte Profumo nicht mal mit den Augen. Entweder stand er unter einem Beruhigungsmittel, oder der Hund hatte sein altes Phlegma zurückgewonnen. So kannte ihn Carlo. Denn als Profumo noch ganz jung gewesen war, da war er mal sein Hund gewesen. Schon damals konnte man seine

besondere Eignung für die Trüffelsuche erahnen. Aber weil Carlo Geld für seine Enoteca brauchte und außerdem wenig Zeit für den Hund hatte, wechselte der Lagotto Romagnolo das Herrchen – aber natürlich innerhalb der Familie. Alles andere wäre undenkbar gewesen. Ja, und in der Familie war er auch nach Ildefonsos Tod geblieben. Selbst wenn er nie mehr eine Trüffel finden würde, Carlo würde sich um ihn kümmern.

32

Im Innenraum der Giulietta gab es einige Fugen und Schlitze, die die unangenehme Eigenschaft hatten, Straßenkarten, Zettel und Broschüren jedem Zugriff zu entziehen. Diesmal war es der Autoschlüssel. Hipp kniete auf dem Fahrersitz und suchte unter der Handbremse. Das hier, das war die Landkarte der Emilia-Romagna. Die Visitenkarte von einem Ristorante in Alba. Na bitte, der Autoschlüssel. Unter der Sitzschiene lugte noch etwas Weißes hervor. Hipp zog daran – und förderte einen merkwürdigen Briefumschlag zutage. Merkwürdig deshalb, weil er ihn zuvor noch nie gesehen hatte, weil er zugeklebt war, keinen Absender trug, aber zweifelsfrei an ihn adressiert war.

»Per il Signor Hermanus«, stand in ungelenken Druckbuchstaben darauf geschrieben, »per Sua informazione!« Das war wohl kaum eine Anleitung seines Mechanikers, was er zu tun habe, wenn die Benzinpumpe ausfiel. Auch kein Rezept für Tagliatelle con tartufo. Hipp nahm auf dem Beifahrersitz Platz, schlitzte den Umschlag mit dem Autoschlüssel auf und entnahm ihm zwei große gefaltete Briefbogen. Ganz offensichtlich waren sie schon mal zusammengeknüllt gewesen, dann aber wieder glattgestrichen worden.

Beim ersten Blick auf den Text wurde ihm klar, was er vor sich hatte. Das mussten sie sein, zwei der Drohbriefe, von denen Rettenstein berichtet hatte, die den Mann so in Aufregung versetzt hatten, dass er bei ihm um Hilfe nachsuchte – und die sehr wahrscheinlich in direktem Zusammenhang mit seinem Tod standen. Sie waren in Italienisch abgefasst und erstaunlicherweise mit der Hand geschrieben, aber in ähnlich krakeligen Druckbuchstaben wie auf dem Umschlag. In kurzen Worten wurde Rettenstein zunächst als »gottloser Sünder« beschimpft, dann hieß es, er sei »in Abwesenheit zum Tode durch Verbrennen« verurteilt worden. Aber er könne Ablass leisten, sich von seinen Sünden loskaufen, vor Gott wieder gerecht werden und sich das Fegefeuer ersparen durch Zahlung von hunderttausend Euro als »animadversio debita«. Zu hinterlegen am nächsten Dienstag um siebzehn Uhr in der Chiesa di San Giovanni zu Alba, links in der ersten Kapelle zu Füßen der Madonna delle Grazie. Bei Nichterfüllung sei er des Todes.

Hipp konnte verstehen, dass Rettenstein auf dieses Schreiben verstört reagiert hatte. Ob das ein Wahnsinniger war, der ihm nur einen Schrecken einjagen wollte und sich dabei von der Inquisition inspirieren ließ? Oder forderte jemand ernsthaft die »animadversio debita«, die angemessene Strafe, in Höhe von hunderttausend Euro – mit allen Konsequenzen? Das konnte Rettenstein nicht wissen. Natürlich hatte er nicht gezahlt, das würde wohl niemand aufgrund eines solchen anonymen Schreibens. Aber Hipp wusste nicht, welchen Bedrohungen Rettenstein sonst noch ausgesetzt war. Doch da gab es ja noch den zweiten Brief.

Dieser fing ähnlich an, warf Rettenstein erneut vor, ein gottloser Sünder zu sein, der keine »contritio cordis« zeige, keine

Reue des Herzens. Die Madonna delle Grazie habe vergeblich auf den Ablass gewartet. Das Urteil stehe kurz vor der Vollstreckung. Als Zeichen der Allmacht des hohen Gerichts sei das Blut des Herrn vergiftet. Und ebenso wie dieses Corpus Delicti fünf weitere Flaschen im Keller des Bacchus. Bei Zahlung von hunderttausend Euro sei er vor Gott wieder gerecht und man werde ihm die vergifteten Flaschen deklarieren. Am nächsten Freitag um siebzehn Uhr zu Füßen der Madonna delle Grazie in der Chiesa di San Giovanni. Andernfalls sei er des Todes. Inevitabile!

Nun, dieses Schreiben war schon sehr viel konkreter. Vor allem passte es zur letzten Mail von Rettenstein. Das Loch im Papier konnte sehr gut von einem Parmesanmesser herrühren. Und der rote Fleck ließ auf Rotwein schließen. Jedenfalls schienen die Papiere authentisch zu sein. Was eine Reihe von Fragen aufwarf: Wer hatte den Umschlag in sein Auto gelegt? Und wann? Mit welcher Absicht? Gaben die Schreiben irgendeinen Hinweis auf den Urheber? War dieser identisch mit der Person, die Rettenstein umgebracht hatte? Fragen, nach deren Beantwortung er nicht auf dem Beifahrersitz seines Autos suchen wollte. Er steckte die Dokumente zurück in den Umschlag, schloss das Verdeck der Giulietta und begab sich hinauf aufs Hotelzimmer.

Dort angekommen, setzte er sich auf einen Stuhl und schloss die Augen. Erneut ging er den Text der Briefe durch. Dazu musste er sie nicht mehr in die Hand nehmen, er hatte sie Wort für Wort im Gedächtnis. Es kam nur selten vor, dass Hipp etwas zweimal las. Dass er dennoch nach einigen Minuten aufstand, um sie sich erneut anzusehen, hatte einen anderen Grund. Die Adresse auf dem Umschlag stammte von einem anderen Urheber als die Briefe, das war trotz der nachgeahmten Druckbuchstaben offensichtlich. Viel interessanter war die Schrift auf den Drohbriefen. Sie war leicht verwischt, was gelegentlich vorkam, wenn jemand mit der linken Hand schrieb und dabei mit dem Handballen übers Papier glitt. Außerdem waren die Striche so angesetzt, wie sie für einen Linkshänder typisch waren. Auf der Rückseite sah man, dass der Autor fest aufgedrückt hatte. Das Zittern in der Schrift war keine Altersschwäche, sondern diente wohl einzig der Verstellung.

Wieder setzte er sich hin und schloss die Augen. Er sah Rettenstein vor sich, mit der Zigarre, mit einer Flasche und einem Korkenzieher. Ja, Rettenstein war Linkshänder gewesen. Aber warum sollte er sich selbst Drohbriefe schreiben? Seine Haushälterin Maria Battardi, wie sie ihm das Wasserglas reichte? Nein, sie war Rechtshänderin. Hipp ging in Gedanken alle Menschen durch, denen er in den letzten Tagen begegnet war. Er hatte die Fähigkeit, Bilder zu speichern, um sie bei Bedarf wieder aufzurufen. Was seinen früheren Kollegen bei der Kriminalpolizei oft unheimlich erschienen war, hielt er für eine Selbstverständlichkeit. Er musste sich nur konzentrieren. Carlo Giardina mit dem Trüffelhobel? Fehlanzeige. Hipp beobachtete Viberti beim Essen, beim Nudeldrehen mit der Gabel, beim Anstoßen mit dem Weinglas. Er musste schmunzeln, als er feststellte, dass der Maresciallo Linkshänder war. Dass so etwas bei den Carabinieri überhaupt erlaubt war? Jedenfalls kam auch er als Schreiber der Briefe kaum in Betracht. Ugo Zorzi beim Schließen der Tür seines Ferraris? Mit der rechten Hand. Amedèo Steinknecht? Auf einem Foto an der Wand des Empfangs von Delita hielt er eine Flasche Wein in die Kamera – mit rechts. Der Avvocato Elio Romagnosi mit dem Füllfederhalter an seinem Schreibtisch und heute Nachmittag in der Enoteca? Nein, auch er schied aus.

Nun, es machte ganz den Eindruck, als ob er den Schreiber der Briefe nicht kennen würde. Hipp war schon im Begriff, die Recherche abzuschließen, als ihm bewusst wurde, dass er jemanden vergessen hatte. Er sah sich vor der geöffneten Kühlerhaube seiner Giulietta stehen, er sah Gina, wie sie sich die Sonnenbrille in die Haare schob, seinem Anlasser einen Schlag versetzte, den Pflasterstein wegwarf. Ja, Gina Zazzari, seine Zufallsbekanntschaft vor dem Hotel in Alba, die voraussichtliche Erbin Rettensteins, Gina war Linkshänderin wie ihr Vater. Sie würde wohl auch beim Schreiben kräftig aufdrücken, sie hätte die Kraft, ein Parmesanmesser in den Schreibtisch zu rammen. Und nicht nur das, ihr wäre es körperlich auch zuzutrauen, ein schweres Weinregal umzuwerfen und mit einer abgebrochenen Flasche Wein …

Hipp fühlte sich nicht wohl bei diesem Gedanken, hatte keine Lust, sich die Szenen auszumalen. Gina Zazzari? Er stand auf, blickte eine Weile aus dem Fenster, ging dann zum Fernsehgerät und schaltete es ein. Es wurde Zeit, auf andere Gedanken zu kommen. Dieser merkwürdige Barolo aus dem Lager von Delita könnte dazu seinen Beitrag leisten. Hipp öffnete ihn, sah sich den Korken an und goss sich ein Glas ein.

Das mit der Ablenkung wollte nicht so recht klappen. Im Fernsehen wurde vom Mordfall Amedèo Steinknecht berichtet, dass man seine Leiche in einer Tiefkühltruhe gefunden habe, dass es noch keine Verdächtigen gebe, dass er eine Frau und zwei Kinder hinterlasse und die polizeilichen Ermittlungen im vollen Gange seien. Frau und Kinder? Er würde darauf verzichten, mit ihnen zu sprechen. Er musste sich nicht noch zusätzlich deprimieren lassen.

Hipp betrachtete die Farbe des Weins, schwenkte ihn im Glas, roch daran, nahm einen kleinen Schluck, zog Luft durch die

Lippen, ließ die Aromen in die Nasenhöhle aufsteigen und schluckte ihn hinunter. Anklänge von Dörrpflaumen, Rosinen, Schokolade. Aber sehr im Hintergrund, flach und ohne Nuancen, überlagert von konzentrierter Fülle, die ihn an Bonbons erinnerte, dazu frische Holznoten und kraftlose Tannine. Er lächelte zufrieden. Wenigstens bescherte ihm dieser Wein noch einen amüsanten Tagesausklang. Der Nebbiolo war durchaus trinkbar – aber ein Barolo aus La Morra war dies nie und nimmer. Schon gar nicht von diesem Jahrgang. Hipp prostete der Flasche zu. Alla salute!

33

Maresciallo Viberti begrüßte Maria Battardi mit einem formvollendeten Handkuss. Er hängte seine Uniformmütze an die Garberobe und folgte ihr ins Wohnzimmer. Die Augenbrauen nach oben gezogen, fächelte er sich mit der Hand die Luft zu.

»Signora, das riecht ja köstlich, wie in einer Pasticceria«, stellte er fest.

»Ich habe gerade einen Nusskuchen gebacken.«

»Eine Torta di noci*, che deliziosa, das wäre nicht nötig gewesen.«

Maria lächelte. »Eigentlich war sie nicht für Sie bestimmt, heute Nachmittag kommt Carlo.«

Viberti sah verlegen auf den Boden. »Entschuldigen Sie, wie konnte ich nur annehmen, dass Sie …«

»Aber der Kuchen ist groß genug, wir könnten ihn schon anschneiden.«

»Nein, kommt nicht in Frage«, protestierte er.

»Doch, ich bestehe darauf, ein Stück Nusskuchen und dazu einen Cappuccino.«
»Überredet, da kann ich nicht nein sagen, das wäre unhöflich. Könnte ich statt des Cappuccinos einen Caffè ...« Viberti zwinkerte ihr zu.
»... einen Caffè corretto?«, vermutete Maria.
»Sì, mit einem klitzekleinen Schuss Grappa.«
»Ganz wie Ildefonso. Auch mein verstorbener Mann hat den Caffè gerne korrigiert. Bitte nehmen Sie schon Platz, ich komme gleich mit dem Kuchen. Ich muss noch Schlagsahne machen.«
»Darf ich mich etwas umsehen?«
»Natürlich, ich habe keine Geheimnisse.«
»Aber Signora, wer denkt denn an so was? Mich interessieren ganz privat die Fotos auf dem Kamin. Ihre Familie, wie ich annehme?«
»Ja, Ildefonso, seine verstorbenen Eltern, mein Bruder Carlo ...«
»Liebe Signora Battardi«, unterbrach er, »lassen Sie sich nicht aufhalten. Der Nusskuchen, Sie wissen schon.«

Eine halbe Stunde später wischte sich der Maresciallo mit der Serviette den Mund ab. Er faltete die Hände wie zum Gebet. »Signora Battardi, das war ein Hochgenuss, mein Kompliment. Spätestens jetzt weiß ich, was Signor Rettenstein an Ihnen gehabt hat. Sie haben doch gewiss für ihn gekocht?«
»Habe ich, ja. Sein Lieblingsgericht war Brasato al Barolo*.«
»Schmorbraten? Signora, dafür könnte ich sterben. Filet vom Kalb, feingehackter Speck, Knoblauch, Karotten, Sellerie ...«
»Rosmarin, Lorbeerblätter«, fuhr Maria fort.
»Gewürznelken und Zimt«, komplettierte Viberti die Liste der Zutaten, »nicht zu vergessen der Barolo.«

Maria nickte bewundernd. »Maresciallo, Sie sind nicht nur ein Feinschmecker, Sie verstehen sogar ausgesprochen viel vom Kochen.«
»Zu viel der Ehre. Ja, ein klein wenig, das schon. Aber kein Vergleich zu Ihnen. Signora, wenn Sie gestatten, möchte ich kurz das Thema wechseln.«
»Ich weiß, Sie sind nicht wegen des Kuchens hier.«
»Das wäre Anlass genug. Ich wollte Sie nur fragen, ob Sie Signor Steinknecht gekannt haben, den Partner Ihres verstorbenen Chefs.«
»Sicher kenne ich ihn. Er kam regelmäßig vorbei, um geschäftliche Dinge zu besprechen und um Trüffeln abzuholen.«
»Signor Steinknecht wurde gestern tot aufgefunden«, sagte Viberti.
»Mein Gott, nimmt das kein Ende?« Maria schlug die Hände vors Gesicht.
»Was nimmt kein Ende?«
»Erst mein Mann, dann Rettenstein, jetzt Steinknecht. Drei Todesfälle innerhalb von so kurzer Zeit. Maresciallo, das ist doch schrecklich.«
»Sì, orribile!«, bestätigte Viberti.
Maria zog ein Taschentuch aus dem Ärmel und schneuzte sich. »So viel Unglück auf einmal. Was für eine Tragödie.«
»Signora, Sie sind wahrscheinlich der einzige Mensch, der alle drei Toten gekannt hat.«
»Wirklich? Der Herrgott meint es nicht gut mit mir. Glauben Sie, es war derselbe Täter. Ich meine, auch bei Ildefonso.«
»Derselbe Täter, nein, das kann man wohl ausschließen. Oder können Sie sich einen Zusammenhang vorstellen? Nein, natürlich nicht. Das kann ja nicht mal ich, und ich kann mir viel vorstellen.«

»Noch einen Caffè corretto?«
»Vielen Dank. Gibt's die Grappa auch ohne Kaffee?«
»Wie mein verstorbener Ildefonso!«, murmelte Maria.
»Apropos, hat Ihr Mann diesen Amedèo Steinknecht gekannt?«
Sie musste nicht überlegen. »Ja, das hat er, sie sind sich immer wieder bei Signor Rettenstein begegnet. Warum?«
»Nur so. Ich habe noch eine Frage. Wir haben Hinweise, dass in den Wochen vor Rettensteins Tod einige Male eine junge Frau in der Nähe seiner Villa gesehen wurde. Sie wird als sportlich beschrieben, mit Jeans, Lederjacke, Rucksack, mittelgroß, kurze schwarze Haare. Haben Sie eine Idee, wer das gewesen sein könnte?«
»Kurze schwarze Haare, mit Rucksack? Er hatte mal Besuch von einer solchen Frau, das ist noch nicht lange her. Sie war nicht angemeldet gewesen, aber der Padrone hat sie trotzdem empfangen. Sie haben die Tür zum Arbeitszimmer zugemacht. Ich habe nichts gehört, nur einige Male die Stimme der jungen Frau. Sie schien sehr aufgeregt.«
»Haben sie gestritten?«
»Eventuell. Aber nicht richtig, denn dann hätte ich den Signore schreien hören, er konnte nämlich sehr laut werden. Ich habe nicht mitbekommen, wie sie gegangen ist. Jedenfalls hat Signor Rettenstein die Signorina nicht mal an die Tür gebracht. Er ist im Zimmer geblieben, hat sich eine Zigarre angezündet, eine Flasche Wein aufgemacht und den restlichen Tag kein Wort mehr geredet. So still und in sich gekehrt habe ich ihn noch nie erlebt.«
»Ihren Namen wissen Sie nicht zufällig?«, fragte Viberti. »Oder können Sie sie genauer beschreiben?«
»Nein, ich habe Ihnen alles erzählt.«

»Und sie ist auch kein zweites Mal gekommen?«
»Nicht, dass ich wüsste.«
Der Maresciallo stand auf. »Signora, das war mehr, als ich erwarten konnte. Der wunderbare Nusskuchen, Ihre nette Gesellschaft, der Kaffee, die Grappa – und jetzt noch die Geschichte mit dieser Frau. Mein Besuch hat sich gelohnt, in jeglicher Hinsicht. Mille grazie! Und grüßen Sie Ihren Bruder von mir. Ich hoffe, wir haben für ihn noch genug Kuchen übrig gelassen.«
»Mehr als genug. Carlo ist sowieso zu dick. Maresciallo, es war mir ein Vergnügen.«
»Ganz meinerseits, Signora. Buona giornata!«

34

Für dic Fahrt von Parma nach Bologna wählte Hipp wie immer die Landstraße. Der historischen Via Emilia folgend, kam er durch Reggio Emilia. Dort machte er eine erste Pause, spazierte durch die hübsche Altstadt, setzte sich auf der Piazza Prampolini in die Sonne, kaufte sich auf dem Markt einen Apfel und trank im Caffè Tostato in der Via Emilia San Pietro einen Spremuta d'arancia. Dort erreichte ihn ein Anruf von Viberti. Der Maresciallo erzählte ihm von einer jungen Frau, die Rettenstein vor einigen Wochen besucht habe und die hinterher von Nachbarn einige Male in der Gegend gesehen worden sei. Er gab eine kurze Personenbeschreibung und fragte, ob er eine Idee habe, wer das sein könne?
»Nein«, log Hipp, »keine Ahnung.« Aber er habe einen Hinweis im Zusammenhang mit dem Mord an Amedèo Steinknecht, wohl wissend, dass dieser nicht in den Zuständigkeitsbereich von Viberti falle.

»Kein Problem«, zeigte sich dieser erfreut, »ich bin immer bereit, meinen minderbegabten Kollegen auch in anderen Kommandos bei der Aufklärung von Fällen zu helfen.«
Hipp erzählte von der Flasche Barolo, die er neben der Leiche in der Tiefkühltruhe gesehen habe.
»Viel zu kalt«, stellte Viberti fest. »Ich bevorzuge den Barolo bei siebzehn Grad Celsius. Einmal tiefgefroren, kann man die Flasche vergessen. Der Mörder war ein Ignorant.«
»Um den Wein ist es nicht schade«, erwiderte Hipp.
»Warum? Sie sagten doch, es war ein Barolo?«
»Aus La Morra …«
»Splendido!«
»Aber nur auf dem Etikett«, fuhr Hipp fort. »Ich würde Ihren Carabinieri-Kollegen in Parma mal den Tipp geben, den Wein zu untersuchen. Im Lager sind noch weitere Flaschen. Meiner Ansicht nach sind alle gefälscht!«
»Gefälscht? Ein Barolo aus La Morra? Das wäre ja ein Kapitalverbrechen!«, erregte sich Viberti.
»Aber nicht so schlimm wie der Mord an Steinknecht«, versuchte Hipp die Schwere des Verbrechens in eine Relation zu bringen.
»Ich sehe da keinen Unterschied«, blieb Viberti bei seinem harten Urteil. »Einen Barolo zu fälschen ist vorsätzlicher Mord an einem Mythos.«
»Interessant scheint mir die Frage, warum eine gefälschte Flasche Barolo neben Steinknecht in einer Tiefkühltruhe mit Scampi steckt.«
»Ich sagte doch, der Mörder ist ein Ignorant. Würden Sie zu Scampi einen Barolo trinken? Ein Cortese aus Gavi passt viel besser, auch ein Arneis, vielleicht sogar ein Dolcetto, aber doch kein Barolo.«

»Wenn er schon nicht zu den Scampi passt …«
»… dann hat er nichts damit zu tun«, schlussfolgerte Viberti, der bei allen kulinarischen Ausschweifungen immer wieder urplötzlich auf den Kern einer Sache zurückkommen konnte. »Nicht unwahrscheinlich, dass der oder die Mörder mit der Flasche eine Botschaft hinterlassen wollten. Womöglich hat die Firma mit gefälschtem Wein gehandelt, und es gab Streit mit den Abnehmern.«
»Das wäre auch meine These«, bestätigte ihn Hipp in dieser Auffassung.
»Man müsste feststellen, wohin der Wein geliefert wurde.«
»Falls dieses Geschäft in den Büchern von Delita nicht vermerkt sein sollte, hätte ich noch einen Tipp.«
»Dottore, wir werden Ugo Zorzi in die Mangel nehmen. Aber für einen Tipp bin ich immer dankbar.«
»Überprüfen Sie mal die Geschäftsbeziehungen der Firma nach Moskau«, sagte Hipp, sich an das mitgehörte Telefonat im Büro erinnernd.
»Nach Moskau? Wie hätten Russen je darauf kommen sollen, dass der Barolo gefälscht ist? Die können doch nicht mal einen Krimsekt von einem Asti Spumante unterscheiden.«
»Wenn Sie sich da mal nicht täuschen. Ich kenne Russen, die sammeln von alten Barolo-Weinen nur die besten Jahrgänge.«
»Solche Russen gibt es? Ich muss meine Meinung revidieren. Alte Barolo-Jahrgänge zu sammeln ist eine vorbildliche Leidenschaft und zeugt von großer Kennerschaft. Vielen Dank für die Aufklärung und den Tipp. Ich werde mich mit meinen unbedarften Kollegen in Parma kurzschließen. Dottore, mille grazie e arrivederci.«

Normalerweise hätte sich Hipp über das Telefonat amüsiert. Aber die Beschreibung der Frau, die Rettenstein besucht hatte und später bei seiner Villa gesehen wurde, war ihm auf den Magen geschlagen. »Gina, Gina, Gina …«, murmelte Hipp. Doch er beschloss, nicht in unnötige Hektik zu verfallen. Er kannte ihre Adresse in Bologna, es reichte, wenn er ihr abends seine Aufwartung machen würde. Es sprach absolut nichts dagegen, seine Pläne in Modena* zu realisieren. Dort angekommen, parkte er den Wagen vor dem zentral gelegenen Hotel Canal Grande, wo ihm die Giulietta sicher schien. Er hatte einen Platz im wohl ungewöhnlichsten Lokal Modenas reserviert, bei Giuseppe Giusti, einer Salumeria, deren Gründung auf das Jahr 1605 zurückreicht. Hinter der Theke des Ladens ging es versteckt in einen kleinen Raum mit gerade mal vier Tischen. Dort gab es mittags regionale Küche vom Feinsten. Hipp hatte sich hier mal mit Rettenstein zum Essen verabredet. Und er erinnerte sich, dass dieser davon gesprochen hatte, dass Giusti auch das Lieblingslokal seines Partners Zorzi war, der ja in Modena lebte und hier eine Acetaia sein eigen nannte. Er esse entweder bei Giusti oder, wenn es etwas eleganter sein sollte, bei Fini an der Piazzetta San Francesco. Dass er aber Zorzi hier wirklich antreffen würde, hatte er nicht erwartet, glaubte er doch, dass er in Parma beschäftigt war. Umso größer seine Überraschung, als er Rettensteins verbliebenen Partner an einem Tisch sitzen sah. Kurz entschlossen ging er zu ihm, stellte sich vor, kondolierte ihm zum Tod seines Partners – und folgte seiner Einladung, am Tisch Platz zu nehmen.

Zorzi entschuldigte sich, dass er ihre gestrige Verabredung nicht hatte wahrnehmen können. Auch jetzt habe er eigentlich tausend Dinge zu erledigen, und außerdem sei er mit seinen Nerven völlig am Ende. Umso wichtiger sei das Mittagessen. Er freue sich, dass der Zufall sie zusammengeführt habe. Er erinnere sich daran, dass Rettenstein von Hipp gesprochen habe. Er sei insbesondere von seiner Weinkennerschaft beeindruckt gewesen. Was sie zum Anlass nehmen sollten, eine gute Flasche zu bestellen und auf ihre verblichenen Freunde anzustoßen, auf Hubertus Rettenstein und Amedèo Steinknecht. Gott sei ihren Seelen gnädig.

Hipp stellte fest, dass die Weinkarte im umgekehrten Verhältnis zur Größe des Raums stand. Sie begann auf über sechs Seiten allein mit Bollicine und Champagner. Rasch verständigten sie sich auf einen Spitzenwein aus der Toskana. »Eine Cuvée aus Cabernet Sauvignon, Merlot und Cabernet Franc«, kommentierte Zorzi ihre Bestellung. »Achtzehn Monate in Barriques aus französischer Eiche«, ergänzte Hipp. Eine Bemerkung, die ebenso überflüssig wie belanglos war, aber die Absicht verfolgte, das Gespräch mit Zorzi in Gang zu halten. Tatsächlich entspann sich eine anregende Diskussion über die Weine in der Toskana, in der Emilia-Romagna und im Piemont. Hipp widerstand der Versuchung, Zorzi auf den gefälschten Barolo anzusprechen, darum sollte sich der Maresciallo kümmern. Vielmehr steuerte er das Gespräch ganz allgemein auf die Aktivitäten von Delicatezze dall'Italia. Dazu aßen sie Tortellini in brodo di cappone und Stinco di vitello. Zorzi erzählte, dass es mit der Exportfirma nicht zum Besten stehe, dass sie sich kurz vor der Pleite befinde. Obwohl er das schon vom Avvocato Romagnosi wusste, tat Hipp überrascht. Dass er dabei an die E-Mails von Steinknecht auf Rettensteins Computer denken musste, die ein völlig anderes Bild zeichneten, behielt er für sich. Zorzi verwies darauf, dass er eine erfolgreiche Essigfabrik besitze, was ihn der finanziellen Sorgen enthebe. Auch das schien Hipp zweifelhaft, jedenfalls hatte Zorzi noch vor kurzem von Rettenstein ein Darlehen benötigt. Aber er wollte den guten Mann nicht verhören, er war damit zufrieden, sich einen Eindruck zu verschaffen – und das Mittagessen zu genießen.

Natürlich sprachen sie über die merkwürdigen Umstände des Todes von Rettenstein und auch über den bizarren Fundort von Steinknecht. Erwartungsgemäß hatte Zorzi keinen Verdacht, konnte sich nicht vorstellen, dass es da einen Zusammenhang gab. Nein, um seine Person mache er sich keine Sorgen. Hipp dachte, dass diese Sorglosigkeit nur dann glaubhaft wäre, wenn Zorzi selbst der Täter wäre. Aber danach sah es nicht aus, jedenfalls nicht im Falle Rettensteins.
Dass es bei Rettenstein eine Erbin geben sollte, war Zorzi natürlich bekannt, aber er habe sie noch nicht kennengelernt, ihre Interessen würden von einem Anwalt in Alba vertreten.
Das Essen gestaltete sich trotz der schwierigen Themen angenehm. Zorzi gab bereitwillig Auskunft, schließlich war ihm bekannt, dass Hipp für Rettenstein noch einen Auftrag zu erledigen hatte. Auch wenn er gerne gewusst hätte, worum es dabei ging, schaffte es Hipp, sich an einer Erklärung vorbeizudrücken. Was denn mit seinem Ferrari passiert sei, fragte er stattdessen.
Zorzi lächelte. »Sie wissen davon? Nun, das ist in der Nacht passiert, in der Steinknecht ermordet wurde. Wir waren in Parma beim Abendessen. Bei der Heimfahrt nach Modena habe ich etwas Gas gegeben.«
»Sie haben die Pferde galoppieren lassen.«
»Ganz genau. Dabei haben sie sich offenbar übernommen, die Pferde. Jedenfalls hatte mein Ferrari urplötzlich einen kapitalen Motorschaden. Und als ich ihn auf der Standspur ausrollen ließ, gab es zu allem Überfluss rechts vorne einen Schlag wie von ei-

ner Explosion. Ich habe noch meinen Vorderreifen davonfliegen sehen, dann bin ich in die Leitplanke gekracht. Mir ist nichts passiert, war ja nicht mehr schnell.«

»Glück gehabt«, stellte Hipp fest.

»Ja, gewaltiges Glück. Wäre mir die Vorderradaufhängung fünf Minuten vorher um die Ohren geflogen, säße ich hier nicht mehr am Tisch.«

»Und ihre Firma hätte auch ihren letzten Gesellschafter verloren«, konstatierte Hipp. »Vielleicht sind Sie doch gut beraten, besser auf sich aufzupassen.«

Sie beendeten ihr Mittagsmenü mit einer Crostata di Amarena, versprachen in Kontakt zu bleiben und verabschiedeten sich.

35

Baica bin!«, rief Carlo dem Hund zu. Profumo stromerte vor ihm durch den Wald, machte einen Abstecher zu einer Pappel und nahm dann wieder Kurs auf eine Eiche.

»Baica bin, Profumo, baica«, spornte ihn Carlo an, bewusst dieselben Kommandos verwendend, wie sie der Hund von seinem Schwager kannte. Er erwartete hier nicht wirklich, Trüffeln zu finden. Vielleicht einige kleine, aber keine Tartufi, die es sich zu verkaufen lohnte. Ihm ging es vielmehr darum, Profumo zu testen und an sich zu gewöhnen. Die Therapie an der Università dei Cani da Tartufo hatte dem Hund gutgetan. Er war nicht mehr so nervös und reagierte auf seine Befehle. Mehr oder weniger zuverlässig, denn so richtig folgsam war kein Trüffelhund. Wie konnte er auch? Wenn der Trüffelsucher mit dem Barot auf eine Stelle zeigte, gleichzeitig der Duft eines Tartufo von einer anderen Seite lockte, dann musste

sich der Hund für den Duft entscheiden. Dafür war er ausgebildet.
Carlo entdeckte einige Büsche, in denen sich Wildschweine gewälzt hatten. Bewusst führte er Profumo dicht vorbei und deutete auf einen Baum einige Meter weiter. Ohne sich von den strengen Aromen der Cinghiali ablenken zu lassen, nahm er sofort die Suche auf.
»Baica sí!«
Carlo lächelte zufrieden. Profumo schien fast wieder der Alte. Er klatschte laut in die Hände. Der Hund sah ihn nur kurz verwundert an und begann dann mit den Vorderpfoten im Erdreich zu scharren.
»Bravo, Profumo, bravissimo!«
Auch diesen Test hatte er bestanden. Profumo schien nicht mehr übertrieben schreckhaft. Wie er bei einem Schuss reagieren würde, das konnte man nicht wissen.
»Pijlo!«
Carlo kniete sich nieder und half dem Hund mit seiner Hacke.
»Speta sí!«
Folgsam hörte Profumo auf zu graben. Carlo hackte noch etwas im Waldboden, um schließlich eine Trüffel freizulegen. Er bröselte die Erde ab und roch daran. Eine weiße Alba-Trüffel, nicht sehr groß, aber immerhin. Carlo tätschelte den Hund, der bereits erwartungsvoll mit der Schnauze gegen seine rechte Jackentasche stupste.
»Paga?«, fragte Carlo grinsend. »Hier hast du deine Belohnung. Du hast sie dir verdient. Merkst du was? Der gleiche Hundekuchen, den dir immer Ildefonso gegeben hat. Braver Hund. Das hast du gut gemacht. Bald bist du so weit, dass wir in den Wald nach Asti fahren können. Dorthin, wo Ildefonso erschossen wurde.«

36

Am Nachmittag war Hipp nach Bologna gefahren und hatte sich im westlichen Borgo ein Quartier gesucht. Mit dem Bus war es nicht weit ins Centro storico. Mit einmal Umsteigen konnte er bequem die Porta Saragozza erreichen, in deren Nähe er auf dem Stadtplan Ginas Wohnung ausfindig gemacht hatte. Genau gegenüber war eine kleine Bar.

Da saß er jetzt und wartete. Zeit hatte er und auch Geduld. Fast zwei Stunden sollte es dauern, bis er sie auf einer roten Vespa vorfahren sah. Gina parkte auf dem Bürgersteig neben dem Hauseingang, nahm den Helm ab und verstaute ihn in der Sitzbank. Sie fuhr sich mit den Händen durch die Haare, nahm den Rucksack vom Gepäckträger, grüßte lachend einen Passanten, sah kurz Richtung Bar, ging zur Tür, sperrte auf und verschwand. Dass sie Linkshänderin war, ließ sich dabei leicht feststellen. Hipp spielte mit dem Telefonino in der Hand und bestellte einen weiteren Espresso. Er sah, wie Gina im zweiten Stock ein Fenster öffnete und eine Pflanze auf die Fensterbank stellte.

Es machte keinen Sinn, noch länger zu warten und darüber nachzudenken, ob sie es nun war, die die Drohbriefe verfasst und Rettenstein umgebracht hatte. Oder eben nicht, was er insgeheim hoffte. Da er ihre Telefonnummer abgespeichert hatte, musste er nur auf eine Taste drücken, um sie anzurufen.

»Pronto«, meldete sie sich kurz und knapp.

»Signorina Zazzari?«

»Sì, mit wem spreche ich?«

»Mein Name ist Hippolyt Hermanus«, stellte er sich vor. »Wir haben uns vor einigen Tagen in Alba kennengelernt. Sie haben meine Giulietta zum Laufen gebracht, und ich hatte das Vergnü-

gen, Sie nach Asti zum Bahnhof zu chauffieren. Erinnern Sie sich?«
Es dauerte einige Sekunden, bis Gina antwortete. »Natürlich erinnere ich mich. Sie haben lange Haare, tragen eine Brille und verstehen nichts von Autos. Aber woher haben Sie meinen Namen und meine Telefonnummer?«
»Das würde ich Ihnen gerne persönlich erklären, nicht am Telefon.«
Er hörte Gina lachen. »Wollen Sie sich mit mir verabreden?«
»Nein, ich will mich nicht mit Ihnen verabreden. Jedenfalls nicht so, wie Sie das jetzt andeuten. Ich würde Sie nur gerne sprechen, unter vier Augen.«
Wieder gab es eine kurze Pause. »Sie verwirren mich. Sie wollen sich nicht mit mir verabreden, aber Sie wollen mich sehen. Wie soll das gehen?«
»Ganz einfach, aber Sie dürfen nicht erschrecken.«
»Ich erschrecke nicht so leicht.«
»Sie müssen nur aus dem zweiten Stock nach unten kommen und die Straße überqueren. Ich sitze in der Bar gegenüber.«
Die folgende Pause fiel noch länger aus. »Jetzt haben Sie mich doch erschreckt. Sie sitzen wirklich unten bei Silvano?«
»Ja, und Sie stehen im geöffneten Fenster, ich kann Sie sehen.«
»Was sind Sie, ein Voyeur?«
»Würde ich Sie dann anrufen und Sie im Caffè Silvano um eine Audienz bitten?«
»Keine Ahnung.« Gina zögerte. »Wohl eher nicht. Einverstanden, ich komme. Dauert aber ein paar Minuten.«
»Macht nichts, lassen Sie sich Zeit. Ich freue mich, Sie wiederzusehen.«
»Ich bin mir nicht so sicher, ob ich mich freuen soll.«

Hipp nahm die Brille ab und rieb sich müde die Augen. Nun gut, sie würde kommen. Und was dann? Am liebsten wäre er aufgestanden und gegangen.

Er sah Gina aus dem Haus treten. Sie hatte enge Jeans an und eine rote Bluse. Die hochhackigen Schuhe, gegen die sie ihre schweren Bergstiefel eingetauscht hatte, wirkten sich dramatisch auf ihren Gang aus. Er war nicht mehr fest und männlich, nein, mit diesen wiegenden Schritten glich sie eher einer geschmeidigen Katze, einer Katze auf dem Laufsteg. Eigentlich schade, dass das keine Verabredung war. Er hätte sich gewünscht, sie würde ihm nicht so gut gefallen.

»Wo ist Ihr Alfa?«, begrüßte sie ihn. »Springt er nicht an? Brauchen Sie einen Mechaniker?«

Hipp, der aufgestanden war, verneinte lachend und bot ihr einen Platz an. »Schön, dass Sie gekommen sind. Ich weiß, mein Überfall ist etwas überraschend …«

»Das haben Überfälle so an sich. Spendieren Sie mir ein Glas Prosecco?«

»Gerne.«

»So, und jetzt bin ich auf Ihre Erklärung gespannt. Ich hoffe, sie überzeugt mich.«

Hipp stellte fest, dass es ihm schwerfiel, sich zu konzentrieren. Daran war Ginas Bluse schuld. Nun, genau genommen nicht die Bluse, sondern die Tatsache, dass sie die obersten Knöpfe offen gelassen hatte. Er nahm sich vor, ihr ab jetzt nur noch ins Gesicht zu sehen.

»Fangen wir mit dem Einfachsten an. Wir haben uns in Alba vor dem Hotel getroffen. Sie haben mir netterweise Ihren Vornamen verraten. Es war nicht schwer, den Portier zu überreden, mir Ihren Nachnamen und Ihre Adresse zu nennen. Fürs Telefon gibt's eine Auskunft.«

»Sie hätten es sich einfacher machen können. Warum haben Sie mich nicht im Auto nach meiner Adresse gefragt?«

»Weil ich da noch nicht wusste, dass ich Sie wiedersehen möchte.«

Sie schaute ihn lächelnd an. »Haben Sie von mir geträumt? Oder woher kommt der Sinneswandel?«

»Meine Träume behalte ich für mich, sie sind nicht immer jugendfrei.«

»Also doch!«

»Nein, leider gibt es andere Gründe. Jetzt kommt der schwierigere Teil meiner Erklärung. Gina, versprechen Sie mir was?«

»Kommt darauf an.«

»Dass Sie nicht aufstehen und weggehen. Geben Sie mir mindestens eine halbe Stunde.«

»Eine halbe Stunde? Gut, ich glaube, so lange halte ich es mit Ihnen aus. Versprochen!«

»Ich habe Ihren Vater Hubertus Rettenstein gekannt«, ließ Hipp die erste Bombe platzen.

Wie erwartet zuckte Gina zusammen, von einem Augenblick auf den anderen wich das Lächeln aus ihrem Gesicht. Sie schob ihren Stuhl zurück und wollte aufstehen.

»Gina, Sie haben mir etwas versprochen.«

Ihr Atem ging schwer, es hatten sich zwei steile Falten auf ihrer Stirn gebildet.

»In Ordnung, ich bleibe. Woher wissen Sie, dass Rettenstein mein Vater ist? Waren Sie ein Freund von ihm?«

»Danke fürs Bleiben. Um mit der zweiten Frage zu beginnen, nein, er war kein Freund von mir. Aber wir kannten uns. Und da er wusste, dass ich gelegentlich anderen Menschen helfe, wenn sie in der Klemme stecken, hat er mich vor einigen Wochen kontaktiert, um ihm in einer bestimmten Angelegenheit zur Seite zu stehen.«

»Sie helfen anderen Menschen? Aus Nächstenliebe?«

»Nein, normalerweise gegen Bezahlung. Aber, um es gleich zu sagen, ich habe den Hilferuf Ihres Vaters ignoriert. Ich bin erst aktiv geworden, als ich in der Zeitung von seinem Tod gelesen habe.«

»Hat er Ihnen gesagt, dass ich seine Tochter bin?«

»Nein, ich habe überhaupt nicht mit ihm gesprochen. Ich bin nach seinem Tod nach Alba gefahren und habe mich dort umgehört. Dass wir uns vor dem Hotel getroffen haben, war ein Zufall. Unfreiwilligerweise hat mich Avvocato Romagnosi auf Ihre Spur gebracht. Er hat von einer unehelichen Tochter gesprochen, die das Vermögen von Rettenstein erben würde. Er hat zwar Ihren Namen verschwiegen, aber Bologna als Wohnort genannt. Und von seiner Empfangssekretärin habe ich erfahren, dass Sie am Vormittag beim Avvocato waren.«

Gina nahm das Glas mit dem Prosecco und trank es in einem Zug leer.

»So, und jetzt sind Sie hier, um mich um mein Erbe zu bringen. Ist es das?«

Hipp schüttelte den Kopf. »Überhaupt nicht. Ich gönne Ihnen das Erbe. Sie bleiben sitzen, versprochen?«

»Noch zwanzig Minuten!«

»Ich würde gerne wissen, wer Rettenstein umgebracht hat. Es war kein Unfall, das ist Ihnen bekannt?«

»Ja, der Avvocato hat mich informiert.«

»Rettenstein hatte mich um Hilfe gebeten, ich habe ihn im Stich gelassen, und jetzt ist er tot. Ich glaube, ich bin ihm diesen Gefallen schuldig. Zunächst habe ich herausgefunden, dass er umgebracht wurde …«

»Das waren Sie?«
»Sagen wir so, ich habe den Carabinieri die entscheidenden Hinweise gegeben.«
Gina sah Hipp traurig an. »Und jetzt sind Sie hier, weil Sie glauben, dass ich es war, die meinen Vater getötet hat. Richtig?«
»Mir fällt es schwer, dies zu glauben. Aber Sie haben recht, deshalb bin ich hier.« Und nach einer kurzen Pause: »Eine romantische Verabredung wäre mir lieber gewesen.«
»Mir auch«, flüsterte Gina.
»Und? Haben Sie Ihren Vater getötet?«, fragte Hipp ohne Umschweife.
»Erwarten Sie eine ehrliche Antwort?«
Hipp nickte. »Das würde manches vereinfachen. Vielleicht für uns beide.«
»Ja, ich habe ihn umgebracht …«
Hipp sah sie stumm an.
»… aber nur in meiner Phantasie. Ich habe ihn erwürgt, niedergeschlagen, mit dem Auto überfahren. Aber im wahren Leben, nein, da habe ich ihn nicht getötet. Ich hätte es nicht fertiggebracht. Warum? Ich weiß es selber nicht. Vielleicht bin ich nicht fähig, jemanden umzubringen, selbst wenn ich ihn hasse. Oder es lag doch daran, dass er mein Vater war, jedenfalls biologisch.«
»Sie waren es also nicht?«
»Sagte ich doch. Glauben Sie mir?«
Hipp zuckte mit den Schultern. »Ich würde Ihnen gerne glauben, aber noch fällt es mir schwer.«
»Ich habe keine Lust, mich zu verteidigen. Entweder Sie glauben mir oder nicht, ganz wie Sie wollen. Ist mir egal.«
»Es ist Ihnen nicht egal.«
»Warum glauben Sie mir nicht? Sehe ich aus wie eine Mörderin?«

»Es gibt mindestens fünf Indizien, die gegen Sie sprechen. Erstens sind Sie seine Generalerbin, das macht Sie zu einer natürlichen Verdächtigen. Zweitens haben Sie ihn gehasst. Drittens …«

»Sie haben keine Ahnung, warum ich ihn gehasst habe«, sagte Gina leise.

»Erzählen Sie!«

»Nein. Und drittens?«

Hipp langte in die Jacke, holte die beiden Drohbriefe hervor und breitete sie auf dem Tisch aus. Dabei ließ er Gina nicht aus den Augen.

»Haben Sie diese Briefe geschrieben?«, fragte er.

Gina fuhr mit den Fingerspitzen über das Papier. Sie atmete tief durch, wollte zu reden beginnen, um dann doch zu schweigen.

»Warum fällt Ihnen die Antwort schwer? Haben Sie nun die Briefe geschrieben oder nicht?«

Gina schüttelte den Kopf. »Kein Kommentar.«

»Schade.«

»Gibt's noch ein Viertens?«, fragte sie.

»Viertens haben Sie Ihren Vater vor einigen Wochen besucht und sich mit ihm gestritten. Worum ging es dabei?«

»Kein Kommentar.«

»Ich fürchte, wir kommen nicht wirklich weiter. Meinen letzten Punkt kann ich mir wohl sparen.«

»Ich würde ihn gerne wissen.«

»Sie sind in der Zeit vor dem Mord einige Male in der Nähe seiner Villa gesehen worden«, bluffte Hipp. »Was haben Sie da gemacht?«

»Kein Kommentar. Sind Sie fertig?«, fragte Gina.

»Ja und nein. Aber es macht wohl keinen Sinn, Ihnen weitere Fragen zu stellen.«

»Nein, macht es nicht. Übrigens sind die dreißig Minuten rum. Ich habe mein Versprechen gehalten. Darf ich jetzt gehen?«

»Natürlich dürfen Sie. Ich hatte allerdings gehofft, dass Sie länger bleiben.«

»Das wäre möglich gewesen, doch da hätte Ihnen ein anderes Gesprächsthema einfallen müssen.«

»Wenigstens noch für einen schnellen Espresso?«

»Fünf Minuten«, willigte Gina ein. »Aber keine Fragen mehr. Ich will nachdenken.«

Hipp nickte, bestellte den Espresso, faltete die Briefe zusammen und steckte sie wieder ein. Gina beobachtete ihn wortlos. Sie sah auf seine Hände, in seine Augen. Hipp spielte mit dem Handy. Dass er dabei mit der eingebauten Kamera ein Foto von ihr machte, fiel ihr nicht auf. Gina entschuldigte sich, stand auf und ging auf die Toilette. Als sie wiederkam, entdeckte er, dass sie geweint hatte. Am liebsten hätte er sie in den Arm genommen und getröstet.

Gina nahm wieder Platz und trank den Kaffee.

»Sie haben erwähnt, dass Sie gelegentlich anderen Menschen helfen, wenn sie in der Klemme stecken«, sagte sie. »Nun, wie es aussieht, stecke ich in der Klemme. Würden Sie mir helfen?«

»Das würde ich. Aber zunächst müssten Sie mich von Ihrer Unschuld überzeugen. Dazu haben Sie bislang wenig bis gar nichts beigetragen.«

»Wenn das so einfach wäre«, flüsterte Gina.

»Vielleicht bin ich leichter zu überzeugen, als Sie glauben«, sagte er lächelnd. »Ich brauch keine Beweise. Versuchen Sie es doch einfach.« Er reichte ihr seine Hand. »Bringen Sie mich dazu, dass ich Sie verstehe und Ihnen vertraue. Dann werde ich

Ihnen helfen. Versprochen. Aber nur unter dieser Voraussetzung.«
Gina nahm seine Hand und drückte sie. Ihre Hände fühlten sich kalt an. »Einverstanden. Aber nicht heute Abend. Wir treffen uns morgen früh um acht hier bei Silvano. Wir machen einen Ausflug, zu Fuß, ziehen Sie sich bequeme Schuhe an. Ich möchte, dass Sie jemanden kennenlernen.«

37

Mein Leben war schön. Blicke ich zurück, gibt es nur wenige Dinge, die ich anders machen würde. Umso leichter fällt mir der Abschied.«
Ugo Zorzi las diese Zeilen nicht zum ersten Mal. Trotzdem lief es ihm kalt den Buckel hinunter. Er nahm seine Lesebrille ab, wischte sich über die Stirn – und griff erneut nach dem Schreiben.
»Unsere Firma steht kurz vor der Pleite«, ging es weiter. »Auch konnte ich meine Schulden an Rettenstein nicht zurückzahlen. Sein Tod hat zwar dieses Problem gelöst, aber mein Gewissen ist nicht frei von Schuld.«
Zorzi schüttelte den Kopf. Was hatte er mit dieser Formulierung andeuten wollen? »Mein Gewissen ist nicht frei von Schuld.« Sollte das ein indirektes Geständnis sein?
»Privat ist meine Situation ausweglos. Seit Jahren betrüge ich meine geliebte Frau. Veronica, bitte verzeih mir! Meine Freundin möchte, dass ich mich scheiden lasse – oder sie wird unser Verhältnis bekannt machen. Aber meine Familie ist mir heilig! Dass ich beim Kartenspiel viel Geld verloren habe, konnte ich bislang gut verbergen. Doch auch hier habe ich Zahlungsver-

pflichtungen, denen ich nicht nachkommen kann. Meine Acetaia wirft derzeit keinen Gewinn ab. Auch ist sie nach dem Ausbau völlig überschuldet. Wie soll ich weiterleben? Als Obdachloser unter einer Brücke? Oder hinter schwedischen Gardinen im Gefängnis? Nein, ich habe mein Leben gelebt. Ich hätte es gerne noch eine Weile fortgesetzt, aber ich sehe keinen anderen Ausweg. Ich danke all meinen Freunden. Ich küsse meine Kinder und umarme meine Frau. Bitte vergebt mir. Auch der Herr im Himmel, er möge mir verzeihen. Ich setze meinem Dasein ein Ende. Arrivederci – vielleicht in einem späteren Leben.«

Zorzi atmete tief durch. Er konnte diesen Abschiedsbrief so oft lesen, wie er wollte, immer wieder aufs Neue zitterten seine Hände, wenn er auf die Unterschrift blickte, denn sie stammte von keinem anderen als von ihm selbst – Ugo Zorzi!

Hatte er diesen Brief geschrieben? Wollte er sich das Leben nehmen? Nein, wirklich nicht. Ihre Firma stand ja nur zum Schein vor der Pleite, war in Wahrheit gesünder denn je. Seine Acetaia war schuldenfrei. Es stimmte, er hatte eine Freundin. Wer hatte das nicht? Aber diese war glücklich, wenn er ihr ab und zu etwas Geld zusteckte. Dass er für sie seine Familie verlassen würde, war nie ein Thema. Und Spielschulden? Das war ja ein Treppenwitz. Zorzi musste lachen. Wenn er sich gelegentlich mal mit Freunden zum Zocken traf, dann war meistens er es, der hinterher mehr Geld hatte als vorher.

»Ich danke all meinen Freunden«, wiederholte Zorzi. Meinen Freunden? Er schüttelte den Kopf. Diesen rührseligen Abschiedsbrief hatte sich sein »Freund« Amedèo ausgedacht. Er hatte ihn geschrieben und ihn ihm vor einigen Tagen mit vielen anderen Papieren in der Unterschriftenmappe untergejubelt. Er erinnerte sich noch gut an jenen Abend im verglasten Büro in der Lagerhalle, an dem sie ihre erfolgreichen Finanzmanipulati-

onen besprochen hatten. Amedèo hatte viele Geschäftsbriefe so übereinandergelegt, dass er gar nicht sehen konnte, worum es ging. Nur die markierten Stellen, wo er unterschreiben sollte. Das hatten sie immer so gemacht. In diesem Punkt hatte Zorzi seinem Partner vertraut. Was wohl ein todbringender Fehler gewesen war, wie er im Nachhinein feststellen musste.
Er hatte den Abschiedsbrief im Safe von Amedèo gefunden. Normalerweise sah er dort nie nach, doch er kannte die Kombination. Normalerweise? Aber diese Tage, sie waren nicht normal. Er hatte nach dem Unfall auf der Autobahn die Fahrzeugpapiere und die Versicherungsunterlagen gesucht. Und weil er sie nicht fand, hatte er in Amedèos Safe nachgeschaut. Dort hatte er die Papiere gefunden, aber nicht nur sie. Und so hielt er jetzt seinen eigenen Abschiedsbrief in den Händen, einen Abschiedsbrief, den er nie geschrieben hatte. »Arrivederci – vielleicht in einem späteren Leben.«
»Ja, mein lieber Amedèo«, flüsterte Zorzi. »Nun ist es anders gelaufen. Vielleicht sehen wir uns tatsächlich in einem späteren Leben wieder. Das wird eine interessante Begegnung.«
Er fragte sich, wie Amedèo das mit dem Ferrari gemacht hatte. Hatte er wirklich geglaubt, er würde mit dem Wagen tödlich verunglücken? Dann hätte Amedèo den Abschiedsbrief hervorgezaubert – und alle hätten keine Sekunde daran gezweifelt, dass er Selbstmord begangen habe.
Zorzi grinste. Diese Rechnung seines Partners war nicht aufgegangen. Sein Ferrari war Schrott, das schon, aber er, er war am Leben. Was man von Amedèo nicht mehr behaupten konnte!

»Ich habe Ihnen doch gesagt, dass ich für niemanden zu sprechen bin«, fuhr Zorzi seine Sekretärin an, die ein Telefonat zu ihm durchstellen wollte.

»Scusi, Signore, aber es ist ...«
»Interessiert mich nicht. Ich bin nicht zu sprechen!«
»... es ist ein Maresciallo von den Carabinieri. Er besteht darauf.«
Zorzi räusperte sich. »Warum sagen Sie das nicht gleich? Stellen Sie durch!«
»Buona sera, Signor Zorzi«, begrüßte ihn der Maresciallo. »Schön, dass Sie für mich Zeit haben. Mein Name ist Viberti. Ich leite die Ermittlungen im Todesfall ...«
Er machte eine kurze Pause.
»... meines Partners Amedèo Steinknecht«, versuchte Zorzi den angefangenen Satz zu beenden.
»Nein, wie kommen Sie denn darauf? Mein herzliches Beileid. Ich bin von den Carabinieri in Alba. Ich leite die Ermittlungen im Todesfall von Hubertus Rettenstein.«
»Im Todesfall von Rettenstein, o ja. Wir alle stehen unter Schock wegen Amedèo Steinknecht.«
»Unter Schock, natürlich. Jetzt haben Sie mit Signor Steinknecht auch Ihren zweiten Geschäftspartner verloren. Was für eine Tragödie.«
»Sie sagen es, eine Tragödie.«
»Mögen Sie Barolo?«, fragte Viberti übergangslos.
»Wie bitte, Barolo? Natürlich«, stammelte Zorzi. »Warum fragen Sie?«
»Wegen der Flasche in der Tiefkühltruhe. Sie stammt, wenn ich recht informiert bin, aus La Morra?«
»Ach so. Aus La Morra? Keine Ahnung, kann sein. Aber ich verstehe nicht ...«
»Kein Problem, mein lieber Signor Zorzi«, entgegnete Viberti, »ich bin es gewöhnt, dass man mich nicht versteht.«
»Ich denke, Sie wollten mich wegen Rettenstein sprechen?«

»Korrekt. Aber wer sagt, dass da kein Zusammenhang besteht? Die Opfer kannten sich, waren geschäftlich miteinander verbunden. Der eine wurde von einem Weinregal erschlagen, der andere hatte das zweifelhafte Vergnügen, in einer Tiefkühltruhe zu erfrieren. Seine Mörder hätten ihm wenigstens einen Korkenzieher und ein Glas mitgeben können.«
»Einen Korkenzieher und ein Glas?«
»Ja, als Akt der Nächstenliebe. Dann hätte Ihr Partner in den letzten Minuten seines Lebens wenigstens einen Barolo trinken können.«
»Das meinen Sie nicht im Ernst?«
»Selbstverständlich meine ich das im Ernst. Ich für meinen Teil, so viel steht fest, möchte auf dem Sterbebett einen Barolo trinken.« Viberti ließ ein heiseres Lachen vernehmen. »Allerdings von einem anderen Winzer. Aber um auf den Grund meines Anrufs zurückzukommen, ich erwarte Sie morgen um vierzehn Uhr in meinem Büro in Alba.«
»Wie bitte, ich soll nach Alba kommen? Können Sie sich vorstellen, was hier momentan los ist? Außerdem muss ich mich für Ihre Kollegen in Parma …«
»… bereithalten, ich weiß. Da kann ich Sie beruhigen. Wir arbeiten eng zusammen. Glauben Sie mir, es ist auch im Interesse der Carabinieri in Parma, wenn Sie mir morgen die Ehre Ihres Besuches erweisen.«
»Bitte entschuldigen Sie«, erwiderte Zorzi, »aber ich hoffe, Sie haben Verständnis dafür, dass ich morgen unmöglich nach Alba kommen kann.«
»Natürlich, ich habe Verständnis dafür. Wissen Sie, was ich normalerweise um vierzehn Uhr mache? Ich bin beim Mittagessen. Momentan ist Trüffelzeit, da ist mir dieser Termin heilig. Aber nein, wegen Ihnen mache ich eine Ausnahme, ich erwarte Sie

zu einem Gespräch in meinem Büro. Das erfordert von mir eine geradezu übermenschliche Anstrengung. Also ist es nicht zu viel verlangt, wenn ich Sie bitte, sich morgen ans Steuer Ihres Ersatz-Ferraris zu setzen und diese lächerliche Entfernung ohne Geschwindigkeitsübertretung zurückzulegen. Haben wir uns verstanden?«

»Nein, lieber Maresciallo …«

»Wir haben uns verstanden«, fiel ihm Viberti ins Wort. Seine bisher spöttisch-freundliche Stimme hatte urplötzlich einen schneidenden Ton. »Sie haben nur die Wahl des Fortbewegungsmittels. Ihr Ferrari oder ein Gefangenentransporter der Carabinieri? Entscheiden Sie sich.«

Zorzi schluckte. »Va bene. Um vierzehn Uhr in Alba. Ich werde da sein. Darf ich Sie zum Mittagessen einladen?«

»Nein, dürfen Sie nicht. Mein Amtszimmer ist im ersten Stock.«

38

Hipp hatte es fertiggebracht, pünktlich aufzustehen. Er beschloss, wie schon gestern Abend, seinem Auto auf dem Hotelparkplatz eine Ruhepause zu gönnen. Auf dem Weg zur Bushaltestelle trank er einen Cappuccino. Kurz darauf fuhr er auf der Via Emilia Ponente, den Fiume Reno überquerend, Richtung Centro storico. Beim Umsteigen erreichte ihn ein Anruf von Viberti. Hipp sah auf die Uhr. Der Maresciallo hatte wohl gerade Dienstbeginn. Dass es ihnen noch gestern Abend gelungen sei, von Zeugen eine positive Bestätigung zu bekommen, erklärte Viberti nicht ohne Stolz. Nämlich dafür, dass die Signorina, deren Foto ihm Hipp gestern per Telefonino geschickt habe, jener Frau gleiche, die in den Tagen vor Rettensteins Ermordung mehrfach in der Nähe seines Hauses gesehen worden sei. Spätestens jetzt war Hipp hellwach. Diese Info hatte besser gewirkt als vorhin die kalte Dusche.

»Sind Sie sicher?«, fragte er.

»Ich nicht, aber die Zeugen, mit großer Wahrscheinlichkeit«, antwortete Viberti.

»Ich hab's befürchtet.«

»Dottore, bitte geben Sie mir den Namen und die Adresse, damit ich die Verhaftung der dringend tatverdächtigen Person in die Wege leiten kann.«

»Maresciallo, ich helfe gerne bei Ihren Ermittlungen ...«

»Certo, das weiß ich auch sehr zu schätzen. Mit diesem Foto haben Sie wieder einmal Ihren unvergleichlichen Spürsinn unter Beweis gestellt. Ich nehme an, bei der Person handelt es sich um die Erbin Rettensteins, deren Name vom Avvocato Romagnosi bislang nicht preisgegeben wird. Richtig?«

»Das muss ich noch herausfinden«, antwortete Hipp.

»Dottore, könnte es sein, dass Sie mir gegenüber nicht ganz ehrlich sind?«

»Aber Maresciallo, wie kommen Sie denn darauf?«

»Mein Instinkt, lieber Dottore. Aber Sie sind der einzige Mensch, der mich anschwindeln darf.«

»Was für eine Ehre.«

»Darauf können Sie stolz sein. Wann können Sie mir Genaueres sagen?«, fragte Viberti.

»Vermutlich heute Nachmittag.«

»Einverstanden. Sie haben nichts dagegen, wenn ich parallel eigene Ermittlungen anstelle, was die Identität dieser Person angeht?«

»Aber Maresciallo, wie könnte ich etwas dagegen haben.«

»Natürlich, wie könnten Sie?«, sagte Viberti lachend. »Sie sind

ja eine Zivilperson. Wären Sie so freundlich, mich heute Nachmittag anzurufen?«
»Selbstverständlich«, versprach Hipp.
»Übrigens habe ich zu Mittag Signor Zorzi in mein Büro bestellt.«
»Zur Essenszeit?«
»Ja, ich habe mir für heute Diät verordnet. Das schaffe ich nur, wenn ich mir einen wichtigen Termin vornehme. À più tardi. Una buona giornata.«

Auf dem weiteren Weg dachte Hipp über den Anruf nach. Darüber, dass Gina wirklich gute Argumente brauchte, um ihn zu überzeugen. Wobei er hoffte, dass der Maresciallo mit seinen eigenen Ermittlungen nicht allzu schnell vorankam. Als er Silvanos Bar erreichte, wartete Gina bereits auf ihn. Seltsamerweise hatte er keinen Moment daran gezweifelt. Sie sah nicht so aus, als ob sie letzte Nacht besonders gut geschlafen hätte.
»Gehen wir?«, fragte sie anstelle einer Begrüßung.
»Gerne, deshalb bin ich hier.«
»Mal sehen, wie es um Ihre Fitness bestellt ist«, sagte sie.
»Warum? Ist es weit?«
»Zum ersten Etappenziel sind es genau drei Komma fünf Kilometer. Dabei können Sie sechshundertsechsundsechzig Bögen zählen.«
»Sie machen mich neugierig. Ich denke, ich soll jemanden kennenlernen?«
»Ja, das werden Sie. Aber zuvor besuchen wir die heilige Madonna di San Luca, das mache ich immer so.«
»Sechshundertsechsundsechzig Bögen?«
»Ja, der längste Arkadengang der Welt. Er beginnt da vorne an

der Porta Saragozza und führt hinauf auf den Colle della Guardia zur Wallfahrtskirche. Ein gutes Training.«

»Für den Geist und den Körper?«

»Ganz genau«, bestätigte Gina und marschierte los. Wahrscheinlich lag es daran, dass sie auf ihn Rücksicht nahm, jedenfalls hatte er keine Mühe, mit ihr Schritt zu halten. Die ersten zehn Minuten liefen sie schweigend nebeneinander her. Dann fragte sie ihn, ob ihm Enzo ein Begriff sei, der Sohn des Staufenkaisers Friedrich II. Hipp verneinte. Sie erzählte, dass es in Bologna einen Palazzo di Re Enzo gebe. Dort sei Enzo nach der Schlacht von Fossalta über zwanzig Jahre gefangen gehalten worden. Man habe dem schönen Jüngling viele Freiheiten erlaubt. So habe er unzählige Liebschaften pflegen dürfen. Aus diesen Amouren seien berühmte Adelsgeschlechter hervorgegangen, so die Familie Bentivoglio. »Ben ti voglio«, so habe Enzo seiner Geliebten Lucia immer zum Abschied ins Ohr geflüstert, »ich mag dich!« Als die Bentivoglios zur mächtigsten Familie Bolognas aufgestiegen waren, hätten sie im 15. Jahrhundert den Wallfahrtsort rund um die Madonna di San Luca ausbauen lassen. Die Familie Bentivoglio, ja, die habe den Beweis erbracht, dass illegitime Kinder nicht immer dem Unglück geweiht seien. Aber ihr Vater sei eben kein königlicher Jüngling wie Enzo gewesen und ihre Mutter keine Lucia da Viadagola, nur eine arme Verkäuferin. Daran müsse sie gelegentlich auf diesem Weg hinauf zur heiligen Madonna denken.

Oben angelangt, sahen sie hinunter auf die roten Dächer Bolognas, dann betraten sie die Wallfahrtskirche Madonna di San Luca. Gina blieb rechts vor einem Altar stehen und bekreuzigte sich. Er beobachtete, wie sie niederkniete und die Augen schloss.

»Madonna del Rosario e San Domenico, aiutami, affinché tutto vada bene«, murmelte sie, »Madonna, hilf mir, damit alles gut wird.« Dann stand sie auf. »Allora, noch zwei Kilometer, und wir sind am Ziel.«

Eine halbe Stunde später standen sie in den Colli hinter San Luca in einem kleinen Park vor einem großen Haus. »Asilo per vecchi e malati«, las Hipp auf einer Messingtafel. Gina wurde an der Rezeption des Alten- und Pflegeheims herzlich begrüßt. Sie stiegen eine weite Treppe hinauf in den ersten Stock und liefen einen langen Gang entlang. Eine Pflegerin kam ihnen mit einem Rollstuhl entgegen. Gina klopfte an einer Tür und bat Hipp, kurz zu warten. Er entdeckte ein kleines Schild mit dem Namen Rosa Zazzari.

»Sie können reinkommen. Meine Mutter erwartet Sie.«

Das Zimmer war groß und hell und hatte eine Terrasse, über die man auf die umliegenden Hügel schauen konnte. Im Krankenbett setzte sich eine Frau auf, die ihn freundlich anlächelte, aber dennoch ein Bild des Jammers abgab. Sie hatte kaum Haare, ihre Stirn- und Wangenknochen traten hervor. Die Augen, die ihn ansahen, wirkten in diesem abgemagerten Gesicht viel zu groß.

»Meine Mutter hat Krebs«, sagte Gina. »Es geht ihr nicht gut.«

»Doch, heute geht es mir besser«, protestierte ihre Mutter leise.

Gina nahm ihre Hände. »Das höre ich gerne, Mamma. Ich möchte dir einen Freund vorstellen, Hippolyt Hermanus.«

Er deutete eine Verbeugung an. »Piacere, Signora. Es freut mich, Sie kennenzulernen.«

»Hippolyt kommt aus Deutschland, lebt aber in Italien …«

»Aus Deutschland?«

»Ja, Mamma, aber nicht alle Deutschen sind so.«

»Ich weiß, mein Kleines, ich weiß.«
Gina zog zwei Stühle an das Bett und machte Hipp ein Zeichen, sich zu setzen.
»Mamma, ich möchte Hippolyt eine traurige Geschichte erzählen, unsere Geschichte, deine Geschichte. Und weil mir wichtig ist, dass er mir glaubt, will ich das hier in deiner Gegenwart tun. Ich hoffe, das ist nicht zu anstrengend für dich. Einverstanden?«
»Ich muss ja nur zuhören. Nein, das ist nicht zu anstrengend für mich.«
»Korrigiere mich, wenn was nicht stimmt.«
»Das mache ich, Gina. Aber das wird nicht vorkommen. Eher vergisst du die Hälfte …«
Gina lächelte. »Mehr als die Hälfte, nämlich all die schönen Zeiten in unserem Leben, aber schließlich wollen wir nicht bis zum Abend bleiben.«
»Und dein Freund muss nicht alles wissen.«
»Nein, muss er nicht.«
Gina entnahm ihrer Tasche ein Foto und zeigte es Hipp. »So hat meine Mutter vor zweiunddreißig Jahren ausgesehen. Eine Schönheit, finden Sie nicht?«
»Aber nicht doch«, genierte sich die alte Dame.
»Doch«, bestätigte Hipp, »Gina hat recht. Sie sehen auf diesem Bild hinreißend aus.«
»Kennen Sie den Film *Pane, amore e gelosia*?«
»Mit Gina Lollobrigida?«
»Richtig. Ich finde, meine Mutter sah der Lollobrigida damals ausgesprochen ähnlich. Jedenfalls war sie unglaublich attraktiv. Das hat wohl auch mein Vater gefunden.«
»Er hat auch nicht schlecht ausgesehen«, sagte Rosa Zazzari, »un bel giovane.«

»Mein Vater, Hubertus Rettenstein, war im Auftrag eines deutschen Handelsunternehmens nach Bologna gekommen, hatte dort einige Monate gelebt und sich mit meiner Mutter angefreundet, die damals als Verkäuferin in einer Salumeria gearbeitet hatte. Als er wieder zurück nach Deutschland ging, hat er ihr zum Abschied einen Blumenstrauß geschenkt.«

»Sì, rose e tulipani.«

»Das war's. Kein besonders herzlicher Abschied. Als meine Mutter wenig später merkte, dass sie schwanger war, hat sie ihm Briefe und Telegramme geschrieben, hat versucht ihn telefonisch zu erreichen. Vergeblich.«

Rosa Zazzari nickte. »Nessun risposta.«

»Mittlerweile war meine Mutter im achten Monat. Sie hatte ihren Job verloren, wurde von ihrer Familie geächtet …«

»Puttana«, flüsterte die Alte.

»Ja, als Hure haben sie meine Mutter bezeichnet. Sie konnte die Miete ihrer kleinen Wohnung nicht mehr zahlen. In ihrer Verzweiflung hat sie sich einen Anwalt genommen. Dem gelang es schließlich, mit meinem Vater in Kontakt zu kommen und ihn unter Druck zu setzen. Ich war bereits einige Wochen auf der Welt, als Hubertus Rettenstein nach Bologna reiste, meine Mutter besuchte, mich kurz auf den Arm nahm …«

»Soltanto per un attimo. Er hat dich nicht einmal gestreichelt.«

»… und ein Dokument unterschrieb, in dem er die Vaterschaft anerkannte und sich verpflichtete, bis zum einundzwanzigsten Lebensjahr Alimente zu zahlen. Er hat einen Scheck ausgestellt – und zum Abschied erneut einen Blumenstrauß dagelassen.«

»Rose e tulipani.«

»Ciao. Das war's gewesen. Meine Mutter sollte Hubertus niemals wiedersehen.«

»Ich habe dich Gina genannt, nach der Lollo.«
Gina lachte. »Aber leider sehe ich ihr überhaupt nicht ähnlich. Immerhin trafen die monatlichen Zahlungen pünktlich ein. Ich bekam den Nachnamen Zazzari und wuchs in Bologna auf. Meine Mutter heiratete später Alberto, der eine kleine Kfz-Werkstätte besaß, in der ich nach der Schule gerne an den Autos herumschraubte.«
Hipp schmunzelte. »Deshalb der Trick mit dem Anlasser.«
»Genau«, erwiderte Gina lächelnd, »mit Motoren kenne ich mich aus. Dafür kann ich nicht stricken. An meinem einundzwanzigsten Geburtstag erfuhr ich, dass mein Vater nicht, wie es immer geheißen hatte, ertrunken war …«
»Gina, das war zu deinem Besten.«
»… sondern in Wahrheit einen deutschen Pass hatte und Hubertus G. Rettenstein hieß. Komischerweise hat es mir nichts ausgemacht. Mir war es egal, dass er noch lebte. Ich genoss meine Zeit als junge Frau, hatte einige Liebschaften …«
»Sandro!«
Gina wurde rot. »Mamma, wir wollten doch nicht alles erzählen.«
»Scusa!«
»Ich fand eine Anstellung in einer Käsefabrik, wo ich bis heute arbeite. Sie ist ganz in der Nähe von Bologna. So konnte ich weiter in der Stadt wohnen.«
»Gina hat ihr eigenes Leben geführt, aber sie hat mich oft besucht. Brava ragazza.«
»Alles hätte so weitergehen können. Aber dann hat Alberto vor zwei Jahren mit seiner Werkstatt Pleite gemacht. Wenig später wurde er von einem Lastwagen überfahren, als er von seiner Lieblingsbar nach Hause gehen wollte.«
»Era ubriaco.«

»Ja, er war betrunken. In seiner Situation kein Wunder. Meine Mutter musste wieder anfangen zu arbeiten, sie bekam auch einen Job …»

»Al mercato centrale.«

»… wurde aber kurz darauf krank. Die Ärzte diagnostizierten Bauchspeicheldrüsenkrebs. Der Tumor ist inoperabel. Meine Mutter, die eine miserable Krankenversicherung hat, bekam Bestrahlungen und Chemotherapie.«

Rosa Zazzari fuhr sich mit einer Hand zitternd über den Kopf. »Deshalb meine Haare. Sie verstehen?«

»Weiterführende Behandlungen mit modernen Medikamenten, die ihr Leiden hätten lindern und den Krankheitsverlauf verzögern können, wurden von der Versicherung nicht übernommen. Die Präparate waren viel zu teuer, um sie selbst zu bezahlen. Im Krankenhaus hat man sie nicht behalten. Ich habe meine Mutter zu Hause gepflegt, so gut es ging. Vor und nach der Arbeit.«

»Grazie, Gina, di tutto!«

»Ich erinnere mich noch wie heute an jenen Augenblick, als ich in einer Zeitschrift für Feinschmecker plötzlich auf einen mehrseitigen Artikel über Hubertus G. Rettenstein gestoßen war. Das also war mein Vater, wie er heute lebte. Mit vielen Fotos wurde sein Sinn für die feinen Dinge des Lebens dokumentiert. Mein Vater mit dem Weinglas in der Hand, im Korbsessel auf der Terrasse seiner Villa, eine Zigarre zwischen den Lippen, an die Kühlerhaube seines Mercedes gelehnt, in seinem Weinkeller, beim Trüffelessen … Mir war fast schlecht geworden. Mein Vater lebte in Saus und Braus, während es meiner Mutter schlecht ging und wir kein Geld für die Behandlung hatten. Mein Vater philosophierte über die Tannine im Barolo, während meine Mutter nicht wusste, wovon sie ihre Miete bezahlen sollte. Mein Vater trank jeden Morgen ein Glas Champagner, während meine Mutter Schmerztabletten in Wasser auflöste. Mein Vater spielte eine Runde Golf, während meine Mutter kaum mehr den Weg ins Badezimmer schaffte …«

»Gina, per favore, basta così«, bat Rosa Zazzari ihre Tochter um Einhalt.

Gina hob das alte Bild ihrer Mutter in die Höhe. »So hat meine Mutter mal ausgesehen. Wo bleibt da die Gerechtigkeit?«

»La vita non è giusta!«

»Von einer Sekunde auf die andere hatte ich einen Entschluss gefasst. Ich bin mit dem nächsten Zug ins Piemont gefahren, habe meinen Vater aufgesucht, ihm meine Geburtsurkunde auf den Tisch geknallt, vom Schicksal meiner Mutter erzählt und um Hilfe gebeten.«

»Era sbagliato! Du hättest das nicht tun sollen.«

»Doch, natürlich, warum nicht! Zunächst habe ich sogar so etwas wie Zuneigung empfunden. Immerhin war das mein Vater. Aber diese Gefühle sind sehr schnell ins Gegenteil umgeschlagen, denn kalt lächelnd hat er mir erklärt, dass das alles lang zurückliege, dass er dafür bezahlt habe, dass es ihm um Rosa leid tue – er aber nichts für meine Mutter tun könne. Er lehnte es ab, sich Fotos von ihr anzusehen. Er wollte nicht wissen, wie wir lebten, was ich machte. Kurzum, er wollte mich möglichst schnell wieder loswerden. Als er mir zum Abschied die Kosten für die Zugfahrt ersetzen und Geld für einen Blumenstrauß für meine Mutter geben wollte, da hätte ich ihn erwürgen können.«

»Gina, du versündigst dich.«

Sie nahm erneut die Hände ihrer Mutter. »Aber Mamma, ich hab's nicht getan.«

»Man darf so etwas nicht einmal denken«, sagte Rosa Zazzari mit zwar schwacher, aber erregter Stimme. »È un peccato!«

Hipp, der bis jetzt geschwiegen hatte, versuchte zu vermitteln. »Eine Sünde? Nein, Signora, da muss ich Ihre Tochter in Schutz nehmen. In einer solchen Situation ist es absolut natürlich, so etwas zu denken. Aber es befreit von der Sünde, wenn es einem gelingt, sich zu beherrschen und die Aggression zu kontrollieren.«

Rosa Zazzari nickte nachdenklich. »Das haben Sie schön gesagt. Sind Sie Pfarrer?«

Hipp lächelte. »Nein, Signora, bin ich nicht. Aber ich kenne ein wenig die Menschen und ihre seelischen Abgründe.«

»Die Geschichte ist noch nicht zu Ende. Darf ich weitererzählen?«, fragte Gina.

»Natürlich, mein Kind, erzähl weiter.«

»Die folgenden Wochen habe ich wie einen schlimmen Traum in Erinnerung. Meiner Mutter ging es gesundheitlich schlechter. Ich musste immer an das kalte Lächeln meines Vaters denken. Und daran, dass er ihr hätte helfen können. Dann die kurze Nachricht in der *Gazzetta di Bologna* von seinem plötzlichen Tod. Anfang letzter Woche schließlich der Anruf, der alles verändern sollte. Ein Avvocato aus Alba war am Telefon, der mich aufforderte, in seine Kanzlei zu kommen. Er müsse den Nachlass des Verstorbenen regeln, und da es kein Testament gebe, außerdem keine direkten Verwandten, sehe es ganz so aus, als ob ich die alleinige Erbin wäre. Mit allem hatte ich gerechnet, aber nicht damit. Der Avvocato forderte mich außerdem auf, an der Beerdigung teilzunehmen. Ich war unschlüssig, sprach mit meiner Mutter …«

»Ich habe ihr gesagt, sie solle hinfahren und ihrem Vater trotz allem die letzte Ehre erweisen.«

»Das habe ich gemacht. Es ist mir nicht leichtgefallen. Die Menschen, von denen ich niemanden kannte, haben an seinem

Grab geweint und sich umarmt. Nur ich, seine Tochter, konnte keine Trauer empfinden.«

Rosa Zazzari schüttelte missbilligend den Kopf. »Aber wir sollten ihm dankbar sein. Immerhin verdanken wir ihm, dass ich die letzte Zeit meines Lebens in diesem wunderschönen Heim verbringen darf.«

»Aber nicht, weil er es so wollte …«

»Mein Kind, vielleicht gibt es so etwas wie eine ausgleichende Gerechtigkeit im Leben.«

Gina lächelte. »Sieht ganz so aus. Die Erbschaft ist noch nicht rechtskräftig, aber vom Avvocato Romagnosi habe ich auf mein Drängen vorab einen großen Scheck erhalten. Ein Kredit, mit meiner Erbschaft als Sicherheit. Mit diesem Geld habe ich meiner Mutter den Platz im Pflegeheim besorgt. Ab jetzt wird es ihr an nichts mehr fehlen. Die besten Ärzte kümmern sich um sie. Sie bekommt Medikamente aus Amerika …«

»Mir geht es besser.«

»Ja, Mamma, das macht mich glücklich.«

»Aber jetzt bin ich müde.«

Gina stand auf, beugte sich über ihre Mutter, küsste sie und streichelte ihr über die Stirn. Hipp verabschiedete sich, indem er der alten Dame zuwinkte. Dann verließen sie das Zimmer.

Das Heim hatte eine große Terrasse, auf der einige Patienten in Rollstühlen, mit Decken über den Beinen, die Herbstsonne genossen. Gina und Hipp setzten sich auf eine Bank.

»Jetzt hat es sich also doch noch ausgezahlt«, sagte sie, »dass meine Mutter vor zweiunddreißig Jahren ein unbedachtes Verhältnis hatte.«

Hipp lächelte. »Kommt hinzu, dass Sie ohne diese Beziehung überhaupt nicht am Leben wären.«

»Ja, das ist wohl so«, sagte Gina ebenfalls lächelnd. Und nach einer Pause: »Gestern Abend, da haben Sie gesagt, Sie würden keine Beweise brauchen, um an meine Unschuld zu glauben, Sie müssten mich nur verstehen und mir vertrauen. Jetzt, da Sie alles wissen und meine Mutter kennengelernt haben, verstehen Sie mich? Werden Sie mir helfen?«

Statt zu antworten, sah er sie schweigend an. Gina fing an, nervös auf der Bank hin und her zu rutschen.

»Ich danke Ihnen, dass Sie mich zu Ihrer Mutter mitgenommen haben«, begann er schließlich. »Ich wünsche ihr von Herzen alles Gute. Vielleicht helfen die neuen Medikamente. Ja, Gina, ich verstehe Sie. Auch dass Sie Ihren Vater gehasst haben, kann ich gut nachvollziehen. Aber im Grunde sind wir nicht sehr viel weiter. Sie sind mir einige Erklärungen schuldig.«

»Okay, bringen wir es hinter uns.«

»Eigentlich hat der Besuch bei Ihrer Mutter nur bekräftigt, dass Sie ein Motiv hatten, Ihren Vater umzubringen.«

»Aber ich konnte doch nicht wissen, dass es kein Testament gab und dass ich ihn beerben würde.«

»Nein, das konnten Sie nicht wissen. Deshalb haben Sie ihm ja auch diese Drohbriefe zukommen lassen und versucht ihn zu erpressen. Die Briefe, die ich Ihnen gestern Abend gezeigt habe, sie sind doch von Ihnen?«, fragte er.

Gina nickte. »Ja, die Briefe stammen von mir«, gab sie ohne Zögern zu. »Ich wollte, dass er zahlt. Wir haben das Geld gebraucht. Jetzt wissen Sie, warum und wofür. Nicht, um mich zu bereichern, nein, wirklich nicht. Mir bedeutet Geld nicht viel.«

»Die Briefe sind ziemlich bizarr formuliert.«

»Das stimmt, ich wollte ihm Angst einjagen. Er sollte denken, sie stammen von einem Verrückten.«

»Haben Sie wirklich geglaubt, er würde zahlen?«
»Keine Ahnung. Gehofft habe ich es.«
»Man hat Sie vor seinem Tod mehrfach in der Nähe seiner Villa gesehen?«
Gina zuckte mit den Schultern. »Kann schon sein. Ich habe ihn beobachtet, ihm den letzten Brief mit einem Parmesanmesser in seinen pompösen Schreibtisch gerammt ...«
»Wie sind Sie ins Haus gekommen?«
»Bei meinem ersten Besuch, als er mich so kaltherzig abserviert hat, da habe ich spontan den Schlüssel mitgenommen, der neben der Haustür an einem Haken hing.«
»Das erklärt immerhin, wie Sie in den Weinkeller gelangt sind.«
»Ich habe nur eine Flasche mitgenommen und mit einer Injektionsnadel am Korken vorbei das Gift in die Flasche gespritzt. Diese Flasche habe ich ihm dann zum Drohbrief auf den Tisch gestellt.«
»Sie haben keine weiteren Flaschen präpariert?«
»Nein, natürlich nicht.«
»Und dann?«
»Das war's. Kurz darauf war er tot.«
»Sie haben ihm nicht erneut einen Besuch abgestattet«, ging Hipp brutal in die Offensive, »ihm eine abgebrochene Flasche Wein in den Hals gerammt, seine Leiche in den Weinkeller geschleift und das Regal auf ihn gestürzt?«
Gina begann zu weinen. »Müssen Sie mich so quälen?«, schluchzte sie. »Glauben Sie, das ist alles so einfach für mich?«
»Nur noch diese eine Antwort«, insistierte Hipp.
»Nein, ich hab ihn nicht umgebracht«, schrie sie so laut, dass die alten Leute in ihren Rollstühlen entsetzt zu ihnen herübersahen.

Hipp nahm Gina in den Arm. Er spürte, wie sie zitterte. »Ist ja gut. Beruhigen Sie sich.«
»Glauben Sie mir?«, flüsterte sie.
Hipp nickte. »Ja, ich glaube Ihnen. Und ich werde Ihnen helfen. Aber ich fürchte, es wird nicht leicht.«

39

Was halten Sie eigentlich von unseren Haselnüssen?«, eröffnete Maresciallo Viberti das Gespräch, nachdem Ugo Zorzi pünktlich um vierzehn Uhr vor seinem Schreibtisch Platz genommen hatte.
»Von unseren Haselnüssen?«, wiederholte Zorzi sichtlich verwirrt die Frage.
»Sì, das würde mich interessieren. Ich finde, unsere Haselnüsse aus der Alta Langa sind an Qualität nicht zu übertreffen. Aber das ist meine subjektive Meinung. Als Mitinhaber einer Vertriebsfirma für Delikatessen können Sie das natürlich sehr viel besser beurteilen. Ich habe gesehen, Sie haben Pralinen im Angebot, auch Torrone.«
»Nun, ich bin kein Experte für Haselnüsse …«
»Wie schade. Tonda e gentile, so heißt die Haselnussart aus den Hügeln der Langhe*, das sollten Sie sich merken«, dozierte Viberti.
»Tonda e gentile«, wiederholte Zorzi mit ärgerlichem Unterton. »Aber Sie haben mich doch nicht hierherbestellt«, fuhr er fort, »um mit mir über Haselnüsse zu reden?«
»Nein, schon eher über Barolo, aber dazu später. Zunächst mal möchte ich mich entschuldigen.«
»Wofür? Dass Sie auf diesem Termin bestanden haben?«

»Perchè? Natürlich nicht. Der Termin hat schon seine Richtigkeit, wie Sie noch feststellen werden. Nein, sondern dafür, dass ich Sie gerade als Mitinhaber Ihrer Firma bezeichnet habe. Das war eine unbedachte Formulierung. Nach dem Tod Ihrer beiden Partner sind Sie ja quasi der alleinige Inhaber.«

»Darüber habe ich noch gar nicht nachgedacht. Der alleinige Inhaber? Per così dire, ja, sozusagen.«

»Darüber haben Sie noch nicht nachgedacht? Wenn ich mir sicher wäre, dass das stimmt, könnten wir unser Gespräch beenden.«

»Also dann«, sagte Zorzi und machte Anstalten aufzustehen.

»Bleiben Sie sitzen«, sagte Viberti. »Ich bin mir nämlich nicht sicher. Ganz im Gegenteil. Es könnte doch gut sein, dass Sie schon seit langem mit diesem Gedanken spielen. Wäre doch möglich, oder?«

»Was wollen Sie damit andeuten?«, brauste Zorzi auf.

»Dass die theoretische Möglichkeit besteht, dass Sie den Tod Ihrer beiden Partner vorsätzlich herbeigeführt haben.«

»Sind Sie verrückt …«

Viberti hob die Hand. »Attenzione! Sie sprechen mit einem Maresciallo der Carabinieri.«

»Sie können mir doch nicht ernsthaft unterstellen …«

»Doch, kann ich. Bis zum Beweis des Gegenteils darf ich alles unterstellen. Das ist einer der besonderen Vorzüge meiner Position. Und während Sie jetzt in aller Ruhe über Ihr Alibi nachdenken, werde ich ein Telefonat führen. Da fällt mir ein, noch sind Sie ja nicht der alleinige Inhaber Ihrer Firma. Wie Sie wissen, gibt es Erben.«

»Sie sagen es. Warum also sollte ich meine Partner umbringen?«

»Der Gründe gibt es viele, mein lieber Signor Zorzi. Deshalb wäre es ein Vorteil, wenn Sie ein hieb- und stichfestes Alibi

hätten. Sagte ich *ein* Alibi? Nein, natürlich zwei. Jeweils eines für den Mord an Rettenstein und für den Mord an Steinknecht. Bitte lassen Sie mich kurz telefonieren.«
»Darf ich sitzen bleiben?«
Viberti lächelte. »Ich möchte Sie sogar ausdrücklich darum bitten.«

Kurz darauf hatte er Elio Romagnosi in der Leitung. Ob er sich nun den Namen notieren dürfe, fragte er. Vor einer Stunde hatte er dem Avvocato kräftig zugesetzt, hatte darauf hingewiesen, dass sich der Anwalt strafbar mache, wenn er den Namen von Rettensteins Tochter nicht preisgebe. Immerhin sei die Person dringend tatverdächtig. Seine Zulassung als Anwalt stehe auf dem Spiel, die Carabinieri hätten Mittel und Wege ... Etwas Bedenkzeit hatte sich Romagnosi ausbedungen. Viberti fand, dass sechzig Minuten genug waren.
»Sie haben den Namen nicht von mir«, stellte Romagnosi klar.
»Von wem sonst?«, fragte Viberti.
»Sie machen es mir nicht leicht.«
»Davon ist in den Statuten der Carabinieri nichts zu finden, ich meine, dass wir dafür bezahlt werden, es anderen Menschen leicht zu machen. Lassen Sie mich noch anmerken: schlecht bezahlt werden!«
»Also gut, Gina Zazzari, wohnhaft in Bologna.«
»Warum nicht gleich, Avvocato, tante grazie! Sie hätten nicht zufällig noch die Adresse?«
Während sich Viberti Straße und Hausnummer notierte, beobachtete er Zorzi, der nervös auf seinem Stuhl hin und her rutschte. Viberti beendete das Gespräch.
»Un attimo«, entschuldigte er sich bei Zorzi, »ich bin gleich wieder da.» Er ging mit dem Zettel hinaus und schloss die Tür.

Zorzi stand auf und lief im Zimmer auf und ab. Er nahm sein Telefonino zur Hand, zögerte und steckte es wieder ein.

Als Viberti nach einigen Minuten zurückkam, saß Zorzi wieder auf dem Besucherstuhl. Betont lässig ein Bein über das andere geschlagen, hatte er sich offenbar vorgenommen, ab jetzt ein souveräneres Bild abzugeben.
»Der Anteil sollte mindestens fünfzig Prozent betragen«, setzte Viberti ihr unterbrochenes Gespräch fort.
Zorzi legte die Stirn in Falten. »Sie meinen, dass die Gesellschafteranteile mindestens …«
»Nein, keine Gesellschafteranteile, ich spreche vom Anteil der gerösteten Haselnüsse in einer wirklich guten Torrone*. Darauf müssen Sie achten. Wie ich schon sagte, es müssen Haselnüsse der Sorte Tonda e gentile sein, und ihr Anteil muss mindestens fünfzig Prozent betragen, dazu Honig, Zucker und Eiweiß. Ich hätte da ein wirklich gutes Rezept. Aber ich schweife ab, verzeihen Sie. Wo waren Sie, als Rettenstein umgebracht wurde?«
»Ist denn das überhaupt sicher, also, dass mein Freund und Partner Rettenstein wirklich umgebracht wurde und nicht wie ursprünglich angenommen bei einem Unfall sein Leben verloren hat?«
»Davon sollten Sie ausgehen. Also?«
»Ich war an diesem Abend im Büro und habe an unserem neuen Verkaufsprospekt gearbeitet, alleine.«
Viberti schüttelte missbilligend den Kopf. »Dass dies kein Alibi ist, das ist Ihnen doch auch klar. Übrigens, woher wissen Sie, dass Rettenstein am Abend umgebracht wurde, nicht in der Nacht oder am Morgen?«
»Stand das so nicht in der Zeitung?«

»Kann sein. Aber ich persönlich glaube schon lange nicht mehr, was ich in der Zeitung lese. Was haben Sie nach dem Büro getan? Sind Sie nach Hause zu Ihrer Frau gefahren?«

Zorzi sah auf seine Fingernägel und zupfte verlegen am Hemdärmel. »Nein, bin ich nicht. Aber ich könnte Ihnen unter dem Siegel der Verschwiegenheit den Namen meiner Freundin geben, bei der ich …«

»Sie haben eine Freundin? Sie Glückspilz! Ist sie schön?«

»Natürlich ist sie das, aber das dürfte für Ihre Ermittlungen kaum relevant sein.«

»Warum nicht? Wenn Sie eine schöne Freundin haben, con molto erotismo, dann ist es für mich glaubhaft, dass Sie die Nacht bei ihr verbracht haben. Jedenfalls sehr viel wahrscheinlicher, als wenn sie hässlich wäre.«

»Sie ist sogar wunderschön!«

»Noch besser. Sie haben nichts dagegen, wenn ich Ihr Alibi persönlich in Augenschein nehme?«

»Ich verstehe nicht …«

»Ein Scherz, mein Lieber. Das machen meine Kollegen in der Emilia-Romagna. Kommen wir zum zweiten Alibi. Wo waren Sie vorgestern Nacht?«

»Wir haben zusammen gegessen.«

»Sie und Ihre Freundin?«

»Nein, ich war mit Amedèo Steinknecht beim Abendessen.«

»Ich vermute, das war vor seinem Tod«, sagte Viberti mit ernster Miene, »ist also zeitlich etwas zu früh gegriffen. Sie hatten auf der Heimfahrt einen Unfall?«

»Nicht direkt. Einen Motorschaden, danach einen Defekt in der Radaufhängung. Dafür gibt es übrigens viele Zeugen, die Polizei, der Abschleppdienst, meine Ferrari-Werkstätte.«

»Ich weiß. Wie gesagt, meine Kollegen in Parma und ich, wir

arbeiten eng zusammen. Aber was haben Sie später in dieser Nacht gemacht?«

»Ich bin mit einem Leihwagen zunächst ins Büro gefahren, um die Fahrzeugpapiere und Versicherungsunterlagen zu holen.«

»Und dann?«

»Dann bin ich nach Hause und habe mich ins Bett gelegt.«

»Ihre Frau kann das bezeugen?«

»Aber sicher kann sie das.«

Viberti nickte. »Ein Alibi durch die Ehefrau hält zwar gelegentlich einer genaueren Überprüfung nicht stand, aber wir wollen in Ihrem Fall mal das Beste annehmen.«

»Vielen Dank. Kann ich jetzt gehen?«

»Noch nicht. Erstens möchte ich zu bedenken geben, dass es auch bei Mord die Möglichkeit der Delegation gibt. Sie könnten, rein hypothetisch, die unappetitliche Arbeit bei jemandem in Auftrag gegeben haben.«

»Maresciallo, ich verbitte mir solche Unterstellungen!«

Viberti zuckte gelangweilt mit den Schultern. »Zweitens vermute ich, dass Sie sich bei Barolo-Weinen besser auskennen als bei Haselnüssen?«

»Doch, schon«, antwortete Zorzi vorsichtig.

»Mich beschäftigt die Frage, warum eine Flasche Barolo in der Tiefkühltruhe bei Steinknechts Leichnam gelegen hat.«

»Sie haben das schon in Ihrem Telefonat angedeutet. Auch ich habe darüber nachgedacht. Vielleicht hatte er sie in der Hand, um sich zu wehren?«, spekulierte Zorzi.

»Eine gute Theorie. Er hätte mit der Flasche zuschlagen können. Um den Barolo wäre es nicht schade gewesen.«

»Wenn man um sein Leben kämpft …«

»Ist keine Flasche zu schade, natürlich nicht. Aber um diesen Barolo schon gleich gar nicht.«

»Der Meinung bin ich nicht. Ich habe den Barolo mit Amedèo vor einigen Tagen verkostet. Er ist von ausgezeichneter Qualität. Ein verführerischer Duft mit feinen Gewürz- und Schokoladenaromen …«

»Ein guter Freund von mir hat ihn probiert«, wurde er von Viberti unterbrochen.

»Und? War er zufrieden, Ihr Freund?«

»Darf ich ehrlich sein? Nein, er war überhaupt nicht zufrieden.«

»Vermutlich ist Ihr Freund sehr anspruchsvoll.«

Viberti schmunzelte. »Ja, da haben Sie recht, er ist sehr anspruchsvoll. Aber das spielt in diesem Zusammenhang keine Rolle. Vor allem ist mein Freund ein exzellenter Weinkenner, deshalb glaube ich ihm.«

»Dass der Wein nicht seinen Vorstellungen entsprochen hat?«

»Ganz genau. Er hat nicht seinen Vorstellungen von einem Barolo aus La Morra entsprochen. Mehr noch, er ist sich sicher, dass der Wein gefälscht ist!«

Zorzi sah den Maresciallo entsetzt an. »Gefälscht? Sie meinen, in den Flaschen wäre nicht der Wein, der auf dem Etikett steht?«

»Giusto, besser hätte ich es nicht formulieren können. Wie erklären Sie sich das?«

»Ihr Freund hat sich getäuscht.«

»Eine Flasche aus Ihrem Lager wird gerade einer labortechnischen Analyse unterzogen. Gehen Sie mal einfach davon aus, dass sich der Verdacht bestätigt.«

»Das fällt mir schwer. Aber wenn sich der Verdacht bestätigt, wären wir von einem Zulieferer betrogen worden.«

»Also Ihre Firma wäre Opfer, nicht Täter?«

»Wo denken Sie hin? Natürlich.«

Viberti wischte einige Krumen von seinem Schreibtisch. »Ich müsste allerdings auch die Erwägung in Betracht ziehen, dass Sie selbst, respektive Ihre Firma Delita, den Wein gefälscht haben. Entweder mit beiderseitigem Wissen in der Geschäftsführung, oder Sie beziehungsweise der verstorbene Steinknecht haben in eigener Verantwortung und ohne Kenntnisnahme des jeweiligen Partners gehandelt. Verstehen Sie, was ich meine? Oder habe ich mich zu kompliziert ausgedrückt?«

»Ich bin nicht begriffsstutzig, natürlich verstehe ich, was Sie meinen. Nehmen Sie zu Protokoll, dass ich von diesem Verdacht soeben zum ersten Mal gehört habe, also weder direkt noch indirekt …«

»Ich muss Sie enttäuschen, ich führe kein Protokoll.« Viberti blickte auf die Uhr. »Wie Sie wissen, habe ich für diesen Termin mein Mittagessen geopfert. Aber wenigstens ein kleines Dessert möchte ich mir noch gönnen. Die Haselnüsse haben mich inspiriert. Kennen Sie Brut e Bon? Nein, natürlich nicht. Das sind Plätzchen aus Eiweiß, mit gerösteten, klein gehackten Haselnüssen und Puderzucker.« Viberti schmatzte genussvoll. »Aus diesem Grund möchte ich schnellstmöglich zu einem Ende kommen. Ich halte also fest, dass Sie von dem mutmaßlich gefälschten Wein nichts wussten …«

»Ganz genau!«

»Dass also womöglich Steinknecht auf eigene Rechnung gehandelt hat. Dass Sie ihm auf die Schliche gekommen sind und er im Streit den Kürzeren gezogen hat.« Mit einer energischen Handbewegung verbot Viberti seinem Gegenüber das Wort. »Nein, sparen Sie sich Ihren Kommentar. Umgekehrt könnten Sie selbst die Fälschung bewerkstelligt haben, Steinknecht ist Ihnen auf die Schliche gekommen, und im Streit hat er – na ja, erneut den Kürzeren gezogen. Alternativ könnten Sie gemeinsam von Zulieferern betrogen worden sein, Steinknecht hat den Schwindel entdeckt, und im Streit mit selbigen … Na, Sie wissen schon.«

Zorzi nickte heftig. »Ja, so wird es gewesen sein.«

»Habe ich mir gedacht, dass Ihnen diese Variante am besten gefällt. Ich hätte noch eine anzubieten. Machen Sie eigentlich Geschäfte mit Russen?«

Zorzi schluckte. »Mit Russland? Natürlich.«

»Vielleicht haben Sie den gefälschten Barolo nach Moskau geliefert. Ihre Kunden haben entdeckt, dass sie betrogen wurden. Die Russen haben Steinknecht aufgesucht und zur Rechenschaft gezogen. Und weil sie Verständnisprobleme hatten, haben die Russen ihren Partner in den sibirischen Winter verbannt. Im übertragenen Sinne. Ich denke, in Sibirien kann es mindestens so kalt werden wie in einer Tiefkühltruhe.«

Zorzi sah Viberti wortlos an. Er schien damit beschäftigt, diese neue Theorie zu überdenken.

»Sollte sich der Verdacht bestätigen, dass der Wein gefälscht ist«, fuhr der Maresciallo fort, »werden wir umgehend per richterlicher Verfügung Ihre Lieferlisten einsehen und die Spur des Barolo aufnehmen.«

»Sie bekommen von mir jede Unterstützung«, versicherte Zorzi.

»Sehr schön. Wie sagten Sie? Ein verführerischer Duft mit feinen Gewürz- und Schokoladenaromen …«

»Der Barolo? Ja, und Anklänge von Lakritz und Waldbeeren.«

Viberti nickte zufrieden. »Ich denke, dass ich mir zu den Haselnussplätzchen ein Glas Barolo gönnen werde. Aber nur ein kleines, sonst werde ich schläfrig.« Der Maresciallo stand auf. »Signor Zorzi, ich danke Ihnen für Ihren Besuch. Ich hoffe, dass sich im Zuge unserer Ermittlungen Ihre Unschuld erweisen wird.

Kommen Sie gut nach Hause, fahren Sie vorsichtig, und achten Sie auf die Geschwindigkeitsbegrenzung!«

40

Es war frühmorgens, der Nebel hing tief im Tal. Carlo rollte langsam über eine kleine Brücke. Links ging ein Weg in den Wald. Er steuerte an den Straßenrand und hielt an, um sich zu orientieren. Im Rückspiegel sah er, wie Profumo die angelaufene Heckscheibe seines Autos abschleckte. Er musste grinsen, steckte sich eine Zigarette an, legte den Gang ein und fuhr vorsichtig weiter. Nein, das war nicht die richtige Stelle gewesen, vielleicht noch hundert Meter? Zu Hause, rund um Alba und oben in den Hügeln von Neive, da kannte er sich aus. Selbst im dichtesten Nebel würde er sich fast blind zurechtfinden, der kleinste Feldweg, jeder Baum war ihm vertraut. Aber hier, in der Region von Asti, da kam er sich vor wie ein Fremder. Die kleine Mauer aus Feldsteinen? Noch eine Kurve. Das musste er sein, der Forstweg, der in den Wald führte, wo sein Schwager Ildefonso erschossen wurde. Carlo machte die Scheinwerfer aus, bog nach links ab und tastete sich in Schrittgeschwindigkeit voran. Hinter einem Stapel mit geschlagenen Baumstämmen fuhr er einige Meter in die Wiese, ganz vorsichtig, aus Angst vor einem Graben. Er stellte den Motor aus und zog an seiner Zigarette. Wieder beobachtete er im Rückspiegel den Hund. Ob er ahnte, wo sie sich befanden?

Carlo stieg aus, öffnete die Heckklappe und ließ Profumo ins Freie. Der Lagotto schüttelte sich, lief zum Stapel mit den Baumstämmen und hob ein Bein. Carlo schnippte die Zigarette in die Wiese. Er nahm seinen Stock aus dem Auto und steckte die Hacke in den Gürtel.

»Andiamo!«, sagte er zu Profumo und ging voraus.
Ein Gutes hatte der Nebel, die Feuchtigkeit ließ den Duft aus dem Waldboden steigen. Es roch modrig, nach Moos und feuchtem Holz. Einem Hund wie Profumo würde bald noch etwas ganz anderes in die Nase steigen – nämlich die unvergleichlichen Aromen von weißen Trüffeln.

41

Auf dem Weg zurück, vorbei an der Madonna di San Luca, vom Colle della Guardia durch den Arkadengang hinunter zur Porta Saragozza, wechselten Gina und Hipp nur wenige Worte. Natürlich hätte man zum Pflegeheim auch mit der Vespa oder mit dem Auto fahren können, sagte sie, aber zu Fuß sei es wie ein Bittgang. An einer kleinen Piazza machten sie Halt, um sich in einem Caffè mit frisch ausgepresstem Spremuta d'arancia zu erfrischen. Außerdem bestellten sie Tramezzini. Ob sie noch wisse, fragte er, was sie in der Nacht gemacht habe, als ihr Vater ermordet worden sei. Nein, danach habe sie schon der Avvocato gefragt. Sie führe nun mal weder ein Tagebuch noch einen Terminkalender. Zwei Tage vorher, überlegte Gina laut, müsse sie wegen des Drohbriefes und der vergifteten Weinflasche in Alba gewesen sein. Dann sei sie in der Nacht mit ihrer Vespa zurück nach Bologna gefahren. Aber was sie an den nächsten Abenden gemacht habe, daran könne sie sich beim besten Willen nicht erinnern.
Ob sie sich vielleicht mit jemandem zum Essen getroffen habe, zum Sport, fürs Kino? Gina fragte zurück, ob er denn immer wisse, wann er wo gewesen sei, zum Beispiel heute vor fünf Wochen abends um einundzwanzig Uhr?

Hipp musste nicht lange nachdenken. Mit Sabrina war er zusammen gewesen, in Montalcino, auf der Terrasse vom Boccon di Vino. Nein, log er, natürlich wisse er es nicht. Dass er für viele Dinge ein besonderes Gedächtnis hatte, war ihm bewusst. Aber das konnte Gina nicht ahnen.
Was wohl Sabrina davon halten würde, wenn sie ihn jetzt zusammen mit Gina sähe? Trotz ihrer losen Beziehung hatte Sabrina einen beunruhigenden Hang zur Eifersucht entwickelt.
Hipp sah Gina an, die nachdenklich mit einem Strohhalm im Orangensaft rührte. Ihm gefielen ihre Augen, die hohen Wangen, ihre Lippen. Dennoch, so konstatierte er, hätte Sabrina keinen Grund zur Eifersucht.
Hipps Blick fiel auf ihren Hals und folgte der Goldkette hinab in den Ausschnitt. Sie hatte den Reißverschluss ihres Pullis weit hinuntergezogen. Hipp lächelte leise. Vielleicht etwas zu weit. Obwohl, auch ihm war es nach dem Fußmarsch in dem Caffè ziemlich warm. Die Offenherzigkeit hatte also nichts zu bedeuten. Dass sie tief ein- und ausatmete, war auch verständlich, machte es aber nicht einfacher, den Blick zu lösen. Sollte Sabrina vielleicht doch Anlass zur Eifersucht haben?
Hipp sah auf Ginas Hände, die kräftig waren, aber schön proportioniert. Er konnte sich viel vorstellen. Dass ihn diese Hände berührten, liebkosten – aber auch dass sie ein Parmesanmesser in einen Schreibtisch rammten. Konnte er sich vorstellen, dass diese Hände einen Mord begangen hatten? Nein, das konnte er sich nicht vorstellen, nicht mehr. Zu sehr hatte ihn Ginas Geschichte überzeugt, war ihm ihre kranke Mutter ans Herz gegangen. Zu ehrlich und in der Erregung nachvollziehbar waren ihre Reaktionen auf seine Fragen gewesen. Alles passte zu ihrer Persönlichkeit, war in sich stimmig und ohne Brüche.

»Woran denken Sie gerade?«, fragte Gina.
»Dass es besser wäre, wenn Sie für die Tatzeit ein Alibi hätten«, antwortete er.
»Tatsächlich? Ich war mir da gerade nicht so sicher«, sagte sie lächelnd – und zog den Reißverschluss ihres Pullovers hoch.
»Ich habe nicht sehr konzentriert an Ihr Alibi gedacht, ich gebe es zu. Ich war abgelenkt.«
»Ist es jetzt besser?«, fragte Gina und zog den Reißverschluss noch einen Zentimeter weiter nach oben.
Hipp grinste. »Was meine Konzentrationsfähigkeit betrifft, ist es besser, ja.«
»Sie sollen nämlich nachdenken, wie Sie mir helfen können.«
»Wie ich schon sagte, das wird schwierig. Sie sind mehrfach am Tatort gesehen worden. Den Carabinieri liegt sogar Ihr Bild vor …«
»Wie das? Hat mich jemand am Haus fotografiert?«
Hipp zuckte mit den Schultern. »Sieht ganz so aus.«
Er dachte an das Foto, das er von Gina gestern Abend heimlich mit dem Handy gemacht und an Viberti gemailt hatte. Damit war er bei der Wahrheitsfindung womöglich etwas übereifrig gewesen. Blieb zu hoffen, dass sich Viberti schwertat, Romagnosi den Namen zu entlocken. Er selbst würde ihn sicherlich noch etwas hinhalten können. Die Zeit mussten sie nutzen, fragte sich nur, wie.
»Sie haben dem Mordopfer Drohbriefe geschrieben …«
»Weiß die Polizei davon?«
»Ja, aber sie haben sie nicht. Wie viele Briefe haben Sie eigentlich geschrieben?«
»Insgesamt drei«, antwortete Gina.
»Das ist einer zu viel. Ich habe nur die beiden, die ich Ihnen gezeigt habe. Sie sind mir anonym zugesteckt worden.«

»Von wem?«
»Ich sagte doch, anonym. Vielleicht vom Mörder, der sie im Haus gefunden hat und den Verdacht auf Sie lenken wollte? Den dritten Brief hält er vermutlich zurück, um ihn bei Bedarf zur Entlastung der Polizei vorlegen zu können.«
Gina nahm den Strohhalm, knickte ihn und machte einen Knoten rein. »Das klingt nicht gut«, sagte sie. »Ich fürchte, Sie haben recht, es wird nicht leicht, meine Unschuld zu beweisen. Aber ich konnte doch nicht ahnen, dass mein Vater wirklich umgebracht wird und dass ich durch diesen blödsinnigen Versuch, ihn zur Kasse zu bitten, in Mordverdacht geraten würde.«
»Wir haben nur wenige Möglichkeiten. Entweder gelingt es, den wahren Mörder zu finden, oder wir können Ihre Unschuld beweisen. Das wiederum geht nur mit einem wasserdichten Alibi.«
»Ich sagte doch, ich habe keine Ahnung, was ich gemacht habe. Ich bin doch kein Buchhalter, der jede Minute seines Lebens notiert. Ich habe keine festen Termine oder einen wöchentlichen Stammtisch. Und weil Sie diese Frage sowieso stellen würden: Nein, ich habe seit zwei Monaten auch keinen Freund, mit dem ich die Nacht verbracht haben könnte. So, nun wissen Sie auch das!«
Hipp nickte. »Ja, das hätte ich Sie gefragt.«
Er bestellte zwei Cappuccini. Sie wurden ihnen mit einer kleinen Schale Mandorle serviert, feinen Mandelplätzchen.
»Und jetzt?«, fragte sie.
»Da ich keinen wirklichen Verdacht habe, wer als Mörder Ihres Vaters in Frage kommen könnte, sollten wir uns allen Zweifeln zum Trotz auf Ihr Alibi konzentrieren. Wenn Sie einverstanden sind, setzen wir uns in Ihrer Wohnung zusammen und fangen in

aller Ruhe an, mit gestern beginnend das Rad der Zeit zurückzudrehen. Sie werden sehen, Sie können sich an sehr viel mehr erinnern, als Sie glauben. Wir rekonstruieren eine Art Tagebuch und konzentrieren uns dann immer mehr auf den Zeitpunkt der Tat. Sie schauen in Ihren Schubladen nach und in Ihrem Rucksack. Bestimmt finden sich irgendwelche Quittungen für Einkäufe oder einen Kinobesuch, ganz egal. Wir setzen das Mosaik zusammen. Wir stellen fest, wann Sie gearbeitet haben und wann Sie frei hatten. Wir gehen Ihre Freunde durch, mit denen Sie sich womöglich getroffen haben. Sie rufen sie an und fragen, wann das war. Vielleicht haben die es sich aufgeschrieben. Ich bin mir sicher, wir werden herausfinden, ob Sie nicht doch ein Alibi haben.«

»Und wenn ich an jenem Abend zu Hause alleine vor dem Fernseher gesessen habe?«

»Das wäre Pech. Also fangen wir damit an. Wir besorgen uns die Programmhefte der letzten Wochen, und Sie streichen die Sendungen und Filme an, an die Sie sich erinnern können. Ich hoffe, Sie sehen nicht allzu häufig fern?«

»Nein, eigentlich nicht. Nur ab und zu Spielfilme.»

»Sehr gut. An die werden Sie sich erinnern, wenn Sie durch das Programm blättern.«

»Und wenn gerade der fragliche Abend ein weißer Fleck bleibt?«

Hipp zögerte. »Dann müssen Sie mir vertrauen. Wenn wir uns über die Tage davor und danach im Klaren sein sollten, gibt es eine Methode, die ich zwar nicht sehr schätze, die ich aber in meinem früheren Leben einige Male mit Erfolg angewendet habe.«

»In Ihrem früheren Leben? Was ist das für eine Methode? Folter?«

Er lachte. »Schön, dass Sie sich Ihren Humor bewahrt haben. Nein, keine Folter, sondern eine Befragung unter Hypnose. Man kann an die bekannten Ereignisse anknüpfen und versuchen, sich Zugang zu den dunklen Bereichen der Erinnerung zu verschaffen. Oft findet man einen Faden, der einen weiterführt, der hilft, die Lücke zu schließen.«

»Hypnose? Mit so etwas haben Sie sich in Ihrem früheren Leben beschäftigt? Was war das für ein Leben?«

»Ich bin Psychologe und habe bei der Polizei in einer Sonderkommission zur Aufklärung von Gewalttaten gearbeitet. Aber das ist schon lange vorbei. Jetzt führe ich nur gelegentlich private Ermittlungen durch. Deshalb hatte mich ja auch Ihr Vater kontaktiert. Pikanterweise wegen der Drohbriefe, die Sie ihm geschickt hatten.« Hipp musste lächeln. »Wenn ich es recht bedenke, habe ich diesen Auftrag erledigt.«

»Sollte ich nicht im Gefängnis landen und das Geld von meinem Vater bekommen, dann kann ich Sie bezahlen«, sagte sie, »egal, wie hoch Ihre Forderungen sind.«

»Darüber sprechen wir, wenn alles vorbei ist.«

Gina sah Hipp in die Augen. »Ich möchte nicht, dass Sie mir unter Hypnose meine geheimsten Gedanken und Erinnerungen entlocken.«

»Ich sagte ja, dass Sie mir vertrauen müssen.«

»Selbst wenn ich es täte, ich lasse mich keinesfalls hypnotisieren!«

»Ich denke, wir werden auch so klarkommen. Ich bin optimistisch.«

»Das freut mich. Ich bin es nämlich nicht. Gehen wir?«

Zwanzig Minuten später hatten sie die Straße von Ginas Wohnung erreicht. Sie bogen um die Ecke – erfassten beide die Situation mit einem Blick, machten einige Schritte zurück und suchten Deckung hinter einer Hausmauer.

»Porca miseria«, flüsterte Gina.

Vor ihrer Wohnung standen zwei Streifenwagen der Carabinieri. Einige Gendarmen hatten vor der Eingangstür Position bezogen. Ein weiterer kam gerade aus Silvanos Bar.
»Maresciallo Viberti!«, sagte Hipp.
»Sie kennen diese Carabinieri?«
»Nein, aber den Mann, der hinter der Aktion stecken dürfte. Ein Maresciallo aus Alba. Er hat es offenbar geschafft, dem Avvocato Romagnosi Ihren Namen zu entlocken. Und da Sie derzeit als Hauptverdächtige im Mordfall Ihres Vaters gelten, hat er seine Kollegen in Bologna alarmiert.«
»Sieht so aus, als ob sie mich mitnehmen wollten. Ich mag keine Carabinieri!«
»Der Maresciallo ist ganz nett, aber heute leider etwas übereifrig. So kenne ich ihn gar nicht. Er wäre besser zum Mittagessen gegangen.«
»Zum Mittagessen?«
»Ja, normalerweise interessiert ihn die Menüfolge mehr als seine Arbeit.«
»Verstehe. Was machen wir jetzt?«
»Sie könnten sich stellen.«
Gina ballte ihre Hände zu Fäusten. »Ich denke nicht daran. Die sperren mich ein, wer weiß, wann ich wieder rauskomme.«
»Aber es wäre besser.«
»Nein, nur über meine Leiche. Ich stelle mich nicht. Warum auch? Ich habe nichts getan!«
»Sieht man einmal von den merkwürdigen Drohbriefen und der vergifteten Katze ab.«
»Was für eine Katze?«
»Habe ich vergessen, Ihnen zu erzählen. Ihr Vater hat den vergifteten Wein seiner Katze zum Trinken gegeben. Sie ist daran gestorben.«

»Das tut mir leid. Aber ich lasse mich doch nicht wegen einer toten Katze verhaften. Sie haben gesagt, Sie helfen mir. Also, fangen Sie endlich damit an!«

»Die Situation ist etwas unübersichtlich.«

»Warum, ich finde sie sehr übersichtlich. Wir machen uns aus dem Staub und fertig.«

»Was heißt fertig? Dann geht's erst los. Wir könnten mit dem Bus zu meinem Hotel fahren …«

»Eine gute Idee!«

»Nicht wirklich. Der Maresciallo ahnt, dass ich zu Ihnen Kontakt aufgenommen habe. Ich bin im Hotel offiziell registriert. Könnte sein, dass er es mit seinem Arbeitseifer übertreibt, meine Unterkunft ausfindig gemacht hat und dort auf mich warten lässt.«

»Wie können Sie diesen Maresciallo nett finden? Das bedeutet also, dass Sie mich nicht ins Hotel mitnehmen können.«

»Ich möchte vermeiden, dass sich die Carabinieri nachts Zugang zu meinem Hotelzimmer verschaffen und kontrollieren, ob Sie sich unter meiner Bettdecke verstecken.«

»Unter Ihrer Bettdecke?«

»Symbolisch gesprochen. Verstehen Sie mich nicht falsch. Ich hätte auch im Kleiderschrank sagen können.«

»Im Kleiderschrank? Das wird ja immer schöner.«

»Außerdem müssten wir möglichst bald in Ihre Wohnung, um nach Belegen für Ihr Alibi zu suchen.«

»Ich habe Ihnen schon gesagt, versprechen Sie sich nicht zu viel davon. Können Sie Vespa fahren?«

»Ja, kann ich.«

Gina reichte ihm den Zündschlüssel. »Meine Vespa steht vor der Tür, neben den beiden Carabinieri. Der Sturzhelm ist unter dem Sitz.«

»Ein Fortbewegungsmittel wäre nicht schlecht«, überlegte Hipp laut. »Jedenfalls ist eine Vespa in Bologna weit weniger auffällig als meine alte Giulietta.«

»Und sie springt auf Anhieb an. Meine Granturismo ist das stärkste Modell, ein ideales Fluchtfahrzeug.«

»Nein, keine Vespa«, entschied Hipp nach kurzem Nachdenken, »wir nehmen doch den Bus. Die Carabinieri haben mit den Leuten auf der Straße gesprochen, mit Silvano in der Bar. Man hat ihnen sicher gesagt, dass das Ihre Vespa ist.«

»Stimmt«, gab Gina zu, »nehmen wir den Bus.«

»Wir fahren zum Hotel, steigen aber eine Station vorher aus. Sie warten auf einer Bank, und ich peile die Lage. Vorher rufe ich von unterwegs den Maresciallo an und sage ihm wahrheitsgemäß, dass ich Sie gestern Abend und heute Morgen getroffen habe und dass wir uns vorhin im Caffè am Arkadengang voneinander verabschiedet haben. Mal hören, was er mir erzählt.«

»Und dann?«

»Werden wir improvisieren.«

»Aber ich verstecke mich in keinem Kleiderschrank. Dann schon lieber unter der Bettdecke.«

»Wirklich?«

Gina grinste Hipp frech an. »Ja, aber dafür gehen Sie in den Kleiderschrank!«

42

Ugo Zorzi war viel zu aufgebracht, um den Rat des Maresciallo zu befolgen. Auf die Geschwindigkeitsbegrenzung achten? Dummes Zeug! Ja, vielleicht an einem anderen Tag, aber bestimmt nicht heute.

Hektisch betätigte er die Lichthupe.

»Va' via, stronzo«, zischte er, »hau ab, mach endlich die linke Spur frei!«

Na bitte, warum nicht gleich. Runterschalten, Vollgas. Das infernalische Aufheulen des Zwölfzylinders tat gut, pustete den Kopf frei, baute Aggressionen ab. Hatte dieser selbstgefällige Carabiniere doch allen Ernstes in Erwägung gezogen, dass er Hubertus Rettenstein umgebracht habe. Aus heiterem Himmel, einfach so. Gott sei Dank war ihm seine Freundin Iolanda als Alibi eingefallen. Ob sie schön sei? Was bitte ging das den Maresciallo an? Natürlich war sie schön, hoffentlich war sie auch klug genug, ihm sein Alibi zu bestätigen – zu blöd, dass sie nicht ans Telefon ging.

Ein ausscherender Kleintransporter zwang ihn zur Vollbremsung. Cretino! Kurz entschlossen riss er den Ferrari über beide Spuren nach rechts, gab wieder Gas, schoss über die Standspur an einem Milchtransporter vorbei, wich einem Wohnwagen aus, eroberte die linke Spur zurück und zeigte im Rückspiegel dem Transporterfahrer den Mittelfinger. Eigentlich hätte er ihm danken sollen. Das Manöver hatte Spaß gemacht. Sich an die Geschwindigkeitsbegrenzung halten? Zorzi lachte. Das war leicht gesagt, wenn man als einziges Fortbewegungsmittel nur über ein Dienstfahrrad verfügte oder über einen kümmerlichen Kleinwagen.

Und dann diese Dreistigkeit, ihm den Mord an Amedèo Steinknecht unterschieben zu wollen. War denn dieser Uniformträger von allen guten Geistern verlassen? Ja, sicher war er das. Wie hießen gleich die Haselnüsse? Tonda e gentile! Wahrscheinlich hatte der Maresciallo Torrone im Kopf – Honig, Zucker, Eiweiß und fünfzig Prozent geröstete Haselnüsse.

Obwohl er das gerne geglaubt hätte, ermahnte ihn eine innere Stimme, diesen Viberti nicht zu unterschätzen. Die kulinarischen Abschweifungen entsprangen gewiss einer persönlichen

Leidenschaft, hinter ihnen aber war Methode zu vermuten. Erst lenkte er vom Thema ab, um einen dann mit wilden Theorien zu überrumpeln und aus der Fassung zu bringen. Kaum stellte man sich darauf ein, fing er wieder mit diesen blöden Haselnüssen an. Dass der Maresciallo gut informiert war, hatte er mehrfach durchblicken lassen. Trotzdem, was hatte ihn auf den Gedanken gebracht, er habe den Mord an Amedèo entweder selbst ausgeführt oder delegiert?

Wieder betätigte Zorzi die Lichthupe. Nein, er hatte nicht damit gerechnet, dass man ihn ernsthaft verdächtigen würde. Na bitte, so ging's doch auch, freie Fahrt.

Und dann die Sache mit dem Barolo. Da hatte Viberti ihn wieder auf dem falschen Fuß erwischt. Wie konnte der Maresciallo wissen, dass der Wein eine Fälschung war? Was war das für ein Freund, der ihn probiert hatte? Zorzi hatte einen Geistesblitz. Wie hieß doch gleich der Mann, den er bei Giusti in Modena kennengelernt hatte? Hermanus, Hippolyt Hermanus, richtig. Der hatte irgendwas mit Rettenstein zu tun gehabt, war mit Steinknecht verabredet gewesen – und verstand einiges von Weinen. Aber war er auch mit dem Maresciallo bekannt? Eher unwahrscheinlich, aber nicht auszuschließen.

Egal, dachte Zorzi, jedenfalls würde der gefälschte Barolo die Angelegenheit unnötig komplizieren, spätestens dann, wenn die Laboranalyse vorlag und die offiziellen Ermittlungen aufgenommen wurden.

Fluchend schlug er aufs Lenkrad. Woher hatte der Maresciallo die Information mit den Russen? Das ging doch nicht mit rechten Dingen zu. Der Deal war unter der Hand gelaufen, nur wenige wussten davon. Der Maresciallo musste einen Informanten haben. Wieder fiel ihm Hippolyt Hermanus ein. Immerhin war dieser Mann sowohl im Lager gewesen als auch im Büro. Er hatte mit Amedèo Steinknecht vor seinem Tod Kontakt gehabt, logisch, sonst wäre er nicht mit ihm verabredet gewesen. Was wusste er von diesem Mann? Nicht viel, eigentlich gar nichts. Und das war entschieden zu wenig. In seiner jetzigen Situation konnte er nicht vorsichtig genug sein.

Aber alles der Reihe nach, zuerst musste er mit Michail sprechen. Irgendwas lief hier schief, ganz gehörig schief. Und erst dann würde er sich um diesen Signor Hermanus kümmern.

Er schaltete in den nächsten Gang. Vielleicht war das gar nicht so schlecht, überlegte er, dass die Carabinieri auf die Russen aufmerksam wurden? Diese Variante hatte eigentlich auch ihren Charme. Doch, das konnte sich sogar als ausgesprochen günstig erweisen. Vorausgesetzt, ja, vorausgesetzt …

Was hatte eigentlich dieser Bonsai-Sportwagen auf der Überholspur zu suchen? Er fuhr ihm so dicht auf, dass er fast sein Heck berührte. Der Versuchung, ihn anzuschubsen, konnte er gerade noch widerstehen – das wäre bei dieser Geschwindigkeit doch allzu halsbrecherisch gewesen. Jedenfalls machten die Nerven des Gegners nicht mit. Panikartig räumte er das Feld. Des Gegners? Chiaro, denn nach seinem Verständnis waren alle anderen Verkehrsteilnehmer seine natürlichen Feinde, die man in die Schranken verweisen musste. Und wie auch sonst im Leben war es dabei gelegentlich unvermeidbar, sich seinen Widersacher ganz dicht vor die Brust zu nehmen. Viva la battaglia!

43

Wie geplant verließen sie in der langen Via Marco Emilio Lepido, die im westlichen Stadtteil Borgo aus Bologna hinausführt, eine Station vor dem Hotel den Bus. Hipp hatte mittlerweile mit dem Maresciallo Viberti telefoniert. Er hatte von ihm erfahren, dass man Ginas Identität festgestellt habe und sie für tatverdächtig halte, ihren Vater umgebracht zu haben. Es seien weitere Indizien aufgetaucht, die sie belasten würden. Hipp hatte sich nicht nur überrascht, sondern auch ungläubig gezeigt. Er hatte berichtet, dass er mit Gina bis vor einer knappen Stunde zusammen gewesen sei, dass sie sich in einem Caffè getrennt hätten und er leider auch nicht wisse, wo sie sich jetzt aufhalte. Was denn das für Indizien seien, hatte er wissen wollen. Aber der Maresciallo hatte sich unerwartet verschlossen gezeigt. Nach dem Telefonat hatten Hipp und Gina ihre weitere Vorgehensweise besprochen.

»Ich gehe zum Hotel, packe meine Sachen, zahle und hole Sie hier in wenigen Minuten mit dem Auto ab«, sagte er zu Gina. »Warten Sie im Bushäuschen. Ich ruf Sie auf dem Handy an, falls wir unsere Pläne ändern müssen.«

Im Hotel gab es keine besonderen Vorkommnisse, weit und breit keine Carabinieri. Ganz offensichtlich hatte man ihn noch nicht im Visier. Mit Gina fuhr er über Nebenstraßen zurück in ihr Wohnviertel. Sie zeigte ihm, wo er parken sollte. Er zögerte kurz, ließ dann den Autoschlüssel stecken, verabschiedete sich von Gina und machte sich auf den Weg. Ob das besonders klug war, was er jetzt tat, wusste er selber nicht. Die Bewertung hing vom Ausgang seines Ausflugs ab. Er stieg über eine Mauer, lief über einen Hinterhof und fand die beschriebene Tür in den Keller. Ginas Haus teilte sich mit dem angrenzenden Gebäude den Waschraum, durch den man von hinten in ihr Treppenhaus gelangen konnte. Innen an der Eingangstür vorbeikommend, sah er den Schatten des davor wartenden Carabiniere. Hipp eilte hinauf in den zweiten Stock, öffnete Ginas Tür und schlüpfte in ihre Wohnung.

Er nahm das Handy und rief Gina an. »Okay, ich bin drin. Mich hat keiner gesehen, Sie hätten das auch selbst machen können.«
»Aber wenn ich jemandem begegnet wäre …«
»Schon klar. Die Carabinieri halten nach einer Frau Ausschau. Also, wo soll ich anfangen?«
Gina beschrieb ihm die Schubladen, in die sie den Inhalt ihrer Handtaschen zu schütten pflegte, Quittungen, Notizzettel, Tankbelege. Er nahm eine Reisetasche vom Schrank und stopfte alles hinein. Außerdem ein ledergebundenes Büchlein mit Telefonnummern, das Ladekabel für ihr Telefonino, ihre Brieftasche mit Führerschein, Ausweis und etwas Geld. Auch einen großen Notizblock, aus dem einige Seiten herausgerissen waren. Das Format passte zu den Drohbriefen. Als Nächstes lotste sie ihn ins Bad und nannte ihm die Toilettenartikel, die er einpacken solle. Etwas intim war es schon, was er gerade tat, aber Schamgefühle waren angesichts ihrer Situation fehl am Platz. Praktischerweise sah das auch Gina so.
Dann ging es ins Schlafzimmer. Sie entschuldigte sich dafür, dass sie sich in der Früh nicht die Mühe gemacht habe, das Bett zu richten, aber sie habe nicht mit Herrenbesuch gerechnet. Das Kopfkissen lag am Fußende, die Bettdecke am Boden. Ob in der Tasche noch Platz sei, fragte Gina. Das hänge ganz davon ab, wie groß ihre Garderobe ausfalle, antwortete er. Im Kleiderschrank links einige Slips und Polos, darunter die Socken, zwei Pullis und die blauen Jeans. Ob sie ein Abendkleid brauche, wollte sie lachend wissen. Nein? Das habe sie sich schon gedacht. Dann spreche auch nichts gegen die Joggingschuhe. Und der rote Anorak, schließlich hätten sie Herbst, und es könne kalt werden. Hipp verkündete, dass die Tasche voll sei, aber die Jacke könne er unter den Arm nehmen. Ob sie etwas vergessen

habe, wollte er wissen, ein zweites Mal schleiche er sich nämlich nicht in ihre Wohnung. Ja, die Pflanze vom Fensterbrett, die müsse er unbedingt mitbringen, die brauche regelmäßig Wasser und frische Luft, sonst gehe sie ein. Das komme nicht in Frage, protestierte Hipp. Er werde nicht mit einer Topfpflanze in der Hand über eine Mauer klettern. Sonst noch was? Nein. So, jetzt nichts wie weg. Viel Glück – und bitte gut absperren.

Hipp spähte hinter dem Vorhang auf die Straße, wo gegenüber der Wagen der Carabinieri parkte. Er nahm sich die Zeit, noch einmal durch die Wohnung zu gehen und auf Details zu achten. Das Bild ihrer Mutter über dem Sofa. Eine Halskette mit goldenem Herz am Spiegel. Ein Expander und Hanteln fürs Krafttraining. Kein Wunder, dass Gina so muskulös war. Im Nachtkästchen eine Schublade mit Fotos. Gina beim Klettern im Fels, mit einer etwas älteren Freundin auf einem Segelboot, den Kopf in ihrem Schoß, in den Armen eines Mannes, mit blonder Perücke beim Tanzen, auf ihrer Vespa mit Rucksack, Bilder mit fremden Gesichtern, dann wieder sie selbst, beim Karatetraining – und nackt auf einem Handtuch in der Sonne liegend. »Und führe mich nicht in Versuchung«, flüsterte er.

Hipp eilte über den Hof, warf die Tasche über die Mauer, kletterte hinterher – und stand vor seinem verlassenen Auto. Mit einem Blick erkannte er, dass der Zündschlüssel abgezogen war …

»Hier bin ich!«, rief Gina und kam hinter einer Plakatsäule hervor. »Wo ist die Pflanze?«

»Keine Pflanze, aber ich brauch den Autoschlüssel.«

»Sie bringen es wirklich übers Herz, eine Pflanze umzubringen?«

»Darf ich Sie an die Katze erinnern, die Sie vergiftet haben? Außerdem sind Sie hoffentlich in wenigen Tagen zurück.«
»Hoffentlich!«
Sie verstauten die Reisetasche. Die Giulietta sprang sofort an. Zwar gab es eine kurze Fehlzündung, dann aber signalisierte das tiefe Brummen des alten Alfamotors uneingeschränkte Arbeitsbereitschaft. Hipp fuhr langsam hinter Ginas Haus entlang, Blinker links …
»Porca miseria«, entfuhr es Gina, als ihnen aus der Seitenstraße ein Streifenwagen der Carabinieri entgegenkam. Hipp, der die Vorfahrt hatte, bog in aller Ruhe ab und setzte seine Fahrt mit normaler Geschwindigkeit fort. Erst an der nächsten Kreuzung gab er nach einem Blick in den Rückspiegel Gas.
Ginas Frage, ob sie verfolgt würden, konnte er zu ihrer Beruhigung verneinen. Aber sich etwas zu beeilen könne dennoch nicht verkehrt sein. Ob sie sich sicher sei, dass sie im Haus, von dem sie erzählt habe, unterschlüpfen könnten, wollte er wissen. Cento percento, ihre Freunde seien mit dem Motorrad nach Spanien gefahren, ihr Ferienhaus wäre derzeit unbewohnt, der Schlüssel liege hinter einem losen Stein in der Mauer, und in der Garage seien zwar Gemälde gelagert, aber seine kleine Giulietta sollte schon reinpassen.

44

Von der Wand blicken einen große Augen an, eine schwarze Hand mit roten Fingernägeln deutet auf einen Vorsprung in der Fassade, hinter Fensterläden verstecken sich afrikanische Gesichter, ein kahlköpfiger Engel hat seine Arme entspannt auf den Rundbogen einer Eingangstür gelehnt. Dozza* ist ein wundersamer Ort, malerisch auf einem Hügel gelegen, nicht weit von Bologna und Imola, mit mittelalterlichen Gassen – und phantasievollen Wandmalereien. Seit einigen Jahrzehnten schon werden die Hausfassaden von Künstlern mit großformatigen Fresken versehen. Regelmäßig gibt es in Dozza mit der Biennale del Muro Dipinto ein internationales Festival für zeitgenössische Kunst.

Auch das Haus von Ginas Freunden war verziert. Eine gemalte Wäscheleine spannte sich zwischen zwei realen Fenstern, mit bunten Kleidern aus Keramik. Und die Haustür führte in das Maul eines Wolfes. Darüber stand in roten Lettern »In bocca al lupo«, was im übertragenen Sinne Hals- und Beinbruch oder viel Glück bedeutete. »In bocca al lupo«, hatte Gina beim Eintreten lachend angemerkt, das könnten sie jetzt brauchen. Sie hatten die Fenster zwischen der Wäscheleine geöffnet und saßen am großen Bauerntisch. Auf diesem hatte Gina alle Unterlagen aus den Schubladen ausgebreitet. Hipp nahm den Notizblock und betrachtete die Kanten der herausgerissenen Seiten. Ob es sein könne, dass diese zu den Drohbriefen passen würden, fragte er. Das Papier komme ihm identisch vor.
Ja, das könne gut sein, bestätigte sie.
»Okay«, sagte Hipp und klappte sein Notebook auf. »Hier haben wir eine Quittung vom letzten Monat. Eine Pizza und ein Glas Wein bei Silvano, an einem Mittwoch. Mittags oder abends? «
»Sicher abends, unter der Woche bin ich mittags in der Käserei.«
»Waren Sie alleine?«
»Sieht so aus.«

»Macht nichts, leider der falsche Tag. In diesem Fall hätten wir Silvano als Zeugen.«
Hipp gab den Termin in seinen Computer ein.
»So, der Anfang wäre gemacht. Was haben wir hier? Ein Biglietto fürs Kino, vor drei Wochen an einem Samstag.«
»Ein Piratenfilm …«
»Mit wem?«
»Mit Johnny Depp als Captain Jack Sparrow.«
»Nein, mit wem Sie im Kino waren, wollte ich wissen?«
Gina musste kurz überlegen, dann fiel es ihr ein: »Mit Roberta, sie ist Verkäuferin in einer Boutique. Mit ihr gehe ich regelmäßig ins Kino. Ach ja, und am Sonntag war ich mit Roberta beim Fitnesstraining und danach an der Piazza Santo Stefano Eis essen.«
»Es geht voran«, stellte Hipp zufrieden fest. »Die ersten Lücken schließen sich.«

Eine halbe Stunde später wurden sie von Hipps Handy unterbrochen. Es war Viberti. Ob er denn immer noch nicht wisse, wo sich Gina Zazzari aufhalte, wollte der Maresciallo wissen. Als Hipp verneinte, war es eine Weile still. Ob es sein könne, dass er diesbezüglich die Unwahrheit sage, fragte Viberti ganz direkt.
Wie er denn darauf komme, antwortete Hipp scheinheilig.
Das sage ihm sein Bauch, erklärte der Maresciallo. »Und Sie wissen«, fuhr er fort, »auf meinen Stomaco kann ich mich normalerweise verlassen. Außerdem gibt es Kollegen in Bologna, die glauben, Signorina Zazzari in der Nähe ihrer Wohnung auf dem Beifahrersitz eines alten Alfa Spider gesehen zu haben. Merkwürdig, nicht wahr?«
»Sehr merkwürdig«, bestätigte Hipp.

»Mit einem Mann am Steuer. Meine Kollegen hatten Schwierigkeiten beim Wenden, dann war ein Müllwagen im Weg. Deshalb konnten sie dem Alfa nicht folgen.«

»So ein Pech!«

»Sì, che peccato. Wie geht es übrigens Ihrer Giulietta? Läuft der Alfa zu Ihrer Zufriedenheit?«

»Vielen Dank, ganz ausgezeichnet.«

Wieder gab es eine längere Pause. »Die Carabinieri in Bologna wollen Signorina Zazzari so schnell wie möglich in Gewahrsam nehmen und an mich überstellen. Ich weiß diese kollegiale Hilfe sehr zu schätzen. Auch glaubt man jetzt, den Fahrer des Alfas zu kennen. Es könnte also gut sein, dass man auch nach ihm Ausschau hält, wenn Sie verstehen?«

»Doch, das ist nachvollziehbar.«

»Verdacht auf Beihilfe zur Flucht eccetera, eccetera. Das ist natürlich purer Unsinn. Aber meine Kollegen lassen sich in ihrem gut gemeinten Tatendrang kaum bremsen. Mich würde interessieren, wie Sie die Situation einschätzen. Halten auch Sie die Signorina für verdächtig?«

»Nein, nicht mehr. Aber ich vermute, dass es ihr schwerfällt, ihre Unschuld zu beweisen.«

»Das ist unangenehm. Hoffentlich hat sie jemanden, der ihr bei der Lösung dieses Problems hilft.«

»Ich denke schon«, sagte Hipp vorsichtig.

»Nun, das sollte möglichst schnell geschehen, sonst könnten die beiden Herrschaften in ernste Probleme geraten – und ich würde einen Freund verlieren.«

»Einen Freund?«

»Sì, Dottore, einen Freund, dem ich entgegen jeder Vernunft auch jetzt vertraue. Obwohl meine Kollegen schon die absurdesten Ideen entwickelt haben.«

»Was für Ideen?«
»Nun, dass dieser Mensch schon seit langem mit der Signorina befreundet sei, dass sie gemeinsam den Plan ausgeheckt hätten, Rettenstein umzubringen, um an das Erbe zu kommen. Und dass er jetzt versuche, die Schuld Signor Zorzi in die Schuhe zu schieben. Womöglich wäre er auch für den Tod an Steinknecht verantwortlich, aus Motiven, die noch im Dunkeln lägen. Immerhin sei er zum Zeitpunkt des Mordes in Parma gewesen. Wie ich schon sagte, eine absurde Idee.«
»Geradezu haarsträubend!«, bestätigte Hipp.
»Selbstverständlich, aber irgendwie beunruhigend. Ich würde es begrüßen, wenn sich diese Theorie schnellstmöglich ad absurdum führen ließe. Es wäre wichtig, die Unschuld der Signorina zu beweisen und auch die Verstrickung ihres gegenwärtigen Begleiters zu widerlegen. Sie verstehen mich?«
»Durchaus, vielen Dank für den Hinweis.«
»Sobald das erledigt ist, würde ich mich sehr über einen Besuch von Ihnen freuen. Ich habe da ein neues Lokal entdeckt. Die Zampone mit Kastanienpüree, ich sage Ihnen, eine Köstlichkeit.«
»Schweinepfote? Dürfte ich was anderes bestellen?«
»Natürlich, aber Sie sollten sich das überlegen. Die Schweinepfote wird in Scheiben geschnitten, dazu eine feine Kräutersauce.«
»Ich denk darüber nach«, sagte Hipp.
»Tun Sie das. Übrigens hätte ich nichts dagegen, wenn Sie mir bei dieser Gelegenheit sagen könnten, wer nun wirklich Rettenstein umgebracht hat. Wenn es denn nicht Gina Zazzari gewesen ist. Auch an Steinknechts Mörder wäre ich interessiert, obwohl die Angelegenheit nicht in meinen Zuständigkeitsbereich fällt. Mit Rettenstein wäre ich schon zufrieden. Grüßen Sie die Signorina von mir.«

»Welche Signorina?«, fragte Hipp.
Viberti lachte. »Mi scusi, ich vergaß. Passen Sie auf sich auf. Und denken Sie an meine Worte.«
»Schnellstmöglich …«
»Nein, die Zampone mit Kastanienpüree, ein Hochgenuss!«

45

Lieber hätte sich Ugo Zorzi mit Michail in Modena bei Fini getroffen, hätte Ravioli mit Tartufi bestellt, Brasato di vitello und dazu einen Tignanello*. Er wusste, dass Michail auf die Annehmlichkeiten des Lebens großen Wert legte. Und ein Tignanello gehörte bei ihm dazu. Er trank diesen teuren Wein aus der Toskana so selbstverständlich wie andere Menschen Coca-Cola.
Aber nach dem Gespräch mit Maresciallo Viberti hielt es Zorzi für klüger, sich mit Michail nicht in der Öffentlichkeit sehen zu lassen. Also war der Russe nach Geschäftsschluss in die Fasshalle von Zorzis Acetaia gekommen.
Ein Weinkeller wäre ihm lieber gewesen, sagte Michail. Er werde es nie verstehen, warum man sich mit dem Essig so viel Mühe mache. Es sei doch ökonomischer Unsinn, zwölf oder fünfundzwanzig Jahre zu warten, bis man ein Produkt verkaufen könne. Und dabei werde der Aceto noch dazu immer weniger. Statt den Traubenmost einzukochen, hätte man ihn besser zu Wein vergoren, dann hätten sie wenigstens was zum Anstoßen.
Lächelnd stellte Zorzi zwei Gläser auf die kleinen schwarzen Fässer, zauberte eine Flasche Tignanello hervor, die bereits entkorkt war, und goss ein. Daran solle es nicht scheitern, sagte er. Salute! Nastrowje!

Ob er über Steinknecht mit ihm reden wolle, fragte Michail. Natürlich, bestätigte Zorzi. Der Tod seines Partners komme zu einem ziemlich ungelegenen Zeitpunkt. Michail lachte. Der Tod komme immer ungelegen, vor allem für den Toten.

Zorzi deutete an, dass die Carabinieri hinter den gefälschten Barolo gekommen seien und der Sache nachgehen wollten. Das finde er nicht witzig, erwiderte Michail, überhaupt nicht witzig. Der Russe nahm die Weinflasche und goss sich ein weiteres Glas ein. Wie das habe passieren können, wollte er wissen. Zorzi schüttelte ratlos den Kopf. Wahrscheinlich eine undichte Stelle, aber gewiss nicht bei ihm. Er habe zu viel zu verlieren.

Zorzi erklärte, dass er mit Steinknechts Vorgehensweise nicht einverstanden gewesen sei, aber das wisse er ja. Darum habe er Michail auch erzählt, dass der Wein gefälscht sei. Und gemeinsam habe man überlegt, wie man Steinknecht daraus einen Strick drehen könne.

Er habe das Geschäft zunächst ganz normal abwickeln wollen, sagte Michail. Schließlich müsse auch er Lieferverpflichtungen nachkommen. Erst dann hätte man Steinknecht in die Mangel genommen. So wäre es vereinbart gewesen.

Da habe sich wohl jemand nicht an den Plan gehalten, stellte Zorzi fest.

So sehe es aus, erwiderte Michail und deutete grinsend auf Zorzi.

Wie er denn darauf komme, fragte dieser. Umgekehrt glaube er, dass Michails Leute Steinknecht umgebracht hätten.

Die Diskussion führe zu nichts, sagte Michail. Für den Augenblick sei es egal, wer Steinknecht auf dem Gewissen habe. Um den Typen sei es nicht schade. Wer ihn übers Ohr hauen wolle, müsse früher aufstehen. Jetzt gehe es darum, das Geschäft so zu verschleiern, dass man ihnen nichts anhaben könne.

Zorzi erläuterte, wie er sich das vorstellte. Michail erklärte sich einverstanden. Er nahm Zorzi in die Pflicht, dass alles reibungslos klappe. Aber mit Versandpapieren und Zollbestimmungen, da kenne er sich ja bestens aus.
Ob das ein Fass mit ganz altem Aceto Balsamico Tradizionale* sei, wollte Michail wissen. Sì, extravecchio, bestätigte Zorzi. Mit dem Stiefel stieß Michail das Fass aus dem Gestell, das, sich überrollend, zwei weitere Fässer mit sich riss. Der intensive Geruch ausströmenden Essigs erfüllte den Raum, stieg in die Nase und reizte die Augen.
Wenn irgendetwas schieflaufe, warnte Michail, dann wisse Zorzi, was ihm blühe. Mit den Fässern könne ein schlimmes Unglück passieren, dann müsse er erneut fünfundzwanzig Jahre warten. Michail lachte und nahm einen Schluck direkt aus der Tignanello-Flasche. Aber vielen Dank für den Wein. Auch für die Information. Er solle sich nicht zu viel Gedanken machen. Wenn er sich an die Abmachungen halte, dann gebe es keinen Grund, sich Sorgen zu machen, weder um den Aceto noch um den Barolo. Und wer Steinknecht nun wirklich umgebracht habe, sei doch im Grunde völlig egal.

46

Es war schon fast Mitternacht. Immer noch saßen Gina und Hipp am großen Bauerntisch. Sie hatten einige Kerzen angezündet, etwas Wein getrunken und Bauernbrot mit Salsiccia gegessen. Alle Belege waren mittlerweile sortiert, die Termine erfasst und in den Computer eingegeben. Stundenlang hatte Gina mit Freunden telefoniert und versucht, die Erlebnisse der letzten Wochen zu rekonstruieren und die

Lücken in ihrem Terminkalender zu schließen. Dass sie Hipp dabei einen tiefen Blick in ihre Privatsphäre gewährte, machte ihr seltsamerweise nichts aus. Vielleicht deshalb, weil sie in der betreffenden Zeit keine Männerbekanntschaften hatte. Bald hatten sie begonnen sich zu duzen. Wäre ja auch albern gewesen, wenn man berücksichtigte, was Hipp mittlerweile so alles von ihr wusste.
Nur dieser verdammte Abend, um den es eigentlich ging, an dem ihr Vater ermordet wurde, dieser Abend verbarg sich beharrlich hinter einem schwarzen Vorhang, den sie nicht aufziehen konnten. Nachdem Gina in Rettensteins Haus ihren Drohbrief mit dem Parmesanmesser in den Tisch gerammt hatte, war sie mit der Vespa zurück nach Bologna gefahren und spät in der Nacht angekommen. Am nächsten Morgen hatte sie lange ausgeschlafen. Aber dann? Gina bedauerte, dass sie sich die Woche freigenommen hatte, denn so fehlte das ordnende Element der Arbeit. Erst für den übernächsten Tag war wieder alles klar, da hatte sie sich mit Eva und Angelo zum Joggen getroffen. Nicht eine Woche später, wie erst gedacht, sondern genau an diesem Sonntag. Aber was hatte sie in der Zwischenzeit gemacht? Keiner ihrer Freunde konnte ihr einen Hinweis geben. Kein Beleg half ihnen weiter.
Sie schwor, in Zukunft einen Terminkalender zu führen. Vermutlich hatte sie ihre kranke Mutter besucht. Aber ihre Mutter brauchte sie nicht zu fragen, die hatte längst jedes Zeitgefühl verloren.
Zwischendurch hörte Gina, dass Hipp mit einer gewissen Sabrina telefonierte. Schien so etwas wie seine Freundin zu sein. Sie bekam mit, wie er seine Situation erläuterte und dabei erwähnte, dass er zurzeit mit einer Gina Zazzari zusammen sei. Gina ging in die Küche.

»Finito«, sagte Hipp und klappte das Notebook zu. »Schluss für heute, wir hören auf.«
»Maledetto, wir wissen immer noch nicht, was ich zur fraglichen Zeit gemacht habe«, sagte Gina ebenso frustriert wie verärgert. »Ich muss mich abreagieren. Ich gehe eine Runde joggen. Kommst du mit?«
Hipp winkte lächelnd ab. »Ist mir zu anstrengend. Und zu dunkel. Da trinke ich lieber noch ein Glas Wein. Der Sangiovese ist nicht so schlecht.«
»Treibst du eigentlich nie Sport?«, fragte Gina.
»Wenn es sich vermeiden lässt, lieber nicht.«
»Das verstehe ich nicht. Du isst gerne und trinkst Wein, machst keinen Sport und siehst trotzdem topfit aus. Der Weg hinauf zur Madonna di San Luca hat dich kaum angestrengt. Wie geht das?«
Hipp zuckte grinsend mit den Schultern. »Ich trinke nur guten Wein, vielleicht liegt's daran.«
Er prostete Gina zu, legte seine Beine auf einen Stuhl und schloss die Augen.

Während Gina hinauf zur Festung Rocca Sforzesca lief, rekapitulierte Hipp den Abend. Er hatte mittlerweile ein klares Bild von Ginas Gewohnheiten. Letztlich war sie, wie die meisten Menschen, immer mit denselben Freunden zusammen. Sie hatte ihre Sporttermine, ging ab und zu ins Kino. Aber was hatte sie am bewussten Abend gemacht? An die Fernsehfilme dieses Abends konnte sie sich nicht erinnern. Irgendetwas ganz Normales, aber was?

»Hallo, ich bin wieder da!« Gina kam die Treppe hoch und setzte sich nach Luft schnappend zu Hipp an den Tisch.

»Solltest du nicht besser unter die Dusche gehen, du bist völlig verschwitzt, draußen ist es kalt …«
»Man sieht, du hast keine Ahnung vom Joggen«, sagte Gina. Sie fächelte sich Luft zu. »Jetzt kommt der Nachbrenner, erst danach gehe ich unter die Dusche, vorher macht's keinen Sinn.«
»Könntest du dir bitte was umhängen?«
»Warum? Mir ist nicht kalt.«
Hipp deutete auf ihr nasses Shirt, das ihm mehr Durchblick gewährte, als er im Moment für richtig hielt. »Ich bin am Nachdenken, du bringst mich auf falsche Gedanken«, erwiderte er.
»Auf falsche Gedanken?« Gina lächelte. »Wer sagt denn, dass diese Gedanken so falsch sind?«
»Jedenfalls kommen sie zur unrechten Zeit.«

Eine halbe Stunde später saßen sie vor dem offenen Kaminfeuer. In den Gläsern funkelte der Sangiovese. Kerzen brannten. Das Holz knackte. Gina hatte sich in den Morgenmantel des Hausherrn gewickelt und kuschelte auf dem Sofa. Hipp saß im Schneidersitz auf dem Boden und blickte ins Feuer.
»Gehst du oft in der Nacht zum Joggen?«, fragte er.
»Nur, wenn ich verärgert bin. Dann laufe ich mir den Frust aus dem Leib. Sonst nicht.«
»Verärgert?«
»Ja, wie heute, weil wir kein Alibi finden.«
»Was wäre noch ein Grund? Wann bist du das letzte Mal in der Nacht gelaufen?«
Gina dachte nach. »Ich glaube vor einer Woche, als mir mein Chef Vorwürfe wegen meiner häufigen Abwesenheit gemacht hat.«
»Da bist du in der Nacht zum Joggen gegangen? Davon hast du nichts erwähnt.«

»Ist ja auch egal, oder?«
»Kann sein, muss nicht sein. Fällt dir noch ein Grund ein, weshalb du in letzter Zeit nachts gelaufen bist?«
»Ja, nach dem Karate. Weil ich gegen diese dumme Nuss aus Mailand verloren habe.«
»Okay, den Termin hatten wir schon. Und sonst?«
Gina zuckte mit den Schultern. »Keine Ahnung.«
»Es ist schon spät«, sagte er mit einem Blick auf die Uhr. »Wir haben einen anstrengenden Tag hinter uns. Lass uns morgen weitermachen. Vielleicht fällt dir beim Aufwachen was ein, das ist erfahrungsgemäß eine gute Phase für Erinnerungsübungen.«
»Wenn man nicht abgelenkt wird«, erwiderte sie mit einem leisen Lächeln.
»Dein Zimmer lässt sich absperren, dann kannst du sicher sein, nicht gestört zu werden.«
»Und was ist mit deinem Zimmer?«, fragte sie.
»Ich klemme einen Stuhl unter die Türklinke«, sagte Hipp grinsend.
»Feigling!«
»Buona notte! Dormi bene!«

47

Viberti war nicht wirklich erfreut, als er auf dem Trüffelmarkt von Riccardo angesprochen wurde. Der Maresciallo erinnerte sich daran, wie er vor einigen Wochen im Caffè Calissano versucht hatte, dem Journalisten aus Mailand die Vorzüge eines Bicerin begreiflich zu machen. Was Riccardo nicht davon abgehalten hatte, ihn mit Fragen zum Tod des Trüffelsuchers Ildefonso Battardi zu löchern. Gottlob schien er das Interesse an diesem

Unfall verloren zu haben. Aber seine unübersehbare Aufgeregtheit ließ nichts Gutes ahnen.
Riccardo redete heftig auf den Maresciallo ein, deutete auf einen Trüffeltisch, klopfte auf den Fotoapparat, den er umhängen hatte, und fuchtelte mit seinem Notizblock herum. Viberti hatte Schwierigkeiten, den verworrenen Ausführungen Riccardos zu folgen. Er verstand zunächst nur so viel, dass Riccardo diesen unglaublichen Schwindel anprangern werde. Es sei endlich an der Zeit, diese Machenschaften aufzudecken. Warum denn die Carabinieri nichts dagegen unternähmen? Dies sei doch eine grobe Vernachlässigung in der Wahrnehmung ihrer Ordnungsaufgaben.
Viberti zuckte zusammen. Grobe Vernachlässigung? So etwas ließ er sich nicht gerne vorwerfen. Schon gleich nicht von diesem aufgeblasenen Schmierenschreiber aus der Lombardei. Warum recherchierte der keinen Artikel über die Tauben vor dem Mailänder Dom? Aber nein, dieser Ignorant musste sich wieder in Alba herumtreiben. Was für einen Schwindel er anprangern wolle, fragte der Maresciallo. Dass mit der »Vernachlässigung« wolle er übrigens überhört haben.
Wieder deutete Riccardo auf den Tisch mit der rot karierten Tischdecke. Die Trüffeln dort würden als Tartufi d'Alba angepriesen, erklärte er, aber sie würden doch nie und nimmer aus dieser Gegend stammen. Der Mann, der sie geliefert habe, habe zweifelsfrei einen toskanischen Dialekt gesprochen. Und die Trüffeln vom Nebentisch, da würde er sich nicht wundern, wenn sie aus Istrien* stammen würden. Diese wundersame Verwandlung von zweifelhaften Trüffeln unbekannter Herkunft in teure Tartufi d'Alba sei ein Skandal. Aber keiner traue sich, ihn aufzudecken. Stattdessen würden diese Manipulationen stillschweigend toleriert.

Der Maresciallo lächelte amüsiert. Wie denn bitte der Journalist Trüffeln aus Istrien erkennen wolle, fragte er. Da fehle es ihm doch in jeglicher Hinsicht an Erfahrung. Viberti ging zu dem Tisch mit der karierten Decke, begrüßte den Verkäufer mit Vornamen, ließ sich von diesem bestätigen, dass die Trüffeln aus der Langhe stammten und von ihm höchstpersönlich gefunden wurden, nahm eine in die Hand und hielt sie Riccardo unter die Nase.

»So, und diese Trüffel soll Ihrer Meinung nach aus der Toskana sein?«, fragte er.

»Davon bin ich überzeugt«, sagte Riccardo. »Meiner Einschätzung nach kommt nicht einmal die Hälfte der Trüffeln, die hier angeboten werden, wirklich aus dem Piemont.«

»Das ist nun wirklich grober Unfug«, wies ihn Viberti harsch zurecht. »Dieser wunderbare Tartufo hier ist vom Aussehen, von der Konsistenz und dem Geruch ganz zweifelsfrei ein veritabler Tuber magnatum aus Alba. Er ist sozusagen über jeden Zweifel erhaben.« Er deutete zur Bühne mit der Prüfungskommission des Centro Nazionale Studi Tartufo. »Das wird Ihnen jeder Experte bestätigen.«

»Aber der Mann mit dem toskanischen Dialekt …«

»Das war doch sicher Ivo, dein Schwager aus Siena?«, vermutete Viberti, sich an den Trüffelhändler wendend.

»Natürlich war das Ivo, wer denn sonst?«, antwortete dieser. »Er lebt seit zwanzig Jahren in Alba, kann sich aber seinen grässlichen Dialekt nicht abgewöhnen.«

Der Maresciallo klopfte dem Journalisten beschwichtigend auf die Schulter. »Sehen Sie, so einfach ist das. Außerdem, warum sollten unsere toskanischen Freunde ihre Trüffeln in Alba verkaufen, wo sie doch selbst so schöne Trüffelmärkte haben? Mir ist San Miniato* ein Begriff und San Giovanni d'Asso*. Natürlich können die Orte nicht mit Alba konkurrieren, das steht außer Frage. Auch kann ich ihre Trüffeln mit verbundenen Augen von unseren unterscheiden …«

»Das können Sie?«, fragte Riccardo ungläubig.

»Natürlich, mein Lieber«, bestätigte Viberti. »Schon deshalb macht es für die dortigen Trüffelsucher keinen Sinn, ihre Funde hierher ins Piemont zu schaffen. Sie brauchen die Tartufi für ihr eigenes Geschäft. Kommt hinzu, dass die Trüffeln beim Transport Gewicht und damit an Wert verlieren würden. Mein lieber Riccardo, an Ihrer Geschichte ist nichts dran, so leid es mir tut.«

»Doch, ich habe einen Informanten«, insistierte der Journalist.

»Soso, einen Informanten haben Sie? Dann sollten Sie Folgendes bedenken: Wenn selbiger tatsächlich über diesbezügliche Erkenntnisse verfügt, macht er sich strafbar, wenn er keine formelle Anzeige erstattet, sondern stattdessen sein Wissen der Presse zuspielt, womöglich gegen Bezahlung. Wenn hingegen seine Anschuldigungen aus der Luft gegriffen sind, wovon ich ausgehe, macht er sich der üblen Nachrede schuldig, schadet den Interessen Albas und diskriminiert unseren göttlichen Tartufo.« Der Maresciallo lächelte schief. »In diesem Fall droht Ihrem Informanten eine mehrjährige Haft im Kerker vom Castello Cavour!«

»Sehr witzig!« Riccardo deutete auf den Nebentisch. »Und was ist mit diesen Trüffeln? Mein Informant sagt, sie kämen aus Istrien!«

Viberti schüttelte den Kopf. »Ihr Informant ist ein Trottel. Zugegeben, diese Tartufi sind jämmerlich. Gianni ist ein miserabler Trüffelsucher, ich kenne ihn seit vielen Jahren, er wird es nie lernen. Aber aus Istrien sind seine Trüffeln nicht, davon können Sie ausgehen, schon eher aus dem Wäldchen hinter dem Haus seiner Großmutter.«

»Hinter dem Haus seiner Großmutter?« Riccardo schaute ungläubig.
Viberti deutete zur Espressobar in der Ecke. »Gehen Sie schon mal vor, bestellen Sie sich was zu trinken. Ich komme gleich nach, dann können wir uns weiter über Ihre fixe Idee unterhalten. Sie bekommen von mir jede gewünschte Information.«
»Einverstanden, setzen wir unser Gespräch an der Bar fort. Ich werde einen Latte macchiatto nehmen, was möchten Sie?«
»Sie trinken Latte macchiatto?«, sagte Viberti grinsend. »Sie wissen, dass dieses Getränk für Kinder erfunden wurde, die nicht so viel Kaffee trinken sollen? Ich hätte gerne einen Caffè corretto, der ist was für Erwachsene.«
Riccardo murmelte etwas Unverständliches, sah stirnrunzelnd auf die Tischreihe mit den Trüffeln – und machte sich auf den Weg zur Bar. Als er außer Hörweite war, schlug der Maresciallo mit der Faust auf den Tisch.
»Ich weiß, wir haben in manchen Jahren zu wenig Trüffeln, um die internationale Nachfrage zu bedienen, vor allem so früh in der Saison. Die Trüffeln aus der Toskana sind nicht schlecht, auch jene aus den Marken. Mich interessiert auch nicht, wo unsere Alba-Trüffeln herkommen, vorausgesetzt, die Qualität stimmt. Aber noch einmal möchte ich keinen Schwager namens Ivo erfinden, nur um diesen Schnüffler ruhigzustellen, haben wir uns verstanden!«
»Haben wir«, sagte der Trüffelhändler nickend. »Aber ich wäre froh, ich hätte einen Schwager. Leider ist meine Schwester so hässlich, die findet nicht mal in der Toskana einen Mann.«
»So spricht man nicht von seiner geliebten Sorella«, erwiderte Viberti. Er beugte sich über den Tisch und fragte leise, mit dem

Daumen über die Schulter deutend: »Sag mal, stimmt es, dass Giannis Trüffeln aus Istrien stammen?«
»Sì, das stimmt. Gianni hat momentan gar keinen Hund, mit dem er auf Trüffelsuche gehen könnte.«
Viberti sah erneut hinüber zum Nachbartisch und rümpfte die Nase. »Das sind ja wirklich ausgesprochen jämmerliche Exemplare!« Er winkte Gianni zu sich. »Steh gerade, wenn ich mir dir spreche!«, fuhr er ihn an. »Ich gehe jetzt an die Bar und trinke meinen Caffè. Vielleicht auch zwei. Wenn ich zurückkomme, will ich dich hier nicht mehr sehen. Weder dich noch deine missratenen Schlauchpilze!«

48

Gina hatte schon die Zeitung gelesen, war ihre gestrigen Aufzeichnungen durchgegangen, hatte sich einige Notizen gemacht und mit einer Freundin telefoniert, als Hipp endlich die Treppe hinunterkam. In Jeans, barfuß, mit verschlafenem Blick. Er murmelte etwas, das mit Phantasie als Buon giorno zu identifizieren war, ging zum Kühlschrank, trank Orangensaft aus dem Pappkarton, setzte auf dem Herd den Espressokocher auf, brach ein Stück vom Bauernbrot ab und steuerte wortlos das Badezimmer an.
»Gut geschlafen?«, rief sie ihm fragend hinterher.
Hipp blieb eine Antwort schuldig. Sie hörte, wie er das Badewasser einließ. Im Kännchen brodelte es, das kochende Wasser stieg durch den gepressten Kaffee nach oben, im Raum duftete es verführerisch nach frischem Espresso.
Gina schaltete die Herdplatte aus, goss den Espresso in zwei Tassen, nahm eine, ging zum Bad, wollte zunächst klopfen, drückte

dann aber die Klinke nach unten. Hipp hatte nicht abgesperrt. Er lag mit geschlossenen Augen in der Badewanne und schien dort seinen Schlaf fortzusetzen.
»Dein Espresso ist fertig, darf ich servieren?«, fragte sie.
Er nickte, flüsterte ein Danke und deutete auf den Rand der Badewanne. Lächelnd stellte sie die Tasse ab. Nachdem er schon so viel von ihr wusste, hatte Gina nun auch einiges von Hipp in Erfahrung gebracht. Immerhin war ihr jetzt klar, dass er gerne lange im Bett blieb, ein ausgeprägter Morgenmuffel war, Espresso auf ziemlich nüchternen Magen trank – und zumindest im Halbschlaf keine übertriebenen Schamgefühle kannte.

Eine Stunde später nahm Hipp aktiv am Leben teil. Er war zwar unrasiert, wirkte aber frisch, strahlte eine positive Zuversicht aus und sprach in zusammenhängenden Sätzen. Amüsiert hatte Gina seine Verwandlung beobachtet.
Ob ihr noch was eingefallen sei, wollte Hipp beiläufig wissen. Nein, musste Gina zugeben. Sie habe bereits mit einer Freundin telefoniert, die sie gestern nicht habe erreichen können, aber die wisse auch nichts. Zu Ginas Überraschung schien Hipp darüber hinaus jegliches Interesse daran verloren zu haben, nach ihrem Alibi zu forschen. Sie unterhielten sich über unverbindliche Dinge, zum Beispiel über ihre Vespa, über Rimini, über ihren letztjährigen Besuch des Formel-1-Rennens in Imola. Sie erzählte von ihrer Arbeit und den besonderen Vorzügen des Parmigiano stravecchio. Außerdem erklärte sie ihm, worauf er bei der anfälligen Motorkühlung seiner Giulietta achten müsse.

Mittags spazierten sie hinauf zum Palazzo Malvezzi-Campeggi, wo Hipp in der Enoteca einige Weine verkostete. Wenn sie schon mal hier seien, könne er sich dem nicht entziehen. Oft vergesse man, dass es hervorragenden Sangiovese nicht nur in der Toskana gebe, sondern eben auch hier in der Romagna. In diesem Fall eine Cuvée mit Cabernet Sauvignon und Merlot. Hipp schwenkte den Wein im Glas und lobte den wunderbaren Duft.

Sie probierten vom Albana, einem Weißwein, der rund um Dozza angebaut wird und dem als erster Weißwein Italiens der DOCG-Status zuerkannt worden war. Aus ihm unerfindlichen Gründen, wie Hipp kritisch anmerkte. Aber im Idealfall führe die Rebe zu recht eleganten Weinen. Vom roten Gutturnio verspreche er sich in Zukunft einiges. Auch der Pignoletto habe Potenzial. Einige Flaschen habe er sogar in Rettensteins Weinkeller gesehen.

Apropos, wie sie sich denn im Haus ihres Vaters gefühlt habe, wollte er wissen, bei ihren heimlichen Besuchen, um Drohbriefe zu hinterlassen oder einen Wein zu vergiften.

Nicht so gut, räumte Gina ein. Gleichzeitig verstört und doch neugierig sei sie gewesen, voller Angst, entdeckt zu werden, und sich doch länger im Haus aufhaltend als eigentlich nötig. Einmal sei sie fast aufgeflogen. Plötzlich sei ihr Vater zurückgekommen. Offensichtlich hatte er auf der Straße beim Wegfahren jemanden getroffen. Sie habe es gerade noch geschafft, sich in einer Kammer im ersten Stock zu verstecken. Unten habe sich Rettenstein lautstark mit seinem Besucher gestritten. Verstanden habe sie leider nichts, nur dass es im weitesten Sinne um Trüffeln ging, das habe sie aufgeschnappt.

Einen Namen? Nein, einen Namen habe sie nicht verstanden, sie habe keine Ahnung, wer mit ihrem Vater im Haus war. Sie habe logischerweise auch niemanden gesehen. Aber dass es ein Mann war, ja, das könne sie bestätigen. Wie alt? Keinen blassen Schimmer! Ob sie die Stimme wiedererkennen würde? Eher nicht, aber vielleicht doch. Irgendetwas war an ihr eigenartig gewesen, leider wisse sie nicht mehr, was.

»Ottimo«, lobte Hipp einen Sangiovese von San Valentino. Das mit der Stimme interessiere ihn, da sollten sie bei Gelegenheit noch mal drüber reden. Ob ihre Mutter einen Lieblingswein habe, fragte er.

Einen Lambrusco*, antwortete Gina. Ihre Mutter habe einen einfachen Geschmack.

»Keinen einfachen Geschmack«, korrigierte Hipp. Er sei gerade dabei, den oft so gescholtenen Wein neu zu entdecken. Was denn die Ärzte davon halten würden, fragte er, ob ihre Mutter denn überhaupt Wein trinken dürfe.

»Dottoressa Menotti«, ereiferte sich Gina, diese Stupida von einer Hausärztin, habe ihrer Mutter verbieten wollen, Wein zu trinken.

»Warum Stupida?«

Weil die sehr viel besser ausgebildeten Ärzte im Sanatorium nichts gegen ein, zwei Gläser einzuwenden hätten, antwortete sie. Außerdem habe sie überteuerte Rechnungen geschrieben, bei einem Medikament die falsche Dosis angegeben, und zu allem Überfluss habe sie sie blöd angeredet.

»Wen hat sie blöd angeredet, dich oder deine Mutter?«, fragte Hipp.

»Mich!«, antwortete Gina. »Meine Mutter war im Bad umgefallen und hatte sich am Kopf verletzt. Ich habe sie abends gefunden und sofort die Dottoressa Menotti angerufen. Erst lässt sie sich über eine Stunde Zeit, um mir dann zu sagen, ich müsse halt besser auf meine Mutter aufpassen, dann würde so etwas nicht passieren. Quella stupida!«

»Und danach bist du aus Wut zum Joggen gegangen«, vermutete Hipp, sich an den gestrigen Abend erinnernd.

»Richtig«, bestätigte sie. »Ich bin spätnachts von der Wohnung meiner Mutter bis zum Palazzo Poggi gerannt. Volles Tempo. Dann ging's mir wieder besser.«

»Von der Wohnung deiner Mutter?«

»Ja, ich hab bei ihr übernachtet. Ihr ging's wirklich nicht gut.«

»Wie lange ist das her?«, fragte er.

»Nicht so lange …«

Gina stellte das Weinglas abrupt auf die Theke. »Verdammt noch mal, das könnte ein Freitag gewesen sein. Vor Luigis Bar waren lauter Leute auf der Straße, und ein Musiker hat Saxophon gespielt. Du musst wissen, Luigi macht jeden Freitag einen Jazzabend.«

»Wir haben in den letzten Wochen nur noch einen einzigen Freitag ohne Eintrag«, stellte Hipp fest, »und zwar jenen bewussten. Ich glaube, wir sollten diese Stupida mal anrufen.«

»Am besten sofort!« Gina holte aufgeregt ihr Telefonino aus der Tasche. »Hoffentlich habe ich sie nicht aus dem Speicher gelöscht. Menotti, Dottoressa Chiara Menotti. Unter M wie Menotti oder Medico …«

»Oder unter S wie Stupida?«

»Hier, da habe ich die Nummer ihres Mobiltelefons. Da kann man sie eigentlich immer erreichen.« Schon hatte sie die Wähltaste gedrückt. Hipp gab Gina ein Zeichen aufzulegen.

»Lass mich mit ihr sprechen. Außerdem ist es besser, ich rufe sie von meinem Handy an, falls sie auf dem Display den Anrufer erkennen kann.«

Es dauerte nur wenige Augenblicke, bis die Ärztin ans Telefon ging. Hipp gab an, im Auftrag von Interpol einige Ermittlungen durchzuführen, weshalb er wissen müsse, ob die Dottoressa an dem betreffenden Freitagabend einen Hausbesuch bei Signora Rosa Zazzari gemacht habe und dort ihrer Tochter begegnet sei.

Diese Auskunft habe nichts mit ihrer Person zu tun, auch nicht mit der Krankengeschichte der alten Dame, es gehe einzig und allein um ihre Tochter.

»Sì, una visita a casa«, las die Dottoressa nach nur kurzem Zögern aus ihrem Kalender vor, »um zwanzig Uhr. Diagnose: Commotio cerebri, leichte Gehirnerschütterung aufgrund eines Sturzes im Badezimmer. Verletzung: Schramme an der rechten Schläfe. Symptome: Übelkeit und Schwindel. Behandlung: Desinfektion der Wunde, Beruhigungsspritze. Anmerkung: Diskussion mit Tochter Gina. Von ihr die Zusage erhalten, dass sie über Nacht bei ihrer Mutter bleibt. So, das ist alles, mehr habe ich nicht aufgeschrieben.«

»Sie können also bestätigen, dass Gina Zazzari an jenem Abend während Ihres Besuches bei ihrer Mutter anwesend war?«, fragte Hipp präzise nach.

»Definitiv«, antwortete die Dottoressa. »Ich kann mich sogar noch gut daran erinnern. Gina ist gelegentlich etwas impulsiv. Sie hat mir vorgeworfen, ich hätte zu lange gebraucht, um zu kommen. Aber es gibt noch andere Patienten, um die ich mich kümmern muss. Und als ich ihr dann gesagt habe, sie solle besser auf ihre Mutter aufpassen, ist sie völlig ausgerastet. Na, Gott sei Dank habe ich mit der jungen Frau nichts mehr zu tun. Ihre Mutter ist ja jetzt in guten Händen. Ich wünsche ihr von Herzen alles Gute.«

Ob die Ärztin diese Aussage auch gegenüber den Carabinieri wiederholen würde, wollte Hipp wissen.

Dass sie der Signora von Herzen alles Gute wünsche?

Nein, dass sie Gina Zazzari an jenem Abend verbindlich in der Wohnung ihrer Mutter angetroffen habe.

»Naturalmente«, bestätigte die Dottoressa, »das steht ja so in meinen Unterlagen.«

»Vielen Dank, Sie haben uns sehr geholfen.«
»Con piacere!«

Zurück im Haus, zündete Hipp den Kamin an. Gina kam mit einer Flasche Prosecco ins Zimmer, goss zwei Gläser ein und stieß mit ihm an.
»Auf mein Alibi!«, sagte sie.
»Auf die Stupida und die Aufzeichnungen ihrer Krankenbesuche!«
»Auf dich, weil du sie ins Gespräch gebracht hast. Ich habe mich über die Tussi so oft geärgert, dass ich nicht mehr an sie gedacht habe.«
»Es findet uns!«
»Wie bitte?«
Hipp nickte. »Ja, gelegentlich ist es besser, die Suche aufzugeben und umgekehrt zu hoffen, dass es uns findet.«
»Klingt bescheuert, hat aber funktioniert. Cin cin!«
»Alla salute!«
»Jetzt stell das Glas weg«, sagte sie, »und lass dich umarmen!«
»Aber bitte nicht zu fest drücken.«
»Bis die Knochen knacken!«
Unversehens sprang sie auf ihn zu, umklammerte ihn nicht nur mit den Armen, sondern auch mit den Beinen, was unvermeidbar dazu führte, dass sie beide zu Boden stürzten. Sie blieb kichernd auf ihm sitzen, boxte vergnügt auf seine Brust, nahm seine Brille ab und überzog sein Gesicht mit Küssen.
»Bitte aufhören«, japste er, »ich krieg keine Luft mehr.«
»Ich fang erst an.« Gina öffnete ihre Bluse, dann seinen Gürtel. »Du bist ausgeschlafen, frisch gebadet, wir haben Wein getrunken und ein Glas Prosecco. Wir haben was zu feiern. Also gibt es keinen Grund …«

Dass genau in diesem Augenblick sein Handy klingelte, interpretierte er als Wink des Schicksals. Ob Sabrina ahnte, dass er kurz davor war, vergewaltigt zu werden? Und dass ihn diese Vorstellung durchaus erregte?
»Mein Handy!«, rief Hipp, hilflos zum Bauerntisch deutend.
»Du willst doch nicht im Ernst?«
»Doch, ich will, das heißt, ich will nicht, aber ich muss …«
»Mein Lieber, du redest wirres Zeug!«
»Der Maresciallo, er wollte um diese Zeit anrufen. Vielleicht wäre es nicht schlecht, wenn wir ihm sagen …«
»Dass ich gerade dabei bin, eine Straftat zu begehen?«, fragte Gina, die Hipp immer noch auf den Boden drückte.
»Nein, aber dass du deine Unschuld beweisen kannst …«
»Ich habe meine Unschuld schon vor Jahren verloren.«
»… dass du deinen Vater nicht umgebracht haben kannst, weil eine Stupida von einer Dottoressa …«
»Ach so, diese Unschuld. Wir könnten den Maresciallo doch in zwei Stunden zurückrufen.«
»In zwei Stunden?«
»Frühestens!«
»Aber ich möchte jetzt mit ihm sprechen!»«
Die Bewegung kam so schnell und unerwartet, dass Gina von ihr überrumpelt wurde. Schon hatte Hipp sie mit einem Scherengriff seiner Beine ausgehebelt. Zur Seite rollend, sah sie ihn plötzlich vor sich stehen, grinsend den Gürtel schließen und zum Tisch eilen.
»Nicht schlecht«, rief sie ihm anerkennend hinterher.

»Es freut mich zu hören«, sagte Viberti, auf Hipps entsprechende Erwähnung antwortend, »dass Sie heute Mittag trotz der schwierigen Lebensumstände Zeit für eine Weinverkostung gefunden haben. Ich vermute, Sie waren in Begleitung einer jungen Dame?«

Hipp lachte. »Aber mein lieber Maresciallo, wer wird denn so indiskret sein?«

»Nun, wenn Sie so freundlich wären, mir zu sagen, welche Weine Sie konkret verkostet haben, dann könnte ich ihren aktuellen Standort genauer eingrenzen und meinen ungeduldigen Kollegen in Bologna einen Tipp geben.«

»Sind die Carabinieri tatsächlich auf der Suche nach mir?«

»In der Tat, nach Ihnen und nach einer gewissen Signorina Zazzari. Einen Sangiovese aus Montescudaio dürften Sie jedenfalls nicht probiert haben, denn dass Sie nicht in Ihrem Haus in der Toskana sind, das haben meine Kollegen bereits überprüft.«

Hipp beobachtete, wie Gina aufstand, ihn vieldeutig anlächelte – und betont langsam ihre Bluse zuknöpfte.

»Ein Sangiovese aus Montescudaio? Nein, der war nicht dabei«, sagte Hipp, der einerseits von Gina abgelenkt war, sich andererseits erst an den Gedanken gewöhnen musste, dass man sein Haus in der Toskana observierte. »Aber einen Sangiovese habe ich schon probiert«, fuhr er fort.

»Sie können mir nicht zufällig den Winzer mitteilen? Leider ist die Traube in Italien sehr verbreitet. Was wieder einmal zeigt, wie glücklich wir uns im Piemont mit dem Nebbiolo schätzen dürfen. Er fühlt sich nur bei uns wirklich wohl.«

»Einen Nebbiolo hatte ich nicht im Glas.«

»Dachte ich es mir. Dottore, Sie erinnern sich an unser letztes Telefonat? Ich habe erwähnt, dass es wichtig wäre, Signorina Zazzaris Unschuld zu beweisen, und zwar möglichst schnell. Auch wäre es gut, die Verstrickung ihres …«, Viberti hüstelte, »… des aktuellen Begleiters der Signorina zu widerlegen. Meine Kollegen in Bologna entwickeln einen beängstigenden Arbeitseifer. Und um ehrlich zu sein, auch mir fällt es zunehmend schwer, meine Dienstauffassung und meinen Amtseid mit meinen Sympathien für einen gewissen Signore in Einklang zu bringen. Wenn Sie verstehen, was ich meine?«

Gina hatte sich auf den Tisch gesetzt und hörte Hipp zu. Sie machte ihm aufmunternde Zeichen, denn dass es trotz der unverfänglichen Plaudereien über Sangiovese und Nebbiolo in Wahrheit um den Mord an Rettenstein ging, das war ihr klar.

»Ich verstehe sehr gut, was Sie meinen. Wie wäre es«, fragte Hipp, »wenn Sie Ihren Kollegen in Bologna eine Zeugin nennen könnten, die Signorina Zazzari für den fraglichen Abend ein hieb- und stichfestes Alibi geben kann?«

»A prova di bomba? Dottore, meine Gratulation. Ich wusste, dass ich Ihnen vertrauen kann, Ihnen und Ihrer Spürnase. Es würde mir sogar ein großes Vergnügen bereiten, meinen Kollegen zu erklären, dass sie sich im Irrtum befinden. Ich war schon immer der Auffassung, dass bloßer Aktionismus nicht zum Erfolg führt. In der Ruhe liegt die Kraft ...«

»... und in einem Teller mit Tajarin con tartufo, dazu ein Gläschen Dolcetto.«

»Sie sagen es«, überging Viberti den belustigten Unterton. »Mir sind alle Menschen suspekt, die sich während der Arbeit mit labbrigen Tramezzini begnügen. Wie will man dabei auf vernünftige Gedanken kommen?«

»Wenden Sie sich an eine gewisse Dottoressa Menotti, sie ist Internistin.«

»Ich brauche keine Ärztin«, protestierte Viberti, »mein Blutdruck ist im Normbereich, meine Cholesterinwerte stimmen ...«

»Und Rotwein ist gut für die Herzkranzgefäße«, ergänzte Hipp, »da kann Ihnen sowieso nichts passieren. Nein, Dottoressa

Menotti ist Gina Zazzaris Alibi. Sie müssen wissen, Signorina Zazzari hat eine kranke Mutter …«

»Das ist mir bereits bekannt.«

»Am Abend, an dem Rettenstein in Alba ermordet wurde, war die Ärztin in der Bologneser Wohnung der alten Dame – zusammen mit Gina Zazzari.«

»Ist sie sich hundertprozentig sicher?«

»Sie hat den Hausbesuch sogar schriftlich festgehalten, auch die Anwesenheit von Gina.«

»Perfetto. Können Sie mir den genauen Namen dieser Signora geben, Adresse und Telefonnummer?«

Während Hipp die erforderlichen Angaben machte, kam Gina zu ihm und gab ihm einen schmatzenden Kuss auf die Wange.

»Was war denn das?«, fragte Viberti.

»Nichts, eine Störung in der Leitung.«

»Ich verstehe.« Erneut hüstelte Viberti. »Allora, ich fürchte …«

»Was fürchten Sie?«, fragte Hipp.

»Dass ich zwar mit meinen investigativen Ermittlungen und der Identifikation eines Zeugen in Person dieser Dottoressa Menotti die unmittelbare Nichtbeteiligung der Verdächtigen an der Tat …«

»Sie haben sich schon mal einfacher ausgedrückt.«

»Allora, was ich sagen will: Da man Sie zusammen im Auto gesehen hat, gehen meine Kollegen von der Annahme aus, dass Sie und Gina Zazzari womöglich schon seit langem ein Liebespaar sind. Also könnten Sie es höchstpersönlich gewesen sein, der als Komplize Signor Rettenstein ermordet hat.«

»Was ein absurder Gedanke ist …«

»Ich habe mir sagen lassen, die junge Dame sieht sehr gut aus. Auch auf dem Foto, das Sie mir geschickt haben …«

»Ohne meine Hinweise«, fuhr Hipp fort, »würden Sie bei Rettenstein immer noch von einem Unfall ausgehen. Ich liefere mich doch nicht selbst ans Messer.«

»Da haben Sie völlig recht. Das allerdings ist wirklich ein absurder Gedanke. Aber das wissen nur Sie und ich.«

»Was man ändern könnte«, schlug Hipp vor.

»Gewiss, das könnte man. Doch es würde nicht viel helfen. Unglückseligerweise hat man Sie nicht nur zusammen im Auto gesehen. Dottore, Sie wurden von Nachbarn beobachtet, wie Sie in Bologna eine Mauer überstiegen haben. Und meine Kollegen haben herausgefunden, dass Sie sich durch einen Waschkeller heimlich Zugang zu Gina Zazzaris Wohnung verschafft und Beweismittel entwendet haben. Damit haben Sie sich bei den Carabinieri in Bologna keine Freunde gemacht. Um zum Punkt zu kommen: Dottore, es wäre gut, wenn auch Sie ein Alibi hätten, hieb- und stichfest, a prova di bomba. Am besten gleich für beide Morde, für Rettenstein und für Steinknecht. Wie Sie schon selbst sagten, meine Kollegen haben merkwürdige Einfälle.«

»Ausgesprochen merkwürdige«, bestätigte Hipp, »aber ich werde darüber nachdenken.«

»Lassen Sie sich nicht allzu viel Zeit. Dürfte ich noch einen Vorschlag machen?«

»Ja, bitte.«

»Schalten Sie Ihre Telefonini aus, alle beide. Meine Kollegen könnten auf die Idee kommen, Sie auf diese Weise zu lokalisieren.«

Hipp nickte. Den Gedanken hatte er auch schon gehabt. »Vielen Dank, wird gemacht.«

»Aber damit unser Kontakt nicht abreißt, möchte ich trotzdem, dass Sie mich zweimal am Tag anrufen. Wie Sie das machen, ist

Ihr Problem. Ich habe neben meinem dienstlichen noch ein privates Telefonino. Die Nummer haben Sie?«
»Ja, habe ich. Sie hören von mir.«
»Sehr schön.« Viberti machte eine kurze Pause, um dann noch anzumerken: »Und lassen Sie sich nicht davon abhalten.«
»Wovon?«, fragte Hipp.
»Uns Carabinieri ist es leider untersagt, mit Zeugen respektive Tatverdächtigen weiblichen Geschlechts und von attraktivem Aussehen einen näheren Kontakt zu pflegen. Aber beneidenswerterweise sind Sie eine Privatperson. Und da man sowieso davon ausgeht, dass diese junge Dame und Sie …«

49

In nome del Padre, del Figlio e dello Spirito santo …« Maria bekreuzigte sich. Carlo, der auf dem Friedhof von Neive neben seiner Schwester stand, reichte ihr einen kleinen Strauß mit weißen Rosen. Sie steckte die Blumen in die Vase des Loculo, des steinernen Wandgrabes von Ildefonso. Sie kniete sich hin und sprach einige Worte der Trauer. Als sie wieder aufstand, wurde sie von Carlo tröstend in die Arme genommen, sie gingen einige Meter zu einer Steinbank und setzten sich. Die Sonne schickte ihre wärmenden Strahlen durch das herbstliche Laub einer alten Kastanie. Aus der Ferne war das heisere Krähen eines Hahns zu hören.
»Das wird ihm womöglich bald vergehen«, sagte Carlo lächelnd, um seine Schwester aufzuheitern.
Sie wusste, worauf er anspielte. Traditionellerweise wird in Neive kurz vor Weihnachten das Kapaunfest gefeiert. Vielleicht würde auch dieser arme Hahn seine Männlichkeit opfern müs-

sen, die dann mit dem abgeschnittenen Kamm zu einer sehr speziellen Nudelsauce verkocht wurde? Und zu Natale käme er dann als festlicher Braten auf den Tisch, mit Polenta, Steinpilzen oder Maronen.

»Ildefonso hat sehr gerne Cappone gegessen«, erinnerte sich Maria.

»Ich weiß. Und dazu eine Flasche Barbaresco von Bruno Giacosa getrunken.«

»Ja, und zwar am liebsten den Gallina. Eine Henne passt gut zu einem gewesenen Hahn, pflegte er scherzend zu sagen.«

»Ist auch kein schlechter Wein, der Gallina.«

»Nein, ist er nicht. Carlo, sag mal«, wechselte Maria das Thema, »du warst doch mit Profumo im Wald, wo Ildefonso erschossen wurde?«

»Ja, das war ich«, bestätigte er. »Ein unheimlicher Ort.«

»Unheimlich? Weil Ildefonso dort gestorben ist?«

»Wohl auch deshalb, aber nicht nur. Der Wald ist ungewöhnlich dunkel und voller seltsamer Geräusche. Fast könnte man glauben, dass an den Geschichten etwas dran wäre.«

»An welchen Geschichten?«

»Ich habe mich hinterher im Ort mit einigen alten Männern unterhalten. Sie haben von einer Hexe erzählt, die der Legende nach in diesem Wald lebte, von einer Fledermaus so riesig wie ein Adler, von kleinen Höhlenmonstern. Auf dem Wald, so heißt es, liege ein Fluch.«

Maria sah ihren Bruder verstört an. »Una vecchia strega, un pipistrello così grande come un'aquila ...«

»Das ist natürlich Blödsinn. Aber unheimlich ist er trotzdem, dieser Wald.«

»Und Profumo?«

»Der Hund war etwas nervös. Kein Wunder, er wird sich an den

Wald erinnert haben, an den Knall des Schusses und an sein lebloses Herrchen.«

Maria schluchzte. »Ildefonso, der hier seine letzte Ruhe gefunden hat.«

»Ich glaube, man hat früher mal diese Gruselmärchen erzählt, um fremde Trüffelsucher aus dem Wald fernzuhalten.«

»Und? Hast du welche gefunden?«

»Tartufi? Ja, ziemlich viele sogar, darunter einige große. Ildefonso hat schon gewusst, warum er den weiten Weg auf sich genommen hat.«

»Er war der beste Trifolao rund um Alba«, stellte Maria fest.

»Ja, das war er.«

»Aber du bist doch nicht wegen der Trüffeln dorthin gefahren?«

»Natürlich nicht. Ich wollte einen besseren Eindruck von der Gegend gewinnen. Und ich muss zugeben, es ist schon vorstellbar, dass ein Jäger in dem dunklen Wald einen Menschen mit einem Tier verwechselt, mit einem Wildschwein oder mit einem Reh. Doch, so könnte es gewesen sein. Das glauben auch die alten Männer im Ort.«

»Wie waren sie so?«

»Die Männer? Obwohl ich ihnen gesagt habe, dass ich aus Neive komme und Ildefonso mein Schwager war, haben sie meine Fragen recht offen beantwortet. Sie haben mich sogar in der Bar zu einem Moscato eingeladen.«

»Männer aus Asti laden einen Trifolao aus Neive zum Wein ein?«

»Hat mich auch überrascht. Aber ich glaube, es ist ihnen irgendwie unangenehm, dass jemand von uns bei ihnen erschossen wurde. Es gefällt ihnen nicht, dass es womöglich ein Jäger aus Asti war, dem ein solch folgenschwerer Fehler passiert ist.«

»Und jetzt?«, fragte Maria.
»Ich habe nächste Woche einen Termin auf der Kommandantur in Asti. Ich möchte wissen, was man unternimmt, diesen Jäger ausfindig zu machen – falls es denn einer war.«
»Sie sollen sich anstrengen. Tritt ihnen in den parte posteriore!«
»In den Hintern? Ja, das werde ich machen. Der Fall wird nicht so schnell zu den Akten gelegt, das verspreche ich dir.«

50

Nach Beendigung seines Gesprächs mit Maresciallo Viberti schaltete Hipp seinem Rat folgend beide Mobiltelefone aus. Gina saß im Sessel vor dem Kamin und beobachtete ihn.
»Was ist ein absurder Gedanke?«, fragte sie.
»Dass ich sowohl Rettenstein als auch Steinknecht umgebracht haben könnte, als dein Komplize«, erwiderte er.
Gina lächelte. »Warum solltest du das gemacht haben? Weil du mir sexuell hörig bist?«
»Im Falle deines Vaters«, überging Hipp die anzügliche Anspielung, »weil wir beide hinter seinem Geld her waren. Und im Falle Steinknechts – keine Ahnung. Wie gesagt, ein absurder Gedanke.«
»Das ist ja irre, jetzt bin ich aus dem Schneider, dafür steckst du in Schwierigkeiten.«
»Irrtum, du bist nicht aus dem Schneider. Schon vergessen? Wir sind Komplizen.«
»Und höchstwahrscheinlich ein Liebespaar.«
»Sind wir nicht«, korrigierte er.
»Wir könnten es aber sein. Übrigens, wo hast du den Trick mit

den Beinen her, ich dachte, du treibst keinen Sport, erst recht kein Judo.«

»Stimmt, aber erstens war das nicht immer so, und zweitens war ich bei der Polizei, da kann man auch als vergeistigter Psychologe Unterricht in Selbstverteidigung nehmen.«

»Das hätte dir nichts geholfen, aber du hast mich überrumpelt. Wollen wir es noch mal probieren?«

Hipp schüttelte lächelnd den Kopf. »Nein, besser nicht, ich könnte verlieren.«

»Wäre das so schlimm?«

»Ich fürchte, das wäre alles andere als schlimm. Ich könnte es mir sogar gut vorstellen, viel zu gut.« Er zögerte. »Aber da gibt es jemanden, dem das nicht gefallen würde.«

»Diese Sabrina«, fragte Gina, »mit der du gestern telefoniert hast?«

»Ja, Sabrina«, bestätigte er knapp.

Gina musterte ihn nachdenklich. »Du siehst eigentlich nicht besonders treu aus«, stellte sie fest.

»Doch, das bin ich, meistens jedenfalls. Meine Beziehungen halten zwar nicht besonders lang, aber währenddessen versuch ich es. Weil ich das Gleiche von meiner Partnerin erwarte.«

»Aber du kannst dir nicht sicher sein, dass du es schaffst, oder?«

Er stand auf und nahm sie in die Arme. »Nein, kann ich nicht, doch ich hab's fest vor.« Er fuhr ihr durch das kurze, strubbelige Haar. »Wenn wir uns zu einem anderen Zeitpunkt begegnet wären, unter anderen Umständen, dann wäre die Initiative von mir ausgegangen, das kannst du mir glauben.«

Hipp gab ihr einen Kuss auf die Stirn und sagte, dass sie sich nun auf ihre Probleme konzentrieren sollten.

Was denn daran so schwierig sei, wollte Gina wissen. Er brauche doch nur zwei Alibis, fertig, Schluss! Ihm würde es doch sicherlich leichtfallen, sich an die betreffenden Abende zu erinnern.

Hipp nickte. Ja, er wisse ganz genau, was er gemacht habe. Das genau sei ja das Problem, er habe nämlich kein Alibi, weder für den einen Zeitpunkt noch für den anderen. Leider gebe es keine Dottoressa Menotti, die seine Abwesenheit vom Tatort bezeugen könne. Übrigens dürften sie ihre Mobiltelefone momentan nicht benutzen, da habe der Maresciallo recht. Ginas Freunde, denen das Haus gehörte, hätten hoffentlich nichts dagegen, wenn sie für einige Telefonate den Apparat vom Festnetz verwenden würden.

Gina stellte fest, dass sie wohl noch etwas hierbleiben würden und sie deshalb jetzt Essen kaufen gehe. In der Zeit könne Hipp ungestört nachdenken.

Während Ginas Abwesenheit lag Hipp auf dem Sofa, die Arme hinter dem Kopf verschränkt. In den Morgenstunden, in denen Steinknecht umgebracht wurde, hatte er in seinem Hotelzimmer in Parma geschlafen. Gefährlich nahe am Tatort – und leider alleine. Und als Rettenstein ermordet wurde, da war er in seinem Haus in der Toskana gewesen und hatte es den ganzen Tag nicht verlassen, auch nicht abends und in der darauffolgenden Nacht. Sabrina war erst am nächsten Tag gekommen. Er erinnerte sich an die Bruschette con lardo, ihm stieg der Duft vom Cinghiale in umido in die Nase. Ja, aber leider zu spät. Wenn er also kein Alibi hatte, dann wäre es nicht schlecht, wenn er den wahren Täter überführen könnte. Aber leider tappte er weiterhin im Dunkeln. Und wenn er an dieses Haus gefesselt war, weil die Carabinieri aus Bologna nach ihm suchten, dann hatte er wenig Möglichkeiten, seine Ermittlungen voranzutreiben. In eine blöde Situation war er da geraten. Warum war er nicht in der Toskana geblieben? Er sehnte sich nach dem Liegestuhl unter dem Olivenbaum, nach dem Caffè corretto in der Bar Centrale. Welche Handlungsoptionen hatte er, diesen Zustand des entspannten Rumhängens möglichst schnell wieder herbeizuführen? Den Mörder, den würde er nicht hier auf dem Sofa in Dozza finden. Er musste unverzüglich seine Mobilität wiederherstellen, sich mit Zorzi treffen, zurück ins Piemont fahren, mit Viberti reden. Er dachte an die Stimme, die Gina im Haus ihres Vaters gehört hatte. Ein Streitgespräch sei es gewesen. Und um Trüffeln sei es womöglich gegangen. Hipp erinnerte sich an die Lagerhalle von Delita in Parma. Einen großen Nebenraum hatte es dort gegeben, mit einem Schild über der Stahltür: Tesoreria, Schatzkammer. Intensiv nach Trüffeln hatte es dort gerochen. Dass die Firma zu dieser Jahreszeit intensiv mit dem Vertrieb von Trüffeln befasst war, hatte er schon vorher gewusst. Er dachte darüber nach, ob es da einen Zusammenhang geben könnte. Vielleicht hatte Rettenstein in Alba in großem Stil Trüffeln aufgekauft, die via Steinknecht und Zorzi ins Ausland vertrieben wurden? Vor diesem Hintergrund wären viele Szenarien denkbar. Rettenstein, Steinknecht …

Eine Stunde später breitete Gina ihre Einkäufe auf dem Küchentisch aus – Carnaroli-Reis, eine Zwiebel, Knoblauch und Butter, außerdem eine Büchse mit Fleischbrühe. Salz, Pfeffer und Muskatnuss seien in der Küche. Einem köstlichen Risotto stehe also nichts im Wege.

Hipp fächelte sich mit der Hand den Duft zu, der ihm aus Ginas Einkaufstüte entgegenstieg. »Aber kein normales Risotto, wie ich annehme.«

»Doch, ganz normal. Jedenfalls für Italien zur Trüffelzeit. Es gibt Risotto al tartufo!«

»Vom Feinsten«, murmelte Hipp, darüber nachdenkend, dass Gina damit unwillkürlich an seine Überlegungen angeschlossen hatte.

Stolz zauberte Gina eine weiße Trüffel hervor, hielt sie Hipp zum Schnuppern unter die Nase und legte sie dann auf den Küchentisch.

»Wir sollten Viberti einladen«, sagte Hipp. »Der Maresciallo ist süchtig nach Trüffeln. Er würde uns alle Sünden vergeben.«

»Alle Sünden? Du weißt, dass Trüffeln eine aphrodisierende Wirkung zugesprochen wird. Die alten Römer haben die Trüffeln Venus geweiht, der Göttin der Liebe. Und die wunderbare Lucrezia Borgia war eine große Trüffelfreundin, vermutlich um die Leidenschaft ihrer Liebhaber zu stärken.«

Hipp sah Gina lächelnd an. »Vielleicht haben ihr die Trüffeln einfach geschmeckt, könnte doch auch sein. Jedenfalls freue ich mich über deinen Einkauf. Unter rein lukullischen Gesichtspunkten, versteht sich.«

»Rein lukullisch, natürlich«, wiederholte Gina.

»Sozusagen platonisch.«

51

Zorzi lief im Büro auf und ab. Die Dinge entwickelten sich nicht ganz so, wie er sich das vorgestellt hatte. Nun gut, das mit dem gefälschten Barolo hatte er im Griff. Die manipulierten Papiere ließen keinen Zweifel aufkommen, dass Delita von einem Lieferanten übers Ohr gehauen wurde. Ein Lieferant, dessen Firma sich kurz danach in Wohlgefallen aufgelöst hatte. Ugo

Zorzi kicherte. So was konnte passieren. Sollten sich die Carabinieri bei der Suche doch die Zähne ausbeißen.
Und jetzt? Es fiel ihm schwer, seine Gedanken zu ordnen. Zunächst war es wichtig, Michail zu beruhigen. Mit dem Russen war nicht zu spaßen. Außerdem galt es, sich diesen wichtigen Absatzmarkt zu bewahren. Michail war gefährlich.
Und was war mit diesem Maresciallo? Der sah zwar nicht so aus, stellte aber vielleicht auch eine Gefahr dar – trotz seiner Marotte mit den gerösteten Haselnüssen und der Torrone. Jedenfalls hatte Viberti im Gespräch einige Theorien entwickelt, die einen erstaunlichen Realitätssinn bewiesen.
Zorzi blieb am Fenster stehen, sah hinunter auf die Straße und dachte nach. Wenn man es richtig anstellte, mochte einem der Maresciallo sogar von Nutzen sein. Seine Hypothese, dass die russischen Geschäftspartner Amedèo Steinknecht wegen des gefälschten Barolos zur Rechenschaft gezogen hätten, war eine interessante Variante. Man sollte ihn ermutigen, in diese Richtung zu ermitteln. Zorzi nickte. Tatsächlich könnte es ja so gewesen sein. Ihm kam Michails Tritt gegen das Essigfass in Erinnerung. An der nötigen Aggressivität fehlte es Michail jedenfalls nicht.
Blieb dieser Mann, den er bei Giusti in Modena kennengelernt hatte. Aus diesem Hippolyt Hermanus wurde er nicht schlau. Welche Rolle spielte er? Von Weinen schien er einiges zu verstehen. Und er war in der Halle gewesen, als man Amedèo gefunden hatte. Also könnte er es gewesen sein, überlegte Zorzi, der dem Maresciallo den Tipp mit dem Barolo gegeben hatte. Könnte sein, oder auch nicht, oder doch.
Er drehte sich um, ging zurück zum Schreibtisch, setzte sich auf seinen Designerstuhl und verschränkte die Hände hinter dem Kopf. Alles sehr mysteriös. Welchen Auftrag hatte dieser Mann

zu Lebzeiten Rettensteins erhalten? Konnte er ihm gefährlich werden? Wie auch immer, dieser Hippolyt Hermanus war ein unberechenbarer Störfaktor. Was tun?
Zorzi klopfte mit den Fingern auf die Schreibunterlage, schraubte den Füller auf und zu, verstellte den Winkel der Tizio-Tischleuchte. Langsam reifte in ihm eine Idee, die er mit jeder Sekunde vielversprechender fand. Er würde Signor Hermanus bei Michail anschwärzen, ihm sagen, dass er die Schuld am aufgeflogenen Schwindel mit dem Barolo trage und in ihren Geschäften herumschnüffle, dass er sich abfällig über Russen geäußert habe, dass er von Rettenstein über geheime Vereinbarungen erfahren habe. Wäre doch gelacht, wenn sich Michails Aggressionsbereitschaft nicht in vernünftige Bahnen lenken ließe. Sein russischer Freund hätte jemanden, an dem er sich abreagieren könnte, und Signor Hermanus würde in der nächsten Zeit andere Probleme haben, als die Nase in seine Geschäfte zu stecken.

52

Hipp war nach der Würdigung der Trüffeln auf dem Sofa im Wohnzimmer eingeschlafen. Eigentlich hatte er über die erforderlichen nächsten Schritte nachdenken wollen, aber ihm war nichts Vernünftiges eingefallen. Gina hatte sich mittlerweile in ihr Zimmer zurückgezogen.
Draußen war es schon dunkel, als er aufwachte. Hipp stellte fest, dass ihn auch im Schlaf keine göttliche Eingebung ereilt hatte. Er ging zum Telefonapparat neben dem alten Sekretär und wählte Sabrinas Nummer in der Toskana.
»Leider bin ich momentan nicht zu erreichen, aber Sie können mir eine Nachricht …«

Er hinterließ auf der Mailbox, dass sein Handy vorübergehend ausgeschaltet sei, dass er sich aber über einen Rückruf unter der Nummer freuen würde, die er vom Telefonapparat ablas.
Hipp streckte sich, ging in die Küche und sah, dass die Trüffel noch an Ort und Stelle lag. Das hätte man auch mit geschlossenen Augen feststellen können, so intensiv war ihr Duft.
Zurück im Wohnzimmer, machte er den offenen Kamin an, was einige Zeit in Anspruch nahm, denn immer wieder ging das Feuer aus. Er knüllte Zeitungspapier zusammen, blies in die Glut. Obwohl er auch in der Toskana einen Kamin hatte, fehlte ihm die Routine. Aber das war nicht weiter schlimm, ihm machte das Zündeln Spaß. In den Wartezeiten, die über das Aufflackern oder Verlöschen des Feuers entschieden, konnte man wunderbar nachdenken. Normalerweise, aber auch das funktionierte heute nicht wie gewohnt. Immer wieder fiel ihm die Trüffel aus der Küche ein. Dann dachte er an Steinknecht, an Rettenstein – und an den gefälschten Wein. Auch Zorzi könnte in einem falschen Spiel, dessen Regeln er nicht kannte, eine Rolle spielen.

Als das Feuer endlich brannte, legte er einen weiteren Scheit auf, dann ging er in den ersten Stock, um nach Gina zu sehen. Ihre Tür war angelehnt. Er klopfte. Sie forderte ihn auf hereinzukommen.
Im nächsten Moment wusste er, dass er das besser vermieden hätte. Nun gut, er hätte sofort auf dem Absatz kehrtmachen können. Aber genau das war nicht mehr möglich. Er konnte nicht anders, er musste Gina ansehen, die im Rahmen ihres Fitnessprogramms am Dachbalken Klimmzüge machte. Was an sich noch nicht so schlimm gewesen wäre – aber Gina war nackt, völlig nackt, sie trug nicht einmal einen Slip. Sie lächelte ihn provozierend an.

Er beobachtete, wie sie ihre Bizepsmuskeln anspannte und sich langsam am Balken nach oben zog. Seine Augen folgten den Schweißtropfen, die an ihrem Körper hinunterrannen. Oben angelangt, machte sie eine kurze Pause, dann ließ sie sich wieder nach unten sinken, dabei hörbar durch die gespitzten Lippen ausatmend.

»Tut mir leid«, sagte sie, »aber ich zieh mich beim Training immer aus. Wie du siehst, komme ich dabei ins Schwitzen, und ich habe keine Lust, dauernd meine Klamotten zu waschen. Und nachdem wir das mit deiner Treue zu Sabrina geklärt hätten, kannst du mir gerne zusehen.«

Erneut spannten sich ihre Oberarme, und wieder zog sie sich gemächlich nach oben. Ein Zittern ging durch ihren Körper, erfasste ihre Brüste. Hipp hatte keine Ahnung, der wievielte Klimmzug im kraftraubenden Zeitlupentempo das bereits war.

»Ich seh dir gerne zu«, gestand er freimütig.

»Gefalle ich dir?«, fragte sie.

»Gefallen? Du setzt mir mit deinem Anblick ziemlich zu. Das weißt du ganz genau.«

»Tatsächlich?« Gina hob ihre Beine, streckte sie nach vorne und spreizte sie. Hipps Blick folgte der Einladung.

»Jetzt gibt es genau zwei Möglichkeiten«, sagte er.

»Interessant«, erwiderte Gina, unter Anspannung die geöffneten Beine in der Horizontalen haltend. »Und die wären?«

»Die Alternativen sind seit Jahrmillionen dieselben. Angriff oder Flucht, was anderes gibt es nicht.«

Wieder kam es zu einem Vibrieren. Diesmal wurden zuerst die Oberschenkel erfasst, dann folgten die Bauchmuskeln.

»Was hältst du von Angriff?«, fragte sie mit gepresster Stimme.

»Der Urmensch in mir will angreifen, sofort und ohne Kompromisse.«

»Also?«

»Aber ich bin kein Urmensch. Oder vielleicht doch. Ich entscheide mich für die Flucht.«

Hipp warf ihr einen Handkuss zu, bedankte sich für ihre eindrucksvolle Demonstration – und eilte aus dem Zimmer, die Tür hinter sich ins Schloss ziehend. Er wählte den direkten Weg ins Bad, drehte an der Brause das Wasser auf und hielt den Kopf unter den eiskalten Strahl. Dass er dabei noch die Brille aufhatte und auch sein Hemd völlig nass wurde, erschien ihm in dieser hormonellen Notsituation von nachrangiger Bedeutung.

Eine Viertelstunde später stand er in der Küche und schnitt die Zwiebel. Seine Augen tränten. Er wusste nicht, ob er sich gerade besonders toll oder vollkommen idiotisch verhalten hatte. Aber je länger er darüber nachdachte, desto klarer wurde ihm, warum er sich für die Flucht entschieden hatte. Nein, wohl nicht nur wegen Sabrina. Er schob die Zwiebelstücke auf die Seite und öffnete die Büchse mit der Fleischbrühe. Sicher, er wollte ihr treu bleiben, aber in erotischen Extremsituationen, da konnte kein Mann für sich garantieren. Gina hatte seine primitivsten Instinkte angesprochen. Höchst erfolgreich, das musste er zugeben. Er nahm den Knoblauch, brach die einzelnen Zehen heraus und begann sie zu schälen. Ginas angespannte Bauchmuskeln, die vibrierenden Brüste … Schon beim Zusehen war er ins Schwitzen geraten. Aber genau das hatte ihn gestört. Er legte großen Wert darauf, sein Leben selbst zu bestimmen. Er wollte nicht so plump und berechenbar reagieren wie ein Laborhund des Iwan Petrowitsch Pawlow. Als ob sein Speichelreflex so einfach zu konditionieren wäre. Zugegeben, viel hatte nicht gefehlt.

Die gespreizten Beine … Hipp hackte auf den Knoblauch ein. Die muskulösen Oberschenkel … Wo war die Dose mit der Fleischbrühe?
Gina war stolz auf ihren Körper und zeigte ihn gerne her. Er griff zum Beutel mit dem Reis. Und jetzt spielte sie mit ihm. Ein gemeines Spiel. Sein Blick fiel auf die Trüffel. Er nahm sie, wog sie in der Hand und roch an ihr. Ihr Duft, so hatte er gelesen, habe aufgrund von Steroidverbindungen große Ähnlichkeit mit Sexualhormonen. Das Thema ließ ihn offenbar nicht los. Ob er Gina mit seiner Zurückweisung gekränkt hatte? Jetzt musste er lachen. Das fehlte noch, dass er sich einredete, er müsse aus therapeutischer Sicht über Gina herfallen, damit ihre Psyche keinen Schaden nähme. Eine dümmere Ausrede war ihm noch nie eingefallen.

53

Vor dem Podium und dem grün bespannten Tisch stehend, begutachtete Viberti die in kleinen Glasvitrinen ausgestellten Tartufi. Da waren einige Exponate darunter, die auch seine kritischen Augen zum Glänzen brachten. Nicht nur dieser gewaltige Tuber magnatum mit stolzen neunhundert Gramm, nein, auch die kleineren konnten sich sehen lassen. Die bevorstehende Auktion versprach ein Erfolg zu werden. Um ihn herum drängten sich Trüffelliebhaber aus aller Welt, aus London, New York, Moskau und Tokio, nicht nur Gourmets, sondern vor allem die Profis im Geschäft mit den weißen Diamanten. Das hier war zwar nicht die offizielle Asta Mondiale del Tartufo, die große Weltversteigerung im Castello di Grinzane Cavour*, aber diese Veranstaltung war kaum weniger exklusiv.

Viberti bat Luigi, den Auktionator, ihm eine Trüffel zu zeigen, die ihn mit ihrer ungewöhnlich makellosen Form und relativ glatten Oberfläche in Verzückung versetzte. Der Maresciallo stellte fest, dass man Gleiches auch von der Hostess behaupten konnte, die gerade die Glaskugel anhob und ihn dabei charmant anlächelte.
Mit weißen Handschuhen entnahm Luigi den Tartufo, drehte ihn behutsam zwischen den Fingern, so dass ihn Viberti von allen Seiten betrachten konnte, und ließ den Maresciallo an ihm riechen.
Viberti bekam einen verklärten Gesichtsausdruck.
»Allora, leider bist du kein Kunde«, sagte der Auktionator, »aber ich weiß, dass dich dieser Anblick und Duft glücklich macht.«
»Hai ragione«, erwiderte er, »diese Principessa setzt bei mir Glückshormone frei. Übrigens, wer sagt, dass ich kein Kunde bin?«
»Die Principessa, wie du sie genannt hast, würde dich einige Monatsgehälter kosten.«
Viberti schloss die Augen und schnupperte. »Aber sie wären nicht schlecht angelegt, wirklich nicht.«
»Doch sehr vergänglich.«
Viberti betrachtete erneut die Trüffel und blickte dann zur Hostess. »Die schönsten Genüsse im Leben sind von vergänglicher Natur, und es ist trotzdem wert, sich für sie zu ruinieren, habe ich nicht recht?«
»Mein lieber Viberti, du hast heute deinen philosophischen Tag«, kommentierte Luigi. Der Auktionator zeigte den Tartufo einem Amerikaner im bunt gemusterten Hawaiihemd, der allerdings nicht sonderlich interessiert schien. Dann legte er die Trüffel zurück unter die Glasglocke.

Eine halbe Stunde später ging das Licht aus, nur das Podium mit den Objekten der Begierde war noch angestrahlt. Die Auktion wurde eröffnet. Luigi hob einen ersten Tartufo in die Höhe, zeigte ihn herum, nannte das Gewicht, pries seine Eigenschaften, dabei routiniert zwischen der italienischen und englischen Sprache wechselnd. Mit seinen weißen Handschuhen wirkte er wie ein Zauberer. Nur dass er die Trüffel nicht verschwinden lassen würde, so viel stand fest. Er nannte die Nummer des Tartufo und das Mindestgebot.
Viberti freute sich, dass der Preis rasch in die Höhe ging. Es erfüllte ihn mit Stolz, dass ein Tartufo d'Alba so heiß begehrt war. Luigi ließ den Auktionshammer auf einen Holzklotz fallen. Über Lautsprecher verkündete er den Preis und nannte die Nummer des Käufers. Da die Transaktion sofort in bar abgewickelt wurde, gab es viele uniformierte Sicherheitsleute. Viberti war froh, dass dies nicht in seinen Zuständigkeitsbereich fiel. So konnte er gespannt die Auktion verfolgen. Den großen Tresor, in dem die Einnahmen verschlossen wurden, würde ohnehin niemand so einfach davontragen können.

Viberti dachte darüber nach, dass bei den Trüffelauktionen der letzten Jahre der verstorbene Rettenstein zu den großen Bietern gezählt hatte. Noch mehr vermisste er den Trüffelsucher Ildefonso Battardi, den ungekrönten König unter den Trifolai. Dieser große Tartufo mit neunhundert Gramm – in früheren Jahren wäre wahrscheinlich Ildefonso der Finder gewesen.

Der Maresciallo wurde aus seinen Gedanken gerissen, als nach einiger Zeit die Trüffel aufgerufen wurde, die er liebevoll Principessa genannt hatte, weil sie nicht nur schön anzusehen war, was auf die allerwenigsten Tartufi zutraf, sondern weil sie zudem auch einen betörenden Duft verströmte. Luigi hob die Trüffel in das Scheinwerferlicht, vollzog die übliche Präsentation und nannte das Mindestgebot. Schnell folgten zwei, drei Offerten …

Viberti sah sich überrascht um. Was war jetzt los? Kein weiteres Gebot? Das hatte seine Principessa nicht verdient. War den Ignoranten ihr besonderer Liebreiz entgangen? Hatten sie alle Schnupfen?

Schon hob Luigi den Hammer, da hörte sich Viberti zu seiner eigenen Überraschung ein Gebot abgeben. Er erschrak. War er jetzt von allen guten Geistern verlassen? Wie viele Monatsgehälter hatte er gerade eingesetzt? Ob ihm die Kantine der Carabinieri die Trüffel abkaufen würde? Nie im Leben! Aber diese Principessa, sie war wirklich sehr viel mehr wert als dieses lächerliche Gebot. So gesehen war es seine patriotische Pflicht, in die Bresche zu springen, alles auf eine Karte zu setzen. Warum schauten ihn alle so komisch an? Hatten sie noch nie einen uniformierten Maresciallo gesehen, der sich zum Abendessen mit Freunden eine Trüffel ersteigerte? War außerdem für einen karitativen Zweck.

Ihm wurde übel, als Luigi erneut den Hammer hob. Die Erlösung kam im letzten Augenblick mit einem neuen Gebot, von dem Amerikaner, der vorhin neben ihm gestanden hatte. Eigentlich war sein Hawaiihemd gar nicht so hässlich. Nein, ein wirklich sympathischer Mann. Schon kam ein weiteres Gebot. Und dann das nächste.

Na bitte, jetzt hatten sie es begriffen! Viberti verschränkte die Arme über der Brust. Er konnte stolz auf sich sein. Die Ausländer waren um die Erfahrung reicher, dass ein Maresciallo der Carabinieri mehr von Trüffeln verstand als ihresgleichen. Und

in Alba würde sich sein heroischer Einsatz schnell herumsprechen und seiner Autorität als Feinschmecker weiteren Glanz verleihen.
Als die Principessa schließlich zu einem Preis verkauft wurde, der gemessen am Gewicht deutlich höher war als bei allen vorangegangenen Trüffeln, ging ein Raunen durch die Menge.

54

Das Risotto schmeckte köstlich, was vielleicht an der halben Flasche Wein lag, die er in den köchelnden Reis gerührt hatte. Die aufsteigenden Dämpfe des heißen Risottos entfalteten den animalischen Duft der Trüffel.
Mit keinem Wort erwähnte Gina ihre aufreizenden Leibesübungen und seine Rolle als flüchtender Voyeur. Auch verkniff sie sich alle Bemerkungen über die lustfördernde Wirkung des Tartufo.
Sie waren sich einig, dass der rote Marzieno, den Hipp in der Enoteca von Dozza gekauft hatte, ganz hervorragend war, dass er wunderbar zur Trüffel passte.
Hipp hatte schon einen Satz angefangen, in dem er überschwänglich den vollen, muskulösen Körper des Weins loben wollte, die gelungene Vereinigung der Rebsorten, die verführerische Geschmacksnote, auch den langen, samtigen Abgang, hatte dann aber die falschen Assoziationen. Er unterbrach sich, wischte mit einem Stück Brot den Teller sauber und schob ihn zur Seite.
Ob er sich denn schon überlegt habe, wie sie sich aus der misslichen Situation befreien könnten, fragte Gina. Dass sie für den Mord an ihrem Vater nicht in Frage komme, hätten sie ja mitt-

lerweile beweisen können. Jetzt sei er am Zug. Ob ihm nicht doch noch ein oder zwei Alibis eingefallen seien?
Darüber müsse er nicht nachdenken, erklärte Hipp, er habe seinen Terminkalender präzise im Kopf. Zu beiden Tatzeiten sei er alleine gewesen.
Ob sie sich ernste Sorgen machen müsse, fragte sie, ihn daran erinnernd, dass sie ihn für seine Hilfe bezahlen wolle. Alle zusätzlichen Leistungen müsse er allerdings freiwillig erbringen, sie würden nicht vergütet. Hipp lächelte. Zusätzliche Leistungen? Ja, erwiderte sie, wie zum Beispiel die Zubereitung eines Risottos! Seinen Einwand, dass er von ihr womöglich überhaupt kein Geld annehme, ließ sie nicht gelten. Immerhin sei sie eine reiche Erbin – vorausgesetzt, er könne widerlegen, dass sie gemeinsam am Tod ihres Vaters Schuld trügen.
Ihre Mutter würde sie gerne wieder besuchen, sagte sie. Im Telefonat heute Vormittag habe sie von ihr erfahren, dass sie im Sanatorium Besuch von den Carabinieri bekommen habe. Dieser Spuk müsse aufhören, ihre Mutter sei zu schwach dafür.
Gina stand auf, räumte den Tisch ab, ging in die Küche, um das Geschirr zu spülen und sauber zu machen. Hipp blieb am Tisch sitzen, goss sich den restlichen Wein ins Glas und dachte nach. Einiges sprach dafür, dass Delitas russische Kunden etwas mit dem Mord an Steinknecht zu tun hatten. Hipp schloss die Augen und blendete zurück. Er sah sich das Büro von Delita in Parma betreten und nach Zorzi fragen. Nein, zu ihrem Bedauern könne Signor Zorzi heute nicht mit ihm sprechen, hatte die Empfangssekretärin gesagt. Dann hatte sie in routiniertem Englisch ein Gespräch geführt, in dem es um eine Weinlieferung nach Moskau ging, bei der es irgendwelche Probleme gab und der Name Michail fiel. Währenddessen hatte er die Bilder und Zertifikate an der Wand betrachtet. Ugo Zorzi, lässig an seinen

Ferrari gelehnt. Zorzi, Rettenstein und Steinknecht vor ihrer großen Lagerhalle. Rettenstein mit einer großen Trüffel in den Händen. Interessant. Aber eigentlich war er in seinem Gedächtnis auf der Suche nach einem gerahmten Artikel rechts oben. Jetzt hatte er ihn vor Augen: Ein Feinschmeckermagazin berichtete vom ersten Preis, den die italienisch-russische Handelskammer an Amedèo Steinknecht und an einen Russen verliehen hatte, der auf dem Foto Steinknecht die Hand reichte. Hipp konzentrierte sich. Der Name des Russen stand ganz groß unter dem Bild. Michail? Ja, ganz genau, Michail Borogowski! Ob das der Geschäftspartner beim Geschäft mit dem gefälschten Barolo war? Wer weiß, was zwischen Steinknecht und Borogowski sonst noch für Geschäfte gelaufen waren? Geschäfte, für die die Handelskammer keine Auszeichnung verleihen würde. Jedenfalls sprach einiges dafür, diesen Herrn genauer unter die Lupe zu nehmen. Zu dumm, dass es für sein Notebook in diesem Haus keine Möglichkeit gab, online zu gehen. Und in dem mittelalterlichen Dozza gab es wohl keinen Hotspot, der ihm einen Zugang ins Internet ermöglichen würde. Er hätte dort gerne mal nach diesem Michail Borogowski geforscht.

Gina kam gerade aus der Küche, da klingelte das Telefon im Haus, zum ersten Mal überhaupt. Sie sahen sich kurz an, Hipp stand auf und nahm den Hörer ab. Seine Vermutung bestätigte sich, es war Sabrina, die ihren Anrufbeantworter abgehört hatte. Warum sie ihn nicht über sein Handy erreichen könne, wollte sie wissen. Weil er von der Polizei gesucht werde, und über das Handy könne man seinen Aufenthaltsort ermitteln, antwortete er.

»Du wirst von der Polizei gesucht?«, sagte Sabrina lachend. »Bist du mit deiner Giulietta zu langsam auf der Autostrada gefahren? Nein, jetzt hab ich's. Du hast beim Essen mit Maresciallo Viberti etwas Abfälliges über seinen Lieblingswein gesagt, stimmt's?«

»In diesem Fall hätte er mich wahrscheinlich sofort verhaftet. Nein, ich stecke wirklich in Schwierigkeiten. Man hält es für möglich, dass ich Rettenstein umgebracht habe und auch Steinknecht.«

»Du bist ein Serienkiller? Mein Gott, mit wem habe ich mich da eingelassen?«

»Sabrina, das ist kein Witz. Ich muss meine Unschuld beweisen, was mit einem Alibi am leichtesten wäre. Leider habe ich keines.«

»Warte mal, am Wochenende, an dem Rettenstein gestorben ist, habe ich dich doch in deinem Haus besucht. Da hat es diesen seltsamen Speck gegeben, den Lardo, der wie Käse über die Bruschetta gelaufen ist, erinnerst du dich?«

Gina, die sich in der Nähe auf einen Stuhl gesetzt hatte, gab Hipp ein fragendes Zeichen, ob sie gehen solle. Er bedeutete ihr, dass sie ruhig bleiben und zuhören könne.

»Mit dem Lardo hast du recht«, antwortete Hipp, »aber leider ist Rettenstein am Freitagabend umgebracht worden, du bist aber erst am Samstag gekommen. Den Freitag über habe ich meinen Campo nicht verlassen, mit keinem Menschen Kontakt gehabt.«

»Du täuschst dich«, sagte Sabrina nach kurzem Überlegen, »ich bin schon am Freitag gekommen.«

»Nein«, korrigierte Hipp, »ich täusche mich nicht.«

»Entschuldige, dass ich dir widerspreche, aber du täuschst dich hundertprozentig. Ich war die Nacht vom Freitag auf Samstag bei dir. So war das, ich kann mich genau erinnern.«

»Stimmt aber nicht!«, beharrte Hipp.

»Doch, stimmt. Ich bin bereit, das unter Eid auszusagen. Die Nacht ist mir in unvergesslicher Erinnerung.«
»Das würdest du tun?«
»Natürlich, das bin ich dir schuldig.«
»Nun, helfen würde es schon«, überlegte Hipp laut, »ich glaube, ich werde dein Angebot annehmen. Mir scheint, du hast recht. Am Freitag bist du gekommen? Jetzt erinnere ich mich, wir haben eine Flasche Champagner aufgemacht. Wie konnte ich nur diese wunderbare Nacht vergessen?«
Gina schnalzte leise mit der Zunge. Hipp sah sie irritiert an.
»Na also«, sagte Sabrina. »Die Polizei kann mich anrufen, du hast für die Nacht ein perfektes Alibi. Jetzt musst du dir nur noch was für deinen zweiten Mord ausdenken. Und das nächste Mal planst du bitte deine Verbrechen etwas professioneller.«
»Ich werde mir Mühe geben«, erwiderte Hipp.
»Ach übrigens«, fragte Sabrina, »bist du noch mit dieser Gina Zazzari zusammen? Ich hatte dich so verstanden, dass eigentlich sie der Tat verdächtig wäre. Aber das hat sich anscheinend geändert.«
»Ja, sie ist bei mir«, bestätigte Hipp. »Die Carabinieri gehen davon aus, dass wir Komplizen sind.«
»Komplizen? Hält man euch für ein Paar?«
»Offenbar, ist aber natürlich Quatsch«, sagte Hipp, bewusst so formulierend, dass die mithörende Gina aus seiner Antwort nicht auf die Frage schließen konnte. Vielleicht wäre er jetzt doch besser alleine?
»Hast du ein Verhältnis mit dieser Gina?«, fragte Sabrina unvermittelt, mit gefährlich ruhiger Stimme.
»Nein, habe ich nicht!«
»Soll ich das glauben?«
Hipp dachte an seine schier übermenschliche Selbstbeherr-

schung, die er unter Beweis gestellt hatte. »Ja«, antwortete er, »das kannst du glauben.«

»Vielleicht sollte ich mein Alibi zurückziehen. Sieht sie gut aus?«

Den Hörer in der Hand, sah er Gina an, die ihre nackten Beine übereinandergeschlagen hatte und ihn spöttisch anschaute. Offenbar ahnte sie, worüber sie sprachen.

»Eher unscheinbar«, log Hipp, »aber sie ist ausgesprochen nett. Ich mag sie, sonst hätte ich mich nicht bereit erklärt, ihr zu helfen. Aber das heißt noch lange nicht …«

»Wäre sie bereit?«

»Wozu?«, fragte er scheinheilig.

»Sich von dir verführen zu lassen?«

Trotz der bedrohlichen Situation musste Hipp lächeln. Wer hatte hier wen zu verführen versucht?

»Keine Ahnung«, antwortete er, »wir haben andere Probleme.«

»Stressige Situationen können sexuell durchaus anregend sein«, ließ Sabrina nicht locker, »das hast immerhin du mir mal erklärt. Und du musst es schließlich wissen, du hast das studiert. Außerdem kann ich deine Theorie aus praktischer Erfahrung bestätigen.«

»Sabrina, bitte lassen wir das.«

»Macht dich diese sympathische Gina an, will sie was von dir?«, blieb sie hartnäckig am Thema. Während Hipp noch über die Frage nachdachte, und darüber, dass die weibliche Intuition auch über Telefonleitungen zu funktionieren schien, fuhr Sabrina fort: »Du hast gesagt, Gina sei in der Nähe? Bitte hol sie ans Telefon, ich möchte mit ihr sprechen.«

Er zuckte mit den Schultern. Das Verhängnis nahm seinen Lauf. Er ergab sich fatalistisch in sein Schicksal.

»Okay. Dann verabschiede ich mich schon mal. Darf ich den Carabinieri trotzdem deinen Namen geben? Wegen des Alibis, du weißt schon.«

»Wenn du mich nicht angelogen hast, dann schon.«

»Hab ich nicht. Also nochmals vielen Dank. Ciao.«

»Ciao, und schlaf gut, wenn's geht alleine. Jetzt gib mir endlich diese Gina!«

Hipp hob den Hörer in die Luft. »Gina, würdest du bitte mal kommen, meine Freundin Sabrina möchte mit dir reden.«

»Deine Freundin will mit mir reden? Warum denn das?«

»Keine Ahnung, sie wird es dir schon sagen. Ich gehe solange an die frische Luft.«

Gina stand auf, kam zu Hipp ans Telefon und hauchte ihm provozierend einen Kuss zu. Ihre Augen funkelten angriffslustig. »Na, dann gib mir mal den Hörer.«

Ihm schwante Schlimmes. Fluchtartig verließ er das Zimmer. Er hörte noch, wie sich Gina mit ihrem Namen meldete und ein freches »Was kann ich für Sie tun?« hinterherschickte. Nein, das war kein guter Gesprächsauftakt.

Hipp ließ in seinem Rücken die Tür ins Schloss fallen und trat hinaus auf die Straße. Leichter Regen hatte eingesetzt. Er blieb unter dem Vordach stehen und sah hinüber zum gegenüberliegenden Haus. Dass auf dessen Mauern ausgerechnet ein großer roter Frauenmund gemalt war, trug nicht dazu bei, ihn auf andere Gedanken zu bringen. Vielleicht hätte er doch im Zimmer bleiben sollen, überlegte er. Um zu kontrollieren, was Gina erzählte. Nach ihren erotischen Leibesübungen musste er mit dem Schlimmsten rechnen. Vielleicht ging die Phantasie mit ihr durch? Sollte sie Sabrina schamlos anlügen, dann wäre es mit ihrer Freundschaft wohl vorbei. Oder würde Sabrina ihm mehr glauben als ihr? Das wäre eine Frage des Ver-

trauens. Und ohne Vertrauen war keine Beziehung etwas wert. So gesehen war es egal, welchen Verlauf das Gespräch nehmen würde.
Wenn ihm Sabrina den Laufpass gab – er konnte diesen Gedanken nicht verdrängen –, dann hätte er bei Gina freie Bahn. Hipp sah ihren nackten Körper vor sich und lächelte. Eigentlich konnte er mit seinem Schicksal nicht hadern. Aber passten sie wirklich zusammen? Nein, ganz sicher nicht. Gina würde nie mehr als ein Abenteuer sein. Sabrina indes war mehr, sehr viel mehr. Aber wenn sie ihn wegen dieser blöden Geschichte auf den Mond schoss, wenn sie Gina mehr glauben sollte als ihm, dann würde er sich auf dieses Abenteuer einlassen.

55

Maria Battardi saß am Küchentisch. Den Teller mit den lauwarmen Agnolotti* hatte sie zur Seite geschoben. Seit Ildefonsos Tod litt sie unter Appetitlosigkeit. Wahrscheinlich lag es daran, dass es keinen Spaß machte, alleine zu essen. Schon beim Kochen gab sie sich keine Mühe mehr. Warum auch? Es war ja keiner da, der sich darüber freuen konnte.
Maria goss sich ein Glas Dolcetto* ein, setzte die Lesebrille auf und öffnete einen Schuhkarton mit alten Fotos. Ildefonso und sie auf einem Motorrad. Gott, wie jung sie aussahen. Wie lange das wohl her war? Ihr Mann noch schlank und sie selbst mit hüftlangen Haaren. Mit dem Motorrad waren sie nach Cinque Terre ans Meer gefahren, erinnerte sie sich, hatten in Monterosso im Meer gebadet, waren von Manarola die Via dell'Amore nach Riomaggiore gelaufen, hatten über alte Maultierpfade den Weg durch die steilen Weinberge gefunden. Sie gab dem Bild

einen Kuss und legte es zur Seite. »Ildefonso, ti amo«, flüsterte sie, »in eterno, auf immer und ewig.«
Die nächsten Fotos stammten alle aus dem letzten Jahr: Geburtstagsfeiern, Ostern, Ferragosto, bei Giancarlo zur Weinernte. Ildefonso mit seinem Hund Profumo, sie selbst im Liegestuhl, Ildefonso beim Speckschneiden, Carlo in seiner Enoteca bei einer Weinverkostung.

Maria fand einige Zeitungsausschnitte. Ein Artikel mit Foto, auf dem Ildefonso eine riesige Trüffel in den Händen hielt. »Il re dei trifolai!« stand darüber in großen Buchstaben geschrieben.
Maria nickte. Ja, er war schon ein ungewöhnlich erfolgreicher Trüffelsucher gewesen. Er hatte eine Nase für die besten Plätze gehabt, war immer alleine unterwegs gewesen, hatte nicht einmal ihr verraten, wo seine geheimen Fundorte waren. Dass er bis nach Asti gefahren war, das hatte auch sie nicht gewusst – bis zu seinem Tod.
Unheimlich sei es in dem Wald, hatte Carlo berichtet. Auch am Tag fast so dunkel wie in der Nacht. Von einer alten Sage mit Hexen, riesigen Fledermäusen und bösartigen Monstern hatte er erzählt. Ob auf dem Wald ein Fluch lastete? Sie durfte es nicht laut sagen, auch Carlo hätte dafür wenig Verständnis, aber sie glaubte an so was. Nicht an Hexen und adlergleiche Fledermäuse, aber daran, dass es Plätze gab, die man besser mied, wo der Teufel so stark war, dass die Schutzengel nichts ausrichten konnten. Ildefonso hätte gut daran getan, auf die Trüffeln in diesem Wald zu verzichten.
Maria nahm einen Schluck aus dem Weinglas. Natürlich hatte der Teufel kein Gewehr, aber er hatte Macht über Menschen, so viel Macht, dass er einen Mann dazu bringen konnte, in den Wald zu gehen und auf Ildefonso zu schießen. Vielleicht hatte er

dem Jäger vorgegaukelt, dass er auf ein Wildschwein anlegte? In diesem Fall wäre auch der Täter ein Opfer. Aber das änderte nichts daran, dass er eine Todsünde begangen hatte, für die er büßen musste.

Es war gut, dass Carlo nach Asti auf die zuständige Kommandantur fahren und den Beamten einen Tritt in den Hintern geben wollte. Sie selbst würde sich hinter diesen Maresciallo klemmen, der ihren Nusskuchen so gemocht hatte. Er brauchte wohl weniger einen Tritt, bei ihm half wahrscheinlich ein Schmorbraten. Hatte er nicht gesagt, für einen Brasato al Barolo* könne er sterben? Hauptsache, Viberti sorgte dafür, dass nach dem Mörder von Ildefonso weiter gefahndet wurde.

Maria blickte auf den Teller mit den erkalteten Agnolotti. Für den Maresciallo zu kochen würde Spaß machen, der wusste ein gutes Essen zu schätzen. Und womöglich bekam sie in seiner Gesellschaft wieder selbst Appetit.

56

Als der Regen stärker wurde, so stark, dass Hipp den roten Frauenmund auf dem gegenüberliegenden Haus nicht mehr sehen konnte, beschloss er, zu Gina zurückzukehren. Er ging die Stufen hinauf ins Wohnzimmer, zögerte kurz und trat ein. Zu seiner Überraschung legte Gina genau in diesem Augenblick den Hörer auf. So lange hatten die beiden miteinander telefoniert? Wo es doch nur eine kurze Frage zu klären gab, die beiden sich überhaupt nicht kannten und zudem wohl wenig Sympathien füreinander hegten? Gina warf ihm einen seltsamen Blick zu, den er ebenso wenig zu deuten vermochte wie ihr verhaltenes Lächeln.

Er ging durch das Wohnzimmer, setzte sich in den alten Ohrensessel vor dem Kamin und beobachtete sie. Er war sich sicher, dass er nicht allzu lange auf eine eindeutige Botschaft warten musste. Sie stand immer noch vor dem Telefon, die Arme in die Hüften gestemmt, zu ihm hinsehend, ohne ein Wort zu sagen. Ihr Lächeln wurde breiter.
»Ich vermute, ich muss mir ein neues Alibi suchen«, sagte er.
»Ein neues Alibi?«, erwiderte Gina. »Nein, Sabrina bleibt dabei, dass sie dich am Freitagabend besucht hat. Das soll ich dir ausrichten.«
»Tatsächlich? Für einen Augenblick habe ich daran gezweifelt. Lieb von ihr. Und jetzt?«
»Ich hab dich gern, sehr sogar. Du hast mir vom ersten Augenblick an gefallen, schon als du in Alba ratlos vor deinem alten Spider gestanden hast, der nicht anspringen wollte. Ich liebe deine ruhige, entspannte Art. Ja, ich hätte gerne mit dir geschlafen. Und ich bin überzeugt davon, es hätte uns gefallen ...«
Hipp sah sie wortlos an.
»Aber daraus ist leider nichts geworden. Jetzt werde ich ins Bad gehen, mich duschen und ins Bett legen. Und zwar alleine. Mein Zimmer werde ich von innen verriegeln. Ach so, was ich noch sagen wollte, deine Sabrina gefällt mir. Sie weiß, was sie will. Wir haben uns gut verstanden. Ich glaub, ich mag sie. Sabrina hat mich nach Montalcino eingeladen. Wenn alles vorbei ist, werde ich sie besuchen.«
Gina hauchte ihm über die Handfläche einen Kuss zu. »Arrivederci, caro amico. Schlaf gut, träum was Süßes – und lass uns gute Freunde bleiben.«
Er sah hinter ihr her, wie sie aus dem Zimmer ging, etwas wehmütig und doch glücklich zugleich. Er hörte im Bad das Wasser rauschen. Hipp stand auf, ging in sein Zimmer und suchte in der

Reisetasche nach dem Etui mit den Zigarren. In der Küche stand eine weitere Flasche Marzieno. Er öffnete sie, roch am Korken und goss sich ein Glas ein. Zurück im Wohnzimmer, setzte er sich erneut in den alten Sessel vor dem Kamin. Er rollte die Havanna unter der Nase und zündete sie an. Der Wein im Glas funkelte rubinrot. Seine Aromen, die an Brombeeren erinnerten, an Kirschen und Pflaumen, wurden überlagert vom süßlichen Geruch der Montecristo. Er stellte fest, dass er sich schon mal schlechter gefühlt hatte.

Als Gina am nächsten Morgen ins Wohnzimmer kam, war sie überrascht, Hipp schon zu so früher Stunde anzutreffen. Es duftete nach Kaffee, im Korb auf dem Tisch waren frische Cornetti, und daneben lag die Tageszeitung. Sie hatte Jeans an, Turnschuhe und trug über dem Polo eine langärmlige Stoffjacke. Gina setzte sich an den Tisch, nahm ein Hörnchen und fragte Hipp, ob er schon diesen Maresciallo angerufen habe, um ihm sein Alibi mitzuteilen.

Nein, noch nicht, erklärte Hipp. Aber dafür habe er einige andere sehr interessante Gespräche geführt. Er erzählte ihr, dass er in der Nacht bevor Steinknecht ermordet wurde zunächst in einer Trattoria in Parma zu Abend gegessen habe, dann sei er in der Hotelbar gesessen, wo er einen Amaro getrunken und auf seinem Notebook alte E-Mails gelesen habe. Schließlich sei er am Nachtportier vorbei auf sein Zimmer gegangen, habe noch etwas ferngesehen und sei dann eingeschlafen. Das Hotel, müsse sie wissen, habe Chipkarten, mit denen man die Zimmertür öffne und die man dann innen in einen Schlitz stecken müsse, um Strom zu haben. Genau dieses System liefere ihm jetzt für diese Nacht ein ziemlich gutes Alibi. Er habe heute Morgen schon mehrfach mit dem Hotel telefoniert. Dass er spätabends in der

Hotelbar gesessen habe, bestätige wohl der Barista. Er habe heute frei, aber die Rechnung vom Amaro sei in der elektronischen Kasse registriert und auf sein Zimmer gebucht. Der Nachtportier, den er heute Morgen noch vor seinem Dienstschluss am Telefon erreicht habe, könne sich daran erinnern, dass Hipp ihn auf dem Weg nach oben gegrüßt habe und dass sie sich kurz unterhalten hätten. Im zentralen Rechner des Hotels sei exakt die Uhrzeit gespeichert, zu der Hipp mit der Chipkarte die Tür geöffnet und sie kurz danach in den Schlitz gesteckt habe, auch dass er sie erst um sieben Uhr morgens wieder herausgezogen habe. Woraus eindeutig hervorgehe, dass er das Zimmer in der Nacht nicht verlassen habe. Die Fenster könne man nicht öffnen, das Hotel sei voll klimatisiert. Fazit: Er sei in der Nacht, als Steinknecht ermordet wurde, zweifelsfrei auf seinem Zimmer gewesen.

Gina tunkte das Cornetto in den Kaffee. »Congratulazioni«, sagte sie, »du bist auf der ganzen Linie unschuldig, sowohl was mich betrifft als auch hinsichtlich der beiden Morde.«

Sie biss herzhaft in das Frühstückshörnchen. »Ich habe mir was überlegt«, sagte sie mit vollem Mund. »Ich möchte dich nicht nur dafür bezahlen, dass du mir geholfen hast, meinen Kopf aus der Schlinge zu ziehen. Ich wäre froh, wenn du mir noch eine zweite Rechnung schreiben könntest …«

»Wofür?«

»Dafür, dass du den Mörder meines Vaters gefunden hast. Ich habe ihn nicht gemocht, das weißt du, aber deshalb hatte er es noch lange nicht verdient, umgebracht zu werden. Sollte ich wirklich sein Vermögen erben, dann wäre es nur recht und billig, wenn ich einen kleineren Teil davon in die Ergreifung seines Mörders investiere.«

Hipp nahm einen Schluck Kaffee. »Wer deinen Vater umgebracht hat, das möchte ich auch gerne wissen. Leider fehlt mir bisher jeder vernünftige Anhaltspunkt.« Er machte eine Pause. »Übrigens habe ich mit Sabrina telefoniert, sie lässt dich grüßen.«

»Hast du ihr gesagt, dass ich mein Zimmer von innen verriegelt habe?«

»Nein. Weder hat sie danach gefragt, noch habe ich es kontrolliert. So, und jetzt werde ich mit Viberti telefonieren. Wahrscheinlich ist er auf dem Trüffelmarkt, aber er wollte ja sowieso, dass ich ihn auf seinem privaten Telefonino anrufe.«

Wie sich herausstellte, war der Maresciallo gerade im Caffè Calissano beim Frühstücken. Er zeigte sich hocherfreut, dass Hipp nicht als Täter in Frage kam und dies auch beweisen konnte. Er habe ihn nie auch nur eine Sekunde im Verdacht gehabt, versicherte er. Aber nun könne er seine Kollegen in Bologna und Parma zurückpfeifen. Es freue ihn, dass sie sich wieder einmal auf dem Holzweg befänden. Er plädiere dennoch dafür, dass sich Hipp und Gina noch am Vormittag auf der zuständigen Carabinieri-Station in Bologna meldeten. Er werde ihr Kommen beim Sottotenente Garrisaldo avisieren. Und er werde ihm sagen, dass Hipp wenig Zeit habe, weil er in seinem Auftrag eine heiße Spur in einem anderen Fall verfolge. Er habe doch hoffentlich eine heiße Spur?

Es könne sein, bestätigte ihn Hipp in dieser Auffassung.

Schwieriger sei es, fuhr Viberti fort, dem Sottotenente klarzumachen, warum sich Hipp hinter dem Rücken der Carabinieri in Ginas Wohnung geschlichen habe. Aber er wolle seinen ganzen Einfluss geltend machen, damit dieses heikle Thema nicht angesprochen werde. Wann er ihn denn wieder in Alba begrüßen dürfe, wollte Viberti zum Abschied wissen.

So bald wie möglich, versicherte Hipp, denn er würde den Maresciallo gerne zum Essen einladen.
Viberti verwies wieder darauf, dass es in der Nähe ein neues, ganz vorzügliches Ristorante gab. Er würde es gerne übernehmen, einen Tisch zu reservieren. Viberti lachte. Hipp müsse ja keine Schweinepfote bestellen. Sie könnten sich stattdessen gemeinsam von der Qualität der Agnolotti überzeugen, con tartufo bianco, naturalmente!
Naturalmente, wiederholte Hipp.

57

Dass nicht alle Carabinieri so umgänglich wie Viberti waren, hatte Hipp schon immer gewusst. Ihr pflichtschuldiger Besuch beim Sottotenente Garrisaldo in Bologna brachte dies deutlich in Erinnerung. Gina musste an der Pforte den Inhalt ihrer Handtasche ausbreiten, die Mobiltelefone wurden ihnen abgenommen, ihre Personalien erfasst, sie wurden von einer Abteilung zur anderen geschickt, wobei sie die verschiedenen Stockwerke und die Weitläufigkeit des Gebäudes kennenlernten. Sie mussten schwer interpretierbare Fragebögen ausfüllen, es fanden einige unfreundliche Vorgespräche mit unteren Dienstgraden statt, ihre Angaben zu den Zeugen wurden protokolliert, sie wurden fotografiert – dann ließ man sie auf einer unbequemen Bank warten.
Als Gina auf die Toilette wollte, teilte man ihr mit, dass sich jene für Besucher leider gerade in Reparatur befinde. Es half nichts, dass sie höflich auf die außerordentliche Dringlichkeit ihres Bedürfnisses hinwies. Dem nächsten Carabiniere, der vorbeikam, erklärte sie wütend, dass die Verweigerung einer Toilet-

te Folter sei und gegen die Menschenrechtskonvention versto-ße. Der Carabiniere zuckte verständnislos mit den Schultern und ging weiter. Bevor das Problem eskalieren konnte, wurde Gina aufgerufen und zum Sottotenente ins Büro gebeten. Sie warf Hipp zum Abschied einen verunsicherten Blick zu.

Hipp lehnte den Kopf gegen die Wand, schloss die Augen und meditierte. In Gedanken saß er im Liegestuhl vor seinem Haus in der Toskana, über ihm die Zweige des Olivenbaums. Er glaubte den Wind zu fühlen, hörte Rascheln im Gras, spürte die Herbstsonne im Gesicht. Wie spät es wohl war? Egal, er würde noch etwas schlummern, dann hinunter in den Ort gehen, in der Bar Centrale einen Caffè trinken, mit Sandro über das Wetter plaudern und sich seine Zeitung holen. Am Nachmittag könnte er die Rosenstöcke neben der Pergola beschneiden – er könnte es aber auch sein lassen. Und er würde darüber nachdenken, dass es ihn nichts angehe, wer einen gewissen Amedèo Steinknecht in Parma umgebracht habe. Ugo Zorzi? War doch völlig egal. Eigentlich spielte es auch keine Rolle, wer Rettenstein auf dem Gewissen hatte. Sollte sich die Polizei darum kümmern. Hier ging es nicht darum, einem Serienmörder das Handwerk zu legen und das Leben weiterer Opfer zu schützen. Nein, Rettenstein war schon tot, er würde nicht wieder lebendig werden. Nun gut, dass er Gina hatte helfen können, ihre Unschuld zu beweisen, das war ein kleines Verdienst, wäre ihr mit einer gewissen Verzögerung aber wohl auch selbst gelungen. Dafür jedenfalls hätte er diesen Liegestuhl nicht verlassen müssen. Seine Schuldgefühle gegenüber Rettenstein, weil er nicht auf seine E-Mails reagiert hatte? Sentimentaler Unsinn!
Doch, er würde die Rosen beschneiden. Und seine Giulietta wa-

schen. Was hatte er in Bologna zu suchen, in Parma oder Alba? Gina würde alleine klarkommen – was im Hinblick auf seine Beziehung zu Sabrina auch besser wäre. Und der Maresciallo müsste selber herausfinden, wer Rettenstein eine Flasche Sassicaia in den Hals gerammt hatte. So einfach war das. Die Herbstsonne tat gut. Nur war der Liegestuhl heute etwas unbequem. Er hörte Schritte näher kommen. Wie Gummisohlen auf Linoleum. Auf seiner terrakottagefliesten Terrasse in der Toskana gab es kein Linoleum …

»Der Sottotenente erwartet Sie!«

Hipp machte die Augen auf. Die Wirklichkeit hatte ihn wieder. Gina kam aus dem Zimmer. Sie nickte ihm mit einem Lächeln zu. »Alles in Ordnung«, sagte sie. »Ich muss mich bis auf Weiteres einmal die Woche auf einer Carabinieri-Station melden und darf vorläufig Italien nicht verlassen. Aber die Dottoressa Menotti hat mein Alibi bereits bestätigt, ich stehe nicht mehr auf der Liste der Verdächtigen. Und die beste Nachricht …«

»Ja?«

Gina zeigte ihm einen Schlüssel. »Ich darf auf die Toilette!«

Sottotenente Garrisaldo war sichtbar misslaunig. Er gab Hipp ein Zeichen, Platz zu nehmen – und blickte ihn streng über den Schreibtisch an. Hatte er gehofft, sein Gegenüber auf diese Weise zu verunsichern, war er bei Hipp an der falschen Adresse. Dieser lehnte sich zurück, schlug entspannt die Beine übereinander – und sah dem Sottotenente ebenso wortlos direkt in die Augen.

»Allora«, brach der Carabiniere das Spiel ab, »Sie sind gut bekannt mit dem Maresciallo Viberti in Alba? Er hat mir gesagt, dass Sie private Ermittlungen durchführen. Haben Sie dafür eine Berechtigung? Ich meine, als Deutscher in Italien?«

»Ich werde gelegentlich von Freunden gebeten, ihnen zu helfen, indem ich Dinge beobachte und einige Überlegungen anstelle. Dafür braucht man keine Berechtigung – weder in Deutschland noch in Italien.«

»Da bin ich mir nicht so sicher, aber lassen wir das. Wie es aussieht, haben Sie sowohl für den Mord an Signor Steinknecht als auch im Falle des Signor Rettenstein ein Alibi.«

»Ja, und zudem habe ich kein Motiv.«

»Als Freund von Gina Zazzari hätten sie womöglich eines.«

»Aber ich bin nicht ihr Freund, ich habe sie erst nach den beiden Todesfällen kennengelernt.«

»Und sind Sie es jetzt, ich meine, ihr Freund?«

»Hängt davon ab, was Sie darunter verstehen.«

»Sie wissen schon.«

Hipp lächelte. »Nein, so gesehen bin ich nicht ihr Freund. Was Ihnen gewiss auch Signorina Zazzari bestätigt hat.«

»Ja, das hat sie. Um ehrlich zu sein, Signor Hermanus, ich würde Sie am liebsten einsperren.«

»Weil ich mich hinter dem Rücken Ihrer Leute in Gina Zazzaris Wohnung geschlichen habe?«

»Ganz genau, deshalb!«

»Ich möchte mich hiermit in aller Form für diese Aktion entschuldigen. Sie sollte der Wahrheitsfindung dienen. Keinesfalls wollte ich damit Sie oder Ihre Beamten provozieren …«

»Wir sind eine militärische Einheit, kein Beamtenapparat!«, korrigierte Garrisaldo, um dann fortzufahren: »Viberti hat mich davon in Kenntnis gesetzt, dass Sie für die Carabinieri in Alba schon in der Vergangenheit als Informant tätig waren und zur Aufklärung eines Falles beigetragen haben.«

»Ich habe meinen bescheidenen Beitrag geleistet.«

»Am besten sagen Sie mir jetzt, wer Amedèo Steinknecht umgebracht hat, dann können Sie gehen.«

»Das würde ich gerne, aber ich weiß es nicht. Und ehrlich gesagt, ich will es auch gar nicht wissen. Allenfalls interessiert mich, wer Hubertus Rettenstein ermordet hat. Aber auch die Klärung dieses Falles möchte ich den Carabinieri überlassen.«

Der Sottotenente nickte. »Beim Maresciallo liegt der Fall in den besten Händen. Aber er hat angedeutet, Sie hätten einen Hinweis?«

»Das ist übertrieben, aber ich habe einen Verdacht, wer Rettenstein getötet haben könnte.«

»Dieser Rettenstein interessiert mich nicht, was ist mit Steinknecht? Wenn Sie es nicht waren, auch nicht Ihre Geliebte Gina …«

»Aber Sottotenente!«, protestierte Hipp.

»Entschuldigen Sie, ich wollte sagen, Ihre vorübergehende Bekanntschaft. Also, wenn es keiner von Ihnen beiden war, wer war es dann?«

»Dass Ugo Zorzi in Betracht käme, haben Sie sich gewiss auch schon überlegt.«

»Natürlich, aber wenn schon Sie kein Motiv hatten, er hat erst recht keines. Oder sehen Sie das anders?«

Hipp zögerte. »Wahrscheinlich haben Sie recht«, bestätigte er.

Garrisaldo klopfte ungeduldig mit dem Zeigefinger auf den Schreibtisch. »Signor Hermanus, falls Sie über andere Erkenntnisse verfügen, sind Sie verpflichtet, mir diese unverzüglich mitzuteilen. Sie machen sich strafbar, wenn Sie Beweismittel oder aufklärungsrelevante Hinweise zurückhalten. Ist Ihnen das klar?«

»Nichts liegt mir ferner.«

»Umgekehrt wäre ich bereit, Ihren illegalen Besuch der Wohnung einer Tatverdächtigen zu vergessen, wenn Sie mir alles sagen, was Sie wissen.«

»Ich möchte niemanden aufgrund von Spekulationen beschuldigen …«

»Doch, genau dazu fordere ich Sie hiermit ausdrücklich auf. Das Gespräch bleibt unter uns. Von Ihnen stammt der Hinweis, dass es sich beim Barolo aus dem Lager von Delita um eine Fälschung handelt? Viberti sagt, Sie hätten dazu bestimmt eine interessante Theorie. Also, schießen Sie los!«

»Ich habe keine Theorie, allenfalls zwei Denkansätze. Ich nehme an, die Fälschung hat sich in der labortechnischen Analyse bestätigt?«

»Ja, das haben meine Kollegen in Parma zweifelsfrei festgestellt, in der Flasche war definitiv kein Barolo. Woher wussten Sie das?«

»Ich habe ihn probiert.«

»Und dabei ist Ihnen die Fälschung aufgefallen? Das soll ich Ihnen glauben?«

»War nicht so schwierig«, antwortete Hipp, ohne auf die Bemerkung näher einzugehen. »Ich könnte mir vorstellen«, fuhr er fort, »dass Amedèo Steinknecht den Wein ohne Kenntnis seines Partners Zorzi gefälscht und auf eigene Rechnung verkauft hat. Zorzi hat dies durch Zufall in der Nacht nach seinem Autounfall entdeckt, vielleicht als er im Firmensafe nach Fahrzeugpapieren oder Versicherungsunterlagen gesucht hat. Er ist in aller Frühe ins Lager gefahren, um Steinknecht zur Rede zu stellen. Zorzi wusste, dass sein Partner an diesem Tag bereits um sechs Uhr mit der Revision beginnen wollte. Es kam zum Streit. Steinknecht ist mit der Flasche auf seinen Partner losgegangen. Zorzi hat ihn in die Tiefkühltruhe gestoßen, den Deckel zugemacht, ist nach Hause gefahren und hat sich zu seiner Frau ins Bett gelegt.«

Der Sottotenente nickte zögerlich. »Das wäre möglich, ist aber sehr unwahrscheinlich.«

»Stimmt, sehr unwahrscheinlich, doch immerhin möglich. Zugegeben, der Zeitplan ist knapp, könnte aber hinkommen. Ist Steinknecht eigentlich an irgendwelchen äußeren Verletzungen gestorben?«

»Nein, er ist laut Autopsie in der Truhe zuerst erstickt und dann erfroren. Oder umgekehrt, die Reihenfolge dürfte keine Rolle spielen.«

»Das würde also passen. Nach der Tat hat sich Zorzi mit dem Gedanken angefreundet, die Anteile von Steinknecht übernehmen zu können. Und das sehr preiswert, denn die Firma ist laut Gutachten derzeit hoch verschuldet. Letzteres wage ich übrigens anzuzweifeln. Mein Vorschlag wäre, die Bücher einer genauen Prüfung zu unterziehen.«

»Haben Sie Anhaltspunkte für Ihren Zweifel?«

»Die schlechte Geschäftssituation deckt sich nicht mit Informationen, die mir Hubertus Rettenstein vor seinem Tod gegeben hat«, zog sich Hipp aus der Affäre, ohne die E-Mails zu erwähnen, die er kopiert hatte, aber genau diesen Schluss nahelegten.

»Nun gut, ich könnte meinen Kollegen von der Guardia di Finanza einen Hinweis geben.«

»Auch würde ich das Unfallfahrzeug von Zorzi untersuchen lassen. Er hat eine Explosion unter der vorderen Radaufhängung erwähnt. Darauf kann ich mir zwar keinen Reim machen, aber es wäre vielleicht interessant zu wissen, wie sie zustande kam.«

»Explosion unter der Vorderachse? Der Ferrari hat einen Mittelmotor.«

»So ist es. Aber kommen wir zu meinem zweiten Denkansatz. Ich glaube nämlich nicht wirklich, dass Ugo Zorzi seinen Partner im Streit oder wie auch immer umgebracht hat.«
»Nein? Ich habe gerade angefangen, diese Möglichkeit ernsthaft in Erwägung zu ziehen.«
»Die Firma Delita liefert italienische Delikatessen an Abnehmer in Russland. Womöglich auch den Barolo, was aber aus den Büchern wohl kaum hervorgehen wird. Mir sind jedenfalls Schwierigkeiten mit einem russischen Kunden zu Ohren gekommen. Unterstellen wir, dass dieser Kunde von Steinknecht mit dem gefälschten Barolo übers Ohr gehauen wurde, wäre es denkbar, dass er Steinknecht im Lager einen folgenschweren Besuch abgestattet hat. Ausgehend von dieser These, könnte man die Flasche Wein in der Tiefkühltruhe als Botschaft verstehen, eine Botschaft an mögliche Komplizen, so etwas nie mehr zu versuchen.«
»Eine abenteuerliche Geschichte.«
»Abenteuerlich, aber möglich. Übrigens habe ich diese Theorie bereits gegenüber Maresciallo Viberti erwähnt ...«
»Er hat sie offenbar für sich behalten.«
»Wahrscheinlich, weil es keine konkreten Anhaltspunkte gibt. Wie gesagt, ich kann Ihnen nur erzählen, was mir so durch den Kopf geht. Das mag alles Unsinn sein, ich habe keine Beweise und möchte niemanden beschuldigen.«
»Sie wissen nicht zufällig, wie der russische Kunde heißt?«
»Ich bin nur über einen Namen gestolpert: Michail Borogowski. Keine Ahnung, ob er was damit zu tun hat.«
»Michail Borogowski? Über diesen Namen sind Sie gestolpert? Ist das die Art, wie Sie ohne Lizenz ermitteln? Sie stolpern über die Dinge?«
»Ich sagte doch schon, ich ermittle nicht. Aber das Bild gefällt

mir: Ich stolpere herum, halte dabei Augen und Ohren offen, mache mir meine Gedanken und gebe Hinweise. Nicht mehr und nicht weniger.«

»Eine sehr interessante Methode. Sie müssen mir diese Vorgehensweise bei Gelegenheit mal genauer erläutern. Falls Ihnen im Zusammenhang mit dem Tod des Amedèo Steinknecht erneut ermittlungsrelevante Gedanken kommen, rufen Sie mich an.«

»Das mache ich gerne. Aber ehrlich gesagt will ich mich mit diesem Fall nicht mehr beschäftigen.«

»Eine gute Idee, ich wollte Sie ohnehin auffordern, sich ab jetzt herauszuhalten.«

»Ich möchte noch ein einziges Gespräch mit Signor Zorzi führen.«

»Muss das sein?«

»Ich habe ihn vorhin angerufen, wir sind am Nachmittag in Parma verabredet. Mich interessieren einige Aspekte im Zusammenhang mit Rettensteins Tod.«

»Bitte beschränken Sie sich auf dieses Thema, und lassen Sie all das unerwähnt, worüber wir gerade gesprochen haben.«

»Selbstverständlich. Im Anschluss fahre ich entweder nach Hause und lege mich dort in den Liegestuhl …«

»Das wäre meine dringliche Empfehlung.«

» …oder ich mache noch einen kurzen Abstecher nach Alba.«

»Nach Alba?«

»Ja, um Maresciallo Viberti bei einem gemeinsamen Mittagessen vom Gespräch mit Zorzi zu berichten.«

»Bei einem gemeinsamen Mittagessen?« Zum ersten Mal ließ der Sottotenente den Anflug eines Lächelns erkennen. »Da wird sich unser lieber Viberti aber freuen. Denken Sie zum Abschluss an die Grappa. Die aus Nebbiolo mag er am liebsten.«

58

Carlo wartete mit Profumo neben seinem Auto. Er sah auf die Uhr. Jeden Augenblick sollten sie kommen. Er hatte eine speckige Weste an, eine schmutzige Hose und schwere Stiefel. Unrasiert, die Hacke im Gürtel und den Stock unter den Arm geklemmt, sah er genau so aus, wie man sich einen Trüffelsucher vorstellte. Ein Trifolao wie aus dem Bilderbuch. Er gab Profumo ein Stück Hundekuchen. Die Hauptarbeit hatten sie bereits getan. Carlo musste lächeln. Ob sich Profumo die Stellen gemerkt hatte? Egal, er hatte sie alle markiert, mit einem kleinen abgebrochenen Zweig, den er in die Erde gesteckt hatte. Wo sie nur blieben? Er hatte seine Zeit nicht gestohlen. In spätestens einer Stunde musste er zurück in die Enoteca.
Der kleine Bus kam aus Alba. Mit Giovanni und zwölf Touristen aus Amerika. Sie hatten mit ihrer Reise als besonderes Erlebnis eine authentische Trüffelsuche gebucht. Ein Programmpunkt, der exakt terminiert war, nach einer Weinprobe und vor dem Mittagessen. Als ob sich eine Trüffelsuche so genau planen ließe. Am späten Vormittag, mit zwölf Begleitern? Für die Trüffelsuche brauchte man Ruhe, die frühen Morgenstunden waren am besten geeignet, Begleiter unerwünscht, schließlich durfte der Hund nicht abgelenkt werden. Außerdem würde kein Trifolao seine geheimen Plätze preisgeben. Nein, das hier würde keine authentische Trüffelsuche werden. Bestenfalls eine Simulation. Aber die Gäste konnten das nicht wissen. Sie würden glücklich sein und zu Hause davon erzählen. Wem war also geschadet? Keinem!

Obwohl Carlo recht gut Englisch sprach, tat er so, als ob er nichts verstünde. Trüffelsucher waren naturverbundene Eigenbrötler, ungebildet, wortkarg, mit dem Hund als bestem Freund.

Diesem Klischee wollte er ganz und gar entsprechen. Dass es Trüffelsucher etwa mit abgeschlossenem Rechtsstudium gab, passte weniger ins Bild. Ein Freund von ihm, mit dem er gelegentlich zusammen auf Pirsch ging, war hauptberuflich Bankdirektor in Alba.

Giovanni gab ihm ein Zeichen anzufangen. Mit Profumo an der Leine marschierte Carlo los. Nicht zu schnell, damit die Gruppe nachkam. Sie erreichten eine Wiese mit jungen Bäumen und Sträuchern. Er machte Profumo los, nahm den Stock, klopfte mit dem Barot einige Male auf den Boden und deutete nach vorne. »Guarda bene«, rief er, »baica bin, such, such gut!«

Profumo machte sich ohne große Begeisterung an die Arbeit, wusste er doch, dass es hier keine Trüffeln zu finden gab. Nur jene vier, die Carlo vor einer Viertelstunde vergraben hatte. Kleine Trüffeln, die schon zwei Tage alt waren und deshalb einiges an Duft verloren hatten. Aber der Hund kannte das Spiel, auch bei Ildefonso hatte es das gegeben. Er schnüffelte an einigen Büschen, gehorchte den Befehlen.

Die Reisegruppe folgte ihnen. Carlo ließ sich mit dem ersten Fund etwas Zeit. Zu einfach sollte es auch nicht wirken, das würde dem Mythos schaden. Er kniete sich hin, nahm etwas Erde, verrieb sie in der Handfläche und roch daran. Dann nickte er zuversichtlich.

»Bene, bene«, murmelte er, »profumo di tartufo.«

Die Reisegruppe freute sich.

Er lotste den Hund zu einem Baum. Ein kleiner Zweig in der Wiese zeigte ihm den Weg. »Baica sí«, rief er, mit dem Barot auf eine Stelle deutend. Pflichtschuldigst fing Profumo das Scharren an. »Speta, speta«, hielt ihn Carlo dann zurück. Mit dem Sapin hackte er die Erde auf, fand die Trüffel und hielt sie lächelnd in die Höhe.

»Brava, brava«, sagte Giovanni, nahm die Trüffel entgegen, säuberte sie mit einem Lappen und gab sie den Gästen, die sie sich mit großer Begeisterung unter die Nase hielten. Profumo bekam seinen Hundekuchen, alle waren zufrieden.
»Avanti, cerca, guarda bene …« Die Suche ging weiter. Bald war die zweite Trüffel gefunden, schließlich auch die dritte und vierte.
Nach getaner Arbeit, auf dem Weg zurück zum Bus, blieb Profumo plötzlich stehen und hob witternd die Schnauze in die Höhe.
»Finito, Schluss jetzt, es ist vorbei«, sagte Carlo.
Bevor er dem Hund die Leine anlegen konnte, schoss dieser plötzlich los, die Schnauze jetzt dicht über dem Boden.
»Profumo«, rief Carlo eindringlich, »finito!« Der Hund umkreiste einen Baum, konzentrierte sich schließlich auf eine Stelle und begann zu scharren.
War Profumo jetzt völlig verrückt geworden? Ihre vier vergrabenen Trüffeln hatten sie gefunden, andere würde es nicht geben. Doch nicht hier, völlig ausgeschlossen.
»Pijlo!«, rief er trotzdem, dann: »Speta sí, aufhören!«
In einem Halbkreis standen die Touristen um ihn herum. Profumo sah ihn triumphierend an. Sollte wirklich? Hier auf dieser Wiese neben der Straße? Nein, das konnte nicht sein.
Carlo kniete sich hin und hackte mit dem Sapin. Er roch an der Erde. Jetzt packte auch ihn das Jagdfieber. Er hackte tiefer, erst energisch, dann immer vorsichtiger. Da war er, etwa zwanzig Zentimeter tief in der Erde, ein Tartufo bianco, intensiver duftend als die anderen und größer, viel größer. Carlo hielt ihn in den Händen, rieb die Erde ab. Der Ausflug hatte sich doppelt gelohnt. Ob die Gäste merkten, dass die Freude nun nicht mehr gespielt, sondern echt war? Giovanni wusste es, er sah ihn kopf-

schüttelnd an. Auch er hatte sich nicht vorstellen können, dass man hier wirklich Trüffeln finden konnte. Carlo gab Profumo einen Hundekuchen und tätschelte ihm den Hals. Bravo, Profumo, braver Hund!

59

Sie waren froh, dass sie den Termin bei den Carabinieri hinter sich gebracht hatten. Obwohl es kühl war, hatte Hipp das Verdeck der Giulietta geöffnet. Es war nicht weit zur Porta Saragozza und Ginas Wohnung. Nach dem stickigen Amtszimmer von Sottotenente Garrisaldo genossen sie den frischen Fahrtwind. Gina schilderte in wenigen Worten das Gespräch. Aufgrund ihres bereits überprüften Alibis sei der Sottotenente zwar unfreundlich, aber wenig aggressiv gewesen. Gina gestand, dass sie am Schreibtisch sitzend vor Aufregung den Reißverschluss ihres Poloshirts weit geöffnet habe. Eine taktische Maßnahme, die ihre Wirkung nicht verfehlt habe. Dem Sottotenente sei es schwergefallen, sich zu konzentrieren.
Am meisten habe es den Sottotenente geärgert, erzählte Gina, dass sie sich dem Zugriff seiner Carabinieri entzogen, sich hinterrücks in die Wohnung geschlichen und danach irgendwo versteckt hätten. Vielleicht sei das der Grund, warum sie nächste Woche noch einmal bei ihm vorstellig werden müsse?
An einer roten Ampel haltend, warf Hipp einen Blick zu Gina. Das könne auch andere Gründe haben, stellte er amüsiert fest. Die Häufigkeit ihrer Vorladungen stehe wohl in direktem Zusammenhang mit der Offenherzigkeit ihres Ausschnitts. Ein hochgeschlossener Reißverschluss, so wie jetzt, sei für den Carabiniere rein ermittlungstechnisch weniger ergiebig.

Vor ihrem Haus angekommen, parkte Hipp den Alfa neben Ginas Vespa. Sie verständigten sich darauf, dass er sie nicht in ihre Wohnung begleiten würde, ihre Sachen könne sie alleine hinauftragen. Im gegenüberliegenden Caffè Silvano, wo ihr Abenteuer angefangen hatte, tranken sie einen Espresso. Zurück auf der Straße umarmten sie sich. Er fuhr ihr durch die Haare und wünschte ihr alles Gute. Auch solle sie ihre Mutter von ihm grüßen. Ganz gewiss würden sie sich wiedersehen.
Entweder im Piemont, meinte Gina, wo sie von Avvocato Romagnosi erwartet werde, der mit ihr irgendwelche Papiere besprechen wolle. Oder bei seiner netten Freundin Sabrina in Montalcino?
Eine Vorstellung, die Hipp reichlich irritierend fand.
Den geplanten Wangenkuss zum Abschied leitete Gina geschickt auf ihre Lippen um. Er fiel ausgesprochen intensiv aus. Im Wegfahren winkten sie sich zu. Hipp fuhr mit der Zunge über die Lippen – ein süßherber Geschmack. Er assoziierte fleischige Pflaumen, den Duft von reifen Kirschen, würzige und animalische Signale aussendend, mit kräftigen Tanninen und einem leicht bitteren Abgang – ganz ähnlich wie bei einem großartigen Barolo. Nein, viel besser! Aber er hatte den Wein nicht getrunken, er hatte ihn sozusagen nur degustiert. Eigentlich nicht einmal das. Er konnte stolz auf sich sein.

Am frühen Nachmittag wurde Hipp bei Delita in Parma von Ugo Zorzi begrüßt. Er holte ihn am Empfang ab, wo sich Hipp vorher angeregt mit dem Personal unterhalten hatte. Solche Gespräche liebte er, denn oft erfuhr man dabei interessante Details. Zum Beispiel, dass Steinknecht sehr gerne in aller Frühe Termine gemacht hatte. Und zwar immer dann, wenn er sich ungestört und diskret unterhalten wollte. Selbstredend stünden

diese Verabredungen in keinem Kalender. »È logico, sonst wären sie ja nicht diskret!« Natürlich, das war logisch.
Zorzis Händedruck war fest, aber seine Augen wirkten misstrauisch, gleichzeitig abweisend und doch neugierig. Ob er ihm die Lagerhalle zeigen dürfe, fragte er. An jenem Morgen, als Steinknechts Leiche entdeckt wurde, habe er dafür sicherlich keine Gelegenheit gehabt. Hipp nahm das Angebot an. Sie liefen an den Hochregalen entlang. Ab und zu blieb Zorzi stehen, um etwa ein Glas aus einem Karton zu nehmen und ihm die Vorzüge einer getrüffelten Creme zu erläutern. Oder eine Flasche mit kalt gepresstem Olivenöl aus der Toskana, biologisch angebaut. Aceto di Pomodoro, aromatischer Tomatenessig aus Parma. Limoncello aus traditioneller Herstellung. Feine Scheiben von der schwarzen Trüffel, eingelegt in Olivenöl, für Tagliatelle oder Risotto.
Als sie an der Weinabteilung vorbeikamen, erwähnte Zorzi ihr gemeinsames Mittagessen bei Giusti in Modena. Hipp sei offenbar ein exquisiter Weinkenner, das habe er schon früher von Hubertus erfahren. Ob er denn auch bei Barolo Bescheid wisse, erkundigte sich Zorzi. Das war ein ziemlich plumper Versuch, ihn aufs Glatteis zu führen. Ganz offenbar hatte Zorzi den zutreffenden Verdacht, dass er es war, der den gefälschten Barolo entdeckt hatte.
»Ein wenig«, antwortete Hipp, »aber nicht der Rede wert. Warum?«
»Nur so«, entgegnete Zorzi. »Wie Sie wissen, lag in der Kühltruhe eine Flasche Barolo neben Steinknechts Leiche.«
»Das war ein Barolo? Ist mir gar nicht aufgefallen.«
Zorzi sah ihn prüfend an, dann gingen sie weiter. Schließlich standen sie vor der großen Stahltür, an die sich Hipp in Dozza erinnert hatte. »Tesoreria« stand darüber geschrieben. Es roch

intensiv nach Trüffeln. »Unsere Schatzkammer«, erklärte Zorzi. »Hier werden die Trüffeln zwischengelagert und für den weltweiten Versand vorbereitet.«

»Vorbereitet?«

»Ja, sie werden abgeduscht …«

»Ich dachte, sie dürften keinesfalls mit Wasser in Berührung kommen.«

Zorzi öffnete die Tür, und sie betraten das Heiligtum. »Grundsätzlich stimmt das auch«, erklärte er, »aber wir machen das professionell, dann funktioniert's. Schließlich wollen unsere Kunden keine unappetitlichen Erdklumpen geliefert bekommen, sondern die Qualität der Ware sehen.«

Zorzi zeigte, wie die Trüffeln mit einer Brause gereinigt wurden. Anschließend wurden sie in feinem Sand gewendet, bis sie aussahen wie paniert. Auf diese Weise wurde den Trüffeln die Feuchtigkeit sofort wieder entzogen. Dann wurden sie abgebürstet, auf einem langen Tisch nach Qualität und Gewicht sortiert, den Bestellungen zugeordnet, in Küchenpapier eingewickelt und schließlich in Kühlboxen aus Styropor versandfertig gemacht.

»Diese hier gehen nach Amerika«, erklärte Zorzi. »Spätestens übermorgen sind sie im Restaurant in New York oder Los Angeles. Das ist perfekt organisiert.«

Hipp nahm eine weiße Trüffel und schnupperte daran.

»Achtzig Gramm«, kommentierte Zorzi, »genau die richtige Größe für die Gastronomie.«

»Riecht ganz frisch.«

»Kein Wunder«, sagte Zorzi lachend, »wahrscheinlich ist sie erst letzte Nacht ausgegraben worden.«

»Tatsächlich? Wie kommen die Trüffeln so schnell vom Trüffelsucher hierher?«

»Das ist der schwierigere Teil. Momentan müssen wir etwas improvisieren. In der Vergangenheit war auch das perfekt eingespielt. Das ist über meine Partner Hubertus und Amedèo gelaufen.«

»Über Hubertus Rettenstein und Amedèo Steinknecht?«

»Genau. Die besten Trüffelsucher von Alba sind direkt aus dem Wald zu Hubertus gefahren und haben ihm ihre Trüffeln verkauft. Er hat bar bezahlt und nicht lange verhandelt. Ein Fahrer hat sie bei ihm abgeholt und hierher gebracht. Mindestens dreimal die Woche ist Amedèo selbst nach Alba gefahren. Er hatte gute Kontakte zu weiteren Trüffelsuchern, die am Straßenrand auf ihn gewartet und ihre Trüffeln sozusagen aus dem Kofferraum verkauft haben. Dann ist Amedèo bei Hubertus vorbeigefahren und hat dessen Ware abgeholt. Das ist die ganze Trüffelsaison so gelaufen, also von Anfang Oktober bis zum Jahreswechsel.«

»Und jetzt?«

»Wie gesagt, wir müssen improvisieren. Ohne die Kontakte meiner verstorbenen Partner sitzen wir eigentlich auf dem Trockenen. Einige Trüffelsucher haben sich direkt an mich gewandt, denn sie wussten ja, dass ihre Trüffeln letztlich über Delita vertrieben wurden. Außerdem bemühen wir uns verstärkt um Trüffeln aus der Emilia-Romagna, aus der Toskana und den Marken. Unsere wichtigsten Kunden können wir gerade so bedienen, aber natürlich ist das Geschäft stark eingebrochen, weil wir nicht ausreichend Ware haben.«

»Da haben sich die beiden einen denkbar ungünstigen Zeitpunkt für ihr Ableben ausgesucht«, stellte Hipp lakonisch fest.

»Sie sagen es, ein sehr ungünstiger Zeitpunkt.«

»Ein Grund mehr, warum Sie als Täter wohl kaum in Frage kommen.«

Zorzi blieb erstaunlich ruhig. »Korrekt. Ganz abgesehen davon, dass ich mit beiden befreundet war. Ich hoffe inständig, dass man die Täter bald findet.«

»Maria Battardi und ihr Bruder Carlo haben Rettensteins Leiche am späten Vormittag entdeckt«, ließ ihn Hipp an seinen Überlegungen teilhaben. »Wahrscheinlich hätte wenig später Amedèo Steinknecht oder Ihr Trüffelkurier vor verschlossener Tür gestanden?«

»Stimmt«, bestätigte Zorzi. »Wie wohl auch schon die Trüffelsucher am frühen Morgen und am vergangenen Tag. In diesem Fall wäre es übrigens unser Fahrer gewesen, denn Amedèo war gerade erst aus Alba zurückgekommen. Er hatte einen Termin bei der Fiera Nazionale.«

Hipp sah ihn überrascht an. »Er war in Alba? Sind Sie sich da sicher?«

»Ja, das bin ich. Wir haben uns darüber unterhalten, als wir von Hubertus' Tod erfahren haben. Wir sind ja zu diesem Zeitpunkt davon ausgegangen, dass es sich um ein Unglück handelte. Amedèo hat erzählt, dass Hubertus bei seinem Besuch etwas nervös gewesen sei. Später, als plötzlich der Verdacht aufkam, dass es sich um einen Mord handeln könnte, haben wir erneut darüber gesprochen. Mit etwas Glück hätte Amedèo dem Mörder begegnen und vielleicht die Tat verhindern können.« Zorzi deutete zur Tür. »Lassen Sie uns in mein Büro gehen. Warum interessieren Sie sich für die Morde?«, fragte er. »Bei Giusti haben Sie einen Auftrag erwähnt, den Ihnen Hubertus kurz vor seinem Tod gegeben hat?«

»Das stimmt, er wollte, dass ich etwas für ihn abkläre und ihm einen Rat gebe, wie er sich in diesem Fall verhalten solle«, blieb Hipp mit seiner Antwort so unpräzise wie möglich.

»Aber Sie können ihm diesen Rat nicht mehr geben. Damit dürfte Ihr Auftrag doch hinfällig sein?«

»Eigentlich ist er das auch, da haben Sie recht. Mir war nur der Verdacht gekommen, dass ein Zusammenhang bestehen könnte, und deshalb wollte ich mich etwas umsehen und einige Gespräche führen, eben auch mit Ihrem Partner Steinknecht.«
»Ein Zusammenhang?«
»Mit seinem Tod.«
»Und? Hat sich Ihr Verdacht bestätigt?«
Sie hatten mittlerweile Zorzis Büro erreicht und nahmen in den Besuchersesseln Platz. »Nein, nicht wirklich«, antwortete Hipp. »Aber immerhin konnte ich die Carabinieri darauf aufmerksam machen, dass Hubertus Rettenstein nicht durch einen Unfall aus dem Leben geschieden ist, sondern umgebracht wurde.«
»Die Carabinieri? Kennen Sie einen gewissen Viberti?«
»Den Maresciallo? Aber natürlich ...«
»Ein unerträglicher Zeitgenosse«, befand Zorzi. »Er hat mich nach Alba zitiert, wo ich völlig absurde Fragen beantworten musste.«
»Seine Ermittlungstechniken sind etwas individuell«, räumte Hipp ein. »Er ist eben ein ganz anderer Typ als Sottotenente Garrisaldo.«
»Den kennen Sie auch? Ich habe den Eindruck, man muss sich vor Ihnen in Acht nehmen. Sie decken einen Mord auf, haben von Hubertus einen mysteriösen Auftrag und arbeiten mit den Carabinieri zusammen.«
Hipp machte eine abwehrende Handbewegung. »Ich bin ganz harmlos«, sagte er. »Der Auftrag ist mehr oder weniger abgeschlossen, bezahlt werde ich dafür sowieso nicht. Und Sie haben recht, für einen Rat ist es ohnehin zu spät.«
»Hätten Sie denn einen?«
»Ja, ich hätte sogar mehrere Ratschläge, die ich Hubertus Rettenstein geben könnte.«

Zorzi deutete auf sich. »Würden diese auch meine Person betreffen?«, fragte er.
»Nur am Rande«, antwortete Hipp amüsiert, »wohl eher Amedèo Steinknecht und jemanden, dessen Namen ich nicht nennen möchte. Außerdem würde ich Hubertus den Rat geben, besser auf sich aufzupassen.«
»Sie wollen mir nicht zufällig verraten, welche Rolle ich in Ihrem imaginären Ratschlag spiele, oder?«
»Nein, das will ich nicht. Aber ist ja auch egal. Ich ziehe mich aus diesem Stück zurück, überlasse die Bühne den verbleibenden Akteuren, in der Hoffnung, dass sie nicht weiter dezimiert werden.«
»Sie ziehen sich zurück, sehr schön!«
»Darüber hat sich heute schon jemand gefreut«, sagte Hipp, an den Sottotenente denkend. »Langsam fange ich an, das persönlich zu nehmen.«
»So war das nicht gemeint. Was wollen Sie damit andeuten, dass die Akteure weiter dezimiert werden könnten?«
»Gar nichts, das war ein schlechter Scherz.« Hipp machte eine kurze Pause. »Aber in einem Bühnenstück«, ging er unvermittelt in die Offensive, »in dem Barolo-Weine gefälscht und Gesellschafter ermordet werden, in dem es Darlehen gibt, die womöglich nicht zurückgezahlt wurden, darüber hinaus undurchsichtige Bilanzen und eine selbstbewusste Alleinerbin, in dem ein Ferrari zertrümmert und mit Trüffeln gehandelt wird, in dem ein zwielichtiger Russe mitspielt – in einem solchen Bühnenstück weiß man nie, wann der letzte Vorhang fällt.«
Aus Zorzis Gesicht wich die Farbe. Er sah Hipp mit flackerndem Blick an. »Sie sollten sich wirklich zurückziehen«, sagte er mit gepresster Stimme, »und zwar so schnell wie möglich.«

Hipp stand auf. »Das werde ich tun, keine Sorge. Ich habe das Interesse an dieser Inszenierung verloren.«

60

Den Weg zur heiligen Madonna di San Luca, von der Porta Saragozza hinauf auf den Colle della Guardia, hatte Gina in Rekordzeit bewältigt. Sie blickte hinunter auf die roten Dächer Bolognas. Ihr Atem ging schnell, ihr stand Schweiß auf der Stirn, das nasse Shirt klebte auf dem Rücken, aber sie fühlte sich gut, sehr gut sogar. All die Probleme der letzten Tage hatten sich in Wohlgefallen aufgelöst. Mit Hipps Hilfe war es ihr gelungen, die Carabinieri von ihrer Unschuld zu überzeugen. Der Verdacht hatte sie wie ein Blitz aus heiterem Himmel getroffen. Sie lächelte. Aber die Suche nach ihrem Alibi hatte Spaß gemacht, jedenfalls im Rückblick. Sie dachte an ihre Flucht in Hipps altem Spider, an die gemeinsamen Stunden mit ihm in Dozza. Am alten Esstisch mit all den Unterlagen aus ihrer Wohnung, grübelnd vor dem offenen Kaminfeuer, am Herd im Risotto rührend, sich mit ihm am Boden balgend. Dass es ihr nicht gelungen war, ihn zu verführen, war ihr noch immer ein Rätsel. Aber viel hatte nicht gefehlt, das war sicher. Immerhin hatte sie aus spontaner Solidarität mit Sabrina großherzig auf den Schlussangriff verzichtet. Hoffentlich war sie es wert.

Gina fuhr sich mit den Händen durch die Haare. Ihr Atem hatte sich beruhigt. Sie betrat die Kirche, bekreuzigte sich vor der Madonna del Rosario e San Domenico, sich dafür bedankend, dass sie ihre Bitte um Hilfe erhört hatte. Dann trat sie wieder hinaus in die herbstliche Sonne und nahm die letzten Kilometer in Angriff.

Im Pflegeheim angekommen, eilte sie die Treppe hinauf in den ersten Stock und öffnete leise die Tür mit dem Schild Rosa Zazzari. Ihre Mutter lag im Krankenbett, mit geschlossenen Augen, im Halbschlaf vor sich hin dämmernd. Gina ging zu ihr, nahm ihre Hand und streichelte sie. Es dauerte, bis ihre Mutter wach wurde und sie ansah. Ein Lächeln huschte über ihr mageres Gesicht.

»Schön, dass du noch da bist«, flüsterte sie.

»Noch?«

»Du darfst nicht böse sein, dass ich eingeschlafen bin. Wo ist der Mann? Ist er gegangen?«

Gina gab ihrer Mutter einen Kuss auf die Stirn. »Hippolyt? Ja, er musste weg.«

Eigentlich hatte sie sich dafür entschuldigen wollen, dass sie sich in den letzten Tagen nicht hatte sehen lassen. Aber ihrer Mutter war das Zeitgefühl gänzlich abhandengekommen. Vermutlich hatte sie wieder Morphium gegen die Schmerzen erhalten.

»Ein netter Mann. Und so wohlerzogen.«

Gina nahm ein Papiertaschentuch und tupfte ihrer Mutter den Speichel aus dem Mundwinkel.

Rosa hob zitternd die Hand. »Hast du dich mit deinem Vater ausgesöhnt? Er war nicht gut zu dir, weder zu dir noch zu mir. Aber es wäre mir lieber, wenn ihr euch vertragt.«

Gina streichelte ihrer Mutter die eingefallenen Wangen. »Mamma, Hubertus ist tot. Das weißt du doch.«

Rosa sah ihre Tochter mit großen Augen an. »Tot? Ach ja, richtig, habe ich vergessen. Er ist tot. Schön für ihn. Bei mir dauert es noch, aber ich glaube, nicht mehr lange.«

»Das darfst du nicht mal denken. Ich brauch dich doch.«

»Nicht mehr, Gina, nicht mehr. Du bist groß und kommst allei-

ne klar. Ich bin müde, ich will schlafen, lange schlafen, für immer.«
Gina nahm ihre Mutter in die Arme. »Gut, ich lass dich jetzt schlafen. Aber nicht für immer, das musst du mir versprechen. Morgen komm ich wieder. Dann setze ich dich in den Rollstuhl und schiebe dich herum.«
Rosa zeigte ein leises Lächeln. »Aber nicht zu schnell, mir wird leicht schwindlig.« Sie hustete. »Und dann erzählst du mir von dem jungen Mann, der gerade hier war.«
»Von Hippolyt? Da gibt's nicht viel zu erzählen.«
»Genau das interessiert mich.«

61

Wie immer machte Maresciallo Viberti nach dem Betreten des Caffè Calissano exakt drei Schritte, um dann abrupt stehenzubleiben. Fehlt nur noch, dass er die Hacken seiner polierten Stiefel zusammenknallt, dachte Hipp, der an einem kleinen Tisch in der Ecke auf den Maresciallo wartete. Viberti nahm jovial den Gruß von der Kasse entgegen und nickte Piero hinter dem Bartresen zu. Eine der jungen Bedienungen deutete grinsend mit zwei Fingern einen militärischen Gruß an. Viberti ließ seinen Blick durch den Raum wandern, nahm seine Uniformmütze ab und klemmte sie sich unter den Arm. Erst als er sicher sein konnte, dass ihn jeder gesehen hatte, vollführte er eine elegante Drehung nach links und steuerte auf Hipp zu, ihm ein Zeichen gebend, dass er sitzen bleiben solle.
»Dottore, schön, Sie wiederzusehen«, begrüßte er ihn. »Ich hoffe, es geht Ihnen gut.«
»Ich kann mich nicht beklagen, vielen Dank.«

Der Maresciallo setzte sich. »Und wie ich sehe, tragen Sie keine Handschellen. Sie konnten den Sottotenente also von Ihrer Unschuld überzeugen?«

»Was Sie sicherlich schon längst wissen.«

Der Maresciallo lachte. »Natürlich weiß ich das. Garrisaldo hat mir von Ihrem Gespräch berichtet. Ich habe ohnehin keine Sekunde daran gezweifelt.«

»Vielen Dank.«

»Wofür?«

»Für das gute Wort, das Sie bei Ihrem Kollegen für mich eingelegt haben, und für die Informationen, die Sie mir …«

Viberti schüttelte den Kopf. »Sprechen Sie nicht weiter. Ich lege grundsätzlich für niemanden ein gutes Wort ein. Erst recht gibt es von mir keine Informationen, welcher Art auch immer.« Er räusperte sich. »Aber Ihren Dank nehme ich trotzdem gerne entgegen. Wie wär's mit zwei Caffè?«

»Corretto?«

»Selbstverständlich, mit etwas Grappa, um das Immunsystem zu stärken. Im Herbst kann man nicht vorsichtig genug sein. Überall schwirren Krankheitserreger herum. Da hilft nur Desinfektion mit Alkohol. Und man muss regelmäßig Trüffeln essen. Tartufi sind ein bekanntes Hausmittel gegen Influenza. Nicht ganz billig, doch sehr wirkungsvoll.«

»Aber es gibt sie nicht auf Rezept?«

»Nein, bedauerlicherweise nicht. Unser Gesundheitssystem ist knapp bei Kasse.«

Mit einem Fingerschnippen und einer gut funktionierenden Zeichensprache brachte Viberti die Bestellung quer durch den Raum auf den Weg. Zufrieden lehnte er sich zurück.

»Allora, Dottore, Sie wollen uns wirklich verlassen?«, fragte er.

»Ja, morgen reise ich weiter, zurück in die Toskana.«

»In die Toskana? Ich werde nie verstehen, warum Sie sich gerade dort niedergelassen haben.«
»Es ist in der Toskana nicht so schlecht, wie Sie denken.«
»Mag sein, vielleicht nicht ganz so schlecht. Aber eben nicht annähernd so schön wie hier im Herzen des Piemont.«
»Sie müssen mich mal besuchen kommen.«
Viberti nickte zögerlich. »Das könnte man in Erwägung ziehen. Obwohl ich kein Freund von abenteuerlichen Fernreisen bin.«
»Fernreise?« Hipp lachte. »Aber ich bitte Sie, die Toskana ist doch nicht die Dritte Welt.«
Der Maresciallo sah ihn zweifelnd an. »Sind Sie sich da sicher?«

Nach dem Caffè corretto und einigen vertiefenden Gesprächen zu den kulturellen Unterschieden in den italienischen Regioni kam Viberti auf die aktuellen Ermittlungen im Falle Rettenstein zu sprechen. Obwohl er zwischenzeitlich Ugo Zorzi in Verdacht gehabt habe, identifiziere er jetzt ganz zweifelsfrei Amedèo Steinknecht als Tatverdächtigen. Hipps Hinweis, dass Steinknecht zur Tatzeit in Alba gewesen sei, habe den Ausschlag gegeben. Die Indizienkette werde fast stündlich länger und lege sich unbarmherzig um seinen kalten Hals. Es gebe eine Vielzahl von Zeugenaussagen, die über häufige Streits zwischen Steinknecht und Rettenstein berichteten. Dabei seien sogar Handgreiflichkeiten protokolliert. Vor allem in letzter Zeit seien die Meinungsverschiedenheiten hinsichtlich der Geschäftsführung eskaliert. Offenbar habe sich Steinknecht unseriöser bis krimineller Praktiken bedient, die von Rettenstein kategorisch abgelehnt wurden. Mit Fälschungen wie beim Barolo habe Rettenstein sicherlich nichts zu tun haben wollen. Nachweislich sei Steinknecht in der Mordnacht in Rettensteins Haus gewesen. In der Nacht des Mordes oder des Totschlags – das werde man wohl nie herausfinden, aber das sei auch nebensächlich, da ein Strafvollzug bei Steinknecht aus gefriertechnischen Gründen hinfällig sei. Und ins Kreuzverhör könne man ihn auch nicht mehr nehmen.

»Dottore, das deckt sich doch mit Ihren Überlegungen, oder nicht?«, fragte der Maresciallo.
Hipp zuckte mit den Schultern. »Steinknecht ist gewiss ein ernst zu nehmender Kandidat, da stimme ich Ihnen zu.«
»Doch, er war es, da bin ich mir ganz sicher. Steinknecht hat abends die Trüffeln abgeholt. Es kam wieder mal zum Streit über die Geschäftsmethoden. Rettenstein ist mit einer Flasche Sassicaia auf seinen Partner losgegangen. Dieser hat sie ihm aus den Händen gerungen, sie dann am Küchentisch abgeschlagen und Rettenstein, der erneut auf ihn losging, in den Hals gerammt. Dann hat er die Leiche in den Teppich gerollt, in den Weinkeller geschleift, das Regal umgeworfen, alles hübsch arrangiert ...«
»Klingt plausibel«, bestätigte Hipp. »So könnte es sich zugetragen haben. So oder so ähnlich.«
Viberti verscheuchte Gäste, die sich an den Nebentisch setzen wollten. »Der Tisch steht nicht zur Disposition«, erklärte er energisch. »Ich führe gerade ein hoheitliches Gespräch, das keine Zuhörer duldet. Suchen Sie sich woanders einen Platz!«
»Ein hoheitliches Gespräch?«
Viberti schmunzelte. »Keine Ahnung. In meiner Uniform konnte ich wohl kaum auf Beichtgeheimnis plädieren. Lieber Dottore, fällt Ihnen noch etwas ein, was ich in meinem abschließenden Protokoll berücksichtigen sollte?«
»Sie könnten Gina Zazzari befragen, sie hat im Haus mal ein Streitgespräch belauscht. Aber ich glaube, Gina hat nicht viel

mitbekommen. Vielleicht ist ihr ein österreichischer Akzent aufgefallen? Sie erwähnte, dass es irgendeine Merkwürdigkeit gegeben habe. Allerdings kann sie Steinknechts Stimme ja wohl kaum mehr identifizieren.«

»Nein, sie ist sozusagen auf Eis gelegt«, stellte Viberti lakonisch fest. »Übrigens war Sottotenente Garrisaldo von Signorina Zazzari sehr angetan, das hat er am Telefon angedeutet. Er wird sie sicherlich sehr gerne in dieser Angelegenheit als Zeugin vorladen.«

»Davon bin ich überzeugt«, bestätigte Hipp, »vor allem, wenn sie ihm gewisse Einblicke gewährt.«

»Gewisse Einblicke?« Viberti langte sich fragend an die Brust. »Sie meinen solche Einblicke?«

Hipp schmunzelte. »Als sie aus seinem Zimmer kam, war der Reißverschluss ihres Polos verdächtig weit offen.«

»Tatsächlich? Vielleicht sollte ich doch selbst mit ihr sprechen.«

»Sie kommt demnächst bestimmt mal nach Alba … «

»Das war ein Scherz«, unterbrach ihn Viberti.

»Natürlich.« Hipp kostete von den Pralinen, die ihnen auf den Tisch gestellt wurden. »Bliebe die Frage, wer Steinknecht auf dem Gewissen hat?«

»Garrisaldo sagte mir, dass er gemeinsam mit seinen Kollegen in Parma in zwei Richtungen ermittle«, antwortete Viberti. »Ugo Zorzi komme prinzipiell als Täter in Betracht. Und er habe einen Russen namens Michail Borogowski im Visier. Kam der Tipp von Ihnen?«

»Nur ein kleiner Hinweis, ohne Gewähr«, bestätigte Hipp.

»Ehrlich gesagt, es ist mir ziemlich egal, wer Steinknecht umgebracht hat«, stellte der Maresciallo fest. »Ich gehe nicht davon aus, dass ein Zusammenhang mit Rettensteins Ableben besteht.

Also ist die Tataufklärung nicht mein Problem. Soll sich Garrisaldo daran die Zähne ausbeißen.«

»Mich interessiert, wie die Sache ausgeht. Würden Sie mich auf dem Laufenden halten?«

Viberti grinste. »Unter Umgehung des Dienstgeheimnisses. Aber gerne, ich rufe Sie an, sobald sich was ergibt. Wann sagten Sie, dass Sie fahren?«

»Morgen früh. Würden Sie bitte Maria Battardi und Carlo Giardina von mir grüßen? Eigentlich schade …«

»Was ist schade?«

»Carlo hat mich eingeladen, ihn bei einer Trüffelsuche zu begleiten. Aber daraus wird nun nichts mehr.«

»Warum bleiben Sie nicht noch einige Tage?«

»Warum sollte ich? Rettenstein ist tot. Sein mutmaßlicher Mörder ist es auch. Von Gina Zazzari sollte ich mich besser fernhalten, sonst kündigt mir Sabrina die Freundschaft.«

»Im günstigsten Fall. Es könnte auch sein, lieber Dottore, dass man Sie erdrosselt auffindet, mit einem Damenstrumpf um den Hals.«

»In diesem Fall würde ich Sie bitten, die Ermittlungen zu übernehmen.«

»Selbstverständlich«, versprach Viberti grinsend.

»Also, Sie sehen, es ist besser, ich reise ab. In jeglicher Hinsicht.«

»Wahrscheinlich haben Sie recht. Ich wünsche Ihnen eine gute Fahrt. Zum Abschied sollten wir uns ein Glas Moscato* gönnen. Finden Sie nicht?«

»Doch, absolut.« Fasziniert beobachtete Hipp, wie der Maresciallo auch diese Bestellung per Zeichensprache aufgab.

»Wie geht es eigentlich unserem erschossenen Trüffelsucher, Marias Mann Ildefonso?«, fragte Hipp.

»Schlecht, er ist tot!«
»Ich habe die Frage unglücklich formuliert.«
»Sie wollen wissen, wer ihn erschossen hat? Wir haben keine neuen Erkenntnisse. Ich bleibe bei meiner Theorie. Ildefonso Battardi wurde aus Versehen von einem Jäger abgeknallt. Ein tragisches Unglück, das wohl unaufgeklärt bleiben wird. Damit werden sich Maria und Carlo abfinden müssen, so leid es mir tut.«
»Irgendwie unbefriedigend.«
»Stimmt, aber so ist das Leben. Allzu oft unbefriedigend!«

62

Michail Borogowski stürmte ins Büro, ignorierte die protestierende Empfangssekretärin, stieß die Tür zu Ugo Zorzis Arbeitszimmer auf, stolperte über einen Teppich, fand das Gleichgewicht wieder und legte mit hochrotem Kopf die letzten Meter zurück. Zorzi war von dem Auftritt so überrumpelt, dass er starr sitzen blieb, den Telefonhörer in der Hand. Borogowski stützte sich schwer atmend auf Zorzis Schreibtisch und sah ihm aus kurzer Entfernung in die Augen. Zorzi konnte riechen, dass sein russischer Geschäftspartner nicht nüchtern war.
»Hast du mir diese Scheiße eingebrockt?«, schrie ihn Borogowski an. Dabei flog Zorzi seine Spucke entgegen.
Er widerstand der Versuchung, dem Russen einen Fausthieb zu versetzen, legte stattdessen den Telefonhörer auf, zog das Einstecktuch aus dem Sakko und wischte sich übers Gesicht.
»Tranquillo«, versuchte er den Eindringling zu besänftigen. »Von was für einer Scheiße sprichst du? Was soll ich dir eingebrockt haben?«

»Das weißt du doch genau! Die Carabinieri haben mir einen Besuch abgestattet, mein Büro durchwühlt, Unterlagen beschlagnahmt. Haben mich gefragt, ob ich für den frühen Morgen, als Amedèo Steinknecht ermordet wurde, ein Alibi hätte …«
»Und, hast du eines?«, fragte Zorzi.
Borogowski kniff die Augen zusammen, seine Stimme wurde plötzlich gefährlich leise. »Vorsicht, mein Lieber. Überleg dir genau, was du sagst, auf einen Spaghettifresser mehr oder weniger kommt es nicht an.«
Zorzi langte unter den Schreibtisch, fand ohne Hinzusehen die richtige Schublade und zog sie langsam auf.
»Hast du mir die Carabinieri auf den Hals gehetzt?«, fragte Borogowski.
»Nein, habe ich nicht!«
Der Russe beugte sich über den Tisch und packte Zorzi am Revers. »Nein? Bist du dir da sicher? Hundertprozentig sicher?«
Zorzis Finger ertasteten die Beretta. Sie war wie immer durchgeladen, musste nur noch entsichert werden.
»Wenn du mich nicht sofort loslässt«, zischte Zorzi, »wird dir der Spaghettifresser dein russisches Lebenslicht ausblasen.«
Borogowski stutzte, entdeckte, dass sein Kontrahent eine Hand unter dem Schreibtisch versteckt hielt. Er lockerte seinen Griff.
»Du bluffst, oder?«
»Probier es aus!«, antwortete Zorzi mit einem schiefen Grinsen.
»Nein, du bluffst nicht«, stellte Borogowski fest. Er ließ Zorzi los, richtete sich auf, sah sich um, zog einen Stuhl heran und setzte sich.
»Was für ein Kaliber?«, fragte er.
»Neun Millimeter, Parabellum!«
»Eine Beretta?«

»Natürlich, ich bin Patriot.«
»Ausgezeichnete Waffe.«
»Si vis pacem, para bellum!«
»Wie bitte?«
»Das war Lateinisch und erklärt den Namen Parabellum: Wenn du in Frieden leben willst, bereite dich auf den Krieg vor.«
»Das waren kluge Leute, diese Lateiner. Hast du was zu trinken?«
Zorzi schüttelte den Kopf. »Übrigens esse ich keine Spaghetti«, stellte er fest, »sondern Tagliatelle.«
Borogowski lachte dröhnend. »Wegen des Spaghettifressers? Das war nicht so gemeint.«
»Doch, das war es. Also, was willst du hier?«
»Ich will wissen, wem ich den Besuch der Carabinieri zu verdanken habe.«
»Vielleicht sind sie von alleine draufgekommen?«
»Die Carabinieri? Das glaubst du doch selber nicht.«
Zorzi zögerte. »Ich kenne da einen gewissen Hippolyt …«
»Hippolyt? Es gibt in Sankt Petersburg einen orthodoxen Patriarchen, der so heißt.«
»Der Hippolyt, den ich meine, ist Deutscher, lebt in Italien und heißt mit Nachnamen Hermanus. Er schnüffelt gerne ungefragt in fremden Angelegenheiten.«
»Dieser Hippolyt ist mir unsympathisch.«
»Er war mit Hubertus bekannt und will herausfinden, wer ihn umgebracht hat. Er hatte einen Termin mit Amedèo am Morgen seines Todes. Er weiß von dem gefälschten Barolo, keine Ahnung, wie er das herausbekommen hat. Auch hat er mir gegenüber einen zwielichtigen Russen erwähnt, der in dem Zusammenhang eine Rolle spielen würde.«
»Einen zwielichtigen Russen? Dieser Hippolyt ist mir nicht nur unsympathisch, ich könnte ihn umbringen.«

»Und er hat gute Kontakte zu den Carabinieri.«
Borogowski nickte. »Wahrscheinlich sollte ich ihn wirklich umbringen.«
»Jedenfalls halte ich es für möglich, dass er es war, der den Carabinieri einen Tipp gegeben hat. Ich war es jedenfalls nicht, ich bin doch nicht verrückt.«
»Warum hast du mir nicht schon früher von dieser Küchenschabe erzählt?«
»Weil ich ihn unterschätzt habe. Er ist ein seltsamer Typ, macht einen entspannten Eindruck, wirkt eher desinteressiert, kann gelangweilt durch einen durchschauen, ist aber wohl gefährlich intelligent.«
»Eine intelligente Küchenschabe? Noch schlimmer. Man sollte sie unbedingt zertreten. So schnell wie möglich.«
»Tu dir keinen Zwang an. Aber ich glaube nicht, dass er noch eine Bedrohung darstellt. Er hat mir gesagt, dass er sich aus dem Fall zurückziehen wolle, er habe an der Inszenierung das Interesse verloren.«
»An der Inszenierung das Interesse verloren? Merkwürdige Formulierung. Wo ist er jetzt?«
»Keine Ahnung.«
»Aber du bist sicher, dass er nicht nur in deiner Phantasie existiert?«
Zorzi lachte. »Um von mir abzulenken? Nein, das wäre ein zu billiger Trick.«
Borogowski schüttelte den Kopf. »Kein billiger, sondern ein raffinierter Trick. Du solltest mir mehr erzählen von diesem Hippolyt, von den Carabinieri. Und dann sollten wir unsere Vorgehensweise abstimmen. Bist du dir sicher, dass du nichts zu trinken hast?«
»Keinen Wodka, aber einen Amaro.«

»Einen Amaro? Solche Liköre könnt nur ihr Italiener erfinden. Den würde ich guten Gewissens nicht mal meiner Großmutter anbieten, obwohl sie Probleme mit der Verdauung hat. Wo ist die Flasche?«

63

Mit Sabrina hatte er schon telefoniert. Sie erwartete ihn am heutigen Abend in der Toskana. Ob in seinem Haus oder bei ihr, das war noch nicht entschieden. Aber da sie unbedingt wollte, dass er möglichst bald eine Fassprobe von ihrem neuen, unglaublich vielversprechenden Brunello machte, würde es wohl Montalcino werden. Die Bank unter seinem alten Olivenbaum würde sich also noch etwas gedulden müssen. Aber nicht mehr lange. Jedenfalls schien ihm, dass Sabrina froh war, ihn endlich aus den Fängen dieses Falls befreit zu sehen. Hipp musste grinsen. Oder sollte er besser sagen, aus den Fängen einer gewissen Gina? Ihrem weiblichen Instinkt folgend, hatte Sabrina bemerkt, dass hier Gefahr im Verzug war. Nun denn, dank ihrer fernmündlichen Intervention hatte er auch diese Klippe gemeistert.

Hipp beglich im Hotel seine Rechnung, verstaute die Reisetasche im Alfa, machte einen kurzen Spaziergang zum Caffè Savona, um vor dem Aufbruch noch schnell einen Cappuccino zu trinken. An einem kleinen Tisch unter den Arkaden sitzend, überlegte er, mit welchem Gefühl er sich auf den Rückweg machte. Hatte sich sein Engagement gelohnt? Die Bewertung fiel schwer. Gewiss, ohne sein Auftauchen in Alba wäre Rettensteins Tod als Unfall abgehakt worden. Er hatte erreicht, dass Nachforschungen angestellt wurden, dass man heute von einem Mord oder Totschlag ausging, dass man eine Suche nach dem Täter eingeleitet hatte. Aber wem hatte das genutzt? Spielte es eine Rolle, mit welchem Aktenvermerk Rettenstein im Sarg lag? Wenn Steinknecht wirklich der Täter war, und alles sprach dafür, dann konnte man ihm kaum mehr einen Prozess machen. Hier hatte eine höhere Macht für Gerechtigkeit gesorgt. Und Gina? Er hatte ihr geholfen, jene Probleme zu lösen, die sie ohne ihn erst gar nicht gehabt hätte. Also war auch der erbrachte Beweis ihrer Unschuld ein eher zweifelhafter Erfolg in seiner Bilanz.

Und was war mit den anderen? Der tote Trüffelsucher Ildefonso, Maria, seine Witwe, ihr Bruder Carlo, der sich um Maria und den Hund Profumo kümmerte, Amedèo Steinknechts Partner Ugo Zorzi, dieser Russe Michail Borogowski, Ginas todkranke Mutter Rosa … Was ging ihn deren Schicksal an? Mit welchem Recht mischte er sich in die Angelegenheiten fremder Menschen ein?

Hipp trank den Cappuccino aus, legte einige Münzen auf den Tisch und stand auf. Arrivederci! Auf Wiedersehen? Nein, so schnell würde er sich hier nicht mehr blicken lassen.

Hipp startete den Alfa, fuhr von der Piazza Savona nach rechts über den Corso Fratelli, an der Stazione vorbei zum Corso Matteotti. Im Kreisel an der Viale Torino, dort, wo es nach rechts in die Altstadt ging, fing der Motor plötzlich zu stottern an. Hipp sah auf die Instrumente: Wassertemperatur, Öldruck, Benzinstand, alles in Ordnung. Er schaltete in den Leerlauf, trat einige Male kräftig aufs Gaspedal, was die Giulietta zunächst mit einer eindrucksvollen Fehlzündung beantwortete – um dann vollends zu verstummen. Eine bessere Stelle hätte sich sein Alfa für die überraschende Arbeitsverweigerung kaum aussuchen können. Im engen Kreisel zum Stillstand gekommen, blockierte er den gesamten Verkehr.

Aber zu seiner Überraschung gab es keine Hupkonzerte, stattdessen klopften mitfühlende Passanten an die Scheibe, und im Rückspiegel sah er Autofahrer aussteigen, die ihm zu Hilfe eilten. Vergeblich versuchte er den Motor neu zu starten. Hipp stieg aus und hob entschuldigend die Hände. Ein älterer Herr identifizierte aus dem Stand die Benzinpumpe als Ursache für den Schwächeanfall der bella macchina. Nein, protestierten zwei Jugendliche, der Vergaser sei defekt, ganz sicher. Oder ein Kolbenfresser, das sei bitter, außerdem sehr teuer. Gemeinsam schoben sie seine Giulietta auf die Seite, ein junger Mann verständigte per Telefonino »die beste Alfa-Werkstätte« rund um Alba, die ganz in der Nähe sei und zufällig seinem Schwager gehöre. Der Abschleppwagen sei schon so gut wie unterwegs. Seiner Meinung nach müsse man nur den Luftfilter reinigen. Oder die Zündkerzen auswechseln, natürlich, was denn sonst. Hipp dankte seinen Helfern, lehnte sich an die Kühlerhaube und wartete. Gina hätte sicherlich gewusst, was seiner Giulietta fehlte. Aber mit einem Pflasterstein war es diesmal wohl nicht getan.

Bis zum Eintreffen des Abschleppwagens hing Hipp seinen Gedanken nach, beobachtete die vorbeifahrenden Autos, studierte amüsiert einen überdimensionalen Trüffelhobel in einer angrenzenden Grünfläche. Und er erinnerte sich, dass er beim Kauf des alten Spider kapriziöse Unpässlichkeiten der »Bellezza« billigend in Kauf genommen hatte – also durfte er sich jetzt nicht zu Vorwürfen hinreißen lassen.

Zwei Stunden später beugte er sich in einer Werkstätte mit einem Mechaniker über seinen Motor. Der Meccanico klopfte mit dem Schraubenzieher auf verschiedene Aggregate, womit er zum Ausdruck brachte, dass sein endgültiges Urteil noch nicht feststand. Aber »in ogni caso« sei seine Giulietta in ein, zwei Tagen wieder bei bester Gesundheit. Eine optimistische Prognose, die Hipp insofern in Konflikt brachte, als es für diese kurze Zeit nicht lohnte, mit dem Zug in die Toskana zu fahren. Also würde er nun doch ein wenig länger in Alba bleiben als geplant. Es gab Menschen, die glaubten nicht an Zufälle, die vermuteten hinter allem schicksalhafte Absicht. Eigentlich lagen Hipp solche Überlegungen fern. Aber merkwürdig war das schon.

64

Zu Hipps Freude hatte sich Carlo spontan bereit erklärt, ihn am nächsten Morgen zur Trüffelsuche mitzunehmen. Um fünf Uhr holte er Hipp am Hotel ab. Sie fuhren über Altavilla, an Rettensteins Haus vorbei, hinauf ins Barbaresco-Gebiet, dann über kleine Straßen, am Schluss über einen Feldweg. Währenddessen erzählte Carlo von der organisierten Trüffelsuche für Touristen. Und dass Profumo dabei vor kurzem eine Trüffel gefunden habe, die er zuvor gar nicht eingegraben habe. Carlo bekam einen Lachanfall und schlug vor Vergnügen aufs Lenkrad. An einer Stelle, wo es eigentlich überhaupt keine weißen Trüffeln geben dürfe. Heute Morgen sei alles anders, erklärte er, authentisch, echt. Dieses versteckte Wäldchen sei einer seiner Lieblingsplätze, hier werde er fast immer fündig. Natürlich dürfe Hippolyt keiner sterblichen Seele davon erzählen, dieser Bosco sei ein Geheimnis, ein Segreto!

Zwei Stunden streiften sie durch den Wald. »Guarda bene, baica bin …« Hipp lernte die Kommandos, mit denen Carlo den Hund zu vielversprechenden Stellen lotste. »Baica sí, speta, speta!« Er kniete sich mit ihm auf den Boden, legte mit dem Sapin erdverkrustete Trüffeln frei und roch an ihnen. Wenn es beim Trüffelsuchen so etwas wie Jagdfieber gab, dann hatte es ihn bereits gepackt. Carlo hatte nicht zu viel versprochen. Rasch füllten sich die Taschen seiner Weste mit Trüffeln unterschiedlicher Größe. Und im Tauschgeschäft forderte Profumo seinen Hundekuchen ein.

Zwischendurch machten sie Rast, saßen auf einem umgefallenen Baumstamm. Carlo tätschelte Profumo, lobte ihn und erzählte, dass der Umgang mit Trüffelhunden nicht einfach sei. Auch wenn man sie in sein Herz geschlossen habe, dürfe man sie nicht wie Schoßhunde halten. Der größte Fehler sei, sie im Haus zu haben. Trüffelhunde dürften nicht verspielt sein, gehörten in einen Zwinger, müssten sich auf ihre Aufgabe konzentrieren können. Bei Profumo hätten sie alles richtig gemacht. Die Grundausbildung habe er bei ihm genossen, später habe er den Lagotto an seinen Schwager verkauft, weil er selbst aus beruflichen Gründen keine Zeit mehr zum Suchen gefunden habe. Ildefonso habe die weitere Ausbildung des Hundes perfektioniert. Und mittlerweile habe Profumo auch den Schock des tödlichen Schusses überwunden, er sei wieder fast der Alte.

Ob es stimme, wollte Hipp wissen, dass man schon Welpen auf Trüffeln konditioniere, indem man die Zitzen der Mutter mit Trüffelöl einschmiere.

Carlo schüttelte lachend den Kopf. »È una favola«, antwortete er, ein Ammenmärchen.

Aber dass jeder Trifolao ein Trüffeltagebuch habe, das zumindest stimme doch?

»Un diario? Sì, sì. Nicht alle haben eines, aber sehr viele. Mit genauen Angaben der Fundstellen, Datum, Mondphase …«

»Mondphase?«

»Naturalmente. La fase lunare ist beim Trüffelsuchen sehr wichtig. Luna piena, calante … Man muss sich auskennen.«
Ob auch er ein Trüffeltagebuch habe, fragte Hipp.
»Certo«, bestätigte Carlo, aber er habe es selten dabei, auch heute nicht. Die Gefahr, es zu verlieren, sei zu groß. Er habe es in seiner Enoteca, sicher versperrt in einer Schublade. Erst später am Tag werde er die Eintragungen machen, solange könne er sich die Details merken. Jedenfalls in Wäldern wie diesem, die ihm vertraut seien wie seine Westentasche.

Carlo sah auf die Uhr. »Wir müssen uns beeilen«, sagte er. »Ich habe eine Verabredung.« Sie beschleunigten ihre Schritte und erreichten den Fiat. Carlo öffnete die Heckklappe, und Profumo sprang bereitwillig ins Auto. Auf dem Dach breitete Carlo zwei Geschirrtücher aus, dann entnahm er seiner unergründlichen Weste nach und nach alle gefundenen Trüffeln, begutachtete sie kurz, schrubbte mit einer alten Zahnbürste die gröbsten Erdreste weg und sortierte sie in zwei Gruppen. Als er eine mittelgroße Trüffel Hipp schenken wollte, lehnte dieser dankend ab, mit dem bedauernden Argument, dass dieser Tartufo bei ihm einem ungewissen Schicksal entgegengehen würde, denn er wisse nicht, wann er wieder zum Kochen komme.
»Che peccato!« Carlo ordnete die Trüffel einer Gruppe zu, nahm schließlich die Geschirrtücher, knotete sie zusammen und verstaute sie in einem Karton.
Zehn Minuten später hielten sie in einer Parkbucht hinter einem Geländewagen. Fast gleichzeitig traf ein verbeulter Lancia ein. Während Hipp im Auto sitzen blieb und die Szene beobachtete, ging Carlo mit einem der beiden Geschirrtücher nach vorne, ein Mann stieg aus, sie begrüßten sich kurz, die Heckklappe wurde geöffnet, wobei die untere Hälfte als Arbeitsfläche diente. Schon

wanderten die Trüffeln nach schneller Begutachtung einzeln auf eine Briefwaage, die ermittelten Preise wurden in einen Taschenrechner getippt. Der Mann zeigte Carlo das Display, dieser nickte, einige Geldscheine wechselten den Besitzer. Jetzt war der Trüffelsucher mit dem Lancia an der Reihe.

Zurück im Auto, erklärte Carlo, dass er seine Trüffeln früher häufig an Hubertus Rettenstein geliefert habe, jetzt laufe der Deal wieder primär über Aufkäufer an der Straße. Dieser hier arbeite mit einem Trüffelhändler in der Schweiz zusammen und zahle einen guten Preis.

Und die Tartufi im zweiten Tuch? Einige davon, erklärte Carlo, verkaufe er in seiner Enoteca, für die anderen habe er direkte Abnehmer in der Gastronomie. Ob Hipp Lust habe, mit in seinen Laden nach Neive zu kommen, fragte er, dort könnten sie einen Espresso trinken. Später komme ein Kunde aus Alba, mit dem könne er dann wieder zurückfahren und in der Werkstatt nach seinem Alfa sehen.

Hipp nahm dieses Angebot gerne an. Er hatte ohnehin nichts Besseres zu tun. Und Neive war ja nur wenige Kilometer entfernt, so blieb Carlo eine längere Fahrt erspart.

Einen kleinen Umweg mussten sie aber dennoch machen. Carlo fuhr in der Nähe seiner Wohnung bei der Fattoria eines Freundes vorbei. Dort hielten sie bei einer kleinen Hütte, die vorne einen zwingerähnlichen Auslauf hatte. Er ließ seinen Hund aus dem Auto, kraulte ihn kurz, schloss die Hütte auf, füllte einen Napf mit Wasser und einen weiteren mit Futter. Profumo machte es sich derweil auf einer alten Decke bequem. Zum Abschied gab er ein zufriedenes Bellen von sich.

Carlo schob bei der »Enoteca Vini«, funghi e tartufi, den Rollladen nach oben. Wenig später saßen sie auf Weinkisten und tranken Caffè. Ob Hipp seinen Auftrag abgeschlossen habe, den er von Rettenstein zu seinen Lebzeiten übernommen habe? Hipp nickte, wohl wissend, dass er diesen Auftrag nie genauer erläutert hatte.

»Ich habe gehört, dass die Carabinieri Amedèo Steinknecht für seinen Mörder halten.«

»Sieht ganz so aus«, bestätigte Hipp, der keine Lust verspürte, darüber zu reden. Gedanklich war er längst unterwegs in die Toskana. Rettenstein und Steinknecht waren für ihn abgehakt.

»Sie haben vorhin Ihr Trüffeltagebuch erwähnt«, sagte er, um das Thema zu wechseln, »ich würde gerne mal sehen, wie so was ausschaut. Sie haben es hier in Ihrer Enoteca?«

Carlo lächelte. »Ja, habe ich. Aber nur einen kurzen Blick, keine Notizen …«

»Ich bin als Trüffelsucher keine Konkurrenz.«

»Ich weiß, deshalb mache ich bei Ihnen eine Ausnahme. Aber Sie werden enttäuscht sein.«

Carlo stand auf, holte einen Schlüssel und ging zu einer schweren Kommode, auf der Weinflaschen dekoriert waren. Während er sie entriegelte und eine Schublade aufzog, hatte sich Hipp von hinten dazugesellt. Da lag es – ein in rotes Leder gebundenes Notizbuch, etwas abgegriffen, aber schon im Äußeren einem geheimen Trüffeltagebuch durchaus adäquat. Carlo nahm es heraus, stellte überrascht fest, dass Hipp unmittelbar hinter ihm stand, schob die Schublade wieder zu und legte sein heiliges Diario auf den Tisch für Degustationen. Er zeigte seinem Gast die ersten Eintragungen, die noch sein Vater vorgenommen hatte, blätterte willkürlich einige Seiten auf und erläuterte die Notizen.

»17. November, ca. halbsechs, Serravecchia, nach dem Bach, die große Eiche links, zunehmender Mond, t.b. 240 g …«

»t.b.?«, fragte Hipp.

»Tartufo bianco …«

Das Telefon klingelte. Carlo zögerte, überließ dann aber Hipp sein Tagebuch, nicht ohne mit dem Zeigefinger zu drohen. Er eilte an den Tresen und redete kurz mit dem Anrufer. Währenddessen blätterte Hipp durch das Diario und bewunderte die Akribie der Notizen. Zwar gab es viele Abkürzungen, die sich nicht sofort erschlossen, aber ihm ging es um den Gesamteindruck. Wann hatte man schon Gelegenheit, ein über Generationen geführtes Trüffeltagebuch in den Händen zu halten?

Schon war Carlo wieder bei ihm. »Keine Seiten herausgerissen?«, fragte er grinsend. Hipp hob die leeren Hände. »Alles unbeschädigt. Außerdem kann ich mit den Beschreibungen sowieso nichts anfangen.«

»Das denke ich mir. Übrigens, gerade am Telefon, das war Mattèo. Er ist in zehn Minuten hier, um einige Kartons Wein zu holen. Er kann Sie dann mit nach Alba nehmen.«

»Vielen Dank, sehr gern.«

Hipp griff nach dem Diario und gab es Carlo zurück. »Sieht hübsch aus, gefällt mir. Und wenn ein Jahr rum ist, dann suchen Sie all diese Plätze wieder auf, richtig?«

»Im nächsten Jahr, im übernächsten, immer wieder.«

Carlo brachte das Notizbuch zurück zur Kommode und sperrte es weg. Sie unterhielten sich noch etwas über die Weine, die Carlo im Angebot hatte. Hipp bedankte sich erneut dafür, dass er ihn bei der Trüffelsuche hatte begleiten dürfen. Es sei ein sehr schönes Erlebnis gewesen, fast müsse er seiner Giulietta für die Panne dankbar sein. Und wenn Carlo je in die Toskana komme, müsse er ihn besuchen. Er könne ja Profumo mitbringen, auch dort gebe es Trüffeln.

»Ich bin doch nicht lebensmüde«, winkte Carlo entsetzt ab. »Ich möchte nicht das gleiche Schicksal erleiden wie mein

Schwager Ildefonso. Oder Profumo wird vergiftet. Nein, wenn, dann komme ich mal alleine, zum Weinverkosten.«
»Volentieri, con piacere«, verabschiedete sich Hipp mit einer Umarmung. »Würde mich freuen!«
»Ciao! Arrivederci!«

65

Der Meccanico freute sich, Hipp erklären zu können, was genau bei seiner Giulietta alles kaputtgegangen sei. Zündspule, der Verteiler, auch müssten die Zündkabel erneuert werden, außerdem … Aber das sei alles kein Problem, die Ersatzteile seien zwar schwierig zu beschaffen, aber er habe bereits alles in die Wege geleitet. Gott sei Dank habe er überall Amici. Doch es könne noch zwei, maximal drei Tage dauern. Nein, nicht länger, promesso!

Zurück im Hotel, rief Hipp Sabrina an, um sie von dieser weiteren Verzögerung in Kenntnis zu setzen. Die Erwiderung überraschte ihn. Er solle für den Abend einen Tisch in einem schönen Ristorante reservieren, entgegnete sie. Sie fahre in einer Stunde los. Wenn er glaube, er könne in Alba tun und lassen, was ihm so einfalle, habe er sich getäuscht. Natürlich war das scherzhaft gemeint. Genauso wie ihre Bemerkung, dass sie sich persönlich von dem Defekt seiner Giulietta überzeugen und bei dieser Gelegenheit sicherstellen wolle, dass nicht eine gewisse Gina in seinem Bett liege.
»Das glaube ich natürlich nicht wirklich«, sagte sie.
»Nein, natürlich nicht.«
»Vor allem deshalb, weil ich vor einer Stunde mit ihr telefoniert habe.«

»Du hast?«
»Ja, sie hat mich angerufen. Sie ist noch in Bologna, fährt aber morgen mit einer Freundin nach Alba, weil sie bei ihrem Anwalt einen Termin hat.«
»Beim Avvocato Romagnosi.«
»Ganz genau. Bei der Gelegenheit könnten wir uns doch mit ihr treffen. Ist eine gute Idee, oder?«
Hipp konnte nur mühsam ein verlegenes Räuspern unterdrücken. »Wenn du meinst? Ja, du hast recht, eine gute Idee, das machen wir.«
Sabrina lachte und sagte dann, dass sie schon so gut wie unterwegs sei und sich aufs Wiedersehen freue. »Un bacino!«

Hipp spazierte in den Ort, kaufte Zeitungen, bestellte im Vincafé einen Insalata Caprese und trank dazu ein Gläschen Dolcetto. Auf dem Rückweg zum Hotel begegnete er Maria Battardi. Auf seine Bemerkung hin, dass das doch ein großer Zufall sei, erwiderte sie, dass es im Gegenteil fast unmöglich sei, in der Via Maestra niemandem zu begegnen. Übrigens habe ihr Carlo schon von der gemeinsamen Trüffelsuche berichtet. Als Hipp erwähnte, dass er morgen auch noch da sei und seine Freundin zu Besuch komme, lud Maria die beiden spontan zum Kaffee ein. Das höfliche Zögern von Hipp ignorierte sie. Sie werde einen Nusskuchen machen, ihre Torta di noci* habe auch Rettenstein immer in den höchsten Tönen gelobt. Im Hotelzimmer zog er die Schuhe aus, legte sich aufs Bett und wollte eigentlich lesen, schlief aber bald ein.

Erst beharrliches Klopfen weckte ihn. Zu seinem Erstaunen war es bereits dunkel. Er fand einen Lichtschalter, ging auf Strümpfen zur Tür und öffnete. Sabrina sah ihn entgeistert an.

»Wie siehst du denn aus? Hast du geschlafen?«
Statt einer Antwort nahm er ihr die Tasche ab, stellte sie auf den Boden, umarmte sie und gab ihr einen Kuss.
»Wie sehe ich aus?«, fragte er.
»Wie ein Küken, das aus dem Nest gefallen ist. Ein unrasiertes Küken mit wirren Haaren und halb offenem Hemd. Du hast doch nicht mit dieser schmutzigen Hose im Bett gelegen?«
»Ich war heute früh auf Trüffelsuche. Die Erde auf dem Bett ist völlig natürlich, ökologisch einwandfrei ...«
Sabrina lachte. »Hör auf, geh unter die Dusche und zieh dir was Frisches an. Wann hast du uns einen Tisch reserviert?«
»Einen Tisch? Noch gar nicht. Wie spät ist es?«
»Acht Uhr abends.«
Er schaute sie ungläubig an. »Wirklich? Schon so spät? Da habe ich wohl verschlafen.«
»Das ist ein gutes Zeichen. Scheint, dass du mit dem Fall tatsächlich abgeschlossen hast.«
»Ja«, bestätigte er, »das überzeugt sogar mich.«
»Und wer so aussieht, der hat auch keine andere Frau im Bett.«
»Na, wenigstens etwas.«

Eine knappe Stunde später saßen sie in der Osteria Nuova, hatten eine Flasche Hauswein auf dem Tisch, einen Brotkorb und Antipasti. Kein Feinschmeckermenü, sondern einfache, aber gute und ehrliche Hausmannskost. Es hätte sogar Trüffeln gegeben, aber da Sabrina keine mochte, verzichteten sie darauf.
Sabrina stellte fest, dass es bei Hipp keiner großen Anstrengung bedurft hatte, wieder zu seinem üblichen Äußeren zurückzufinden. Eigentlich hatte er überhaupt nichts gemacht, sich nicht einmal rasiert, nur ausgiebig geduscht, die Haare zum Pferdeschwanz gebunden, ein altes, ursprünglich mal sehr teures

Cordsakko angezogen, fast saubere Jeans und ausgetretene Cowboystiefel. Dazu seine große Gestalt, der lässige Gang, der irgendwie abwesend wirkende Gesichtsausdruck – und schon hatten ihm die Mädels an den vorderen Tischen der Osteria neugierige Blicke zugeworfen. Sabrina lächelte. Es konnte einer Frau Schlimmeres passieren, als sich mit Hipp in der Öffentlichkeit sehen zu lassen.

Da sie es unbedingt wissen wollte, erzählte er von den Ereignissen der letzten Tage. Einer genaueren Persönlichkeitsbeschreibung von Gina ging er aus dem Weg, indem er auf ihr bevorstehendes Treffen verwies. Und obwohl er wirklich nicht mehr daran denken wollte, führte er auch die Argumente an, die für Amedèo Steinknecht als Mörder von Rettenstein sprachen. Womit er seine selbst gestellte Mission erfüllt habe. Übrigens seien sie morgen zu Kaffee und Nusskuchen bei Maria Battardi eingeladen, der früheren Haushälterin von Hubertus Rettenstein. Eigentlich habe er keine Lust …

»Aber wir gehen hin«, erklärte Sabrina.

»Ja, das tun wir. Ihre Torta di noci soll vorzüglich sein. Das hat mir sogar Viberti erzählt.«

»Und der muss es wissen!«

66

Maria Battardi war mit Sabrina in die Küche gegangen, um ihr das alte Familienrezept für die Torta di noci* zu verraten, die ihren beiden Gästen so wunderbar geschmeckt hatte. Währenddessen saß Hipp auf dem Sofa und blätterte im Fotoalbum, das ihm die Signora gegeben hatte. Sie hatte in der zurückliegenden Stunde viel von ihrem verstorbenen Ildefonso erzählt.

Was für ein toller Partner er gewesen sei. Wie sehr sie ihn geliebt und bewundert habe. Die gelegentlichen Seitensprünge habe sie ihm verziehen, er sei schließlich ein ganzer Mann gewesen, da sei so was unvermeidbar. Aber er habe all ihre Wünsche erfüllt, jedenfalls so weit das im Rahmen seiner Möglichkeiten lag. Er habe sogar ihrem Bruder Carlo geholfen, ihm Geld für den Aufbau der Enoteca geliehen. Und er sei ein großartiger Trüffelsucher gewesen, der beste überhaupt. Wie keinem anderen Trifolao sei es ihm immer wieder gelungen, spektakuläre Riesentrüffel aufzuspüren, die außergewöhnliche Preise erzielt und auch im Ausland für Schlagzeilen gesorgt hätten.
Um die Fundorte habe er immer ein großes Geheimnis gemacht, was selbstverständlich gewesen sei, das mache jeder Trifolao so, erst recht, wenn es sich wie bei Ildefonso um wahre Goldadern gehandelt habe. Nur seinem geheiligten Trüffeltagebuch habe er die Stellen anvertraut, aber auch da so verklausuliert, dass ein unbedarfter Leser nur wenig damit anfangen könne. Maria Battardi hatte lachen müssen. Ja, ihr Ildefonso sei ein richtiger Furbacchione gewesen, ein Schlauberger, den man nicht so schnell übers Ohr habe hauen können. Im Album hatte sie Hipp ein Foto gezeigt, auf dem Ildefonso sein Trüffeltagebuch mit verschmitztem Grinsen in die Kamera hielt. Es war kleiner als jenes von Carlo, in schwarzes Leder gebunden, mit messingfarbenen Ecken und einer verblassten goldenen Krone.
Ob er Ildefonsos Diario mal sehen könne, fragte Hipp.
Nein, das sei leider nicht möglich, hatte Maria etwas kleinlaut gestanden. Sie habe im Rückblick fast ein schlechtes Gewissen, aber sie habe es nach Ildefonsos Tod an Hubertus Rettenstein verkauft. Rettenstein habe von dem Tagebuch gewusst, und da er es unbedingt haben wollte, habe sie es ihm für eine kleine Summe überlassen. Er habe es als Andenken

an seinen besten Trüffelsucher in Ehren halten wollen, habe Rettenstein gesagt. Viel anfangen habe er damit ohnehin nicht können. Erstens sei er selbst kein Trüffelsucher gewesen, und zweitens seien die Eintragungen so verschlüsselt, dass sie ihn vielleicht zu einem Steinpilz, aber gewiss zu keiner Trüffel geführt hätten.

Ob sie wisse, wo Rettenstein das Diario aufbewahrt habe?

Ja, eigentlich schon, hatte Maria geantwortet, in der großen Schublade in seinem Schreibtisch.

Was sie mit »eigentlich« meine, hatte Hipp nachgefragt.

Wieder war sie verlegen geworden. Nun, es sei nicht mehr da. Sie habe nach Rettensteins Tod nach dem Diario gesucht, um es wieder an sich zu nehmen, aber es habe sich weder in der Schublade befunden noch sonst wo im Haus.

Weil Maria Battardi die Geschichte mit dem Trüffeltagebuch ganz offenbar unangenehm war, hatte sie das Thema rasch gewechselt. Sabrina und Hipp hatten sich von der Sfilata medievale in Alba erzählen lassen, vom historischen Umzug vor dem berühmten Eselspalio. Sie habe früher gleich mehrfach an ihm teilgenommen. Einmal als prächtig gewandete Duchessa auf einem Prunkwagen, gezogen von zwölf Lakaien, unter ihnen Carlo und Ildefonso. Maria hatte ihnen im Album die Fotos gezeigt. Verständlich, dass dieser Auftritt zu den Höhepunkten ihres Lebens zählte.

Hipp hörte, wie Sabrina und ihre Gastgeberin aus der Küche zurückkamen. Er war mit dem dicken Album fast durch. Aber auch den letzten Seiten widmete er noch seine volle Aufmerksamkeit. Denn zum einen war es auf seltsame Weise faszinierend, der Chronik eines unbekannten Ehelebens in Bildern zu folgen, von der Hochzeit eines jungen Paares bis zur eingeklebten Todesanzeige am Ende. Zum anderen war dieses Fotoalbum viel aufschlussreicher, als er es für möglich gehalten hätte. So aufschlussreich, dass er die nächsten Minuten gedankenverloren versuchte, die vorangegangenen Erzählungen Maria Battardis mit einigen Fotos in Einklang zu bringen. Da traf es sich gut, dass die beiden immer noch über das Rezept für den Nusskuchen sprachen. Was von Sabrina ziemlich nett und ausgesprochen höflich war, denn wie er wusste, war sie alles andere als eine begeisterte Köchin. Besonders wichtig sei, schnappte er auf, dass der Eischnee erst ganz am Schluss unter die Teigmasse gehoben werde, »con cautela«, ganz behutsam. Aber wenn es etwas gab, was ihn momentan überhaupt nicht interessierte, dann war es diese Torta di noci.

67

Auf der Rückfahrt zum Hotel sagte Hipp kein Wort. Irgendwann wurde es Sabrina zu blöd.

»Worüber denkst du nach?«, fragte sie.

»Über dieses und jenes.«

»Vielen Dank, so genau wollte ich es gar nicht wissen.«

Wenn sie glaubte, Hipp damit zu einer konkreteren Antwort provozieren zu können, sah sie sich getäuscht.

»Okay«, sagte sie, »nächste Frage: Wie lange hat die Trüffelmesse* offen?«

»Heute? Bis zwanzig Uhr.«

»Sehr schön. Dann lass uns dorthin gehen.«

»Ich denke, du magst keine Trüffeln?«

»Stimmt, ich mag den Geruch nicht …«

»Dann ist das mit der Trüffelmesse aber keine besonders gute Idee, schon am Eingang schlägt dir ihr Duft entgegen.«

»Ich mag auch keine Bilder von Botticelli, trotzdem halte ich die Uffizien in Florenz für besuchenswert.«
Hipp musste lachen. »Das ist aber ein kühner Vergleich. Außerdem, was gefällt dir nicht an seinen Bildern? Die Geburt der Venus ist doch sehr schön.«
»Geschmackssache, wie bei den Trüffeln. Ich denke, den Geruch werde ich ertragen. Wenn ich schon zur Trüffelzeit in Alba bin, sollte ich die Messe doch wenigstens gesehen haben. Um auch diese Bildungslücke zu schließen.«
»Kommt hinzu, dass man auf dem Mercato del Tartufo auch Weine verkosten kann.«
»Na wunderbar, aber ich fürchte, dass sie allesamt aus dem Piemont stammen, nicht aus der Toskana.«
»Da spricht die Jungwinzerin aus Montalcino. Du solltest dich über dieses Thema nie mit Viberti auseinandersetzen. Er würde dich vermutlich wegen Landesverrat hinter Schloss und Riegel bringen.«

Als Hipp im Cortile della Maddalena die Eintrittskarten löste, musste ihm Sabrina recht geben. Es roch bereits an der Kasse intensiv nach weißen Trüffeln. Und mit jedem Schritt entlang der ersten Stände, wo weit und breit noch keine Tartufi zu sehen waren, nahm ihr Duft kontinuierlich zu. Im Vorbeigehen probierten sie einige Weine. Schließlich gelangten sie in den Hauptbereich des Zeltes, wo offenbar gerade eine große Präsentation stattfand. Vor einer kleinen Bühne hatten sich Kamerateams in Position gebracht, Fotoapparate blitzten. Im Licht eines Scheinwerfers wurde von einem Mann im Anzug eine kapitale Trüffel in die Höhe gehalten. Über Lautsprecher wurde das Gewicht verkündet: »Novecèntottanta grammi! Il tartufo più grande di questa stagione. Un tartufo veramente gigante …«

Als Nächstes stellte der Moderator den Trifolao vor, dem sie den bislang größten Trüffelfund dieser Saison zu verdanken hatten. »Ich bitte zu mir auf die Bühne – Carlo Giardina!«
Im Zelt brandete Applaus auf. Carlo lächelte zwar verlegen, aber sichtbar stolz in die Kameras. Sein Gesicht war vor Aufregung gerötet.
»Carlo? Ist das Marias Bruder?«, fragte Sabrina.
Hipp nickte. »Ja, erst gestern früh war ich mit ihm bei der Trüffelsuche. Leider nicht heute Morgen, dann wäre ich bei diesem grandiosen Fund dabei gewesen.«
»Aber das Alternativprogramm hat dir hoffentlich auch gefallen.«
»Welches Alternativprogramm?«, fragte Hipp unaufmerksam, den Blick immer noch auf Carlo gerichtet, der bereits das erste Interview gab.
»Du kannst dich nicht mehr an heute Morgen erinnern?«
»An heute Morgen?« Hipp wendete sich Sabrina zu und sah sie fragend an. Dann musste er breit grinsen. »Ach so, bitte entschuldige. Natürlich kann ich mich erinnern.«

68

Es war am späten Vormittag des nächsten Tages. Beflissen geleitete Maresciallo Viberti den Besucher in sein Amtszimmer.
»Dottore, bitte nehmen Sie Platz«, sagte er zu Hipp. »Mi dispiace, die Stühle sind etwas unbequem. Soll ich uns was bringen lassen? Un acqua minerale, un caffè?«
Hipp schüttelte dankend den Kopf.
Der Maresciallo zog sein Jackett aus. Mit dieser Geste wollte er

andeuten, dass es sich um ein privates Gespräch handelte, eine Conversazione unter guten Bekannten.

»Ich bin immer noch überrascht, dass Sie in Alba sind«, sagte Viberti, »ich wähnte sie längst im Süden, kurz vor Afrika, wie heißt dieser Landstrich gleich? Toskana, richtig!«

Hipp machte ihn darauf aufmerksam, dass Italiens Hauptstadt Rom noch weiter südlich liege, und erst recht Kalabrien und Sizilien.

Er wisse das, sagte Viberti. Aber in Rom würden zweifellos afrikanische Zustände herrschen, von Neapel überhaupt nicht zu reden, und Kalabrien und Sizilien lägen sowieso im tiefsten Afrika, das wisse ja wohl jedes Kind.

Amüsiert stellte Hipp fest, dass die Unterhaltung wenigstens zum Auftakt ähnlich surreale Grundmuster auswies, wie sie für den Maresciallo typisch waren. Aber es lag ihm daran, relativ schnell auf den Punkt zu kommen. Also berichtete er kurz von seiner Autopanne.

»Von der ich mittlerweile Kenntnis erlangt habe«, unterbrach ihn Viberti lächelnd. »Ihr Alfa, Modell Giulietta Spider, Baujahr 1961, hat den Straßenverkehr in Alba lahmgelegt. Sie müssen mit einer schweren Strafe rechnen.«

»Deshalb bin ich hier. Ich stelle mich freiwillig.«

»Gut, sehr gut, ein vorbildliches Verhalten, das ist natürlich strafmildernd. Wir werden von einer Inhaftierung absehen. Übrigens sind Sie bei Riccardo in den besten Händen.«

»Riccardo? Sie meinen den Meccanico, der an meiner Giulietta rumschraubt?«

»Sì, sì, Riccardo. Er ist mehr als ein Meccanico, er ist ein Chirurg, der einen Motor am offenen Herzen operiert. Er hat früher mal in Maranello gearbeitet, bei Ferrari.« Viberti zuckte mit den Schultern. »Allora, dort hat man ihn rausgeschmissen. Auch

möchte ich nicht wissen, von wo er die Ersatzteile für Ihr Auto bezieht. Aber Sie werden sehen, der Motor läuft hinterher besser als vorher.«
»Was machen Ihre Ermittlungen in Beziehung auf Amedèo Steinknecht?«, versuchte Hipp einen Themenwechsel herbeizuführen.
»Amedèo Steinknecht? Er ist so gut wie überführt. Er ist definitiv der Mörder von Hubertus Rettenstein, dafür sprechen alle Indizien. Das heißt, er war es. Leider ist er nicht mehr in der Verfassung, ein Geständnis ablegen zu können.«
Viberti zog die Schublade seines Schreibtisches auf. »Wollen Sie einen Fernet Branca? Das ist gut für den Magen.«
»Ich habe keine Magenprobleme«, wehrte Hipp dankend ab.
»Ich auch nicht«, sagte Viberti, der ein Fläschchen aufschraubte und in einem Zug austrank. Nachdem er sich geschüttelt hatte, fuhr er fort: »Aber ich habe nur deshalb keine Magenprobleme, weil ich mit präventiven Maßnahmen dagegen angehe. Sie sollten mal darüber nachdenken. Übrigens ist mir zugetragen worden, dass Sie sich in Begleitung Ihrer wunderbaren Freundin befinden. Signorina Sabrina Valentino, richten Sie ihr bitte meine aufrichtigsten Grüße aus. Es würde mich freuen, wenn wir noch Gelegenheit zu einem Treffen fänden.«
»Das machen wir ganz sicher«, sagte Hipp, »aber der Grund meines Hierseins …«
Viberti hob entschuldigend die Hand. »Ich muss Sie schon wieder unterbrechen. Aber Sie sollten wissen, Gina Zazzari ist in Alba eingetroffen. Sie hatte einen Termin bei Avvocato Romagnosi und wird auch bei mir vorbeischauen. Ich erwähne das nur«, er wiegte besorgt den Kopf, »weil es ja rein theoretisch sein könnte, dass ein Zusammentreffen dieser beiden Damen zu

Konflikten führen könnte, und zwar hinsichtlich ihrer Zuneigung zu ein und derselben Person.«

»Vielen Dank für die Warnung. Aber Gina und Sabrina stehen bereits in direktem Kontakt. Mir ist auch nicht ganz wohl dabei. Aber erstens habe ich nicht wirklich ein schlechtes Gewissen …«

»Mir fällt schwer, Ihnen das zu glauben. Wäre ich an Ihrer Stelle gewesen«, der Maresciallo schnalzte mit der Zunge, »ich hätte ganz sicher allen Grund für ein schlechtes Gewissen.«

»… und zweitens kann ich nur auf einen guten Ausgang hoffen.«

Viberti nickte. »Sie sollten in der Chiesa di San Giovanni eine Kerze stiften. Bei zwei Frauen brauchen Sie göttlichen Beistand.«

»Sie ahnen, dass ich aus einem anderen Grund hier bin?«, machte Hipp einen erneuten Versuch.

»Ja, ich ahne es«, bestätigte der Maresciallo. »Ich fürchte, dass Sie mir erneut Arbeit machen. Das war mit ein Grund, warum ich einen Fernet Branca getrunken habe. Sie haben eine neue Theorie, ist es das?«

»Eine neue? Mein lieber Maresciallo, genau genommen hatte ich bislang noch nie eine Theorie.«

»Doch, dass entweder Zorzi oder die Russen Steinknecht gemeuchelt haben«, widersprach Viberti.

»Was immer noch am wahrscheinlichsten ist«, sagte Hipp, »aber ja nicht in Ihren Bereich fällt.«

»So ist es.« Er bekreuzigte sich. »Grazie a Dio. Und bei Rettenstein waren Sie mit mir der Meinung, dass Steinknecht als Täter in Frage kommt. Da erinnere ich mich doch richtig?«

»Er kommt in Frage, das schon. Aber ich habe nie Ihre diesbezügliche Begeisterung geteilt. Und zum Tode von Ildefonso Battardi habe ich mich noch nie geäußert.«

»Ildefonso Battardi? Wir gehen davon aus, dass es sich um einen Jagdunfall handelt.«
Hipp nickte. »Das ist mir bekannt.« Er lehnte sich zurück, verschränkte die Arme und wartete ab.
Der Maresciallo nahm einen Bleistift und stieß ihn so lange auf seine Schreibplatte, bis die Mine abbrach.
»D'accordo. Sie haben also eine Theorie hinsichtlich der Person, die den tödlichen Schuss auf Ildefonso abgegeben hat. Es ist mir zwar ein völliges Rätsel, wie Sie hier zu Einsichten gelangen konnten, aber ich kann sie mir ja mal anhören. Und Sie stellen Steinknecht als Mörder von Rettenstein in Frage. Das macht mir größeren Kummer. Die Ermittlungen sind nämlich so gut wie abgeschlossen.«
Hipp lächelte. »Ich hatte, wie Sie wissen, Rettensteins Fall auch schon abgehakt, zwar gegen meine Überzeugung, aber einer resignierenden Bequemlichkeit folgend.«
»Und dann hat Ihre Giulietta schlappgemacht. Warum fahren Sie auch einen Oldtimer?«
»Vielleicht dient diese Tatsache der Gerechtigkeit?«
Viberti schüttelte zweifelnd den Kopf.
»Mein lieber Maresciallo, es liegt wie immer an Ihnen, meinen Gedanken zu folgen oder sie zu verwerfen. Alles Weitere ist einzig Ihre Entscheidung. Sie haben also nichts zu verlieren.«
Viberti steckte den Bleistift in einen Spitzer, drehte ihn, begutachtete hochkonzentriert das Ergebnis, besserte nach, blies auf die Mine und legte ihn zur Seite.
»È vero, ich habe nichts zu verlieren«, er schmunzelte, »ganz im Gegenteil. Schießen Sie los!«

Es dauerte eine gute halbe Stunde, bis Hipp alle Punkte dargelegt hatte. Nach wenigen Minuten hatte der Maresciallo begonnen, sich Notizen zu machen. Nach fünfzehn Minuten bestellte er zwei Espressi, und zwar doppelte, extra stark. Und nach Beendigung langte er erneut in die Schublade, um eine kleine Flasche Fernet Branca zu trinken.

»Dottore«, sagte er, »Ihre Theorie ist schwer bekömmlich. Nichts kann ich weniger gebrauchen als ein Magengeschwür!«

69

Nach dem Gespräch mit Viberti hatte Hipp den restlichen Tag eher wortkarg verbracht. Er hatte darüber nachgedacht, ob es richtig gewesen war, den Maresciallo auf diese Spur zu setzen. Was wäre gewesen, wenn sein Alfa keinen Motorschaden gehabt hätte? Konnte es sein, dass eine defekte Zündanlage darüber entschied, ob die Gerechtigkeit siegte? Und eine Einladung zur Nusstorte! Oder bildete er sich was ein, was jeder Grundlage entbehrte? Schließlich gab es keinen einzigen Beweis, nur einige Mosaiksteinchen, die sich allerdings verdächtig gut ineinanderfügten. Und wenn er falsch lag? Dann würde Maresciallo Viberti den Frust mit einigen Fläschchen Fernet Branca bekämpfen. Auch alle anderen würden darüber hinwegkommen. Und man würde sich damit abfinden müssen, dass Ildefonsos Tod auf einen Jagdunfall zurückging. Und dass Steinknecht der Mörder von Rettenstein war.

Sabrina hatte keine Probleme mit Hipps Einsilbigkeit. Sie mochte ihn so. Und es war ihr klar, dass ihn der Fall wieder eingeholt hatte. Aber dass er heute noch auf andere Gedanken kommen würde, dafür hatte sie gesorgt.

Am frühen Abend machten sie sich auf den Weg zum Caffè Calissano. Sabrina trug einen bodenlangen Ledermantel, darunter ein knapp geschnittenes Kostüm, mit bloßen Beinen und hochhackigen Stiefeletten.

»Bist du nervös?«, fragte Sabrina im Gehen.

»Sehe ich so aus?«, gab Hipp die Frage zurück. »Außerdem, warum sollte ich?«

»Ach richtig, ich habe vergessen, dass dein Interesse an Gina rein ermittlungstechnischer Natur war.«

»Schön formuliert.«

»Und dass Gina eher unscheinbar ist und nicht deinem Schönheitsideal entspricht.«

»Habe ich das gesagt?«

»Sie sei dir zu muskulös, hast du erklärt. Was streng genommen schon eine sehr intime Aussage ist.«

»Findest du?«

»Lassen wir uns überraschen. Für später hat Gina einen Tisch im Lalibera reserviert. Das ist dir doch recht, oder?«

»Mir ist alles recht«, antwortete Hipp, der den nächsten Stunden mit einer gespannten Neugier entgegensah. Die beiden hatten aus unerfindlichen Gründen beschlossen, sich in seiner Gegenwart zu treffen. Langweilig würde es gewiss nicht werden. Blieb nur zu hoffen, dass sich Gina, der er einige Gemeinheiten zutraute, im Zaum hielt. Aber da er ein reines Gewissen hatte, fühlte er sich in einer starken Position. So gesehen war es gut, dass er dabei war. Im Zweifelsfall konnte er ihr in die Parade fahren.

Kaum betraten sie das Caffè Calissano, erkannte Hipp, dass seine vage Hoffnung, Gina würde in alten Hosen, Bergschuhen und dickem Pulli auf sie warten, allzu naiv gewesen war. Sie stand an der Bar, in kniehohen Stiefeln, mit kurzem Lederrock, offenherziger Bluse und einem figurbetonten Blazer, der sehr

nach Armani aussah. Offenbar hatte Gina ihre Konsumverweigerung überwunden und in Garderobe investiert. Sie winkte den beiden fröhlich zu.
»Du hattest recht, sehr unscheinbar«, kommentierte Sabrina den ersten Eindruck, dabei freundlich lächelnd.
»Darf ich bekannt machen …«, wollte Hipp der Form Genüge tun.
»Nicht nötig, mein Lieber, du bist Gina.«
»Hallo, Sabrina, schön, dich kennenzulernen.«
Die beiden umarmten sich und küssten sich die Wangen.
Hipp dachte, es wäre eine gute Idee, Gina eher distanziert zu begrüßen. Was gehörig misslang, aber wenigstens sah sie davon ab, ihm einen Kuss auf die Lippen zu drücken.
»Wo ist deine Freundin?«, fragte er.
»Da kommt sie, sie war nur kurz auf der Toilette, um sich hübsch zu machen.«
Hipp sah der jungen Frau entgegen. Sich hübsch zu machen? Ohne Zweifel war ihr das aufs Vortrefflichste gelungen. Eine schlanke Blondine, sehr trendig angezogen. Längst hatten sich im Caffè alle Blicke auf die Bar gerichtet, vor allem die männlichen. Hipp musste zugeben, dass seine weibliche Begleitung an diesem Abend über jeden Zweifel erhaben war. Sozusagen hoch drei! Wie hatte er das verdient? Aber vielleicht rächte es sich noch. Drei solche Frauen stellten ein Gemisch dar, dem eine explosive Sprengkraft innewohnte.
»Also, das ist meine Freundin Roberta aus Bologna«, sagte Gina. »Und das ist Sabrina Valentino aus Montalcino und Hippolyt, von dem ich dir erzählt habe …«
»Ja, ich habe viel von Ihnen gehört«, hauchte Roberta.
»Tatsächlich?«, sagte Sabrina, eine Augenbraue spöttisch nach oben gezogen.

»Nur Gutes!«, ergänzte Roberta.
»Darf ich den Damen einen Aperitivo bestellen?«, fragte Hipp, der an einer Vertiefung dieses Themas wenig interessiert war. Gina und Sabrina kamen dann rasch auf andere, unverfängliche Dinge zu sprechen, wobei sie sich gut zu verstehen schienen. Was insofern überraschend war, als ihre Lebensgeschichten und sozialen Hintergründe kaum unterschiedlicher hätten sein können. Offenbar hatten sie in den letzten Tagen häufiger telefoniert, denn oft blieb ihm verschlossen, worum es eigentlich ging.
Dankenswerterweise hatte Gina ihre Freundin mitgebracht, so hatte wenigstens auch er eine Gesprächspartnerin, und wahrlich keine unattraktive. Sich an die vielen Termine erinnernd, die er in Dozza mit Gina notiert hatte, im Versuch, ihre letzten Tage und Wochen zu rekonstruieren, fragte er Roberta, ob sie in einer Boutique arbeite.
Sie freute sich, dass er das wusste. Ja, bestätigte sie, in einem Fashionshop für modebewusste junge Frauen. Sie fuhr sich mit der Hand über den Oberschenkel. »Unsere Stoffe fassen sich unheimlich toll an.«
Auch könne er sich erinnern, fuhr Hipp fort, dass Gina von ihrem gemeinsamen Fitnesstraining erzählt habe und davon, dass sie regelmäßig zusammen ins Kino gehen würden.
Das mit dem Fitnesstraining stimme, sagte sie, als Frau müsse sie ja auf ihre Figur achten. Aber mit Gina ins Kino, nein, da täusche er sich, ins Kino gehe sie grundsätzlich nicht. Weder mit Gina noch mit einem Mann. Sie ziehe es vor, zu Hause eine DVD einzulegen und auf dem Sofa zu liegen, da könne sie sich wenigstens hemmungslos gehenlassen.
Sabrina, die die letzten Worte aufgeschnappt hatte, unterbrach sie. »Da ist ein Tisch frei geworden, wollen wir uns setzen?«, fragte sie.

Weil Gina und Roberta vorausgingen, konnte ihm Sabrina zuflüstern, dass Gina wirklich ausgesprochen nett sei. Und so herzerfrischend direkt. Und muskulös sei sie auch, da habe er recht gehabt. Vor allem im Ausschnitt. Wobei sie ihn aufklären müsse, dass es sich anatomisch dabei nicht wirklich um Muskeln handle.

Der weitere Abend verlief entschieden friedlicher, als es Hipp zunächst vermutet hatte. Sie wechselten zum Abendessen ins Ristorante Lalibera, das zu Fuß nur wenige Minuten entfernt lag. Gina, Roberta und Sabrina kamen prächtig miteinander aus. Gelegentlich schien es ihm, als ob sie gänzlich vergessen hätten, dass er auch dabei war. Dann wieder legte sich eine weibliche Hand auf seine Schulter. Gina knuffte ihn in die Rippen. Sabrina spielte vertraut mit seinen Haaren. Welcher Dame die Hand gehörte, die sich für einen kurzen Augenblick in seinen Schritt verirrte, konnte er nicht feststellen. Sabrina war es nicht, ihre Hände lagen auf dem Tisch. Aber Roberta sah ihn so seltsam an. Jene Roberta, die sich auf dem Sofa gerne hemmungslos gehenließ.

Nur kurz schnitten sie die Themen an, die Hipp und Gina ursprünglich zusammengebracht hatten. Sie erzählten von ihrer Flucht, dem Versteck in Dozza, der schließlich erfolgreichen Suche nach einem Alibi. Gina berichtete, dass sie von Avvocato Romagnosi bereits die nächste Vorabzahlung auf ihr Erbe erhalten habe. Sie lachte. »Deshalb diese feinen Klamotten. Eigentlich kann ich darauf verzichten, aber als angehende Millionärin bin ich lernfähig.« Sie berichtete vom Gesundheitszustand ihrer Mutter, der sich trotz der Medikamente stetig verschlechterte. Sie sprachen über ihre Anteile an der Delikatessfirma Delita, die offenbar viel mehr wert waren als ursprünglich gedacht. Der

Laden stehe überhaupt nicht vor der Pleite, offenbar habe Steinknecht einige Bilanzfälschungen vorgenommen, aus welchen Gründen auch immer. Doch Ugo Zorzi sei ihm nach seinem Tod auf die Schliche gekommen. Am heutigen Nachmittag habe sie bei Viberti einen Termin gehabt. Aber leider habe der Maresciallo mit ihrer Zeugenaussage nicht viel anfangen können. Die Stimme, die sie mal in Rettensteins Haus belauscht habe, sie sei zu undeutlich gewesen. Aber das mit dem österreichischen Akzent könne stimmen.

Der Abschied vor dem Lokal fiel herzlich aus. Dass sich Gina fester an ihn drückte als nötig, schien nur ihn zu überraschen. Sabrina konnte sogar über Ginas vollen Kuss auf seinen Mund lachen. Schon unheimlicher war, dass sich Roberta ähnlich sinnlich an ihn ranmachte – und dass sich auch Sabrina und Gina innig umarmten. Er musste zugeben, dass er diese Spielchen nicht wirklich durchschaute. Da hatte er wohl bei seinem Psychologiestudium die entscheidenden Seminare verpasst. Oder das letzte Glas Barolo hatte seinen Verstand benebelt. Jedenfalls war er froh, als Gina und Roberta in der entgegengesetzten Richtung davonzogen. Er hatte schon das Schlimmste befürchtet und sich mit drei Frauen im Bett gesehen. Aber diese Phantasie entsprang wohl wirklich dem Barolo.

Sabrina hakte sich bei ihm unter, und sie machten sich auf den Fußweg zum Hotel. »Du bist ein gemeiner Lügner«, sagte sie kichernd. »Gina sieht super aus. Du hast recht, sie scheint viel Krafttraining zu machen, aber es mangelt ihr nicht an den weiblichen Attributen, auf die es Männern gemeinhin ankommt.«

»Nein, tut es nicht.«

»Hattest du Gelegenheit, unsere Freundin genauer zu inspizieren? Komm schon, gib es zu!«

»Nun, Gina hat einen gewissen Hang zur Freikörperkultur. Aber es ist mir gelungen, einen Sicherheitsabstand zu wahren.«
Sabrina blieb stehen und sah Hipp in die Augen. »Weißt du was? Ich glaube dir. Und ich bewundere deine Willensstärke. Trotzdem habe ich das Gefühl, dass ich mit meiner telefonischen Intervention in Dozza gerade noch rechtzeitig gekommen bin.«
»Könnte sein«, gab Hipp zu. »Gina kann sehr aufdringlich sein.«
»Wie auch immer, sie ist wirklich nett, frech, unkonventionell. Es macht Spaß, mit ihr zusammen zu sein. Und sie ist auf animalische Weise körperlich anziehend, sogar für Frauen. Wenn ich lesbisch wäre, könnte sie mir gefährlich werden. Wer weiß, was sie heute Nacht mit Roberta anstellt? Aber ...«
»Aber?«
»Ich bin nicht lesbisch, solltest du doch wissen.« Sabrina gab Hipp einen Kuss. »Igitt, du schmeckst nach Gina.«

70

Der Maresciallo stand am Kopfende des schmalen Einsatzraums, vor ihm saßen einige Carabinieri unterer Dienstränge. Viberti erklärte, dass nunmehr alles besprochen sei. Jeder wisse, was er zu tun habe. Aber zur Sicherheit wiederhole er die entscheidenden Punkte. Er drehte sich um und deutete mit dem Stab auf ein Flipchart.

»Punto uno: Wir haben einen Tatverdächtigen im Fall des gewaltsamen Todes von Ildefonso Battardi. Sein Name: Carlo Giardina!
Punto due: Wir müssen behutsam vorgehen, denn wir haben keine konkreten Beweise. Wie ich erläutert habe, bin ich nur

durch einige Beobachtungen und durch analytisches Nachdenken auf die Möglichkeit gekommen, dass Carlo Giardina, Bruder von Maria Battardi und Schwager des verstorbenen Ildefonso, sowohl ein Motiv für die Tat gehabt hätte als auch die Gelegenheit, sie auszuführen.
Punto tre: Ich gehe des Weiteren davon aus, dass besagter Carlo Giardina auch des Mordes an Hubertus Rettenstein schuldig ist.
Punto quattro: Es ist eine Hausdurchsuchung in der Enoteca von Carlo Giardina in Neive angesetzt. Vordringlich geht es darum, das Trüffeltagebuch des verstorbenen Ildefonso zu beschlagnahmen. Nach Auskunft eines Informanten befindet es sich in einer versperrten Schublade in der großen Kommode. Es ist in schwarzes Leder gefasst, mit Messingecken und einer goldenen Krone, wird von einem Gummi zusammengehalten und liegt unter dem roten Trüffeltagebuch von Carlo, das bei dieser Gelegenheit auch sichergestellt werden sollte. Mein Informant …«, der Maresciallo räusperte sich, »… hat detaillierte Kenntnis vom Aussehen dieses Tagebuchs, weil sich von selbigem in Maria Battardis Album ein ausgezeichnetes Foto befindet. Er hat Ildefonsos Tagebuch per Zufall in besagter Schublade gesehen. Sein Blick darauf war zwar nur kurz, aber lang genug, um es später wiederzuerkennen.
Punto cinque: Warum ist Ildefonsos Trüffeltagebuch so wichtig? Es wurde nach seinem Tod von seiner Witwe Hubertus Rettenstein überlassen. Da es sich nicht mehr in dessen Haus befindet, sondern, wie ich annehme, in Carlos Enoteca, liegt es nahe, dass hier eine widerrechtliche Aneignung stattgefunden hat, die möglicherweise in einen Streit mit Rettenstein eskalierte. Dabei könnte Carlo Giardina Rettenstein zu Tode befördert haben.
Punto sei: Deshalb werden von Carlo die Fingerabdrücke genommen und mit den Ergebnissen der Spurensicherung in Ret-

tensteins Haus verglichen. Dies vor allem im Bereich des Schreibtisches, wo nach Aussage von Maria Battardi das Buch aufbewahrt wurde.
Punto sette: Sowohl bei der Durchsuchung in Carlos Enoteca als auch bei der gleichzeitig angesetzten Inspektion seiner Privatwohnung wird gezielt Ausschau gehalten nach einem Jagdgewehr. Maria Battardi verfügt über ein Fotoalbum, in dem Carlo gleich mehrfach – allerdings vor vielen Jahren – mit einer solchen Waffe zu sehen ist.
Punto otto: Besagtes Fotoalbum werde ich mir persönlich bei Signora Battardi ausleihen. Hier ist ein diskretes Vorgehen angesagt, das der Witwe den nötigen Respekt entgegenbringt.
Punto nove: Besonderes Augenmerk gilt bei allen Durchsuchungen dem verschwundenen Teppich aus dem Hause Rettenstein, in dem die Leiche mutmaßlich eingewickelt und in den Weinkeller verbracht wurde. Gleiches gilt für einen Drohbrief, den der Tatverdächtige womöglich aus Rettensteins Schreibtisch entwendet hat. Nach meinem Kenntnisstand waren es ursprünglich drei Briefe. Zwei sind mittlerweile aufgetaucht, der dritte könnte sich noch in seinem Besitz befinden.
Punto dieci: Der Tatverdächtige wird nach seinen Alibis in beiden Mordfällen befragt.
Punto undici: Wir rekapitulieren die möglichen Motive. Im Falle Rettensteins gehe ich als Arbeitshypothese von einer Tötung im Affekt aus. Für Carlo, der selbst über großen Ehrgeiz als Trüffelsucher verfügt, war es inakzeptabel, dass Ildefonsos Trüffeltagebuch nicht in der Familie und damit bei ihm verblieb, sondern von seiner Schwester leichtfertig an Hubertus Rettenstein veräußert wurde. Im Bemühen, dieses Tagebuch wieder an sich zu bringen, ist es zum Streit gekommen, der … – ich verweise auf die Punti cinque e sei!«

»Kommen wir zum Mord an Ildefonso Battardi. Wie gesagt, auch hier haben wir nur eine Arbeitshypothese. Aber sie ist in sich stimmig und von einer hohen Logik.«

Der Maresciallo schlug am Flipchart die zweite Seite auf.

»Sottopunto uno: Carlo Battardi ist als ehrgeiziger Trüffelsucher notorisch eifersüchtig auf die Erfolge seines berühmten Schwagers.

Sottopunto due: Er will seinen Hund Profumo zurück, den er Ildefonso aus finanziellen Gründen überlassen musste. Dies ist selbstverständlich nur über seine Leiche möglich, denn kein erfolgreicher Trifolao trennt sich ohne Nöte von seinem Hund.

Sottopunto tre: Es existiert ein privates Darlehen von Ildefonso, dessen Rückzahlung Carlo mutmaßlich schwerfällt. Hier ist ein Fragezeichen angebracht, das Motiv ist womöglich von nachrangiger Bedeutung.

Sottopunto quattro: Als älterer Bruder von Maria sind ihm die häufigen Seitensprünge von Ildefonso verhasst. Er fühlt sich Maria gegenüber in der Pflicht, ihre Ehre zu wahren. Auch hier ist ein Fragezeichen angebracht: siehe Sottopunto tre!«

Viberti trank einen Schluck Wasser.

»Kommen wir zu Sottopunto cinque. Carlo möchte das Trüffeltagebuch von Ildefonso an sich bringen, um auf diese Weise von den geheimen Fundplätzen Kenntnis zu gelangen. Die Dechiffrierung der zum Teil geheimen Kürzel erscheint ihm als Schwager möglich.

Sottopunto sei: Wie wir wissen, hatte Carlo Giardina am gestrigen Tag einen großen Auftritt auf dem Mercato Mondiale del Tartufo. Sein Fund einer Trüffel im Format, wie wir sie vom verstorbenen Ildefonso gewohnt waren, steht im Einklang mit den Sottopunti uno, due e cinque.

Kommen wir zum Schluss. Wie mir von einem Kriminalpsychologen bestätigt wurde, reichen diese Motive mehr als genügend aus, um bei einer nicht intakten Persönlichkeit einen vorsätzlichen Tötungswunsch zu entwickeln. Gleichwohl haben wir bislang nicht mehr als eine Hypothese. Im Falle des Mordes an Hubertus Rettenstein bleibt natürlich bis zur Überführung von Carlo Giardina weiterhin Amedèo Steinknecht tatverdächtig.«

Der Maresciallo klemmte sich den Stab unter die Achsel und klatschte in die Hände. »Das war's, vielen Dank für die Aufmerksamkeit. An die Arbeit, buona fortuna!«

71

Im Bad ihres Hotelzimmers brannten Kerzen, das Badewasser lief. Gina war nackt und machte Liegestützen. Immer wenn sie zu Boden sank, um zitternd für einen Moment zu verharren, war von Roberta, die unter ihr lag, ein leises Stöhnen zu hören. Die Liegestützen wurden immer langsamer, die Pausen immer leidenschaftlicher, schließlich ließ sie sich mit schmerzenden Oberarmen auf Roberta sinken.

Später fanden sich die beiden im Schaum der Badewanne wieder, dort ihre Spiele fortsetzend. Zwischendurch tranken sie vom bereitgestellten Spumante, schütteten sich lachend den Schaumwein über die Haare …

Ob es für Roberta schön gewesen sei, wollte Gina wissen, als sie nach Stunden auf dem Bett erwachten.

Wie ein Traum von einer anderen Welt, flüsterte Roberta.

Gina streichelte ihre Brüste. Sie müsse kein schlechtes Gewissen haben, sagte sie.

Das habe sie nicht, erwiderte ihre Freundin zögernd, aber es sei für sie das erste Mal gewesen, dass sie mit einer Frau …

Es sei immer das erste Mal, sagte Gina. Diese Erfahrung habe auch sie mal machen müssen.

Aber eigentlich sei sie ganz auf Männer fixiert, entgegnete Roberta verwirrt, auf starke, große Männer. Sie habe sich nicht wirklich vorstellen können, dass es ihr auch mit einer Frau Spaß machen würde.

Gina lächelte selbstbewusst. »Nicht mit irgendeiner Frau, sondern mit mir!« Im Übrigen sei auch sie oft scharf auf Männer, zum Beispiel auf solche, die aussähen wie Hippolyt. Aber eben nicht nur. Warum solle man sich im Leben sexuell einschränken?

Gina gestand, dass sie sich schon beim gemeinsamen Fitnesstraining in Bologna immer wieder ausgemalt habe, wie es sei, Robertas geschmeidigen Körper zu liebkosen, ihn mit ihren Schenkeln zu umklammern, ihren festen Hintern in den Händen zu halten, ihr zärtlich in die Waden zu beißen. Sie sei glücklich, dass Roberta sie nach Alba begleitet habe. Nein, sie wäre nicht böse gewesen, wenn sie sich verweigert hätte. Aber jetzt wüssten beide, was ihnen entgangen wäre.

Roberta tastete nach Gina, rollte sich langsam auf sie, bohrte ihr die Fingernägel ins Fleisch und gab ihr einen leidenschaftlichen Kuss. »Ja, das wissen wir jetzt beide«, bestätigte sie.

72

Mit bleichem Gesicht in seiner Enoteca stehend, blickte Carlo verständnislos auf das Dokument, das ihm ein Carabiniere unter die Nase hielt. Seiner mit scharfer Stimme vorgetragenen Erläuterung entnahm er, dass es sich um einen

Durchsuchungsbefehl handelte. Seine Fragen nach dem Warum und Wieso blieben unbeantwortet. Stattdessen schob man ihn achtlos zur Seite, uniformierte Gendarmen rissen Schubladen auf und schütteten den Inhalt auf den Boden. Weinkisten wurden geöffnet, Regale ausgeräumt.
Wo denn der Schlüssel für die Kommode sei, wollte ein Appuntato wissen. Weil Carlo diesen nicht sofort rausrücken wollte, drohte man ihm an, das antike Möbel mit einem Eisen aufzubrechen. Er ging resignierend zur Kasse, entnahm ihr den Schlüssel, begab sich zur Kommode und sperrte sie auf. Schon hob der Appuntato die beiden Trüffeltagebücher in die Höhe. In der linken Hand das rote und in der rechten, triumphierend, das schwarze mit den Messingecken, das Ildefonso gehört hatte. Carlo fühlte, wie ihm schwindlig wurde. Er musste sich an der Theke abstützen. Woher hatten die Carabinieri von diesen Tagebüchern Kenntnis? Wie konnten sie überhaupt wissen, was sie da in den Händen hielten? Sie hatten sie sich doch gar nicht genauer angesehen. Es dauerte nur Sekunden, bis er auf die Lösung kam. Nicht von ungefähr war er erschrocken gewesen, als dieser Hippolyt Hermanus plötzlich hinter ihm gestanden hatte. Aber wie konnte der ahnen, dass es sich bei dem schwarzen Buch um Ildefonsos Diario handelte? Carlos Gedanken überschlugen sich. Das also war der Dank dafür, dass er den Mann auf die Trüffelsuche mitgenommen hatte. Wobei ihm klar war, dass er damit eine Absicht verfolgt hatte. Er hatte gehofft, etwas über den Auftrag zu erfahren, den Hippolyt von Rettenstein erhalten hatte. Vergeblich. Egal. Was lief hier ab? Hatte Hippolyt den Carabinieri von dem schwarzen Tagebuch erzählt? Und wenn ja, was suchten diese Idioten noch in seinem Laden? Gerade schraubten sie das Gitter von der Klimaanlage ab.
Das Telefon neben der Kasse klingelte. Ob er rangehen dürfe,

fragte Carlo den Appuntato. Als dieser nickte, hob er ab. Ein aufgeregter Nachbar war dran. Ob er wisse, dass sich die Carabinieri gerade Zugang zu seiner Privatwohnung verschafft hätten und dort anfingen, alles auf den Kopf zu stellen? Carlo verneinte, gab einige wirre Sätze zur Antwort, murmelte ein Dankeschön – und legte auf. Seine Privatwohnung? Ildefonsos Trüffeltagebuch hatten sie doch bereits gefunden?
Er setzte sich auf eine Kiste Barbaresco und verfolgte mit starrem Blick die fortschreitende Verwüstung seiner Enoteca. Es dämmerte ihm, wonach die Carabinieri suchten. Fast hätte er laut gelacht und ihnen zugerufen, dass sie sich die Mühe sparen könnten, sie würden keinen Erfolg haben, so blöd sei er nun wirklich nicht.
Es misslang ihm, einen vernünftigen Gedanken zu fassen. Immer mehr konzentrierte sich seine Aggression auf Hippolyt Hermanus. Er ahnte, dass dieser arrogante …
»Signor Giardina«, wurde er vom Appuntato angesprochen, »Sie haben sich in exakt zwei Stunden auf der Wachstation der Carabinieri bei Maresciallo Viberti einzufinden.«
»Bei Viberti?«
»Für Sie immer noch Maresciallo Viberti! Er wird Sie fragen, wo Sie sich befunden haben, als Ihr Schwager erschossen wurde.«
Carlo sprang auf. »Sie wollen mir doch nicht im Ernst unterstellen …«, protestierte er wütend.
»Wir unterstellen Ihnen gar nichts, aber es wäre gut, wenn Sie für die Tatzeit ein hieb- und stichfestes Alibi hätten.«
»Ich werde mich an höchster Stelle beschweren.«
»Das ist Ihnen unbenommen. Sie können beim Maresciallo damit anfangen.«
»Und wer räumt das Chaos auf, das Sie in meiner Enoteca hinterlassen?«

Der Appuntato lächelte. »Das fällt leider nicht in unseren Zuständigkeitsbereich.«

73

Auch unter den Carabinieri gab es welche, die in ihrer freien Zeit nach Trüffeln suchten. Zu ihnen zählte der Brigadiere Sebastiano. Noch vor kurzem war er an der Inspektion von Carlo Giardinas Wohnung beteiligt gewesen. Jetzt zog er mit seinem Hund Carlotta durch den Wald. Er wusste, dass das keine ideale Tageszeit war, aber er konnte sich seinen Dienstplan nicht aussuchen. Er verband auch keine großen Erwartungen mit diesem Ausflug. Mit etwas Glück würde er einige kleinere Tartufi finden, vielleicht auch nicht. Aber das war Sebastiano egal. Es machte ihm einfach Spaß, sich mit seinem Hund in der Natur zu bewegen – und wenn dabei noch was für die Küche heraussprang, umso besser, seine Frau würde sich freuen.
Allerdings hatte er heute ein Wäldchen gewählt, das für ihn und Carlotta völlig neu war. Es war ihm noch nie zu Ohren gekommen, dass man hier Trüffeln gefunden hätte. Aber das hatte nichts zu besagen. Die Bäume waren ihm bei einem Einsatz im Haus des ermordeten Rettenstein aufgefallen. Sie grenzten direkt an die rückwärtige Mauer des Privatbesitzes und zogen sich von dort, immer dichter werdend, einen kleinen Hügel hinauf.

Carlotta war kein guter Trüffelhund, dazu war sie viel zu verspielt. Sie ließ sich gerne streicheln und jagte kleinen Vögeln oder Eichkätzchen nach. Ihre schlechteste Angewohnheit aber war, dass ihr Trüffeln schmeckten, weshalb sie diese gerne auffraß. Und zwar so schnell, dass Sebastiano die Tartufi auch mit einem beherzten Griff in ihre Schnauze oft nicht mehr sicherstellen konnte. Carlottas Leidenschaft hatte den Brigadiere zu einem Sinnspruch inspiriert, den er bei allen passenden und unpassenden Gelegenheiten zitierte. Er lautete: »Der Trüffelhund ist auch ein Schwein!« Und seiner Meinung nach ließ sich diese Erkenntnis ohne weiteres auf Menschen übertragen. Sogar der Maresciallo hatte es sich zu eigen gemacht, verdatterte Zeugen oder gar Tatverdächtige mit Sebastianos tief philosophischer Aussage zu konfrontieren.

Carlotta zog die Hundeleine nach, die sich ab und zu im Gestrüpp verhedderte. Sebastiano überließ seinem Hund die Streckenführung und folgte ihm gemächlichen Schrittes, dabei eine Zigarette rauchend. Es machte wenig Sinn, Carlotta zu dirigieren. Erstens würde sie ohnehin nur halbherzig gehorchen, und zweitens wusste er selbst nicht, wo es hier Trüffeln geben konnte. Er blieb stehen und blickte hinunter auf Rettensteins prächtige Villa. Da kann man mal wieder sehen, dachte er, dass Reichtum allein nicht glücklich macht. Vor allem dann nicht, wenn man tot ist!
Aufgeregtes Bellen riss ihn aus seinen Betrachtungen. Es war mehr als unüblich, dass ein Trüffelhund bei der Suche Laut gab, diese Maxime beherzigte sogar Carlotta. Sebastiano schnippte die Zigarette auf den Boden, trat sie mit dem Absatz aus und eilte Carlottas Bellen hinterher. Sein Hund hatte etwas unter einem Haufen von Zweigen entdeckt und zog daran, freudig mit dem Schwanz wedelnd.
Hoffentlich war das keine Leiche, schoss es dem Brigadiere durch den Kopf. Das fehlte noch, dass er sich selbst Arbeit aufhalste. Er gab Carlotta einen Klaps und räumte einige Zweige zur Seite. Nein, ein Körper war das nicht, stellte er erleichtert

fest. Sah aus wie ein großer aufgerollter Teppich. Ziemlich schmutzig war er, trotzdem sah man ihm seine Qualität an. So eine Art Perserteppich, dunkelrot mit blauem Muster und Fransen an den Enden. Jedenfalls kein Teppich, den man wie einen alten, rostigen Kühlschrank im Wald entsorgte. Dass seine Landsleute eine ausgeprägte Vorliebe für diese wenig umweltgerechte Form der Sperrmülldeponie hatten, war ihm peinlich. Als Trüffelsucher hatte er in diesem Punkt ein anderes Bewusstsein entwickelt.

Nun, vielleicht hatte der Teppich ein großes Loch, das wäre eine Erklärung. Falls nicht, könnte er ihn auf die Schulter laden und zum Auto schleppen. Frisch gereinigt würde er gut in sein Wohnzimmer passen. Er wollte gerade damit beginnen, die restlichen Zweige zu entfernen, da hielt er erschrocken inne. Was war er doch für ein Idiot? Als ob er mit dem Ablegen seiner Uniform auch den Verstand verloren hätte. »Punto nove«, hörte er den Maresciallo sagen. »Besonderes Augenmerk gilt … dem verschwundenen Teppich … in dem die Leiche mutmaßlich eingewickelt und in den Weinkeller verbracht wurde …«

74

Etwa zur gleichen Zeit setzte sich Carlo Giardina in einem kahlen Zimmer auf einen unbequemen Stuhl. Ein Appuntato schaltete das Tonbandgerät ein, Maresciallo Viberti rückte sich seinen Krawattenknoten zurecht.

»Signor Giardina«, begann er das Gespräch, »ich möchte mich zunächst für die Vorgehensweise meiner Kollegen entschuldigen. Ohne dabei gewesen zu sein, kann ich mir vorstellen, dass sie sich sehr unsensibel verhalten haben. Aber ich bitte zu be-

denken, dass wir keine Seelsorger sind, sondern eine militärische Einheit. Ich hoffe, dass in Ihrer Enoteca keine Schäden zu beklagen sind. Soviel ich weiß, sind immerhin keine Flaschen zu Bruch gegangen.«
»Nein, das nicht«, gab Carlo zu, »aber es sieht aus wie nach einem Erdbeben.«
Viberti nickte bedauernd. »Ich habe es geahnt. Aber immerhin haben wir in Ihrer Wohnung so gut wie keine Spuren hinterlassen. Ich denke, Sie können das bestätigen?«
»Ja, kann ich«, sagte Carlo ungeduldig, dem dieses Geschwätz auf die Nerven ging.
»Ich habe Sie hierhergebeten, weil wir einige Fragen zu klären haben«, fuhr der Maresciallo fort. »Sie dürfen das nicht falsch verstehen, aber im Zuge unserer Ermittlungen, die wir ja auch auf Ihre Anregung hin intensiviert haben, müssen wir im Falle des Ablebens Ihres Schwagers jeder noch so kleinen Spur nachgehen, dazu sind wir verpflichtet.«
Wütend schlug Carlo mit der Faust auf den Tisch. »Sie wollen doch nicht …«
Viberti schüttelte missbilligend den Kopf. »Machen Sie das nicht noch einmal«, unterbrach er ihn. »Wenn hier einer mit der Faust auf den Tisch schlägt, dann bin ich das, verstanden!«
Carlo ließ sich in seiner Erregung nicht bremsen. »Dass Sie überhaupt in Erwägung ziehen, dass ich es sein könnte, der Ildefonso erschossen hat, offenbart Ihre ganze Hilflosigkeit und Inkompetenz. Hätten Sie Ihren Job richtig gemacht, säße der Schuldige längst hinter Gittern.«
Viberti machte ihn darauf aufmerksam, dass er sich nur ungern Inkompetenz vorwerfen lasse. Wenn Carlo auf einen unfreundlicheren Gesprächsverlauf Wert lege, könne er diesem Wunsch umgehend entsprechen. Schon die folgende Frage nach seinem

Alibi brachte Carlo in Bedrängnis. Denn obwohl er darauf vorbereitet war, konnte er keines angeben. Da er in Scheidung lebe, liege er zurzeit alleine im Bett. Als Viberti nachfasste und ihn auch nach einem Alibi für den Mord an Rettenstein fragte, kam er erst recht ins Schleudern. Damit hatte er nicht gerechnet. Der Maresciallo legte Ildefonsos Trüffeltagebuch auf den Tisch. Carlos Erklärung, dass er dieses von Rettenstein als Geschenk erhalten habe, wies Viberti als unglaubwürdig zurück. Ein Jagdgewehr habe er noch nie besessen, gab Carlo nach entsprechender Anfrage zu Protokoll. Dann musste er einräumen, dass er sich getäuscht hatte. Ja, ganz früher, da habe er eines gehabt, gab er zu. Aber da er nicht auf die Jagd gehe, habe er es schon vor über zehn Jahren über Kleinanzeige an einen Jäger aus Canale* verkauft, an dessen Namen er sich nicht mehr erinnern könne. Als Viberti auf das Darlehen zu sprechen kam, das ihm Ildefonso zum Aufbau seiner Enoteca gewährt hatte, verweigerte er erstmals die Aussage. Ob er aus Rettensteins Haus Drohbriefe entwendet und diese einem Mann zugespielt habe? Carlo blieb eine Antwort schuldig und verlangte einen Anwalt. Der Maresciallo sagte, dass dies nicht nötig sei, denn er dürfe gehen. Allerdings nehme ihm der Appuntato zum Abschied noch die Fingerabdrücke ab. Und er müsse sich verpflichten, Neive und den Großraum Alba nicht zu verlassen.

Wütend stieg Carlo in sein Auto und fuhr mit durchdrehenden Rädern davon. Er machte alle Fenster auf und ließ sich die kalte Herbstluft ins Gesicht wehen. Er wusste genau, woher der Maresciallo von dem Trüffeltagebuch Kenntnis hatte. Und auch von dem Jagdgewehr. Dieser Hippolyt Hermanus hatte ihn bei den Carabinieri angeschwärzt. Der Maresciallo war nicht so klug, wie er tat. Von Maria wusste er, dass Hippolyt

bei ihrer Einladung ausführlich das Fotoalbum studiert hatte. Da gab es Bilder sowohl von Ildefonso mit seinem Trüffeltagebuch als auch von ihm selbst mit seinem alten Jagdgewehr. Und Maria hatte ihrem Gast viel von früher erzählt. Das hätte sie mal besser sein lassen.
Carlo stieg voll auf die Bremse, beinahe hätte er eine rote Ampel übersehen. Obwohl das jetzt schon fast keine Rolle mehr spielte.
Wie nah doch im Leben Glück und Unglück beieinanderlagen. Gestern erst sein großer Auftritt auf dem Mercato del Tartufo, der Stolz, endlich mal mit einer Riesentrüffel im Scheinwerferlicht zu stehen, Interviews zu geben, sein Bild im Fernsehen und heute auf der Titelseite der lokalen Zeitung. Und dann der Schock vom Vormittag, die unerwartete Aktion der Carabinieri, die Entdeckung des Trüffeltagebuchs, schließlich das Verhör. Und alles nur wegen dieses Hippolyt! Von alleine hätte ihn der Maresciallo nie und nimmer verdächtigt. Niemand hätte das. Immerhin war er der trauernde Schwager, der sich nichts sehnlicher wünschte, als dass man den Mord aufklärte, der seiner Schwester liebevoll zur Seite stand, der sich sogar nach Asti traute, um nach dem Täter zu forschen. Nur ein Außenseiter, ein Fremder wie Hippolyt, hatte auf den abwegigen Gedanken kommen können, dass er es war, der Ildefonso auf dem Gewissen hatte.
Carlo lachte irre. Und darüber hinaus wollte man ihm den Mord an Rettenstein anhängen. Auch das war sicherlich ein Geistesblitz dieses Verrückten. Während die Carabinieri doch längst davon ausgingen, dass es Amedèo Steinknecht gewesen war. Die Drohbriefe? Ja, die hatte er Hippolyt ins Auto gesteckt, in der Hoffnung, damit den Verdacht gar nicht erst aufkommen zu lassen, dass er etwas mit dem Mord an Retten-

stein zu tun haben könnte. Irgendetwas war da gehörig schiefgelaufen.
Über die nächste rote Ampel fuhr er einfach drüber. Sollten doch die anderen bremsen, ihm war jetzt alles egal.

75

In der Via Maestra kamen ihnen Gina und Roberta entgegen, eng umschlungen, die Hüften synchron im Wiegeschritt, die Blicke der Männer genießend. Herzlich fielen sie Sabrina und Hipp um den Hals. Es gab die obligatorischen Küsschen. Wie sie denn den heutigen Tag verbracht hätten, fragte Sabrina. Ganz wunderbar, antwortete Gina, Roberta einen vieldeutigen Blick zuwerfend.
Da es gerade zu nieseln begann, beschlossen sie, eine nahe gelegene Bar aufzusuchen. Dort tranken die Damen einen trockenen Spumante, Hipp bestellte zur Abwechslung ein Bier. Und er fragte nach einer Zigarre. In Situationen wie dieser war es nach seiner Überzeugung psychologisch äußerst hilfreich, sich von der weiblichen Majorität in jeglicher Hinsicht abzugrenzen, wollte man sich nicht der Gefahr einer schleichenden Geschlechtsumwandlung aussetzen. Es half auch, auf die Toilette zu gehen und im Stehen zu pinkeln. Nur eines durfte man auf keinen Fall – die femininen Verhaltensweisen übernehmen. Also Bier statt Spumante, Zigarre statt Salzstängelchen, zuhören statt reden, lümmeln statt posieren.
Aber ihm war klar, dass er sich nicht wirklich beklagen durfte. Sabrina, Gina, Roberta – drei Frauen, von denen man nur träumen konnte. Und er als Scheich mittendrin. So schlecht war die Idee eines Harems vielleicht doch nicht, überlegte er. Unter

gewissen Gesichtspunkten. Aber andererseits entschieden zu aufregend und seinem Lebensgefühl geruhsamer Entschleunigung diametral entgegengesetzt.

»Hast du Lust?«, fragte ihn Gina.

Da er nicht zugehört hatte, musste er mit einer Gegenfrage antworten: »Wozu soll ich Lust haben?«

Er merkte, dass ihn seine Freundin Sabrina gespannt ansah. Ginas Frage schien es also in sich zu haben.

»In unserem Hotel gibt es eine kleine Sauna. Die hätten wir jetzt ganz für uns allein. Wir vier, Roberta, Sabrina, du und ich.« Gina sah ihn herausfordernd an. »Nun komm schon, sei kein Feigling! Du hast ja Sabrina dabei, die kann auf dich aufpassen.«

Roberta legte ihren Arm um Gina. »Und ich passe auf meine Freundin auf, sie ist nämlich ab und zu etwas wild.«

»Na, was meinst du?«, fragte Sabrina.

Es wunderte ihn, dass sie das Angebot offenbar ernsthaft in Erwägung zog und die Entscheidung an ihn delegierte. So schnell also konnten Phantasien wahr werden?

»Und was machen wir in der Sauna?«, fragte Hipp. »Schwitzen?«

»Das auf jeden Fall«, sagte Gina, »mir ist jetzt schon warm.«

Er konnte nicht anders, er musste an Ginas nackten, schweißüberströmten Körper bei ihren Klimmzügen denken. Warum nur setzte sie ihn fortwährend solchen Prüfungen aus? Und zu allem Überfluss ließ ihn Sabrina dabei kläglich im Stich.

Hipp brachte ein Schmunzeln zustande. »Ich würde gerne«, sagte er, »aber leider habe ich ein schwaches Herz. Mein Arzt wäre nicht damit einverstanden.«

»Und du bist doch ein Feigling«, sagte Gina. Und zu Sabrina

gewandt: »Was ist mit dir? Wir drei Mädels haben auch ohne Hipp unseren Spaß, da bin ich ganz sicher.«
»Ich auch«, meinte Roberta.
Sabrina zog eine Augenbraue nach oben und lächelte. »Da hege ich keinen Zweifel. Wozu brauchen wir einen Mann?«
»Du sagst es!«
Sabrina langte sich an die Schläfen. »Aber leider muss auch ich passen. Ich habe schreckliche Migräne – und außerdem meine Tage.«
Gina lachte. »Ihr seid beide Feiglinge. Aber ich hab euch trotzdem lieb.«

Als sie sich wenig später voneinander verabschiedeten, flüsterte ihm Gina erneut ein »Feigling« ins Ohr, was er mit einem »gemeinen Luder« konterte. Gina und Roberta machten sich auf den Weg, nicht ohne kundzutun, dass sie nun eben alleine in die Sauna gehen würden. Sabrina hakte sich bei Hipp unter. Langsam schlenderten sie durch den stärker werdenden Regen in Richtung ihres Hotels.
»Tut mir leid«, sagte Sabrina, »ich meine, das mit deinem schwachen Herzen. Davon hast du mir nie erzählt.«
Hipp grinste. »Tut mir auch leid, das mit deiner Migräne. Und dass du urplötzlich deine Tage bekommen hast, letzte Nacht war davon noch nichts zu bemerken.«
»Oh, ich glaube, ich habe mich getäuscht. So was kommt vor.«
Hipp blieb stehen und sah Sabrina an. »Warum hast du mich die Entscheidung treffen lassen? Wärst du wirklich mitgegangen?«
»Nein, auf keinen Fall, aber ich fand's lustig, dich auf die Probe zu stellen.«
»Sehr lustig!«, bestätigte Hipp.

»Übrigens habe ich recht gehabt.«
»Womit?«
»Dass Gina nicht nur auf Männer, sondern auch auf Frauen steht.«
»Ja, sieht ganz so aus.«
»Und gestern Nacht hat sie Roberta rumgekriegt.«
»Wie kommst du denn da drauf?«
»Als Frau spüre ich das. Roberta war heute wie ausgewechselt, sie hat Gina förmlich angeschmachtet, gestern noch warst du das Objekt ihrer Begierde.«
»Tatsächlich?«
»Komm, lass uns weitergehen, wir werden ganz nass.«
»Macht nichts, auch in unserem Hotel gibt es eine Sauna.«
»Das traust du dich? Ohne Rücksprache mit deinem Arzt?«

76

Sie lagen noch im Bett, als am nächsten Morgen Maresciallo Viberti anrief. Ob er ihn geweckt habe, wollte er wissen. Ihm sei klar, dass die Arbeitszeit der Carabinieri nur schwer mit den Schlafgewohnheiten eines Müßiggängers in Einklang zu bringen sei. Aber Hipp habe gebeten, über den Fortgang der Ermittlungen informiert zu werden. Einem Wunsch, dem er unter Missachtung aller Dienstvorschriften gerne nachkomme. So könne er ihm verraten, dass es an Carlos Fingerabdrücken in Rettensteins Haus keinen Mangel habe, auch und gerade am Schreibtisch. Was viele Rückschlüsse zulasse, zum Beispiel, dass Carlo ein ausgesprochen leichtsinniger Mensch sei. Die Enoteca und seine Wohnung habe man durchsucht. Dabei habe sich der Tipp mit Ildefonsos Trüffeltagebuch bestätigt. Carlo habe keine

vernünftige Erklärung liefern können, wie dieses in seinen Besitz gelangt sei. Zudem habe er zu beiden Tatzeiten kein Alibi. Dass er sich maßlos aufgeregt habe, weil man ihn einem ungeheuren Verdacht aussetze, sei nicht überraschend und nachvollziehbar.
Leider habe man nicht wirklich belastendes Material gefunden, sehe man einmal von den Fingerabdrücken und dem Trüffeltagebuch ab. Das Jagdgewehr habe man jedenfalls nicht entdeckt, weder in der Wohnung noch in der Enoteca.
Der Maresciallo äußerte seine Vermutung, dass Carlo das Gewehr nach der Tat irgendwo entsorgt habe, wahrscheinlich befinde es sich auf dem Grund eines tiefen Sees. Immer unterstellt, dass sie mit ihrer Anschuldigung überhaupt richtig lägen.
Das mit dem See glaube er nicht, widersprach Hipp. Laut Kriminalstatistik würden sich Täter nur ungern von ihren Mordwerkzeugen trennen. Was zwar unlogisch erscheine, aber psychologisch begründbare Ursachen habe.
Er sei sich sicher, argumentierte Viberti, dass seine Leute das Gewehr nicht übersehen hätten, dazu sei es zu groß. Er habe keine Idee, wo man sonst noch suchen könne.
Hipp lag mit geschlossenen Augen auf dem Bett, die Arme hinter dem Kopf verschränkt, den Telefonhörer hinter dem Ohr eingeklemmt. Sabrina war im Bad und duschte. Er überlegte, ob man ein Jagdgewehr so auseinandernehmen konnte, dass es in Weinkisten passte? Wohl eher nicht. In der Wohnung seiner Schwester Maria? Nein, viel zu gefährlich. Vergraben im Wald? Wäre möglich, bei seinen Trüffelausflügen könnte er das Versteck unauffällig kontrollieren. Aber nicht wirklich wahrscheinlich, denn es existierten wohl wenig Wälder auf der Welt, die so regelmäßig von »Spürhunden« durchsucht wurden wie die rund um Alba. Sie würden womöglich auch ein Gewehr entdecken.

Da von Hipp nichts mehr zu hören war, fragte Viberti, ob er wieder eingeschlafen sei, dann solle er ihm das bitte unverzüglich mitteilen.
Nein, er sei hellwach, erwiderte Hipp. Er denke nur gerade nach.
Das höre er ausgesprochen gerne. Übrigens habe er vergessen, ihn davon in Kenntnis zu setzen, dass der Teppich gefunden sei.
»Der Teppich? Aus Rettensteins Haus?«
»Sì, sì, Dottore. Ganz in der Nähe, im Wald oberhalb seines Grundstücks, zusammengerollt und unter abgebrochenen Ästen verborgen.«
Hipp setzte sich auf. »Blutflecken?«, fragte er.
»Jawohl, wie von uns erwartet. Laut labortechnischer Untersuchung stammen sie vom verstorbenen Rettenstein.«
»Bingo.«
Aber das bringe sie nicht weiter, erklärte Viberti, bestätige nur die Theorie des Tathergangs. Außerdem konzentriere er sich für den Moment lieber auf Ildefonso, Carlo und das Jagdgewehr.
Ob sie außer in der Enoteca und in der Wohnung noch irgendwo nachgesehen hätten, fragte Hipp.
Nein, antwortete der Maresciallo, er wisse keinen anderen Ort. In Carlos Bankschließfach passe allenfalls ein Trüffelhobel.
Hipp erhob sich, ging ans Fenster und schaute in den verhangenen Himmel.
Vielleicht habe er eine Idee, sagte Hipp. Aber Viberti dürfe sich nicht zu viel davon versprechen, höchstwahrscheinlich liege er daneben, es wäre einen Versuch wert.
»Dottore, Sie sind ja wirklich wach!«, sagte Viberti erfreut.
»Wie wär's mit einem kleinen Ausflug? Können Sie mich in einer halben Stunde im Auto bei meinem Hotel abholen?«

»Mit dem größten Vergnügen. Brauchen wir Verstärkung?«
»Nein, besser nicht. So bleibt Ihnen die Peinlichkeit erspart, wenn nichts dabei rauskommt. Aber legen Sie eine Rohrzange in den Kofferraum.«
»Rohrzange? Ich hoffe, Sie wollen mich zu keiner kriminellen Handlung anstiften?«
»Aber Maresciallo, wo denken Sie hin?«

77

Auf der Fahrt von Alba über Altavilla Richtung Neive ließ sich Hipp den Fund des Teppichs schildern. Aus dem Auto zeigte ihm Viberti den Wald, in dem Brigadiere Sebastiano auf ihn gestoßen war. Die Bäume grenzten direkt an Rettensteins Grundstück. Auf die Idee sei man nicht gekommen, dort nach dem Teppich zu suchen. Sie hätten Glück gehabt, dass Sebastiano den Wald in seiner Freizeit durchstreift habe. Zurzeit sei das Labor noch mit weiteren Analysen beschäftigt, aber er erwarte sich nicht mehr viel von diesem blutdurchtränkten Perserteppich.
Hipp lotste den Maresciallo zu der Fattoria, die er von Carlo kannte, und dort zur Hütte von Profumo. Den Einsatzwagen der Carabinieri sehend, kam eine Frau aus dem Hauptgebäude. Viberti konnte sie beruhigen, dass sein Besuch nichts mit ihrem landwirtschaftlichen Betrieb zu tun habe, sie hätten nur eine Inspektion dieser Hundehütte von Carlo Giardina durchzuführen. Es liege eine Anzeige des Tierschutzbundes vor, weil sie gegen einschlägige Bestimmungen einer artgerechten Haltung verstoße. Aber erstens sei das Unfug, und zweitens, wenn überhaupt, das Problem des Hundehalters. Nein, es sei nicht nötig,

dass sie Carlo anrufe. Im Gegenteil, er untersage ihr das sogar ausdrücklich, dies würde die veterinärmedizinische Untersuchung behindern.

Die Hütte war verriegelt. Mit der Rohrzange knackte Viberti das Schloss. Das sei der große Vorteil seiner Uniform, erklärte er grinsend. Man könne den Leuten den größten Schwachsinn erzählen, sie würden es fast immer glauben. Und man könne sich ungestraft gewisse Freiheiten nehmen. Profumo, der Hipp offenbar erkannte, sprang an ihm hoch.
Er ging in die Knie und streichelte ihn. Viberti nahm eine Leine vom Haken, und sie banden den Hund außen an das Gitter des Zwingers. Eine komfortable Behausung sei das, stellte Viberti fest. Einem vorzüglichen Trüffelhund aber durchaus angemessen. Sie durchstöberten Profumos Reich, schauten unter der Dachverschalung nach, räumten eine große Kiste aus, in der Carlo Werkzeug verstaut hatte, außerdem Decken, seinen Stock für die Trüffelsuche und Hacken zum Ausgraben. Mit dem Barot klopfte Hipp den Boden ab, der aus festgestampfter Erde bestand. Profumo sah ihm durchs Gitter verwundert zu, als ob er zum Ausdruck bringen wollte, dass er mit diesen Befehlen nichts anzufangen wisse, und außerdem fänden sie in seiner Hütte ganz gewiss keine Trüffeln.
»Ich fürchte, diesen Ausflug hätten wir uns sparen können«, stellte Hipp fest. »Tut mir leid.«
»War aber keine schlechte Idee«, räumte Viberti ein. »Hätte mich nicht gewundert, wenn Carlo sein Gewehr hier versteckt hätte.«
Im gebückten Hinausgehen blieb der Maresciallo plötzlich stehen, drehte sich um und deutete wortlos auf die Kiste. Sie schoben sie zur Seite, entnahmen ihr einen Klappspaten und began-

nen dort zu schaufeln, wo sie gestanden hatte. Bald stießen sie auf Widerstand, und kurz darauf hatten sie im Erdreich einen schmalen Holzkasten freigelegt. Sie schauten sich an, nickten, hoben ihn heraus und machten ihn auf.

»Colpito in pieno!«, murmelte Viberti.

»Volltreffer!«, wiederholte Hipp.

Das Jagdgewehr präsentierte sich in gepflegtem Zustand, mit aufgeschraubtem Zielfernrohr und Trageriemen.

Viberti zog dünne Latexhandschuhe an, nahm das Gewehr heraus und begutachtete es.

»Das Kaliber könnte stimmen«, sagte er. »In unserer ballistischen Abteilung wird man schnell feststellen, ob es sich um die Tatwaffe handelt. Aber alles andere würde mich überraschen ...«

»Es muss einen zwingenden Grund geben, sein Gewehr in einer Hundehütte zu verstecken«, bestätigte Hipp. »Das ist nicht die übliche Aufbewahrungsart.«

»Ein Mord am eigenen Schwager wäre zwingend genug!«

Viberti trug die Waffe zum Auto und legte sie auf den Rücksitz. Sie entnahmen dem Gewehrkasten einige Schachteln mit Patronen, verschlossen ihn dann, setzten ihn wieder ins ausgehobene Loch, schaufelten die Erde zurück und schoben die große Kiste darüber.

Hipp holte Profumo, machte die Leine ab und kraulte ihn zum Abschied.

Viberti schob den Riegel vor und hängte das durchgekniffene Schloss ein.

Profumo stand im vergitterten Zwinger und bellte sie schwanzwedelnd an. Viberti deutete mit dem Finger streng auf den Hund. »Gib sofort Ruhe, sonst verhafte ich dich wegen unerlaubtem Waffenbesitz!«

78

Auf der Rückfahrt kamen sie erneut an Rettensteins Haus vorbei. Hipp warf einen Blick hinauf zum Hügel mit dem Wald. Der Maresciallo ließ Hipp am Hotel aussteigen und fuhr sofort weiter.

Im Hotelzimmer fand Hipp einen Zettel von Sabrina vor. Sie habe sich mit Gina und Roberta zu einem Bummel im Centro storico verabredet. »Ohne Sauna!«, hatte sie dazugeschrieben. Hipp legte sich aufs Bett, schloss die Augen und hing seinen Gedanken nach. Immer müder werdend, ließ er die Ereignisse der letzten Tage und Wochen Revue passieren. Es blitzten Bilder auf, er glaubte Gerüche wahrzunehmen, hörte Stimmen und Geräusche. Er liebte diesen Zustand des Wegdämmerns. Reale Erinnerungen mischten sich mit Eindrücken, die das Unterbewusstsein beisteuerte, langsam, aber stetig übernahmen Träume die Regie, ließen die Episoden immer bizarrer werden. Er glaubte Viberti zu sehen, wie er Profumo in Ketten abführte. Aus einem großen Teppich tropfte Blut. Carlo legte hämisch grinsend mit dem Gewehr auf ihn an. Maria schob das Fotoalbum in den Backofen. Ildefonsos Trüffeltagebuch bekam Flügel und flatterte davon. Er hörte im Wald eine Stimme: »Baica bin, baica sí …« Dann Gelächter, das sich leiser werdend zwischen den Bäumen verlor. Er sah nackte, schwitzende Frauenleiber. Ugo Zorzi, dessen Ferrari kutschenähnlich von schwarzen Pferden gezogen wurde. Er schaute durch ein Kaleidoskop, in dem sich zersplitterte Fotos drehten …

Plötzlich schlug Hipp die Augen auf, den Blick starr nach oben gerichtet, bewegungslos auf dem Rücken liegend. Hätte ein

Zimmermädchen in diesem Moment den Raum betreten, es hätte ihn vermutlich für tot gehalten. Es dauerte, bis er merkte, dass sein Atem wieder einsetzte.
Er kannte diese sekundenlange Schockstarre, hatte sie schon früher erlebt. Aber er hatte nicht damit gerechnet, dass sie ihn erneut ereilen könnte. Er setzte sich auf und fühlte seinen Puls. Im Bad ließ er Wasser über die Hände laufen und spritzte es sich ins Gesicht. Dann ging er ans Fenster und machte einige Kniebeugen. Dabei versuchte er sich an seine Traumszenen zu erinnern. Der bluttriefende Teppich, das fliegende Trüffeltagebuch, die nackten Körper, der kutschengleiche Ferrari, das splitterbildliche Kaleidoskop …
Er begab sich zur Minibar, betrachtete das Sortiment kleiner Flaschen und entschied sich, an Viberti denkend, für einen Fernet Branca.
Langsam ging es ihm besser. Und es gelang ihm immer präziser, die Bruchstücke seiner Erinnerung zusammenzufügen. Hipp setzte sich an den kleinen Schreibtisch und massierte sich die kalten Finger. Dann schaltete er sein Notebook ein, ging über den Hotspot des Hotels online und rief eine Suchmaschine auf.

Eine Stunde später lief er gedankenverloren die Via Maestra hinunter, den Kragen seiner Jacke nach oben geschlagen. Trotz des leichten Regens trug er eine Sonnenbrille. Den Cortile della Maddalena mit dem Trüffelmarkt ließ er rechts liegen. Vor einer Kirche stehend, erreichte ihn der Anruf des Maresciallo.
»Tutto chiaro«, sagte dieser triumphierend. »Carlo Giardina ist überführt: Das Gewehr ist definitiv die Waffe, mit der Ildefonso Battardi erschossen wurde! Und sie ist mit seinen Fingerabdrücken übersät!«

»Congratulations«, sagte Hipp.

»Grazie, mille grazie! Aber ich weiß sehr wohl, dass ich ohne Ihre Hilfe …«

»Nicht der Rede wert. Wo ist er jetzt? Haben Sie bereits die Verhaftung in die Wege geleitet?«

»Schon erledigt. Vor zwei Minuten ist mir der erfolgreiche Zugriff gemeldet worden. Er ist bereits auf dem Weg zu mir.«

»Wer sagt es seiner Schwester Maria?«

Viberti räusperte sich. »So schnell können Sie einem die Freude am Ermittlungserfolg nehmen. Eine unangenehme Aufgabe, höchst unangenehm. Ich fürchte, ich kenne nur einen Mann, der diese Mission mit der erforderlichen Sensibilität erledigen kann.«

»Das sind Sie selbst, oder?«

»Ja, mein lieber Dottore, das sehe ich leider genauso.«

»Rufen Sie mich an?«

»Nachdem ich mit Maria gesprochen habe?«

»Nein, nach dem Verhör mit Carlo.«

»Aber gerne. Sie sind nach meinen Vorgesetzten der Erste, der von seinem Geständnis erfährt. Dann werde ich eine Pressekonferenz einberufen. Es gibt viel zu tun. Was machen Sie gerade?«

»Ich gehe spazieren.«

Viberti stöhnte. »In meinem nächsten Leben möchte ich gerne mit Ihnen tauschen.«

79

Hipp kaufte sich eine Zeitung, schlenderte über Nebenstraßen zum Caffè Calissano, nahm in der Ecke Platz, bestellte einen Espresso und begann zu lesen. Es dauerte zwar länger als erwartet, aber wie von ihm vermutet und ohne sich verabredet

zu haben, trafen schließlich die drei jungen Damen ein. Mit Einkaufstüten und in gelöster Stimmung.
Ihm wurde plötzlich bewusst, dass es Sabrina, die ihren gesamten Bekanntenkreis in Amerika zurückgelassen hatte, in Italien an gleichaltrigen Freundinnen fehlte. Die Führung eines Weingutes, die damit verbundenen, immer aber geschäftlichen Kontakte sowie die Freundschaft mit einem Typen wie ihm, das war für eine junge Frau als soziales Umfeld zu wenig. Da kamen selbst so schräge Mädels wie Gina und Roberta für Sabrina wie gerufen.
Hipp faltete die Zeitung zusammen, stand auf und begrüßte das Trio infernale. Mit großem Hallo und vielen Küsschen ließen sie sich erschöpft auf die Stühle sinken. Roberta zeigte ihre neuen Schuhe. Dann kramte sie eine Seidenbluse hervor und einen roten Slip. Wenigstens verschonten ihn Gina und Sabrina mit ihren Einkäufen. Er hätte das nervlich nicht ausgehalten.

Wie es seinem Auto gehe, wollte Gina wissen. Was ihn daran erinnerte, dass sie vor ihrer wundersamen Verwandlung zu einer modischen Frau eine überaus handfeste Person gewesen war, die einen Anlasser mit einem Pflasterstein reparieren konnte.
Sehr gut, antwortete er, die Giulietta sei fertig, er hole sie morgen ab, dann gehe es zurück in die Toskana.
Er brauche sich nicht vom Trennungsschmerz überwältigen zu lassen, sagte Roberta. Gina und sie hätten bereits ausgemacht, dass sie bald zu Besuch kämen.
»Nach Montalcino?«, fragte er.
»Nein, natürlich zu dir. Gina hat gesagt, du hättest gewiss Platz für uns.«

Hipp zuckte zusammen. Er hasste es, Gäste zu haben, von Sabrina abgesehen. Während er nach einer passenden Erwiderung suchte, klingelte sein Handy. Viberti war dran.
»Dottore, ich kann Ihnen vermelden, dass Carlo Giardina unter der Last meiner Anschuldigungen zusammengebrochen ist. Er hat den Mord an seinem Schwager Ildefonso gestanden. Im Falle der Tötung von Hubertus Rettenstein hat er eingeräumt, kurz vor der Tat im Haus gewesen zu sein. Das Trüffelbuch habe er entwendet, während er nach Entdeckung der Leiche zusammen mit seiner Schwester auf die Polizei gewartet habe. Das ist natürlich absoluter Unsinn! Er wird auch diese Tat gestehen, da bin ich mir sicher.«
»Das sind ja gute Nachrichten. Vielen Dank für Ihren Anruf.«
»Con piacere. Das bin ich Ihnen schuldig. Darf ich Sie morgen als kleines Dankeschön zusammen mit Ihrer charmanten Freundin zum Mittagessen einladen?«
»Sehr gerne.«
»Das freut mich. Leider muss ich mich kurz fassen. Wir haben für die nächsten Minuten eine Pressekonferenz anberaumt.«
»Viel Erfolg! Ciao!«

»Wer war das?«, fragte Sabrina.
»Maresciallo Viberti«, antwortete Hipp.
»Und was sind das für gute Nachrichten?«
Er lächelte. »Die Neugier ist dem weiblichen Geschlecht angeboren.«
»Ja, und deshalb lassen wir nicht locker. Was für gute Nachrichten?«
»Mein Auto ist fertig!«
»Deshalb ruft dich ein Maresciallo der Carabinieri an? Das war eine armselige Lüge.«

»Okay, da gerade die Presse informiert wird, kann ich es ruhig sagen. Der Mord an Ildefonso Battardi ist aufgeklärt.«

»Wer war Ildefonso Battardi?«, fragte Roberta.

»Ein berühmter Trüffelsucher«, erklärte Hipp. »Jedenfalls ist der Täter geständig. Und wie es aussieht«, Hipp wandte sich an Gina, »dürfte er auch deinen Vater umgebracht haben.«

»Meinen Vater? Es war also nicht Amedèo Steinknecht?«

»Nein, wahrscheinlich nicht.«

»Wie ist sein Name?«, fragte Gina.

»Du kennst ihn nicht. Er heißt Carlo Giardina und ist der Bruder von Maria …«

»Von Maria Battardi, der Haushälterin?«

»Ganz genau.«

»Hat er nicht zusammen mit ihr die Leiche gefunden?«

Hipp nickte. »Richtig.«

»Und dieser Carlo soll meinen Vater umgebracht haben?«

»Wahrscheinlich im Streit. Hubertus hatte etwas, von dem Carlo meinte, dass es ihm zustehen würde. Dein Vater war leicht erregbar …«

»Das war er«, bestätigte Gina.

»Bist du deshalb heute früh mit dem Maresciallo unterwegs gewesen?«, fragte Sabrina.

»Ja, ich hatte da so eine Idee«, gab Hipp zu.

80

Zurück im Hotel erklärte Sabrina, dass es ihr nicht gefallen würde, wenn Gina und Roberta ihn in der Toskana besuchen und bei ihm wohnen würden, selbst wenn sie als Leibwache zugegen wäre.

Er halte »Leibwache« für einen schönen Begriff, sagte Hipp. Außerdem habe er Roberta gerade antworten wollen, dass bei ihm grundsätzlich keine Gäste nächtigen würden, auch keine noch so attraktiven Damen, just in diesem Augenblick habe der Maresciallo angerufen.
»Keine noch so attraktiven Damen?«
»Mit einer Ausnahme«, präzisierte er.
»Falls du mit der Ausnahme mich meinst, ist meine kleine Welt wieder in Ordnung.«
»Deine Welt könnte nicht ordentlicher sein.«
»Sieht man von dem kreativen Chaos ab, das ich zum Leben brauche. Und wie schaut es mit deiner Welt aus?«
»Das Chaos scheint sich zu lichten.«
»Du hast den Mörder hinter Schloss und Riegel gebracht. Dein Auto ist fertig. Du wirst von drei Frauen umgarnt. Du hast die netteste und schönste von ihnen zur Freundin. Was willst du mehr? Warum guckst du so betrübt?«
»Tu ich das? Nun, vielleicht macht es mir keinen Spaß, einen anderen Menschen hinter Gitter zu bringen …«
»Der immerhin ein Verbrechen begangen hat!«
»Das schon, aber glaub mir, es fällt nicht leicht. Vor allem dann, wenn ich den betreffenden Menschen besser kenne. Das stimmt mich depressiv.«
»Wie Carlo Giardina? Mit dem du beim Trüffelsuchen warst?«
»Ja, zum Beispiel wie Carlo. Er hat eine Schwester, die ihn liebt …«
»Jetzt wahrscheinlich nicht mehr.«
Hipp zuckte mit den Schultern. »Mag sein. Aber das ist auch kein Grund, sich zu freuen. Erst verliert Maria ihren Mann, jetzt ihren Bruder – und den Glauben an das Gute im Menschen.«
»Den du schon längst verloren hast!«, stellte Sabrina fest.

»Stimmt nicht«, sagte er. Er machte eine nachdenkliche Pause. »Aber vorsichtshalber glaube ich auch an das Böse im Menschen. Außerdem würde ich gerne das Thema wechseln.«

»Fahren wir morgen früh?«, fragte sie. »Du voraus und ich hinterher, falls du wieder eine Panne hast?«

»Eine gute Idee«, sagte er. »Aber nicht morgen früh. Der Maresciallo möchte uns als Dankeschön zum Mittagessen einladen.«

Sabrina sah ihn ungläubig an. »Habe ich richtig gehört? Er will uns einladen, nicht umgekehrt?«

»So ist es, er möchte die Rechnung privat übernehmen.«

Sabrina lächelte. »Du musst ihm wirklich sehr geholfen haben.«

Giro finale!

Normalerweise schlief Hipp tief und fest, aber nicht in der folgenden Nacht. Er lag stundenlang wach und wälzte sich hin und her. Mal fror er, dann war ihm zu warm. Immer wieder scheuchten ihn absurde Träume auf. Carlo, der ihm ins Gesicht spuckte und ihm vorwarf, seine und Marias Gastfreundschaft auf schändlichste Weise missbraucht zu haben. Steinknecht, in der Tiefkühltruhe liegend, mit klammen Fäusten gegen den verschlossenen Deckel schlagend. Gina, die ihn auslachte und mit einem Pflasterstein auf ihn losging. Roberta, die Sabrina lüstern die Kleider vom Leib riss. Rettenstein, der sich die abgebrochene Flasche aus dem blutenden Hals zog, um auf dem Etikett den Jahrgang zu überprüfen …

Dazwischen zuckten glasklare Gedanken durch seinen Kopf. Sie alle kreisten um die Morde an Ildefonso, Rettenstein und Steinknecht. Gedanken, die ihn noch weniger schlafen ließen als die Phantastereien.

Mehrfach stand er auf, lief barfuß herum, versuchte aber Sabrina nicht zu stören. Er nahm sein Notebook, ging ins Bad und setzte sich auf die Wanne. Schließlich nahm er eine Dusche. Dann wieder ins Bett.

Hipp war froh, als es am nächsten Morgen endlich dämmerte, als ihn der Tag von dieser endlosen Nacht erlöste. Er zog sich an, ließ Sabrina schlafen und ging im Regen spazieren. Später saßen sie zusammen beim Frühstück. Dann holten sie sein Auto ab. Während Sabrina zurück ins Hotel fuhr, machte er eine längere Probefahrt. Dabei wählte er erneut die Straße hinauf nach Altavilla. Er blieb vor Rettensteins Haus stehen, stieg über den Zaun und schlenderte durch den weitläufigen Garten. Er kam zum Holzkreuz, das an die Katze Sulawesi erinnerte, sah zum Fenster im ersten Stock, von wo ihn Maria angesprochen hatte, wanderte hinauf zur Mauer, hinter der sich der Wald anschloss, in dem der Teppich gefunden wurde. Die Mauer war leicht zu übersteigen. Hipp lief einige Minuten im Wald herum, kehrte dann zum Haus zurück und schließlich zum Auto. Er fuhr weiter nach Neive, stand vor den geschlossenen Rollläden von Carlos Enoteca und trank im Covo di Vino einen Cappuccino.

Es war gegen zwölf, als er ins Hotel zurückkehrte. Sabrina hatte bereits ihr Reisegepäck und die Einkaufstüten im Auto verstaut. Direkt nach dem Mittagessen mit Viberti werde sie die Heimreise antreten, sagte sie. Es gebe in ihrem Weingut einige dringende Entscheidungen zu treffen. Ob Hipp zu seiner Giulietta genug Vertrauen habe, um ohne Begleitfahrzeug zu fahren?
Das sei kein Problem, antwortete er. Außerdem bleibe er womöglich noch eine Nacht.
Als ihm Sabrina mit dem Zeigefinger drohte, versicherte er, dass er sich von Gina und Roberta fernhalten werde. Apropos, was sie noch nicht wissen könne, die beiden seien bei ihrem bevorstehenden Mittagessen dabei. Er habe Viberti diesen Vorschlag gemacht, immerhin habe er Gina mal fälschlicherweise verdächtigt, also auch hier was gutzumachen. Und Roberta sei eine Zierde ihres Geschlechts und werde ihm gewiss gefallen. Der Gedanke, gleich mit drei attraktiven Damen zu speisen, habe

den Maresciallo so in Verzückung versetzt, dass die Mehrkosten offenbar keine Rolle mehr spielten. Er werde sie um dreizehn Uhr in einer Osteria erwarten. Dort hätten sie einen Tisch in einem kleinen Nebenraum.
Die Erweiterung des Kreises sei eine nette Idee, sagte Sabrina. Dann wäre die Stimmung ausgelassener.

Der Maresciallo löste bei seinen Gästen großes Erstaunen aus. Noch nie hatten sie ihn ohne Uniform gesehen. Und jetzt stand er im eleganten Anzug vor ihnen, mit grauer Weste und Einstecktuch. Fast hätten sie ihn nicht wiedererkannt, so massiv war die Persönlichkeitsveränderung. Sabrina und Gina überschütteten ihn mit Komplimenten, die er verlegen lächelnd abwehrte. Roberta freute sich über einen Handkuss der alten Schule.
Sie nahmen an einem großen ovalen Tisch Platz. Viberti gab dem Ober ein Zeichen. Schon perlte der Spumante in die Gläser. Der Maresciallo stand auf, hieß seine Gäste herzlich willkommen, dankte Hipp für seine Hilfe bei der Aufklärung der Mordfälle, sagte, dass er sich angesichts gleich dreier schöner Frauen hoch geehrt fühle, dass er insbesondere auch Gina Zazzari alles Gute auf ihrem weiteren Lebensweg wünsche. Dann fragte er, ob Hipp seine Rede, die er ihm gegenüber angekündigt habe, jetzt gleich halten wolle oder erst später.
»Du hältst eine Rede?«, fragte Sabrina verwundert.
Nicht wirklich, sagte Hipp, er wolle nur einige Gedanken in Worte fassen, die ihm wichtig scheinen würden.
»Klingt sehr philosophisch«, befand Gina.
Das nun gerade nicht, relativierte Hipp die Erwartungen. Um Vibertis Frage zu beantworten: Er würde sich gerne erst nach dem Dessert zu Wort melden.

Das genau sei auch sein Vorschlag gewesen, sagte Viberti. Zunächst sollte man sich mit allen Sinnen den kulinarischen Freuden zuwenden. Er wünsche guten Appetit, buon appetito!

Wie beim Maresciallo nicht anders zu erwarten, wurde groß aufgetischt. Carne cruda all'Albese*. Raviolini di fonduta – con tartufo bianco! Wobei es Viberti höchstpersönlich übernahm, eine weiße Trüffel über die Pasta zu hobeln. Es folgten Perlhuhnbrüstchen, Faraona al rosmarino.
Weil es dazu auch vortrefflichen Wein zu trinken gab, zunächst einen Arneis von Bruno Giacosa, dann einen Barolo von Aldo Conterno aus Monforte, wurde die Stimmung zunehmend ausgelassener. Der Maresciallo charmierte mit den Damen, ließ sich sogar zu einigen anzüglichen Witzen verleiten. Sabrina kam bereits nach dem Weißwein zu dem Schluss, dass auch sie noch eine Nacht in Alba dranhängen werde, nach diesem mittäglichen Gelage könne sie es nicht verantworten, sich ans Steuer ihres Autos zu setzen. In diesem Falle drohe dem Maresciallo eine Anzeige wegen Verleitung zu einer Straftat. Gina erzählte vom Avvocato Romagnosi, der es nicht lassen könne, ihr Avancen zu machen. Roberta kannte viele Anekdoten aus der Modebranche …
Nur Hipp beteiligte sich kaum an den Gesprächen. Er nahm sein Mobiltelefon, entschuldigte sich und verließ kurz den Raum. Wieder zurück setzte er sich still an seinen Platz. Er stocherte im Essen herum, als ob es ihm nicht schmecken würde. Er rotierte den Wein und sah ihm bei der Rundreise im Glas zu. Dann folgte er wieder der Unterhaltung, wortlos in die Gesichter sehend, ganz so, als ob er nicht dazugehören würde.
Auf Sabrinas Frage, ob ihm was fehle, gab er keine Antwort. Sie schob seine schlechte Laune auf die letzte Nacht, in der er kaum geschlafen hatte.

Als sie schließlich mit dem Dessert fertig waren, Viberti hatte ein halbgefrorenes Torrone-Parfait* gewählt, stand Gina auf und klopfte ans Glas.

»Ich möchte mich bei Hipp bedanken«, sagte sie, »der …«

»Vielen Dank, aber ich möchte das nicht!«, unterbrach Hipp sie.

Gina warf Sabrina einen überraschten Blick zu. Diese zuckte ratlos mit den Schultern.

»Dann eben nicht«, sagte Gina, sich wieder hinsetzend. »Ich wollte nur ein paar liebe Worte sagen.«

»Tut mir leid«, meinte Hipp.

Er nahm einen Schluck aus dem Weinglas, wischte sich die Lippen ab, stand auf, ging um den Tisch herum und bedankte sich bei Viberti für das wunderbare Mittagessen und die großzügige Einladung. Er möge ihm verzeihen, wenn er der guten Stimmung jetzt einen Dämpfer aufsetze, aber es müsse sein, es gehe nicht anders.

Hipp trat zur Tür, gab der Bedienung ein Zeichen, sie vorläufig alleine zu lassen, und machte sie zu.

Im Zimmer herrschten betretenes Schweigen, irritierte, gespannte Aufmerksamkeit. Hipp kehrte an seinen Platz zurück, blieb aber hinter dem Stuhl stehen und stützte sich auf die Lehne.

»Wie wir alle wissen, hat Maresciallo Viberti gestern Carlo Giardina verhaftet. Carlo hat bereits gestanden, seinen Schwager ermordet zu haben. Und er ist auch dringend verdächtig, Ginas Vater umgebracht zu haben. Und wenn er es nicht war, dann bleibt Amedèo Steinknecht als mutmaßlicher Mörder. Heute Vormittag haben die Carabinieri in Bologna einen Russen namens Michail Borogowski verhaftet.«

Der Maresciallo nickte bestätigend.

»Er wird beschuldigt, Amedèo Steinknecht ermordet zu haben.

Wie es scheint, sind alle drei Fälle aufgeklärt. Wir könnten also zufrieden sein, die Gerechtigkeit hat gesiegt. Aber hat sie das wirklich?«

Hipp machte eine Pause und sah in die verstörten Gesichter.

»Ich glaube nicht! Ja, bei Ildefonso schon, aber nicht bei Hubertus Rettenstein. Wo soll ich anfangen? Vielleicht damit, dass manche Menschen grundsätzlich nicht ins Kino gehen, wie zum Beispiel unsere Roberta. Ist doch richtig? Das hast du mir doch erzählt?«

Roberta, die sich ganz offenbar nicht erklären konnte, worauf Hipp hinauswollte, bestätigte seine Aussage. Sie sei schon seit Jahren nicht im Kino gewesen.

»Das finde ich verwirrend«, fuhr Hipp fort, »denn Gina hat mir erzählt, dass sie erst vor einigen Wochen an einem Samstag mit Roberta im Kino gewesen sei, um sich einen Piratenfilm mit Johnny Depp anzusehen.«

»Habe ich das erzählt?«, fragte Gina.

»Definitiv, bei unserer systematischen Alibisuche in Dozza.«

»Nun, wenn das so ist, dann habe ich mich offenbar getäuscht. Ist doch egal, oder? Roberta ist nicht mein Alibi.« Gina lachte. »Wollen wir uns jetzt über Kino unterhalten?«

»Nein, obwohl auch das interessant sein könnte. Es gibt viele Filme mit überraschendem Ausgang.«

Der Maresciallo nickte. »Wie im richtigen Leben. Das mit Carlo Giardina war ein überraschendes Ende.«

»Ich habe mir gedacht«, fuhr Hipp fort, sich an Gina wendend, »wenn das mit Roberta und dem Kino nicht stimmt, vielleicht hast du auch bei anderen Terminen, die du mir genannt hast, etwas improvisiert. Womöglich nimmst du es ganz generell mit der Wahrheit nicht so genau.«

»Wie kommst du denn darauf?«

»Gina, ich möchte dir eine Frage stellen: Wie gut kennst du die Dottoressa Menotti?«
Ginas Gesicht wurde ernst, bekam plötzlich herbe Züge. Sie kniff die Augen zusammen. »Du meinst die frühere Ärztin meiner Mutter. Du weißt genau, was ich von dieser Frau halte, sie ist eine üble Kurpfuscherin. Ich bin froh, dass ich mit ihr nichts mehr zu tun habe!«
»Du hast keinen Kontakt mehr?«
»Natürlich nicht!«
»Und du hattest auch früher keine private Bekanntschaft mit ihr?«
»Mit dieser Stupida?«, entrüstete sich Gina. »Wie kommst du denn auf diese absurde Idee?«
»Wollen Sie etwa andeuten«, fragte Viberti, »dass diese Ärztin als weitere Tatverdächtige in Betracht kommt? Das wäre grauenvoll, dann ginge wieder alles von vorne los.«
»Die Dottoressa? Wohl eher nicht, obwohl ich es in Erwägung gezogen hatte. Gina, du willst wissen, wie ich auf diese absurde Idee komme? Ganz einfach, du hast in deinem Nachtkasten eine Schublade mit Fotos …«
»Du hast in meinem Nachtkasten gestöbert?«
»Wie du dich erinnerst, habe ich deine Wohnung auf deinen ausdrücklichen Wunsch hin nach diversen Habseligkeiten durchsucht – Quittungen, Notizzettel, Tabletten. Dabei habe ich auch diese Schublade aufgezogen, ohne böse Absicht. Allerdings muss ich zugeben, dass ich mir die Fotos kurz angesehen habe. Immerhin war ich zu diesem Zeitpunkt noch nicht so hundertprozentig von deiner Unschuld überzeugt. Wie auch immer, auf einigen Fotos bist du zusammen mit Dottoressa Chiara Menotti zu sehen. Zum Beispiel auf einem Segelboot, den Kopf in ihrem Schoß, beim Tanzen, beim Sonnenbaden …«

»Woher willst du wissen«, fragte Gina mit spöttischer Stimme, »dass es sich bei dieser Frau um Chiara Menotti handelt?«

»Weil sie als niedergelassene Ärztin eine Website hat – mit vielen schönen Bildern. Die Dottoressa scheint etwas eitel.«

»Und obwohl du die Fotos aus der Schublade nur kurz gesehen hast, glaubst du sie auf diesen Bildern wiederzuerkennen? Da hast du dich eben getäuscht!«

»Habe ich nicht!«, sagte Hipp leise. »Und das weißt du ganz genau.«

Gina blieb eine Antwort schuldig. Trotzig sah sie in die Runde.

»Roberta wird bestätigen«, fuhr Hipp fort, »dass du nicht nur Männer anziehend findest, sondern auch Frauen.«

Roberta errötete.

»Na und?«, sagte Gina. »Bist du etwa eifersüchtig?«

»Ich habe keinen Grund dazu. Übrigens macht es keinen Sinn zu leugnen. Du hast mit der Dottoressa in den letzten Tagen und Wochen häufiger telefoniert.«

»Woher weißt du das?«

»Ich habe es überprüfen lassen.«

Verwundert nahm Viberti einen Schluck vom Dessertwein.

Gina sah Hipp traurig an. »Warum machst du alles kaputt?«, fragte sie.

»Wenn du glaubst, es macht mir Freude«, antwortete er, »dann liegst du falsch.«

»Dann hör bitte auf, in meinem Privatleben herumzustochern.«

»Würde ich gerne …«

»Damit kann ich mich aber keinesfalls einverstanden erklären«, fiel ihm Viberti ins Wort. »Ich bestehe auf einer klaren Aussage. Signorina Zazzari, hatten und haben Sie eine intime Bekanntschaft mit der Dottoressa Chiara Menotti? Ja oder nein!«

Gina machte einen Knoten in ihre Stoffserviette und zog ihn fest zu. »Ich finde zwar, das geht niemanden etwas an, aber meinetwegen: Ja, ich bin mit ihr gut befreundet. Na und?«
»Bitte präzise«, hakte Viberti nach, »haben Sie eine lesbische Beziehung zur Dottoressa?«
»Ist das strafbar?«
»Nein, aber ich will es wissen.«
»Wenn es Sie glücklich macht, ja, wir haben eine lesbische Beziehung. Chiara ist ganz verrückt nach mir, ich kann's nicht ändern. So, können wir jetzt endlich das Thema wechseln?«
Viberti schüttelte den Kopf. »Können wir nicht. Ich stelle fest: Aufgrund Ihrer intimen Bekanntschaft mit Chiara Menotti ist Ihr Alibi hinfällig. Dies erst recht und insbesondere, wenn Ihnen die Dottoressa, wie Sie gerade angedeutet haben, sexuell hörig ist. Der Verdacht liegt nahe, dass Ihnen die Signora mit dem Alibi einen Gefallen getan hat, um Sie nicht zu verlieren.«
»Sie haben eine blühende Phantasie«, protestierte Gina.
»Nicht nur der Maresciallo«, übernahm Hipp erneut die Regie, »ich habe sie auch. Als du gemerkt hast, dass du für die Tatzeit dringend ein Alibi brauchst, hast du mit deiner Freundin telefoniert, womöglich beim nächtlichen Joggen in Dozza, vom Handy aus. Ihr habt euch gemeinsam das Alibi ausgedacht und mir perfekt vorgespielt, das muss euch der Neid lassen. Auch dass du sie vehement ablehnst, sie konsequent als Stupida bezeichnest, war ein raffinierter Schachzug, der die Glaubwürdigkeit des Alibis erhöht hat.«
»Vom Handy telefoniert? Also …«
Hipp hob warnend den Zeigefinger. »Schon vergessen? Ich habe deine Telefonate überprüfen lassen. Von Sottotenente Garrisaldo in Bologna. In Italien werden alle Verbindungen in den mo-

bilen Telefonnetzen über Wochen gespeichert. Jeder Widerspruch ist zwecklos.«

Hipp sah, dass Viberti seine Stirn zweifelnd in Falten legte. Außerdem war ihm seine Missbilligung anzumerken, dass Hipp mit den Carabinieri in Bologna kooperierte.

Gina riss an ihrer Serviette und warf sie schließlich in den Dessertteller. »Zugegeben, ich habe sie aus Dozza angerufen. Aber um ihr zu sagen, dass ich gerade mit Hipp geschlafen habe.«

»Was gelogen war«, mischte sich Sabrina ein. »Du hast mir selbst erzählt …«

»Aber ich fand's lustig. Ich liebe es, Chiara eifersüchtig zu machen. Ich bin schon jetzt neugierig, wie sie auf Roberta reagiert.«

»Ich fürchte, wir können es nicht dabei bewenden lassen«, sagte der Maresciallo.

»Warum denn nicht?«, fragte Gina. »Sie haben Carlo Giardina verhaftet, er war es.«

»Noch hat er nicht gestanden.«

»Und er wird nicht gestehen«, sagte Hipp, »jedenfalls nicht den Mord an Hubertus Rettenstein, denn er war es nicht.«

Gina sprang auf. »Du hast mein Alibi zerpflückt«, schrie sie, »wunderbar, großartig, mein Kompliment. Aber deshalb habe ich noch lange nicht meinen Vater umgebracht.«

»Doch, das hast du!«, sagte Hipp.

Gina hielt sich totenblass am Tisch fest. Sie nahm ihr Weinglas und warf es wütend in Richtung Hipp. Das Glas verfehlte ihn und zerschellte an der Wand.

»Du bist verrückt, hinterhältig und gemein. Warum willst du mein Leben zerstören?«

»Du hast das von Hubertus Rettenstein zerstört.«

»Ich war es nicht!«

Maresciallo Viberti gab Gina den harschen Befehl, sich wieder zu setzen. Obwohl er keine Uniform trug, reichte seine Autorität aus, dass sie ihm folgte, am ganzen Körper zitternd, mit flatternden Augen. Dann forderte er Hipp auf, in seinen Erläuterungen fortzufahren. Hipp erzählte von dem Teppich, den man gestern im Wald über Rettensteins Villa gefunden habe. Auch das habe ihn stutzig gemacht. Welcher Mörder schleppe einen schweren Teppich den Hügel hinauf, um ihn unter abgebrochenen Zweigen zu verstecken, wenn er ihn stattdessen in seinem Auto mitnehmen und irgendwo entsorgen könne? Das würde nur jemand machen, der ohne Auto gekommen sei. Gina habe kein Auto. Entweder sei sie mit dem Zug gefahren und habe den Weg zum Haus mit dem Linienbus beziehungsweise zu Fuß zurückgelegt. Oder sie sei mit ihrer Vespa angereist, das habe sie selbst erzählt. In beiden Fällen habe sie den Teppich nicht mitnehmen können.
Ins Bild passe auch das Methadon, mit dem der Wein vergiftet war. Eine Ärztin wie die Dottoressa Menotti habe dieses starke Schmerzmittel wohl beschaffen können. Und dass Gina von seinem Vorschlag nicht begeistert war, sich hypnotisieren zu lassen, auch das sei im Nachhinein allzu gut zu verstehen.
Der Mord? Nun, wahrscheinlich sei es eher eine Tötung im Affekt gewesen. Oder sogar eine Notwehrhandlung. Gina habe ihren Vater gehasst, habe ihm Drohbriefe geschrieben, habe versucht ihn einzuschüchtern, ihn zu erpressen, sei wiederholt in sein Haus geschlichen. Wobei es ihr wohl wirklich primär um ihre kranke Mutter gegangen sei, die ihr Vater so jämmerlich im Stich gelassen habe. Von ihrer Freundin, der Dottoressa Menotti, habe sie gewusst, dass ihre Mutter dringend teure Medikamente und eine Betreuung rund um die Uhr benötige. Womöglich habe Rettenstein sie im Haus überrascht, oder Gina habe

eine Aussprache gesucht. Jedenfalls sei es zum Streit gekommen. Er könne sich vorstellen, dass Rettenstein, der bekanntermaßen überaus aggressiv habe sein können, auf seine Tochter losgegangen sei, mit dem Parmesanmesser oder mit einer Weinflasche. Während seiner Schilderung ließ er Gina keine Sekunde aus den Augen. Mehrmals glaubte er ein leises Nicken zu erkennen. Auch jetzt.

Aber Gina, fuhr er fort, sei ihm körperlich überlegen gewesen, habe ihm die Weinflasche entwunden, sie am Tisch abgeschlagen, sich damit gewehrt. Rettenstein habe die Gefahr unterschätzt, habe sich auf Gina gestürzt – und sei dabei zu Tode gekommen.

Was als Nächstes passiert sei, das wüssten sie alle. Der Transport der Leiche im eingerollten Teppich in den Weinkeller, das umgestürzte Regal …

Hipp sagte, man könne über den weiteren Fortgang nur Vermutungen anstellen. Unmittelbar nach der Tat könne Carlo Giardina im Haus gewesen sein. Den Schlüssel habe er vielleicht bei seiner Schwester vom Haken genommen und später wieder unbemerkt zurückgebracht. Carlo habe die Leiche entdeckt, dann das Trüffelbuch entwendet, auch alles Bargeld, das er finden konnte. Beim Durchstöbern der Schubladen seien ihm die Drohbriefe in die Hände gefallen, die Gina nach der Tat entweder vergessen oder in der gebotenen Eile vergeblich gesucht habe. Carlo habe es später für einen guten Einfall gehalten, ihm zwei der Briefe ins Auto zu stecken.

Die Drohbriefe, sagte Hipp, hätten Gina belastet. Aber diese habe es glänzend verstanden, ihn zu manipulieren, habe sein Mitleid geweckt, seine Anteilnahme am Schicksal ihrer Mutter, habe ihn auf ihre Seite gezogen, seine Freundschaft gewonnen. Nicht nur seine, auch jene von Sabrina. Fast wäre sie damit durchgekommen. Fast, viel habe nicht gefehlt. Sie hätte Roberta besser in Bologna gelassen und wäre ihm klugerweise aus dem Weg gegangen. Eine Kleinigkeit wie die Geschichte mit dem Kino. Sabrinas weiblicher Instinkt, dass Gina lesbische Neigungen habe. Die Fotos der Ärztin, der Teppich hinter dem Haus …

Unbemerkt hatte Ginas Hand die ausgetrunkene Rotweinflasche erreicht, die zwischen ihr und Viberti auf dem Tisch stand. Jetzt griff sie zu, packte die Flasche am Hals. Im Aufspringen schlug sie sie gegen die Tischkante, Splitter flogen durch die Luft. Unwillkürlich dachte jeder an Rettenstein. Der Maresciallo suchte vergeblich sein Holster mit der Dienstwaffe. Roberta schlug die Hände vors Gesicht. Sabrina rückte den Stuhl zurück. Hipp blieb unbeweglich stehen.
»Genug jetzt«, rief Gina, mit der abgebrochenen Flasche drohend, »wehe, jemand kommt mir zu nahe. Ich hab nichts mehr zu verlieren. Ja, ich habe ihn getötet. Ich wollte es nicht, aber es ist passiert. Das Schwein hat es verdient, ich habe es noch keine Sekunde bereut!«
Gina packte Roberta, riss sie hoch, umklammerte sie und drückte ihr die scharfen Zacken gegen den Hals. Etwas Blut rann über Robertas Haut. Gina zog ihre Geisel zur Tür, sagte, dass sie jetzt verschwinden werde, dann stieß sie Roberta gegen den sitzenden Maresciallo, riss die Tür auf und rannte hinaus.

Viberti befreite sich von Roberta, die Sabrina wie ohnmächtig in die Arme sank.
»Avanti«, rief er Hipp zu, »hinterher, sie darf uns nicht entkommen!«
»Sie können wieder Platz nehmen«, sagte Hipp, der keine An-

stalten gemacht hatte, Gina aufzuhalten. »Im Flur warten bereits Ihre Leute auf Gina.«
Der Maresciallo schaute ungläubig. »Meine Leute? Aber die wissen doch gar nicht, dass …«
Wie auf Kommando stand plötzlich Sebastiano in der Tür. Der Brigadiere salutierte. »Maresciallo, Ihr Befehl ist ausgeführt, Signorina Zazzari überwältigt.«
»Mein Befehl?«
»Ja, Maresciallo. Ihr Befehl, den uns vor einer Stunde Dottore Hermanus in Ihrem Auftrag übermittelt hat. Von seinem Mobiltelefon, weil Sie aufgrund einer verdeckten Ermittlung nicht telefonieren konnten.«
Viberti stand verwirrt auf. »Verdeckte Ermittlung«, wiederholte er stumpfsinnig. Er hustete, sah zu Hipp, der bestätigend nickte, dabei leise lächelnd.
»Mein Befehl, natürlich. Vom Dottore übermittelt.« Viberti bekam die Situation erstaunlich schnell unter Kontrolle und rieb sich die Hände. »Sehr schön, dann hat ja alles so geklappt wie von mir geplant. Gut gemacht, Brigadiere. Nochmals vielen Dank, Dottore Hermanus, für Ihre Hilfestellung. Brigadiere, lesen Sie der Signorina ihre Rechte vor, sie ist verhaftet! Verbringen Sie die Gefangene in eine Einzelzelle. Ich komme in Kürze nach.«
Viberti zeigte auf Roberta, die den ersten Schock überwunden hatte. »Und nehmen Sie diese Signorina mit und veranlassen Sie eine ärztliche Versorgung.«
Viberti deutete mit der Hand einen militärischen Gruß an. »Sie können abtreten!«
Sebastiano nahm Roberta am Arm und führte sie hinaus.
»Tür schließen«, rief Viberti hinterher. Erschöpft ließ er sich auf seinen Stuhl sinken, fragte Sabrina, ob es ihr gut gehe, und sah

dann Hipp an. Sein ernster Gesichtsausdruck wich einem Grinsen, das immer breiter wurde. »Das war meine erste Einsatzleitung, von der ich selbst nichts wusste. Dottore, ich könnte Sie auf der Stelle einsperren lassen.«

Hipp ging zu dem Tischchen mit den Digestifs, wählte eine Flasche und setzte sich zwischen Viberti und Sabrina. Er beugte sich zu ihr, gab ihr einen Kuss und entschuldigte sich für die Turbulenzen, dann goss er die Grappa ein und reichte ihnen die Gläser.

Ein Ober kam in den Raum und fragte, ob sie noch etwas benötigen würden.

Viberti verneinte und sagte, dass er die Rechnung fertig machen und an die Carabinieri schicken solle.

Als sie wieder alleine waren, stellte Viberti fest, dass es sich im Nachhinein betrachtet ganz zweifellos um ein »Pranzo d'affari«, um ein Arbeitsessen gehandelt habe.

Er fragte Hipp, ob er wirklich hinter seinem Rücken mit Sottotenente Garrisaldo in Bologna gesprochen habe und von ihm die Telefonate habe überprüfen lassen.

»Nein, natürlich nicht.«

»Sie haben geblufft, hatten gar nichts in der Hand?«

Hipp nickte.

»Gina, Gina, Gina«, murmelte Viberti. »Irgendwie tut mir das Mädchen leid.«

»Mir auch«, sagte Sabrina. »Und was ist mit dir?«

Hipp blieb ihr eine Antwort schuldig, nahm das Grappa-Glas und trank es in einem Zug aus.

Epilogo

Am nächsten Morgen erwachte Hipp zu später Stunde. Er musste sich erst orientieren, so tief hatte er geschlafen. Sabrina? Sie hatte sich schon vor Stunden verabschiedet! Der Tod Rettensteins? Aufgeklärt! Viberti? Sich im Licht seines Erfolges sonnend! Carlo? Geständig! Gina? Hinter Gittern! Seine Giulietta? Abfahrbereit! Sein Haus in der Toskana? Auf ihn wartend! Er gab sich einen Ruck und stand auf.

Vor dem Kreisverkehr mit dem Trüffelhobel schaltete er herunter. Dabei dachte er an die Autopanne vor einigen Tagen. Aber heute zeigte sich der Alfa von seiner besten Seite, kräftig röhrend, ohne Zeichen von Altersschwäche. Statt links in die Viale Torino einzubiegen, die ihn am Hotel Castelli vorbei auf direktem Weg aus Alba hinausgeführt hätte, fuhr Hipp geradeaus zur nahe gelegenen Station der Carabinieri. Wenig später wurde er von Brigadiere Sebastiano an der Pforte abgeholt. Der Maresciallo erwartete ihn bereits.

Viberti begrüßte ihn mit einer freundschaftlichen Umarmung und bedankte sich, dass er sich noch die Zeit für einen Besuch nehme. Vielleicht habe er mehr Glück. Gina Zazzari sitze in ihrer Zelle und habe seit ihrer Verhaftung kein Wort gesagt. Auch Rechtsanwalt Romagnosi sei unverrichteter Dinge wieder abgezogen. Einen herbeigerufenen Psychologen habe sie mit starrem

Blick ignoriert. Und dem Gefängnispfarrer habe sie ostentativ den Rücken zugekehrt.

Hipp betrat den kahlen Raum, der als Möblierung nicht mehr enthielt als einen kleinen Tisch mit zwei Stühlen. Als er sah, dass Gina Handschellen trug, drehte er um, ließ sich den Schlüssel aushändigen, was Viberti nach kurzer Überlegung erlaubte, kehrte zurück, schloss die Tür und nahm ihr wortlos die »manette« ab. Er zog den freien Stuhl heran und setzte sich. Gina rieb sich stumm die Handgelenke, ohne ihn anzusehen.
Hipp ließ sich Zeit. Mehr als fünf Minuten saßen sie sich schweigend gegenüber. Dann sagte er: »Du denkst an deine Mutter? Es geht ihr gut, ich habe vorhin mit ihren Ärzten telefoniert. Sie weiß nicht, dass du hier bist.«
Langsam hob Gina den Kopf und stellte zum ersten Mal Blickkontakt her. Ihre Augen waren gerötet.
»Und sie muss es nie erfahren«, fuhr er fort. »Es besteht die Möglichkeit, dass du nach Bologna verlegt wirst. Dort wird man dir bei guter Führung einmal die Woche Gelegenheit geben, deine Mutter zu besuchen. Das hat man mir in Aussicht gestellt.«
Gina schniefte. »Hast du ein Taschentuch?«, fragte sie.
»Ich habe mit Avvocato Romagnosi gesprochen«, sagte er. Seine Stimme blieb leise, ruhig und unaufgeregt, wie bei einer belanglosen Plauderei. »Deine Mutter kann im Sanatorium bleiben, die Finanzierung lässt sich aus dem Vermögen deines Vaters mit einigen juristischen Kniffen bewerkstelligen. Immerhin ist sie die Mutter seines einzigen Kindes.«
»Sie kann bleiben? Ich kann sie regelmäßig sehen?«
Hipp nickte. »So sieht es aus.«
Gina schneuzte in Hipps Taschentuch. »Das wenigstens sind gute Nachrichten.«

»Gina, ich bin nicht dafür verantwortlich, dass du …«
»Das bin ich selber, ich weiß!«
»Wenn du den Avvocato Romagnosi nicht magst, kann ich dir einen anderen Verteidiger besorgen.«
»Nein, er ist schon in Ordnung. Wenn er das mit der Finanzierung des Sanatoriumsaufenthalts hinbekommt, dann erst recht.«
»Die Verteidigung wird nicht auf Mord, sondern auf Notwehr plädieren, wenigstens auf einen minder schweren Fall des Totschlags. Sie wird darstellen, dass du dich der wütenden Angriffe deines Vaters erwehren musstest. Allerdings dürfte versuchte Erpressung hinzukommen.«
»Das bedeutet?«
»Dass du wegen dieser Straftat nicht dein restliches Leben hinter Gittern verbringen musst.«
»Aber lange genug, viel zu lange.«
Hipp enthielt sich eines Kommentars.
»Ich bin so blöd«, ärgerte sie sich. »Hätte ich nur meinen Termin beim Avvocato in Alba verschoben und wäre dir nicht freiwillig in die Arme gelaufen, dann wäre ich wohl davongekommen.«
»Gut möglich.«
»Aber ich habe mich so sicher gefühlt. Mir hat es Spaß gemacht, deine und Sabrinas Nähe zu suchen, mit dem Feuer zu spielen. Nach dem erfolgreichen Trick mit meinem Alibi war ich fest davon überzeugt, dass mir nichts passieren kann, dass ich wie ein Vogel über allen Dingen schwebe, frei und unabhängig, dass ich tun und lassen kann, was ich will.«
»Arroganza, Übermut …«
»… tut selten gut, ich weiß. Und Hochmut kommt vor dem Fall!«

»Da ist was dran.«
»Trotzdem hättest du mich nicht verpfeifen müssen.«
»Doch. Schon vergessen?«
»Was?«
»Du hast mich ausdrücklich gebeten, den Mörder deines Vaters zu finden. Du wolltest mich sogar dafür bezahlen.«
»Ich habe nicht geglaubt ...«
»Nein, hast du nicht. Außerdem ...«
»Außerdem?« Sie sah ihn herausfordernd an.
»Ich sag's mal ganz deutlich: Ich lass mich nicht gerne an der Nase herumführen. Und genau das hast du versucht.«

Sie sahen sich schweigend an. Es dauerte, bis er erneut das Wort ergriff: »Gina, wir müssen noch über was anderes reden.«
»Worüber?«
Er nahm ihre Hände, die sie ihm widerstrebend überließ. »Aber du musst bei der Wahrheit bleiben.«
»Du machst es spannend.«
»Gina, ich will wissen, ob du noch eine Leiche im Keller hast.«
»Wie bitte?« Sie versuchte ihre Hände zurückzuziehen, aber Hipp hielt sie fest.
»Ganz ruhig. Ich muss es einfach wissen. Hast du Amedèo Steinknecht umgebracht?«
»Bist du verrückt?«, brauste sie auf.
»Gina, bitte keine Spielchen, nicht schon wieder. Nur eine einfache Antwort – ja oder nein?«
»Nein!«
»Schau mich an!«
Gina beugte sich nach vorne und blickte ihm aus nächster Nähe in die Augen. »Nein!«, wiederholte sie.
Er ließ ihre Hände los. »In Ordnung.«

Sie lehnte sich zurück. »Welcher Teufel hat dich denn jetzt geritten? Warum soll ich Steinknecht umgebracht haben? Ich kannte ihn ja nicht mal.«

»Wirklich nicht?«

»Nein, wir haben nur miteinander telefoniert.«

»Und ihr habt ein Treffen vereinbart.«

»Zu dem es nicht mehr gekommen ist.« Gina schluckte. »Woher weißt du das?«

»Nach seinem Tod war ich in Steinknechts Büro in Parma. Dort hatte ich Gelegenheit, einen kurzen Blick in den Terminkalender seiner Empfangssekretärin zu werfen. Da war dein Name notiert, mit Telefonnummer und der Anmerkung: Treffen mit Steinknecht vereinbaren.«

»Er wollte mit mir unter vier Augen über den Wert meiner Anteile an Delita verhandeln.«

»Für wann hattet ihr euch verabredet? Und wo? Davon stand nichts im Kalender.«

Sie rutschte unruhig auf dem Stuhl hin und her.

»Er hat mich am frühen Morgen in die Lagerhalle bestellt. Er sei ab sechs Uhr da, hat er gesagt, wegen einer Revision. Er stehe mir jederzeit für ein Gespräch zur Verfügung.«

»Am frühen Morgen welchen Tages?«

»Am bewussten Tag, du weißt schon.«

»Ich habe es befürchtet.«

»Als ich angekommen bin, etwa um halb sieben, da stand zwar ein Auto auf dem Parkplatz mit seinem Namen, aber es hat niemand aufgemacht. Ich habe etwas gewartet, dann bin ich wieder gefahren. Das war alles.«

»Du warst zur falschen Zeit am falschen Ort«, stellte Hipp fest.

»Das ist mir klar. Deshalb habe ich gehofft, dass mich niemand gesehen hat.«

»Und? Hat dich jemand gesehen?«
»Nein, niemand.« Gina überlegte. »Höchstens dieser Idiot, der mich fast umgefahren hat.«
»Welcher Idiot?«
»Bei der Anfahrt an einer Kreuzung, etwa einen halben Kilometer vor der Lagerhalle. Da ist mir auf meiner Straßenseite mit Vollgas ein Auto entgegengekommen. Ich musste mit meiner Vespa über den Randstein in die Wiese ausweichen und wäre fast gestürzt.«
»Was für ein Auto?«
»Ein Ferrari.«
»Ein schwarzer Ferrari?«
»Ja, schwarz, mit rotem Frontspoiler.«
»Du weißt, wer einen solchen Ferrari fährt?«
»Nein, weiß ich nicht. Glaubst du, er ist von der Lagerhalle gekommen?«
»Sieht so aus. Dem Fahrer wird es schwerfallen zu erklären, wie er zur selben Zeit im Bett seiner Frau liegen konnte.«
»Wie meinst du das?«
»Das kann dir der Maresciallo erklären.«

»Und jetzt?«, fragte sie.
Hipp stand auf. »Jetzt muss ich gehen.«
Auch Gina erhob sich. Der Tisch blieb trennend zwischen ihnen. Der Tisch und die zurückliegenden Ereignisse.
»Du spazierst zur Tür raus«, sagte sie, »und ich muss zurück in meine Gefängniszelle. Ich hab's vermasselt. Grüß Sabrina von mir.«
»Mach ich.«
»Werden wir uns wiedersehen?«, fragte sie. »Kommst du mich mal besuchen?«

Er ließ sich mit der Antwort Zeit. »Ich denke schon, aber nicht so bald.«
»Du weißt, wo du mich findest. Ciao!«
»Ciao, Gina!«
Hipp drehte sich um und verließ den Raum.

FINE

Supplemento

Im folgenden Anhang werden ergänzende Informationen geliefert, die sich ebenso an der Handlung wie an den (kulinarischen) Vorlieben der Protagonisten orientieren. Auch finden sich alle Stichwörter wieder, die im Roman mit * gekennzeichnet sind. Natürlich nehmen die Trüffeln einen großen Raum ein – symbolisiert mit einem Trüffelhobel. Außerdem werden die Regionen und Orte vorgestellt, in denen das Buch spielt – vornehmlich das Trüffelparadies rund um Alba im Herzen des Piemont und die Schlemmerziele der Emilia-Romagna von Parma bis Bologna. Ausgewählte Restaurants und Hotels sind den Orten zugeordnet und für Exkursionen empfohlen, die der Geschichte des Buches folgen. Weil im Roman mit großer Leidenschaft gegessen wird, bevorzugt Gerichte mit Trüffeln, gibt es die wichtigsten Rezepte zum Nachkochen[1]. Hinzu kommen begleitende Informationen zu ausgewählten Weinen und kulinarischen Spezialitäten.

[1] *Wenn nicht anders angegeben, sind die Mengenangaben in den Rezepten für vier Personen.*

Aceto Balsamico Tradizionale

Dass der Aceto Balsamico (Balsamessig) mit dem Zusatz »Tradizionale« eine besondere Essenz ist, wird spätestens beim Blick auf die Preise klar, die locker einen vorzüglichen Wein übertreffen. Während der normale Aceto Balsamico auf der ganzen Welt produziert werden kann und sich dennoch so nennen darf (mithin nichts über Ursprung und Qualität aussagt), ist der Aceto Balsamico di Modena oder aus Reggio Emilia schon mal aus dieser Region und verfügt über eine kontrollierte Ursprungsbezeichnung, wird aber oft auch industriell hergestellt (gilt ebenso für den Balsamico bianco). Erst beim Aceto Balsamico Tradizionale (ABT) schwingt sich der Balsamessig zum Kultobjekt auf. Er kommt zwingend aus Modena oder Reggio Emilia, entsteht aus zunächst gepresstem, dann eingekochtem Traubenmost (Trebbiano, Sauvignon, Lambrusco), natürlich ohne Konservierungs- oder Farbstoffe. Er wird (oft im Dachgeschoss) in Fässern gelagert, den wechselnden Temperaturen im Sommer und Winter ausgesetzt, verdunstet, gärt vor sich hin, wird dickflüssiger – und weniger. Er wird über die Jahre in immer kleinere Fässer aus unterschiedlichem Holz umgefüllt, was seine Farbe und den Geschmack prägt. Erst nach frühestens zwölf Jahren kommt er nach Prüfung durch ein Konsortium ausschließlich in 100-Milliliter-Gefäßen auf den Markt. Als ABT di Modena erkennt man den 12-jährigen an einer hellen Kapsel, den 25-jährigen (extravecchio) ohne weitere Altersangabe an einer goldfarbenen Kapsel. Den

ABT di Reggio Emilia (schlankere Flaschenform) gibt es zudem mit 18 Jahren. Notabene: Es gibt keinen echten Aceto Balsamico Tradizionale in anderen Flaschen als 100 Milliliter, und außerdem sind Altersangaben auf dem Etikett verboten. Empfehlenswert ist der Besuch (nach telefonischer Anmeldung) einer alten Essigfabrik (Acetaia) rund um Modena und Reggio Emilia. Zum Beispiel die ***Acetaia Malpighi*** bei Modena, die ***Acetaia Fabbi*** in Collegara oder ***Manicardi*** in Castelvetro. Dass man mit dem exquisiten Aceto ein komplettes Menü verfeinern kann, wird einem spätestens in der Emilia klar: Zuppa di patate, Risotto alla parmigiana, Filetto di manzo, Fragole – natürlich alles mit Aceto Balsamico Tradizionale!

Acetaia Fabbi
Collegara, Stradello Bonaghino 56, Tel. 0 59 - 46 91 05,
www.acetofabbi.com

Acetaia Malpighi
Modena, Via A. Pica 310, Tel. 0 59 - 46 50 63,
www.acetaiamalpighi.it

Manicardi
Castelvetro, Via Massaroni 1, Tel. 0 59- 79 90 00,
www.manicardi.it

Agnolotti (del Plin)

Agnolotti del Plin sind piemontesische Teigtaschen, die den Ravioli ähneln, aber wie ein Sofakissen in der Mitte mit einem Knick (Plin = Falte) versehen sind.

Alba

Der Ort liegt im Herzen der Langhe und gilt als Feinschmeckerdorado, als Zentrum des Genusses, des Weins – und der Trüffeln. Also in jeglicher Hinsicht der richtige Arbeitsplatz für Maresciallo Viberti! Dabei hat Alba auch sonst einiges zu bieten: eine stimmungsvolle Altstadt, die nicht groß ist und sich deshalb zu Fuß leicht erschließen lässt, mit Geschlechtertürmen, der Piazza Risorgimento, dem Duomo San Lorenzo und der Ordenskirche San Domenico. Flaniert wird auf der Via Vittorio Emanuele, die der Einfachheit halber Via Maestra genannt wird, gesäumt von Delikatessläden, Cafés und Restaurants. Die Geschichte des Ortes reicht zurück in die Antike. Schon bei den Römern als Alba Pompeia bekannt, war Alba im Mittelalter Bischofssitz und eine wohlhabende Stadtrepublik, die in heftiger Konkurrenz zu Asti stand (eine Rivalität, die bis heute andauert). Seit 1929 wird alljährlich ab Anfang Oktober mit der »Fiera Nazionale del Tartufo Bianco« die berühmte ***Trüffelmesse*** veranstaltet, zu der sich Gourmets aus aller Welt nach Alba begeben. Bis in den November findet jeden Samstag und Sonntag im Cortile della Maddalena (von 9 bis 20 Uhr) der »Mercato Mondiale del Tartufo« (Trüffelmarkt) statt. Am ersten Sonntag im Oktober gibt es den Palio degli Asini (Eselspalio), dem ein historischer Umzug mit kostümierten Teilnehmern aus den Borghi (Stadtvierteln) vorangeht. Von diesen turbulenten Tagen abgesehen, ist Alba ein beschaulicher Ort, in dem sich gut schlemmen lässt und von wo es nicht weit ist in die umliegenden Weinberge des Barolo- und Barbaresco-Gebiets. Aber man sollte sich auf jeden Fall einige Zeit für Alba selbst reservieren, im ***Ufficio turistico*** an der Piazza Risorgimento unter anderem den aktuellen Restaurantführer holen, dann im ***Caffè Calissano*** einen Bicerin trinken (und nach Maresciallo Viberti Ausschau halten), die Via Vittorio Emanuele hinunterbummeln, am Vincafé vorbei, an der Polleria tartufi Elio Ratti und an ***Tartufi Ponzio***, einen Blick in den Cortile della Maddalena werfen (wo im Herbst der Trüffelmarkt stattfindet), in der Enolibreria in Büchern schmökern (und sich im Keller an den Weinen erfreuen), an der Piazza Savona in der ***Osteria dell'Arco*** einen Tisch für den Abend reservieren, zurück zum Beispiel über die Via Pertinace mit der ***Osteria Lalibera*** und ***Tartufi Morra*** die ***Osteria Nuova*** finden, um schließlich in der ***Enoteca Fracchia*** einige Kisten Wein zu kaufen. Dem Hotel ***I Castelli*** mangelt es zwar an historischem Charme, es wird aber von vielen Alba-Besuchern aufgrund seiner idealen Lage und hohen Bettenzahl geschätzt.

Caffè Calissano
Piazza Duomo 3,
www.langhe.net/calissano
Enoteca Fracchia
Via Vernazza 9
I Castelli (Hotel**)**
Corso Torino 14, Tel. 01 73 - 36 19 78,
www.hotel-icastelli.com
Osteria dell'Arco
Piazza Savona 5, Tel. 01 73 - 36 39 74
(Ruhetag: Sonntag und Montag mittags)
Osteria Lalibera
Via Pertinace 24, Tel. 01 73 - 29 31 55
(Ruhetag: Sonntag und Montag mittags)
Osteria Nuova
Via Calissano 7, Tel. 01 73 - 22 90 51
(Ruhetag: Mittwoch)
Tartufi Morra
Piazza E. Pertinace 3,
www.tartufimorra.com
Tartufi Ponzio
Via Vittorio Emanuele 26,
www.tartufiponzio.com
Trüffelmesse
www.fieradeltartufo.org

Ufficio turistico/Consorzio turistico Langhe, Monferrato, Roero
Piazza Risorgimento 2, Tel. 01 73 - 36 63 28,
www.turismodoc.it

Asti

Asti war über Jahrhunderte in kriegerische Auseinandersetzungen mit Alba verstrickt. Schon deshalb hegt der Maresciallo eine tief empfundene Abneigung – nur den Moscato (s. dort) lässt er gelten. Womit er der Provinzhauptstadt, die zudem über einen schönen historischen Ortskern verfügt, natürlich bitter Unrecht tut. Der grenzüberschreitende Bekanntheitsgrad der Stadt rührt primär vom Asti Spumante her, ein süßer Schaumwein, der nicht von allen geliebt wird, in seiner anspruchsvolleren Variante Metodo classico (Flaschengärung) aber durchaus seine Qualitäten hat. Zentrum der Stadt ist die großzügige Piazza Alfieri mit langen Arkaden (und der Gran Bar Cocchi). Entlang dem Corso Alfieri gibt es einige Palazzi zu besichtigen, auf der Piazza San Secondo ist der Antiquitätenmarkt sehenswert, es gibt Geschlechtertürme, die Kirche San Secondo, das Baptisterium Rotonda di San Pietro, eine gotische Kathedrale – und den Campo del Palio, wo allmorgendlich der Markt stattfindet. Seit 1275 wird einmal im Jahr der ***Palio d'Asti*** abgehalten, ein Reiterfest, bei dem (ähnlich wie in Siena, aber mit einer noch längeren Tradition) die Stadtteile gegeneinander antreten. Unter Weinliebhabern ist die alljährliche Weinmesse ***Douja d'Or*** ein Begriff (in den ersten beiden Septemberwochen). Und im Herbst trifft man früh am Morgen in der Via Cavour die Trüffelsucher aus der Region, die hier ihre nächtliche Ausbeute feilbieten.

Palio d'Asti
www.commune.asti.it

Douja d'Or
www.doujador.it

Barbaresco

Zunächst denkt bei diesem Namen wohl jeder an den Wein, aber es gibt auch einen Ort Barbaresco, und zwar einen sehr schönen. Um mit dem Wein anzufangen, er wird wie der Barolo ausschließlich aus der Nebbiolo-Traube gewonnen. Das Anbaugebiet rund um die Orte Barbaresco, Neive und Treiso liegt etwas niedriger als im Barolo. Der Barbaresco hat eine kürzere Fasslagerzeit (ein Jahr) als der Barolo, kommt bereits nach zwei Jahren in den Handel (beim Riserva nach vier Jahren), ist normalerweise weniger kräftig, dafür eher konsumierbar und geschmeidiger. Seinen Namen hat der Wein vom Ort Barbaresco, der auf einem langgestreckten Hügel liegt. Berühmt (und von weitem sichtbar) ist der mächtige Verteidigungsturm, der einst gegen Sarazenenüberfälle errichtet wurde und sich auch in den kriegerischen Auseinandersetzungen zwischen Alba und Asti als uneinnehmbar erwies. Daneben steht im reizvollen Kontrast eine barocke Pfarrkirche. Am anderen Ende der Via Torino befindet sich die Kirche San Donato – und weil der kleine Ort für den Gottesdienst keine zwei Kirchen mehr benötigt, ist in dieser die ***Enoteca Regionale del Barbaresco*** untergebracht. Auf dem Spaziergang von der einen zur anderen Kirche kommt man am Ristorante Antica Torre vorbei, bei den Weinerzeugern Carlo Boffa und Minuto (mit Verkauf), der Genossenschaftskellerei ***Produttori del Barbaresco*** – und bei ***Angelo Gaja***, der den Barbaresco als (mittlerweile sündhaft teuren) Spitzenwein weltberühmt gemacht hat (ohne Anmeldung keine Besucher). Seit 1996 verkauft er seine noblen Lagenweine nicht mehr als Barbaresco oder Barolo, sondern als »einfache« Langhe Nebbiolo.

Angelo Gaja
Via Torino 36, Tel. 01 73 - 63 51 58

Enoteca Regionale del Barbaresco
Via Torino 8/A, Tel. 01 73 - 63 52 51,
www.enotecadelbarbaresco.it

Produttori del Barbaresco
Via Torino 52, Tel. 01 73 - 63 51 39,
www.produttori-barbaresco.it

Barbera
Noch häufiger als Nebbiolo wird im Piemont die Barbera-Traube angebaut, die einen frucht- und säurebetonten sowie vergleichsweise tanninarmen Wein hervorbringt. Gerade aufgrund ihrer großen Verbreitung wurde dem Barbera lange Zeit von Weinkennern wenig Interesse entgegengebracht. Das änderte sich schlagartig, als (der früh verstorbene) Giacomo Bologna in seinem Weingut ***Braida*** den Bricco dell'Uccellone herausbrachte, einen sortenreinen Edel-Barbera (aus bester Lage, den Ertrag drastisch begrenzt und in französischen Eichenfässern ausgebaut), der den anderen Winzern im Piemont den Weg wies. Heute ist der Barbera ein international renommierter Wein (die Rebsorte wird unter anderem auch in Süditalien, aber ebenfalls in Kalifornien und Argentinien kultiviert). Bekannte DOC sind Barbera d'Alba, Barbera d'Asti und Barbera del Monferrato. Es gibt den Barbera auch als Novello und Frizzante.
Braida
Rocchetta Tanaro (Asti), Via Roma 94, Tel. 01 41 - 64 41 13,
www.braida.it

Barolo
Auch hier gilt es, zwischen dem Wein und dem Ort zu unterscheiden. Zum Wein: Der Barolo wird häufig als »Wein der Könige« und »König der Weine« bezeichnet. Tatsächlich war der Barolo nicht nur der Wein der königlichen Savoyer in Turin, er ist wohl (neben dem Brunello aus der Toskana) auch der international berühmteste Wein Italiens. Gewonnen wird er sortenrein aus der Nebbiolo-Traube. Zum Anbaugebiet südlich von Alba gehören elf Gemeinden:

Barolo, Diano d'Alba, Grinzane Cavour, Serralunga, Castiglione Falletto, Monforte d'Alba, Roddi, Verduno, La Morra, Novelle und Cherasco. Der Barolo muss mindestens zwei Jahre im Holzfass reifen und darf frühestens nach drei Jahren verkauft werden (Riserva nach fünf Jahren). Da der Barolo mit offensiven Tanninen aufwartet, sollte man ihm bei traditioneller Machart etwas Zeit geben (rund zehn Jahre). Dagegen präsentiert sich ein modern hergestellter Barolo schon in jungen Jahren in Bestform. Das Dorf Barolo, das dem Wein seinen Namen gegeben hat, wird vom Schloss der Falletti beherrscht. Hier wurde um 1850 von der Marchesa Giulia Colbert Falletti (einer gebürtigen Französin) und dem Kellermeister Louis Oudart der erste Barolo gekeltert. Heute beherbergt die Burg ein Museum sowie die ***Enoteca Regionale del Barolo***. Im Ort ansässige Weinkellereien sind unter anderem die ***Marchesi di Barolo***, ***Borgogno*** und ***Bartolo Mascarello***. Sehenswert die ***Cascina Adelaide***, die unterhalb der Altstadt vom italienischen Stararchitekten Renzo Piano in den Berg gebaut wurde – darüber hinaus vorzügliche Weine keltert. Zum Essen kann man unter anderem in der Trattoria ***La Cantinella*** oder ***La Cantinetta*** einkehren. Bei Feinschmeckern bekannt ist die auswärts gelegene ***Locanda nel Borgo Antico*** mit traditioneller (Sterne-)Küche und (natürlich) exquisiter Weinkarte.

Bartolo Mascarello
Via Roma 15, Tel. 01 73 - 5 61 25
Borgogno
Via Gioberti 1, Tel. 01 73 - 5 61 08,
www.borgogno-wine.com
Cascina Adelaide
Via Aie Sottane 14, Tel. 01 73 - 56 05 03,
www.cascinaadelaide.com
Enoteca Regionale del Barolo
Piazza Falletti 2, Tel. 01 73 - 5 62 77,
www.baroloworld.it

La Cantinella (Ristorante)
Via Acquagelata 4 a, Tel. 01 73 - 5 62 67
(Ruhetag: Montagabend, Dienstag)
La Cantinetta (Ristorante)
Via Roma 33, Tel. 01 73 - 5 61 98
(Ruhetag: Mittwochabend, Donnerstag)
Locanda nel Borgo Antico (Ristorante)
Via Boschetti 4, Cascina Lo Zoccolaio, Tel. 01 73 - 5 63 55,
www.locandanelborgo.com
Marchesi di Barolo
Via Alba 12, Tel. 01 73 - 56 44 00,
www.marchesibarolo.com

Barolo chinato

Ein Barolo, der mit Chinarinde und diversen anderen Zutaten (wie Zimt und Nelken) aromatisiert wird. Hat im Piemont eine lange Tradition (s. Serralunga d'Alba), soll gegen die unterschiedlichsten Beschwerden helfen und ist als Digestivo eine Alternative etwa zu Amaro oder Grappa.

Bianchetto

Eine Trüffelsorte, die bevorzugt (aber nicht nur) im Frühjahr gefunden und deshalb auch weiße Frühjahrstrüffel oder Märztrüffel (tartufo marzuolo) genannt wird. Der Bianchetto (Tuber borchii Vitt. beziehungsweise Tuber albidum Pico) ist kulinarisch von geringerem Wert. Er riecht recht intensiv nach Knoblauch, kann aber auch unangenehme Duftnoten entwickeln. Aufgrund seiner bräunlich hellen bis grauen Außenfarbe und seines oft hellen Inneren (durchzogen von weißen Adern) bietet er sich mitunter für vorsätzliche »Verwechslungen« mit dem edlen Tartufo bianco an.

Bologna

Viele Italienreisende »kennen« Bologna nur vom Vorbeifahren auf dem Weg an die Adria oder Richtung Florenz. Man ist froh, wenn auf der Autostrada kein Stau ist. Dabei wäre es schon aus kulinarischer Sicht dringend angesagt, der alten Universitätsstadt einen ausgiebigeren Besuch abzustatten. Nicht von ungefähr wird Bologna »La Grassa« genannt, die Fette. Mit ihren vielen Osterien und Feinkostgeschäften ist sie so etwas wie der Bauch Italiens. Zudem verfügt sie über eine wunderbare Altstadt, mit endlos langen Arkadengängen (diese »Portici« erlauben auch bei Regen einen weitgehend trockenen Stadtbummel), mit »schiefen« Geschlechtertürmen (Torre degli Asinelli und Torre Garisenda), einer prächtigen Piazza Maggiore mit mehreren Palazzi, vielen anderen Sehenswürdigkeiten – und der Wallfahrtskirche Madonna di San Luca, die auf einem Hügel oberhalb der Stadt liegt und zu der sich der längste Arkadengang der Welt (3,5 Kilometer) emporwindet. Vor diesem Büßergang kann man sich in Bologna der Völlerei hingeben, den Weg in die Schlemmergassen hinter dem Palazzo dei Banchi finden, sich in der ***Salumeria Tamburini*** einen ersten Eindruck vom kulinarischen Angebot verschaffen, bei ***Cesari*** oder auf der Piazza Santo Stefano bei ***Cesarina*** die »cucina tipica bolognese« kennenlernen, in der ***Gelateria delle Moline*** das wohl beste Eis der Stadt essen und abends – wie die Protagonisten im Roman – im ***Pappagallo*** einkehren. An kulinarischen Alternativen hat es in Bologna keinen Mangel, auch nicht an empfehlenswerten Hotels (u. a. ***Commercianti, Orologio***) unterschiedlicher Preisklassen.

Cesari (Ristorante)

Via Carbonesi 8, Tel. 051 - 23 77 10 (Ruhetag: Sonntag)

Cesarina (Ristorante)

Via Santo Stefano 19, Tel. 051 - 23 20 37 (Ruhetag: Montag)

Commercianti (Hotel*)***

Via de' Pignattari 11, Tel. 051 - 7 45 73 35,
www.bolognarthotels.it

Gelateria delle Moline
Via delle Moline 13 b, Tel. 0 51 - 24 84 70
Orologio (Hotel**)**
Via S. Margherita 7/2, Tel. 0 51 - 7 45 73 35,
www.bolognarthotels.it
Pappagallo (Ristorante)
Piazza della Mercanzia 3, Tel. 0 51 - 23 28 07 (Ruhetag: Sonntag)
Salumeria Tamburini
Via Caprerie 1, Tel. 0 51 - 23 47 26

Bonet alla Piemontese

Der karamellisierte Schokoladenpudding mit Amaretti ist ein piemontesischer Klassiker. Zutaten für den Pudding: 3/8 l Milch, 1/8 l Sahne, 6 Eier, 100 g Puderzucker, 50 g Kakao, 1 kl. Tasse Espresso, 3 EL Rum, 100 g Amarettomakronen (Amaretti), eine Prise Salz. Zutaten für den Karamell: 200 g Zucker, Wasser. Zubereitung: Zucker in einem Topf mit etwas Wasser erhitzen, bis ein goldbrauner Karamell entsteht. Eine rechteckige Form damit ausgießen. Für den Pudding die Sahne und die Milch kurz zum Kochen bringen, etwas abkühlen lassen. 4 Eier und 2 Eigelb mit dem Puderzucker schaumig rühren. Kakao, Espresso und Rum hinzufügen. Amaretti im Mörser zerstoßen. Die Eiermischung mit der Sahnemilch vermengen und die Amaretti unterheben. 2 Eiweiß mit 1 Prise Salz steif schlagen und unter die Masse heben. Die Creme in die Karamellform gießen und im vorgeheizten Backofen im Wasserbad bei ca. 160 Grad 40 Min. garen (Wasser darf nicht kochen). Nach Abkühlen die Form stürzen, das Bonet in Scheiben schneiden und servieren.

Brasato al Barolo

Klassischer Schmorbraten der Langhe. Natürlich gibt es den Brasato auch in anderen Regionen Italiens. Das Rezept lässt sich leicht variieren: Man wechsle einfach den Wein! Zutaten: 1 kg Kalbfleisch von der Schulter, 100 g Speck, 1 Flasche Barolo, 3 Schalotten, 1 Stück Sellerie, 1 Karotte, 3 Lorbeerblätter, 3 Knoblauchzehen, je 1 Zweig Rosmarin und Thymian, Gewürznelken, 1 Prise Zimt, schwarze Pfefferkörner, Olivenöl extra vergine. Zubereitung: Den Wein, Gemüse und Gewürze in eine Schüssel geben und das Fleisch darin 24 Stunden marinieren. Fleisch entnehmen und trocken tupfen, pfeffern. Mit dem Olivenöl von allen Seiten anbraten, Gemüse, Speck und Kräuter dazugeben und weiterschmoren. Nach und nach den Wein aufgießen. Nach ca. 2 Stunden das Gemüse und die Gewürze entfernen. Gemüse passieren (nach Gusto eventuell der Sauce beifügen) und mit Salz und Pfeffer abschmecken. Fleisch in Scheiben schneiden und mit der Sauce servieren. Als Beilagen Pane del forno oder Polenta.

Brunello

Im toskanischen Montalcino, südlich von Siena, wird seit Jahrhunderten Wein produziert. Aber erst die Familie Biondi-Santi hat gegen Ende des 19. Jahrhunderts aus der traditionellen Sangiovese-Traube (die auch für den Chianti prägend ist) einen Klon namens Brunello (Sangiovese grosso) gezüchtet und den reinsortigen Brunello di Montalcino kreiert. Heute zählt der tiefrote, tanninhaltige und langlebige Brunello zu den international hoch angesehenen Spitzenweinen Italiens – leider mit entsprechenden Preisen. Dennoch gibt es vor allem in Amerika eine große Nachfrage. Der Brunello muss mindestens zwei Jahre im Holzfass reifen (Riserva fünf Jahre). Etwas günstiger ist der Rosso di Montalcino, der jünger auf den Markt kommt und nur ein Jahr im Holzfass ausgebaut wird. Berühmte Weingüter für den Brunello sind unter anderem: ***Biondi-Santi*** (Il Greppo), Case Basse (Gianfranco Soldera), ***Castello Banfi*** (mit großem Besucherbereich), Cerbaiona, Pieve Santa Restituta, Castelgiocondo (gehört zu Frescobaldi).

Biondi-Santi
Montalcino, Tel. 05 77 - 84 80 87,
www.biondisanti.it

Castello Banfi
Montalcino, Tel. 05 77 - 84 01 11,
www.castellobanfi.com

Bruschetta al tartufo bianco
Die gerösteten Brotscheiben (s. u.) mit Olivenöl beträufeln, etwas salzen – und großzügig Tartufo bianco darüberhobeln. Saisonbedingt können natürlich auch andere Trüffelsorten (wie zum Beispiel Tartufo nero pregiato) verwendet werden.

Bruschetta con lardo
Mit seiner Vorliebe für einfache Rezepte und die klassische italienische Küche der armen Leute hat sich Hippolyt bei Sabrinas Besuch als Antipasto für geröstete Brotscheiben (Bruschette) entschieden, die mit Knoblauch eingerieben werden, mit hauchdünn geschnittenem Lardo (s. dort) belegt und kurz im heißen Ofen erwärmt, so lange, bis der weiße Speck wie geschmolzener Käse aussieht. Dazu trinken sie den Brunello, den Sabrina mitgebracht hat – einen Wein, der für arme Leute eher weniger geeignet ist.

Burgundertrüffel
Bei der Burgundertrüffel (Tuber uncinatum) handelt es sich um eine jahreszeitlich späte, herbstliche Verwandte der Sommertrüffel (s. Tartufo estivo). Obwohl sie nicht nur im Burgund reift, hat sie als »Truffe de Bourgogne« von dort ihren Namen. Sie ist meist etwas feiner und aromatischer als die übliche Sommertrüffel.

Canale
Der größte Ort im Roero (Piemont) war einst vor allem für seine Pfirsiche berühmt, ist es heute aber noch mehr für die Weine, die in seiner Umgebung reifen. Für zahlungswillige Feinschmecker gilt

das Restaurant ***All'Enoteca*** als erste Adresse. Direkt darunter befindet sich die Enoteca Regionale (s. Roero), in der man sich über die Weine des Roero informieren kann. Zum Übernachten empfiehlt sich in der Umgebung die komfortable ***Villa Tiboldi***. Und in Sichtweite gegenüber auf der anderen Seite des Tales liegt in vergleichbar schöner Panoramalage die ***Villa Cornarea***, die – zum gleichnamigen Weingut (mit hervorragendem Arneis) gehörend – eine kultivierte Form des Agriturismo bietet. Im nahe gelegenen Ort Priocca bietet die Trattoria ***Il Centro*** eine authentische Küche mit den Weinen der Region.

All'Enoteca (Ristorante)
Via Roma 57, Tel. 01 73 - 9 58 57,
www.davidepalluda.it
(Ruhetag: Mittwoch und Donnerstag mittags)
Il Centro (Ristorante)
Priocca, Via Umberto 5, Tel. 01 73 - 61 61 12
(Ruhetag: Dienstag)
Villa Cornarea (Agriturismo)
Via Valentino 150, Tel. 01 73 - 97 90 91,
www.villacornarea.it
Villa Tiboldi (Hotel)
Case Sparse 127, Tel. 01 73 - 97 03 88,
www.villatiboldi.it

Carabinieri

Die Carabinieri sind eine militärische Einheit, die polizeiliche Aufgaben wahrnimmt. Ihre Geschichte reicht zurück ins Königreich Piemont-Sardinien, wo sie 1814 ins Leben gerufen wurde. Zu erkennen sind die Carabinieri an ihren dunkelblauen Uniformen. Sie sind in Divisionen aufgeteilt, die mit Regionalkommandos und Wachstationen in ganz Italien präsent sind. Außerdem verfügen sie über Spezialeinheiten, Fliegerstaffeln und Patrouillenboote. Zu den Mannschaftsdienstgraden gehört der Appuntato (Assistente). Mit seinem Dienstrang als Maresciallo gehört Viberti zu den Offizieren. In vielen Orten der italienischen Provinz stößt man auch im Alltagsleben auf einen Maresciallo, der Präsenz zeigt, allgemein bekannt ist und mit seiner Uniform symbolhaft für Gesetz und Ordnung steht. Sottotenente Garrisaldo in Bologna ist ein höherrangiger Offizier. Ihm ist ein Capitano vorgesetzt, darüber rangieren unter anderem der Colonnello und ein Generale. Zwischen den Carabinieri und der Polizia di Stato gibt es aufgrund sich überlagernder Aufgaben gelegentliches Kompetenzgerangel.

Carne cruda all'Albese

Im Piemont im Allgemeinen und für Maresciallo Viberti im Speziellen ist Carne cruda als Antipasto fast unverzichtbar. Das »rohe Fleisch« wird in verschiedenen Spielformen serviert, gelegentlich als eine Art Tatar, häufiger in dünne Scheiben geschnitten – aber nicht so artifiziell wie beim Carpaccio, sondern piemontesisch rustikal. Maresciallo Viberti hat es am liebsten, wenn etwas Trüffel darübergehobelt wird. Zutaten: 200 g Rinderfilet, $^1/_2$ Zitrone, Olivenöl extra vergine, Salz, Pfeffer aus der Mühle, gegebenenfalls Alba-Trüffel. Zubereitung: Rohes Rinderfilet von Fett und Sehnen befreien, in dünne Scheiben schneiden und auf Tellern locker drapieren. Mit etwas Zitronensaft und Olivenöl beträufeln, mit Salz und Pfeffer bestreuen. In der von Viberti präferierten Luxusvariante reichlich weiße Trüffel darüberhobeln (in diesem Fall auf den Zitronensaft verzichten). Alternativ gibt es das Gericht auch mit roh mariniertem Kalbfleisch.

Carpentras

Bekannter Trüffelmarkt in der Provence (Vaucluse). Zur Saison der Périgord-Trüffel an jedem Freitag. Und alljährlich gibt's Anfang Februar in Carpentras eine berühmte Trüffel- und Weinmesse.

Carpentras

www.tourisme.fr/carpentras

Chinesische Sommertrüffel

Die weiße chinesische Sommertrüffel (Tuber sinensis) ist ein weitgehend geruchs- und geschmacksneutraler Beitrag zum allgemeinen Verwirrspiel mit hohem (oft vorsätzlichem) Verwechslungspotenzial.

Cinghiale in umido

Hippolyt schätzt an diesem Rezept, dass sich der Arbeitsaufwand in Grenzen hält und sich die Zutaten flexibel variieren lassen. Zubereitung: Beim toskanischen Wildschweingulasch wird das Fleisch in kleine Stücke geschnitten. Dann Schalotten, eine Karotte, Lorbeerblätter, Knoblauchzehen, Sellerie, Thymian und Rosmarin klein hacken, Gewürznelken und Wacholderbeeren nicht vergessen. Mit dem Fleisch in eine große Schüssel geben, Oliven dazu, mit Chianti aufgießen, mit Folie abdecken und kalt stellen. Nach einigen Stunden des Marinierens die Flüssigkeit abgießen, das Fleisch in Olivenöl anbraten und salzen. Erneut Chianti hinzugeben sowie die Marinade und klein gehackte Tomaten. Etwa 2 Stunden köcheln lassen, bis das Fleisch zart ist. Zum Wildschweingulasch empfiehlt sich zum Beispiel Polenta, der für Norditalien typische Maisgries (farina gialla).

Culatello

Der Culatello (di Zibello) ist in der »Bassa«, der flachen Poebene der Emilia-Romagna, beheimatet. Er stammt aus dem Hinterschlegel vom Schwein, wobei dem Schinken im Unterschied zum Prosciutto di Parma (s. dort) vor dem Lagern der Knochen entnommen wird. Er wird mit Schnüren zusammengehalten, schmeckt köstlich nach Kräutern – und ist milder und deutlich teurer als der Parmaschinken.

Dolcetto

Im Piemont weit verbreitete, traditionsreiche Rotweintraube mit oft leichter Mandelnote. Wird jung getrunken (ein bis vier Jahre), ist ein beliebter Alltagswein und Essensbegleiter. DOC unter anderem d'Alba, d'Asti, Diano d'Alba (südlich von Alba) und Dogliani (wo die Rebe ihren Ursprung haben soll).

Dozza

Das mittelalterliche Dorf auf einem Hügel in der Nähe von Bologna ist berühmt für seine »Muri dipinti«, seine von Sprayern kunstvoll bemalten Mauern. Alle zwei Jahre finden sich zu einem Festival auch international renommierte Künstler ein. Für Weinliebhaber wartet Dozza (zählt zu den schönsten Dörfern Italiens) noch mit einer weiteren Attraktion auf: In der Festung Rocca Sforzesca gibt es den Palazzo Malvezzi-Campeggi mit der bedeutenden ***Enoteca Regionale*** und rund 800 Weinen aus der Region Emilia-Romagna. Einer davon wächst auf den angrenzenden Hügeln, der weiße Albana, an dem sich schon die Dogen in Venedig erfreut haben. Zur Übernachtung empfiehlt sich in der weiteren Umgebung unter anderem die ***Locanda di Bagnara***, mit Zimmern, die nach Rebsorten benannt sind, und einem bekannten Gourmet-Restaurant.

Biennale d'Arte Contemporanea Muro Dipinto
www.murodipinto.it
Dozza
www.comune.dozza.bo.it
Enoteca Regionale Emilia Romagna
www.enotecaemiliaromagna.it

Locanda di Bagnara (Ristorante/Hotel)
Bagnara di Romagna, Piazza Marconi 10, Tel. 0545 - 76951
(Ruhetag Ristorante: Montag),
www.locandabagnara.it

Emilia-Romagna

Tagliatelle, Tortellini, Lasagne, Parmigiano Reggiano, Prosciutto di Parma und Culatello, Aceto Balsamico, Olio di Brisighella ... dazu einen Lambrusco, Gutturnio oder Sangiovese, und als Likör einen Nocino di Modena – kein Wunder, dass die Emilia-Romagna als Schlemmerparadies gilt. Wie eine Perlenkette reihen sich entlang der römischen Via Emilia die Städte von Piacenza über Parma, Reggio Emilia, Modena und Bologna bis nach Rimini an der Adria. Hinzu kommen Ravenna und Ferrara im Norden. Aufgrund ihrer wunderbar erhaltenen Altstädte wären diese Orte auch unabhängig von ihren kulinarischen Offerten mehr als eine Reise wert. Aber dank ihrer köstlichen Küche lassen sich hier vortrefflich Kunst- und Gaumenfreuden in Einklang bringen. Dass sich dies bei deutschen Gästen noch nicht überall herumgesprochen hat, könnte einen weiteren Anreiz für eine Exkursion darstellen. Jedenfalls hat Hippolyt nichts dagegen, dass ihn seine Ermittlungen für einige Kapitel in die Emilia-Romagna verschlagen. Kann er bei dieser Gelegenheit doch neue Erkenntnisse gewinnen, was seinen Fall betrifft, aber unter anderem auch hinsichtlich der Qualität des häufig zu Unrecht missachteten Lambrusco (s. dort). Er erfährt, dass auch in der Emilia-Romagna Trüffeln gefunden werden, in den Wäldern am Fuße des Apennin. Und er wird mit einem überraschenden Todesfall konfrontiert.

Emilia-Romagna
www.emiliaromagnaturismo.it

Fonduta al tartufo

Dieses Käsefondue stammt aus dem Aosta-Tal, weshalb auch nach Möglichkeit der Fontina-Käse aus dieser Region verwendet werden sollte. Zutaten (für eine Person): 100 g Fontinakäse, 10 g Butter, 1 Eigelb, 1/8 l Milch, weiße Trüffel. Zubereitung: Den Fonduta (ohne Rinde) in kleine Würfel schneiden und für einige Stunden in Milch einlegen. Den Käse mit der Milch im Wasserbad unter ständigem Rühren schmelzen. Das Eigelb und die Butter langsam einrühren. Sobald eine cremige Konsistenz erreicht ist, kann auf Tellern (optional über einem Teelicht) heiß serviert werden – erst jetzt kommt der Trüffelhobel zum Einsatz! Beim »Uovo in cocotte con tartufo bianco« (s. dort) wird das Gericht variiert.

Grinzane Cavour

Der Ort ist nach Graf Benso Camillo Cavour benannt, der hier als Bürgermeister wirkte, bevor er als Ministerpräsident des Königreichs Piemont-Sardinien Mitte des 19. Jahrhunderts die Einigung Italiens vorantrieb. Cavour besaß ausgedehnte Weinberge, es war sein Önologe Louis Oudart, der für die Marchesa Falletti (s. Barolo) den ersten Barolo kelterte, Cavour hat den Wein dann am Hof in Turin bekannt gemacht. Im Castello von Cavour befindet sich heute die ***Enoteca Regionale Piemontese Cavour***. Hier hat auch ein moderner Ritterorden seinen Sitz. Der »Ordine dei Cavalieri del Tartufo e dei Vini d'Alba« kämpft für die Trüffelkultur und den Weinbau in der Region. Und im Castello findet alljährlich im November mit viel Prominenz die »L'Asta mondiale del tartufo« statt, die Weltversteigerung für Trüffeln; sie wird in die weite Welt übertragen, von wo eifrig mit geboten wird; der Erlös geht an eine gemeinnützige Stiftung. Mit Sebaste kommt auch der wohl renommierteste Hersteller von Torrone (s. dort) aus Grinzane Cavour.

Enoteca Regionale Piemontese Cavour
Castello di Grinzane, Tel. 01 73 - 26 21 59

Himalaya-Trüffel

Den lateinischen Namen Tuber indicum (himalayensis) sollte man sich schon deshalb merken, weil er unter anderem gelegentlich auf dem Etikett von Trüffelöl vermerkt ist. Jedenfalls weiß man dann, dass die Aromen nicht von dieser Trüffel stammen, denn die Himalaya-Trüffel riecht nach fast gar nichts. Der Name deutet auf ihre nordindische Herkunft hin. Zur Verfeinerung von Speisen kann diese Trüffelart geflissentlich ignoriert werden.

Istrien

Dass es in Istrien weiße Trüffeln gibt, wussten schon die alten Römer und der österreichisch-ungarische Adel. Da die Saison etwas früher als in Italien beginnt, kommt heute so manche Trüffel aus Istrien in wundersamer Verwandlung als Alba-Trüffel auf den Markt. Was ökonomisch schon deshalb Sinn macht, weil sich die Ware dadurch merklich verteuert. Zwar kann Maresciallo Viberti an den Trüffeln aus Istrien keinen Gefallen finden, aber ihre Existenz ist dennoch überaus erfreulich – und über mögliche Qualitätsunterschiede ließe sich trefflich streiten. Als wichtigste Trüffelregion gilt das Tal der Mirna. Hier ist auch die bekannte Firma Zigante Tartufi ansässig. Giancarlo ***Zigante*** hat es mit dem Fund einer Trüffel mit 1,3 Kilogramm sogar ins Guinness-Buch der Rekorde geschafft. Sein Trüffelschwein soll seitdem ein privilegiertes Leben im Vorruhestand führen.

Zigante
www.zigantetartufi.com

Kalahari-Trüffel

Diese Trüffelart ist nach der gleichnamigen Wüste in Namibia benannt, wird aber auch in anderen Regionen Afrikas und in arabischen Ländern gefunden. Sie hat kulinarisch eine lange Tradition und wurde schon von den alten Römern geschätzt. Gleichwohl kann sie hinsichtlich Konsistenz, Geschmack und Aroma nicht mit ihren teureren Artgenossen konkurrieren – weshalb der Kalahari-Trüffel (Terfezia) gelegentlich abgesprochen wird, überhaupt eine veritable Trüffel zu sein.

La Bilancia

In München ansässige Trüffelhandelsgesellschaft, die seit über zwanzig Jahren die Spitzengastronomie und Delikatessgeschäfte im In- und Ausland mit hochwertigen Trüffeln (vornehmlich aus Italien) beliefert. Die Trüffeln gehen bis nach New York und in die arabischen Emirate. Mit seiner Firma La Bilancia gilt Stephan Burger als Deutschlands größter Trüffelimporteur und wird schon mal (was er gar nicht so gerne hört) als »Trüffelpapst« tituliert. Er selbst geht mit den Trüffeln ganz entspannt um – und hobelt selbige im Zweifelsfall auch über ein Wiener Schnitzel. In der Emilia-Romagna ist Burger (gemeinsam mit seinem Partner Andreas Jokisch) an ***Appennino*** Funghi e Tartufi beteiligt, deren Trüffelprodukte von ihm in Deutschland vertrieben werden.

La Bilancia
www.labilancia.com
Appennino
www.appenninofunghietartufi.it

Lambrusco

Dass Hippolyt freiwillig einen Lambrusco bestellt, mag überraschen. Immerhin hat der schäumende Wein aus der Emilia-Romagna schwer an seiner wenig ruhmreichen Vergangenheit zu tragen. Für viele gilt er immer noch als süßer Perlwein, bei dem die Kopfschmerzen am nächsten Tag vorprogrammiert sind. Tatsächlich wird der Lambrusco heute häufig trocken ausgebaut und erfreut sich als solcher unter Kennern einer steigenden Beliebtheit. Er wird aus der Rebsorte gleichen Namens gekeltert (mit Anteilen von Ancellotta). Seine Rebstöcke finden sich rund um Modena und Reggio. Einer der traditionsreichsten und bedeutendsten Lambrusco-Erzeuger ist **Cleto Chiarli** (seit 1860).

Cleto Chiarli

Modena, Via Daniele Manin 15, Tel. 05 93 - 16 33 11, www.chiarli.com

La Morra

Da der Ort im Barolo-Gebiet auf einem der höchsten Hügel liegt, wird er gerne als »Balkon der Langhe« bezeichnet. Tatsächlich lohnt sich nicht nur der Ausblick, sondern auch ein Spaziergang durch die geschichtsträchtigen Gassen, etwa über die Via Umberto, an der **Gallo Wine Gallery** vorbei, hinauf zur Piazza Castello, von der man den unvergleichlichen Ausblick, die »vista sulle Langhe« genießt. Die Piazza del Municipio mit der Confraternità di San Rocco und der barocken Pfarrkirche San Martino, gleich daneben die **Cantina Comunale** (zum Zwecke der Weinverkostung). Als Restaurantempfehlung – nicht nur, aber auch für Trüffelfreunde – gilt das ***Belvedere***. Außerdem bietet sich ein Ausflug zur nur wenige Kilometer entfernten Abbazia dell'Annunziata an, einer Abtei, deren Benediktinermönche auch Wein angebaut hatten. Nicht weit von hier findet sich das neu erbaute ***Museo Ratti dei Vini d'Alba***. Am letzten Sonntag im August könnte man sich als Pilger der **Mangialonga** anschließen, einer kulinarischen Wallfahrt durch die Weinberge und Weingüter. In La Morra ist der berühmte Weinerzeuger ***Elio Altare*** ansässig, der einst zu den Revolutionären des Barolo zählte, außerdem unter anderem Renato Ratti, Silvio Grasso – und ein Weingut, das den Namen des Maresciallo trägt: Viberti (weder verwandt noch verschwägert!).

Altare, Elio

Annunziata, Borgata Pozzo 51, Tel. 01 73 - 5 08 35

Belvedere (Ristorante)
Piazza Castello 5, Tel. 01 73 - 5 01 90,
www.belvederelamorra.it
(Ruhetag: Sonntag abends und Montag)
Cantina Comunale di La Morra
Via Carlo Alberto 2, Tel. 01 73 - 50 92 04,
www.cantinalamorra.de
Gallo Wine Gallery
Via XX Settembre 3, Tel. 01 73 - 50 98 38,
www.gallowinegallery.com
Mangialonga
www.mangialonga.it
Museo Ratti dei Vini d'Alba
Tel. 01 73 - 5 01 85,
www.renatoratti.com

Langhe

Langhe beziehungsweise Langa heißt die hügelige Region im südlichen Piemont zwischen den Flüssen Tanaro (im Norden und Westen) und Bormida (im Osten), mit Alba als historischem Zentrum. Je weiter es im Süden in die Höhe geht (Alta Langa), weicht der Weinbau, der die Bassa Langa prägt, Haselnussplantagen, Weideland und Kastanienwäldern. Der Name Langa soll auf die Täler zurückgehen, die wie Zungen (Sg.: lingua) zwischen den Hügeln eingebettet sind.

Lardo

Lardo ist der italienische Name für Speck. In seinen feinsten Varianten kommt er aus dem piemontesischen Aosta-Tal sowie aus Colonnata in der Toskana – und ist eine Köstlichkeit, die zunehmend von Liebhabern der italienischen Küche entdeckt wird. Für seine Bruschetta con lardo (s. dort) entscheidet sich Hippolyt für den toskanischen Lardo di Colonnata, bei dem der gewürzte und gesalzene Schweinespeck in Trögen (Conca) aus Carrara-Marmor heranreift, die vorher mit Knoblauch ausgerieben wurden.

Marken

Aus den Wäldern der Region Marken kommen weiße und schwarze Trüffeln, auch werden häufig Bianchetti gefunden. Für ihre Trüffeln bekannt sind unter anderem Acqualagna und Sant'Angelo in Vado, Montefortino, Camerino und Fossombrone.
Mostra Nazionale del Tartufo bianco pregiato delle Marche
www.mostratartufo.it

Modena

Je nach individueller Präferenz kommt einem bei Modena das nahe gelegene Maranello mit Ferrari in den Sinn, die Piazza Grande mit dem Torre Ghirlandina (zählt zum Weltkulturerbe) oder der weltberühmte Aceto Balsamico Tradizionale (s. dort). Für Abwechslung ist in der alten Residenzstadt der Este also gesorgt. Wobei für Feinschmecker natürlich insbesondere der Aceto von besonderem Interesse ist. Bei einem Bummel durch die Altstadt kann man ihn in vielen Läden mit winzigen Löffeln »degustieren« und den qualitativen (und preislichen) Unterschieden, die vor allem im Alter begründet liegen, auf die Spur kommen. In der ***Osteria Francescana*** oder im Ristorante ***Antica Moka*** (außerhalb der Stadt Richtung Bologna) bietet sich dann die Gelegenheit, den Aceto in seinen vielfältigen Ausdrucksformen näher kennenzulernen. In Modena trinkt man bevorzugt Lambrusco (s. dort). Ein besonderer Tipp ist das wohl kleinste Restaurant Modenas: Die ***Antica Salumeria Giusti*** gilt nicht nur als älteste Salumeria Italiens (gegr. 1598), sie verfügt auch über einen gut versteckten Hinterraum mit vier Tischen, in dem mittags von Fritelle, Tortellini und Tagliatelle über Guanciola di Vitello (Kalbsbäckchen) bis zur Torta al Cioccolato eine kleine, aber feine Auswahl von »piatti« serviert wird. Wer es gerne nobler hat, ist im ***Ristorante Fini*** bestens bedient, zu dem auch ein elegantes Hotel gehört (San Francesco) und eine Salumeria um die Ecke (mit einigen weiteren Hotels, Ristoranti und Negozi ist die »Famiglia Fini« in Modena eine Institution). Aufgrund seiner bevorzugten Lage in der Altstadt ist das altehrwürdige Hotel ***Canalgrande*** eine beliebte Übernachtungsmöglichkeit. An der Piazza Grande hat sich das ***Concerto*** zum bevorzugten Treffpunkt entwickelt. Unbedingt einplanen muss man einen Ausflug zu einer Acetaia (Essigfabrik) in der Umgebung (s. Aceto). In der ***Acetaia Malpighi*** lässt sich zudem gut speisen. Auch könnte man dem Tenor Luciano Pavarotti und seinem Lokal ***Europa 92*** (einige Kilometer auswärts) die Ehre erweisen.

Acetaia Malpighi (mit Ristorante)
Via Vignolese 148, Tel. 059-469830,
www.acetaiamalpighi.it

Antica Moka (Ristorante)
Via Emilia est 1581, Tel. 059-284008,
www.anticamoka.it

Antica Salumeria Giusti (mit Ristorante)
Via Farini 75, Tel. 059-222533

Caffè und Ristorante Concerto
Piazza Grande, Tel. 059-222232,
www.caffeconcertomodena.it

Europa 92 (Ristorante)
Stradello Nava 8, Tel. 059-460067,
www.europa92.it

Hotel Canalgrande****
Corso Canalgrande 6, Tel. 059-217160,
www.canalgrandehotel.it

Osteria Francescana
Via Stella 22, Tel. 059-21 01 18,
www.lafrancescana.it
Ristorante Fini und Hotel San Francesco****
Piazzetta San Francesco, Tel. 059-22 33 14,
www.hotelrealfini.it

Monferrato

Die große piemontesische (Weinbau-)Region des Monferrato war einst eine mächtige Markgrafschaft. Sie reicht vom Po im Norden (mit dem Ort Casale Monferrato), im Westen an die Langhe angrenzend, über Nizza Monferrato (s. dort) und Acqui Terme bis hinunter zum Apennin.

Monforte d'Alba

Im Süden des Barolo-Gebiets ist Monforte d'Alba ein strategisch günstig gelegener Ort – einst unter militärischen Gesichtspunkten als Außenposten für Alba, heute aus touristischen Erwägungen für Exkursionen ins Umland und zu einigen der besten Weinerzeuger Piemonts. Zu ihnen zählen ***Gianfranco Alessandria***, ***Aldo Conterno***, Elio Grasso und (der von Hipp besonders geschätzte) ***Domenico Clerico***. Zentraler Punkt in Monforte ist die Piazza Umberto I., von wo sich zu Fuß die Altstadt erschließen lässt; besonders reizvoll ist der steile Weg hinauf zur atriumähnlichen Piazzetta, die eine wunderbare Kulisse für dort regelmäßig stattfindende Konzerte abgibt. Gleich um die Ecke das Hotel ***Villa Beccaris*** (in einem Kapitel Schauplatz im Roman *Vino Criminale*). Unweigerlich stößt man in Monforte d'Alba auf die Geschichte der im 11. Jahrhundert hier ansässigen Glaubensgemeinschaft der Katharer, deren Anhänger von der Kirche als Ketzer verfolgt und schließlich in Mailand auf dem Scheiterhaufen verbrannt wurden. Persönlich bekannt ist Maresciallo Viberti im Lokal ***La Salita*** (bei Emilio), auch weiß er die Küche des etwas außerhalb gelegenen Rasthauses ***Trattoria della Posta*** zu schätzen. Eine architektonisch außergewöhnliche Übernachtungsmöglichkeit bietet ***Le Case della Saracca*** (cooles Design in alter Burgmauer, zudem mit bemerkenswertem Weinkeller).

Alessandria, Gianfranco
Loc. Manzoni 13, Tel. 01 73 - 7 85 76,
www.gianfrancoalessandria.com

Clerico, Domenico
Loc. Manzoni 67, Tel. 01 73 - 7 8 1 71

Conterno, Aldo
Loc. Bussia 48, Tel. 01 73 - 7 81 50

La Salita (Ristorante)
Via Marconi 2a, Tel.0173-787196
(Ruhetag: Montag und Dienstag)

Le Case della Saracca (Hotel)
Via Cavour 5, Tel. 01 73 - 78 92 22,
www.saracca.com

Trattoria della Posta
Località Sant'Anna 87, Tel. 01 73 - 7 81 20
(Ruhetag: Donnerstag)

Villa Beccaris (Hotel **)**
Via Bava Beccaris 1, Tel. 01 73 - 7 81 58,
www.villabeccaris.it

Moscato

Der Moscato d'Asti perlt weniger stark als der Asti Spumante (s. Asti), weist dafür eine noch höhere Restsüße auf und betört mit einem üppigen Aroma. Er ist ein wunderbarer Dessertwein – erst recht als »passito«, bei dem die Trauben vor der Vergärung angetrocknet werden und dadurch die schwere Süße sowie den Alkoholgehalt verstärken.

Nebbiolo

Die Rebsorte unter anderem des Barolo und Barbaresco (beide s. dort) ist uralt und im Piemont heimisch. Sie steht für körperreiche, robuste Rotweine mit reichlich Tanninen. Benannt womöglich nach dem charakteristischen Herbstnebel (nebbia) in der Langhe, blüht sie relativ früh im Jahr (ist entsprechend frostanfällig) und wird spät geerntet (was weitere Risiken birgt). Nebbiolo braucht nicht nur im Weinberg Zeit, sondern auch danach. Er reift nur langsam, entweder traditionell in großen Fässern aus slowenischer Eiche (botti) oder in französischen Barriques, und braucht auch in der Flasche einige Jahre Ruhe. Von der Nebbiolo-Traube gibt es im Piemont viele Varianten wie etwa Lampia oder Bolla.

Neive

Dass der mittelalterliche Festungsort (bei Alba) seine historische Substanz erhalten hat, ist wohl seinem Ableger im Tal, dem Borgonuovo zu verdanken. Während man dort die üblichen Bausünden beging, konnte sich das alte Neive seinen Charme bewahren. Es liegt auf einem Hügel, hat einen dominierenden Glockenturm, verfügt über kleine Palazzi von alten Adelsfamilien, die Überreste einer wehrhaften Stadtmauer (mit zwei Durchgängen, das Auto lässt man am besten draußen), schmale, verwinkelte Gassen, kleine Gärten und alte Bäume, bietet überraschende Ausblicke auf die umliegende Landschaft – kurzum, es sind alle Attribute vorhanden, um Neive zu einem der hundert schönsten Dörfer Italiens zu machen. Im Roman hat Carlo in Neive seine Enoteca (die man allerdings vergeblich suchen wird), während Maria Battardi unten im Borgonuovo lebt. Von der Fiktion zur Realität: Im ***La Contea*** kann man mitten in der Altstadt wohnen und speisen sowie in der zugehörigen Enoteca gleich gegenüber einkaufen. In der Salumeria Nannerini an der Piazza Italia gibt's regionale Delikatessen und Würste. In der ***Bottega dei Quattro Vini*** findet man typische Erzeugnisse und Weine, auch kann man piemontesische Gerichte mit Wein verkosten. Nebenan das Ristorante mit dem romantischen Namen ***La Luna nel Pozzo***. Oben an der Piazza Italia fungiert das Caffè Covo di Vino als zentrale Anlaufstelle des Orts. Der bekannteste Weinerzeuger Neives ist ***Bruno Giacosa*** (im unten gelegenen Borgonuovo), mit klassischem Barolo und Barbaresco. Und gleich gegenüber versteckt sich hinter einem eisernen Tor der berühmteste Grappa-Brenner des Piemont: die Legende ***Romano Levi***. Seine naiv-surrealistischen Etiketten malt der alte Herr individuell mit der Hand (seine Flaschen sind deshalb weltweit begehrte Sammlerobjekte), die Grappa brennt er mit historischem Gerät.

Bottega dei Quattro Vini
Piazza Italia, Tel. 01 73 - 67 70 14
Bruno Giacosa
Via XX Settembre, Tel. 01 73 - 6 70 27,
www.brunogiacosa.it
La Contea (Ristorante und Hotel)
Piazza Cocito 8, Tel. 01 73 - 6 71 26,
www.la-contea.it
La Luna nel Pozzo (Ristorante)
Piazza Italia 23, Tel. 01 73 - 6 70 98,
www.lalunanelpozzo-neive.it
(Ruhetag: Dienstagabend und Mittwoch)
Romano Levi
Via Borgo Stazione (gegenüber dem Weingut von Bruno Giacosa)

Neviglie

Abseits gelegener Ort im Piemont zwischen Neive beziehungsweise Barbaresco und Alba. Hier nur deshalb aufgeführt, weil sich in der ***Locanda San Giorgio*** gut nächtigen, entspannen und essen lässt.

Locanda San Giorgio (Ristoro agrituristico)
Tel. 01 73 - 63 01 15,
www.locandasangiorgio.it

Nizza Monferrato
Der im Piemont am Fiume Nizza (Provinz Asti) gelegene Ort ist unter Weinliebhabern für seinen vorzüglichen Barbera bekannt (unter anderem Cascina La Barbatella), aber auch Trüffelfreunde kommen hier und in den umliegenden Dörfern auf ihre Kosten.

Norcia-Trüffel
(s. Umbrien)

Ornellaia
Mit der Tenuta dell'Ornellaia folgte Lodovico Antinori in Bolgheri dem großen Vorbild Sassicaia (s. dort) der benachbarten Tenuta San Guido. Heute gehört das Weingut mehrheitlich zu Frescobaldi. Legendär sind der Ornellaia (Cabernet Sauvignon mit Anteilen Merlot und Cabernet Franc) und der reinsortige Merlot Masseto. Nicht ganz so teuer (aber kaum weniger gut) der Le Volte (Sangiovese/Cabernet/Merlot).
Tenuta dell'Ornellaia
Bolgheri, Tel. 0 56 57 - 18 11,
www.ornellaia.it

Parma
Feinschmecker werden Parma wohl reflexartig mit Parmaschinken und dem Hartkäse Parmigiano Reggiano assoziieren. Tatsächlich ist die alte Residenzstadt der Farnese auch unter kunsthistorischen Aspekten ein Genuss, so das komplett aus Holz gefertigte Teatro Farnese (1619) im Palazzo della Pilotta, die Klosterkirche San Giovanni Evangelista sowie die Piazza del Duomo mit dem roma-

nisch-gotischen Dom und dem achteckigen Baptisterium. Nach übermäßiger Nahrungsaufnahme empfiehlt sich ein Spaziergang durch den großzügigen Parco Ducale jenseits des Flusses Parma. Wer wie Amedèo Steinknecht dem Geigenvirtuosen Paganini die Referenz erweisen möchte, wird den Weg zum nahe gelegenen Cimitero della Villetta finden, wo das Genie unter einer goldenen Kuppel begraben liegt. Und wer bei Parmigianino irrtümlich an einen kleinen Käse denkt, sollte sich die Fresken des nach seiner Geburtsstadt benannten Malers in der Pfarrkirche Madonna della Steccata ansehen. Um sich die Stadt kulinarisch näherzubringen, könnte man zunächst die Via Cavour hinunterschlendern, über die Piazza Garibaldi in die Strada Farini. Straßencafés (unter anderem Cavour, Gran Caffè Orientale, Le Mahre), Feinkostgeschäfte und Ristoranti säumen den Weg. Auf den Spuren der Akteure des Romans lässt sich wandeln, wenn man in der ***Enoteca Fontana*** pausiert, dort glasweise Weine verkostet und sich dazu Panini oder Tortelli bestellt. Nur wenige Schritte weiter die ***Trattoria del Tribunale*** mit allen Klassikern der regionalen Küche von Prosciutto di Parma und Culatello über Anolini (Teigtaschen) und Tagliolini bis zu Trippa alla parmigiana (Kutteln). Hotelmäßig gibt es in Parma viele Alternativen, zum Beispiel etwas außerhalb, aber verkehrsgünstig die ***Villa Ducale***. Von dort ist mit dem Auto nicht nur die Altstadt gut zu erreichen, sondern auch die ***Trattoria Le Viole***, wo sich Amedèo Steinknecht und Ugo Zorzi unter anderem »Flan di parmigiano con salsa ai funghi porcini« und »Coniglio con pomodorini e rosmarino« schmecken lassen. Dass es bei einem Aufenthalt in Parma unverzichtbar ist, sich in Sachen Prosciutto di Parma, Culatello und Parmigiano Reggiano (s. dort) fortzubilden, versteht sich von selbst. Des Weiteren könnte man bei einer Landpartie Giuseppe Verdi die Ehre erweisen und Busseto besuchen (mit dem Teatro Verdi, in das er nie einen Fuß gesetzt hat) sowie seine berühmte Villa di Sant'Agata. Dort hat er mit der

Sopranistin Giuseppina Strepponi zusammengelebt – und bevorzugt französischen Wein getrunken.

Enoteca Fontana
Strada Farini 24 a, Tel. 05 21 - 28 60 37 (abends bis 21 Uhr)

Trattoria del Tribunale
Vivolo Politi 5, Tel. 05 21 - 28 55 27

Trattoria Le Viole
Castelnovo, Strada Nuova 60 a, Tel. 05 21 - 60 10 00

Villa Ducale (Hotel*)***
Via Moletolo 53 a, Tel. 05 21 - 27 27 27,
www.villaducalehotel.com

Parmigiano Reggiano

Ob über die Pasta gerieben oder »stravecchio« zum Dessert mit einigen Tropfen Aceto – der Parmigiano ist in Norditalien allgegenwärtig. Aber nur wenn der Hartkäse aus den Regionen Parma und Reggio Emilia stammt (was sich schon im Namen manifestiert) sowie aus Bologna (östlich vom Reno), Modena und Mantua (südlich vom Po), darf er sich Parmigiano Reggiano nennen. Die Käsereien, die von einem Konsortium überwacht werden, dürfen den Parmigiano nur von April bis November herstellen, ausschließlich aus Rohmilch von Kühen der Region, die mit Gras gefüttert werden. Die Milch wird teilentrahmt (aus dem abgeschöpften Rest entstehen unter anderem Ricotta und Butter), unter Zugabe von Lab (Enzym zur Gerinnung) auf 80 °C erhitzt, in Formen gegeben und gepresst. Empfehlenswert ist der Besuch eines »Caseificio«. Wer einmal gesehen hat, wie der Parmigiano entsteht, wie die bis zu 50 Kilo schweren »Käseräder« herumgewuchtet und mit dem Hämmerchen nach Fehlern abgeklopft werden und wie aufwendig die Lagerung erfolgt (jedes Käserad wird einmal die Woche gewendet und gebürstet), der wird dem Parmigiano Reggiano eine noch größere Wertschätzung entgegenbringen. Es gibt ihn in drei Alters-

und Preisklassen: mit rund einem Jahr als »nuovo« oder »stagionato« (Tafelkäse), nach zwei Jahren Reifung als »vecchio« (zum Reiben) und mit drei Jahren als »stravecchio« (sehr alt) zum Dessert. Der oft mit dem Parmigiano Reggiano verglichene (und verwechselte) Hartkäse Grana padano stammt aus anderen Regionen Italiens und ist in der Regel preiswerter.

Périgord-Trüffel

Die französische Périgord-Trüffel ist gattungsmäßig identisch mit dem Tartufo nero pregiato (s. dort), wird im Unterschied zu diesem gelegentlich noch mit (weiblichen) Schweinen gesucht, was in Italien verboten ist. Über die weiteren Verschiedenheiten der französischen und italienischen Variante des Tuber melanosporum streiten sich die Gelehrten, wobei die nationale Herkunft derselben einen wesentlichen Einfluss hat. Aus französischer Sicht ist die Périgord-Trüffel (nicht nur aus dem Périgord, sondern unter anderem auch aus der Provence) deutlich intensiver im Geschmack – und vielleicht auch deshalb etwas teurer als ihre italienische Verwandte. Auch wird sie zum Beispiel in der Schweiz gefunden und in Spanien. Und sie wird in Plantagen kultiviert (s. Trüffelzucht). Die berühmtesten französischen Trüffelmärkte sind jene von Carpentras und Richerenches (s. dort).

Piemont

Der Name Piemont bedeutet »am Fuße der Berge« (piè dei monti). Tatsächlich wird die Region hufeisenförmig von den hohen Gipfeln der Westalpen und dem ligurischen Apennin im Süden eingerahmt – was an klaren Tagen ein beeindruckendes Panorama ergibt. Im Westen an Frankreich angrenzend, mit der Hauptstadt Turin im Zentrum, präsentiert sich das Piemont im Süden als malerische Hügellandschaft. Historisch von den französischstämmigen Savoyern geprägt, hat das Königreich Piemont-Sardinien den Grundstein für den italienischen Nationalstaat gelegt. Für Feinschmecker ist das Piemont von besonderem Reiz. Turin gilt als Schokoladen-Hochburg, hier gibt es eine lange Kaffeehauskultur, hier labt man sich an Bicerin und an den köstlichen Nougatpralinen Gianduiotti (mit gemahlenen Haselnüssen aus der Langhe). Im Piemont sind unter anderem die Agnolotti (gefüllte Teigtaschen) und Tajarin (Bandnudeln) zu Hause, der Schmorbraten Brasato al Barolo, Bollito misto (gekochtes Fleisch) und Carne cruda all'Albese (s. dort). Und als kulinarische Krönung der Tartufo bianco. Es ist kein Zufall, dass im Piemont die Slow-Food-Bewegung (s. dort) aus der Taufe gehoben wurde, die die Werte einer authentischen Küche pflegt. Und um endlich auf den Wein zu kommen: Bekannt ist das Piemont für das Dreigestirn der großen B – Barolo, Barbaresco und Barbera (s. dort). Barolo und Barbaresco werden sortenrein aus der Nebbiolo-Traube gekeltert, wobei die Anbaugebiete südlich (Barolo) und nordöstlich (Barbaresco) von Alba liegen. Der farbintensive Barbera (aus der roten Barbera-Traube) steht etwas im Schatten seiner großen Brüder, kann aber auch zu Spitzenweinen heranreifen. Als Tischwein ist der rote Dolcetto (synonym mit der Rebsorte) im Piemont allgegenwärtig. Die weiße Moscato-Traube schafft die Grundlage für den Asti Spumante und den Moscato d'Asti. Trockene Weißweine kommen vor allem aus der Region rund um Gavi im Südosten (Cortese) und zunehmend aus Roero (Arneis). Weitere Wein-Infos unter den jeweiligen Stichwörtern.

Prosciutto di Parma

Dass man in der Emilia-Romagna statt der sprichwörtlichen Tomaten umgangssprachlich »Prosciutto« auf den Augen hat, zeigt schon, welche Bedeutung der Schinken in dieser Region genießt. Da der fettarme Parmaschinken eine geschützte Herkunftsbezeichnung hat, ist seine Herstellung (Konservierungs- oder Zusatzstoffe sind verboten) streng geregelt und wird vom Consorzio del Prosciutto di Parma kontrolliert. Die Schweine müssen in einer definierten Region aufgezogen werden, bekommen zum Futter oft auch Molkereste aus der Parmesanproduktion, müssen zur Schlachtung mindestens zehn Monate alt sein, die Keulen werden nach einer jahrhundertealten Tradition (mit Meersalz) eingesalzen, um ihnen die Feuchtigkeit zu entziehen, für einige Monate kühl gelagert, dann wird das Salz abgewaschen, der Schinken wird gewürzt, schließlich folgt über einen Zeitraum von etwa einem Jahr die Trocknung an der Luft. Rund 100 000 Tonnen des Prosciutto di Parma (zu erkennen am Brandzeichen der fünfzackigen Krone auf der Schwarte) werden in der Emilia-Romagna pro Jahr produziert, etwa die Hälfte geht in den Export. Damit er zur echten Delikatesse wird, muss er in hauchdünne Scheiben geschnitten werden. Vom Prosciutto di Parma zu unterscheiden ist der Culatello (s. dort) und der Schinken aus San Daniele im Friaul.

Reggio Emilia

Zwischen Modena und Parma gelegen, befindet sich der Ort Reggio Emilia mit seinen beiden Nachbarn in einer natürlichen Rivalität, wenn es um Aceto Balsamico und Parmigiano Reggiano geht. Ansonsten zeichnet sich Reggio durch eine schöne Altstadt aus, mit der Piazza Prampolini als Zentrum und dem historischen Bewusstsein, dass hier 1797 mit Gründung der Cispadanischen Republik erstmals die heutige italienische Fahne (rot-weiß-grüne Trikolore) gehisst wurde.

Richerenches

Dorf in der Drôme mit dem größten (und berühmtesten) Trüffelmarkt Frankreichs (zur Saison jeden Samstag). Hier werden unter anderem auch Trüffelbäumchen für die Kultivierung verkauft (s. Trüffelzucht). Und jedes Jahr im Januar findet in der Kirche von

Richerenches eine heilige Trüffelmesse statt (messe aux truffes), zu der sich die Mitglieder der »Confrérie de la truffe noire« die Ehre geben.

Risotto al barolo e tartufo

Das Rezept unterscheidet sich abgesehen vom finalen Darüberhobeln eines Tartufo nicht von einem normalen Risotto al barolo. Dieses macht aufgrund des ständigen Rührens (mit einem Holzlöffel) einige Mühe. Zutaten: 1 Zwiebel, 1 Knoblauchzehe, 1 Zweig Rosmarin, 80 g Butter, 250 g Reis (Arborio, Carnaroli oder Vialone), 1/2 Flasche Barolo, 1 l Fleischbrühe, geriebener Parmesan, Salz, Pfeffer, Muskatnuss. Zubereitung: Zwiebel und Knoblauch klein schneiden, in der Kasserolle mit der halben Menge Butter andünsten, Rosmarin klein hacken und dazugeben. Den Reis einstreuen und umrühren. Barolo dazugießen und bei kleiner Flamme weiterrühren. Nach und nach die heiße Brühe hinzufügen und beständig rühren. Der ganze Vorgang dauert 20 bis 25 Min., der Reis sollte noch Biss haben. Schließlich die restliche Butter unterheben, mit Salz, Pfeffer und Muskatnuss würzen. Servieren und am Tisch pro Teller etwa 10 g weiße Trüffeln darüber hobeln – aber bitte zügig und ohne umständlich zu wiegen, nach der Devise: lieber warm als zu wenig.

Roero

Weinbauregion mit 25 Gemeinden auf der linken Seite des Flusses Tanaro (rund um Canale, s. dort). Der rote Roero wird aus Nebbiolo gekeltert, kommt oft bereits im Jahr nach der Weinlese auf den Markt. Seit dem Jahrgang 2005 als DOCG anerkannt und strengen Produktionsrichtlinien genügend.

Enoteca Regionale del Roero

Canale, Via Roma 57, Tel. 01 73 - 97 82 28, www.enotecadelroero.it

Roero Arneis

Im Trend liegender, oft markanter, würziger Weißwein aus dem Weinbaugebiet Roero. Die traditionsreiche Arneis-Traube hieß früher Nebbiolo bianco, wurde sogar beim roten Roero mit dem Nebbiolo verschnitten. Heute überzeugt ein guter Arneis durch eine feine Balance von Aroma, Säure und Alkohol – die häufig auch eingeschworenen Rotweintrinkern zusagt. Bekannte Hersteller sind unter anderem Matteo Correggia, Cornarea, Pio Cesare, Bruno Giacosa.

San Giovanni d'Asso

Das toskanische Dorf, in der Crete Senesi südlich von Siena gelegen, steht im Spätherbst ganz im Zeichen des Tartufo bianco. An zwei Wochenenden im November gibt es einen ***Trüffelmarkt***, auf dem auch Weine probiert werden und ausgelassen gefeiert wird. Und im ersten Trüffelmuseum Italiens können sich Besucher das ganze Jahr über fortbilden.

Trüffelmarkt

www.assotartufi.it

Museo del Tartufo

Piazza Gramsci 1, Tel. 05 77 - 80 32 68,

www.museodeltartufo.it

San Miniato

Die Region rund um den Ort San Miniato (bei Pisa) ist berühmt für weiße Trüffeln aus der Toskana (mit eigener DOC). Auch bei Siena (s. San Giovanni d'Asso) und in der Maremma werden Tartufi bianchi gefunden.

Sassicaia

So heißt der Wein, der im Roman die große Leidenschaft von Hubertus Rettenstein war und ihm schließlich zum tödlichen Verhängnis wurde. Schon das weiße Etikett mit der blau-goldenen

Kompassrose lässt Weinkenner weltweit in Verzückung geraten. Der Sassicaia ist nicht nur die berühmteste Rotweinmarke der Toskana, sondern wohl ganz Italiens. Er ist (leider) nicht nur teuer, sondern auch außerordentlich knapp. Der Name leitet sich von den vielen Steinen (sassi) im Boden des Weinbergs ab. Das Weingut ***Tenuta San Guido*** liegt bei Bolgheri und gehört dem Marchese Nicolò Incisa della Rocchetta. Kreiert wurde der Sassicaia (Cabernet Sauvignon) von seinem Vater, Marchese Mario Incisa. Zunächst war der Wein nur für den privaten Gebrauch bestimmt. Erst 1968 kam der Sassicaia kommerziell auf den Markt und galt sofort als Sensation. Zehn Jahre später schlug er in einem Vergleich alle anderen Cabernets der Welt. Heute ist der Sassicaia (80 bis 85 Prozent Cabernet Sauvignon, Rest Cabernet Franc), der in französischen Barriquefässern (zwei Jahre) zu seiner großen Klasse findet, eine Legende unter den neuen Weinen Italiens. Der einstige Revolutionär hat mittlerweile eine eigene DOC: Sassicaia di Bolgheri. Zweitwein: Guidalberto (Cabernet/Merlot/Sangiovese).

Tenuta San Guido
Bolgheri, Tel. 05 65 - 76 20 03,
www.sassicaia.com

Savigno

Das Dorf Savigno, südlich von Bologna und Modena gelegen, lohnt im Herbst einen Besuch wegen des authentischen Trüffelmarktes. Hier kann man schnell feststellen, dass die Trüffeln aus der Emilia-Romagna jenen aus dem Piemont kaum (wenn überhaupt) nachstehen. Kulinarisch lässt sich diese Erfahrung bei einem Essen in der unter Trüffelfreunden hochgelobten ***Trattoria Amerigo*** vertiefen.

Trattoria Amerigo
Via Marconi 14/16, Tel. 051 - 6 70 83 26,
www.amerigo1934.it

Scorzone

(s. Tartufo estivo)

Serralunga d'Alba

Ein Besuch Serralungas im Barolo-Gebiet lohnt nicht nur wegen des historischen Ortskerns und der hoch aufragenden Burg der Marchesi Faletti, man kann sich im Jagdhaus des Weinguts ***Fontanafredda*** mit der legendären Liebesaffäre der Bela Rosin mit Vittorio Emanuele II. vertraut machen, die Besonderheiten des Barolo Chinato (s. dort) ergründen, einen Digestivo zu sich nehmen, der in Serralunga vom Apotheker Giuseppe Cappellano im 19. Jahrhundert erfunden wurde (und deshalb auch als »Heilmittel« angesehen wird), sowie in der ***Bottega del vino*** die örtlichen Weine degustieren.

Bottega del vino
Via Foglio 1
Fontanafredda
Via Alba 15, Tel. 01 73 - 61 31 61,
www.fontanafredda.it

Slow Food

Als Reaktion auf die sich auch in Italien ausbreitenden Fast-Food-Lokale wurde 1986 vom piemontesischen Journalisten Carlo Petrini die Slow-Food-Bewegung ins Leben gerufen. Im Zeichen der Schnecke als Sinnbild der Langsamkeit wendet sich Slow Food gegen die ungebotene Eile auch bei der Nahrungsaufnahme, gegen industriell hergestellte und global vereinheitlichte Nahrungsmittel und erst recht natürlich gegen Fertiggerichte. Stattdessen wird eine kulinarische Kultur propagiert, die auf unverfälschten Genuss, auf regionalen und natürlichen Produkten gründet, die sich für die Zubereitung der Gerichte die nötige Zeit nimmt, althergebrachte Traditionen und Rezepte pflegt sowie dem Gang der Jahreszeiten folgt. Mittlerweile ist Slow Food eine internationale Organisation mit Sitz

im piemontesischen Bra. Von hier werden die vielfältigen Aktivitäten gesteuert, zu denen politische Einflussnahme (unter anderem für eine nachhaltige Landwirtschaft) und die Veranstaltung von Lebensmittelmessen zählen (zum Beispiel alle zwei Jahre der »Salone del Gusto« in Turin), die Herausgabe von Büchern (unter anderem der Restaurantführer *Osteria d'Italia* und der Weinführer *Vini d'Italia/ Gambero Rosso*) und die Durchsetzung von Gütesiegeln (DOP = Denominazione di Origine Protetta). In Bra gibt es eine Slow-Food-Universität (mit Restaurant). Man kann bei Slow Food Mitglied werden und sich regionalen Convivien (Tafelrunden) anschließen.
Slow Food
www.slowfood.de
www.slowfoodfoundation.com

Sommertrüffel
(s. Tartufo estivo)

Tagliata con tartufo bianco
Dieses Gericht zeichnet sich durch seine vornehme Schlichtheit aus. Zutaten: 500 g Rinderlende, Olivenöl, Salz, Pfeffer, weiße Trüffel, Rucolasalat. Zubereitung: Rinderlende im Ganzen von allen Seiten in einer Pfanne in Olivenöl anbraten, salzen, pfeffern. In einer Reine im Backofen bei ca. 100 Grad etwa 30 Min. garen, mit dem erklärten Ziel, dass die Lende innen rosa bleibt. In dünne Scheiben schneiden, auf einem Bett von Rucola anrichten. Rasch Trüffel darüberhobeln. Als Beilage genügt ein regionales Bauernbrot.

Tajarin con tartufo
Die für das Piemont typischen Bandnudeln heißen Tajarin (abgeleitet von Tagliarini) und ähneln den Tagliatelle aus der Emilia-Romagna, sind aber feiner geschnitten. Sie eignen sich vortrefflich als Unterlage für Trüffeln. Zutaten: 300 g Tajarin, 1/4 l Geflügelbrü-

he, 1/2 l Sahne, Salz, Pfeffer. Zubereitung: Geflügelbrühe und 1/4 l Sahne kochen und etwa auf die Hälfte reduzieren. Die restliche Sahne steif schlagen. Die Tajarin in Salzwasser »al dente« kochen und abgießen. Die Geflügelbrühe mit der geschlagenen Sahne und den Tajarin mischen, mit Salz und Pfeffer abschmecken. Die Tajarin anrichten – und den Trüffelhobel zum Einsatz bringen!

TartufLanghe

Unter den Firmen rund um Alba, die sich auf die Konservierung von Trüffeln und ihre Weiterverarbeitung spezialisiert haben, erfreut sich TartufLanghe eines besonderen Rufs. Bei Domenica Bertolusso und ihrem Mann Beppe ergänzen sich langjährige Erfahrungen sowohl im Trüffelhandel als auch in der Spitzengastronomie. Mit ausgefeilter Technik werden Trüffeln weiterverarbeitet unter anderem zu Tagliatelle, Risotto, Polenta, Bechamel, Fonduta-Käsesauce, Trüffelbutter und Trüffelöl. Außerdem werden frische Trüffeln in die ganze Welt verschickt.

TartufLanghe
Piobesi d'Alba, Loc. Catena Rossa 7, Tel. 01 73 - 36 26 27,
www.tartuflanghe.com

Tartufo bianco

Der Tartufo bianco beziehungsweise die weiße oder graue Alba-Trüffel alias Herrentrüffel heißt auf Lateinisch Tuber magnatum Pico. Sie ist die Königin unter den Trüffeln, mit Abstand die teuerste, mit ausgeprägtem Aroma und weltweiter Fangemeinde. Roh über einfache Speisen (wie Rühreier oder Pasta) gehobelt, bringt der Tartufo bianco seine olfaktorische Urgewalt am besten zur Geltung. Die Trüffelart hat ihre Heimat im Piemont (Langhe, Monferrato …), kommt aber in ganz Norditalien vor, so zum Beispiel in Ligurien, der Lombardei, in der Emilia-Romagna und in der Toskana (s. San Miniato). Auch wird sie in Istrien gefunden, von wo sie gelegentlich kostensteigernd zur Alba-Trüffel mutiert. Kenner unterscheiden weiße Trüffeln nach ihren Wirtspflanzen (s. Trüffeln), wobei Eichen (bräunlicher) und Pappeln (heller) am höchsten eingeschätzt werden. Die Reifezeit reicht von Ende September bis Dezember. Obwohl die Trüffelfeste im Piemont bereits Anfang Oktober ihren (touristisch bedingten) Höhepunkt haben, findet man die besten Trüffeln erst im November. Wobei die Regel gilt, dass gute Trüffeljahre meist schlechte Weinjahre sind – und umgekehrt. Einfach deshalb, weil viel Niederschlag im August und September dem Wein wenig zuträglich ist, dagegen zwei Monate später die Trüffelsucher beglückt.

Tartufo d'estate
(s. Tartufo estivo)

Tartufo di Bagnoli
Die schwarze und intensiv riechende Bagnoli-Trüffel (Tuber mesentericum) ist in Mittel- und Süditalien heimisch und wird dort im Herbst und Winter gefunden.

Tartufo estivo
Das »estivo« steht für Sommer (Tuber aestivum). Tatsächlich schlägt die Sommertrüffel die jahreszeitliche Brücke vom Tartufo nero pregiato und dem nachfolgenden Bianchetto bis zum Tartufo bianco, mithin vom Mai bis hinein in den Dezember. Da sich der Scorzone (umgangssprachliche Bezeichnung) im Herbst mit dem Tartufo bianco überschneidet, erweist es sich als Vorteil, dass er zwar innen ähnlich hell, aber außen schwarz ist – also nicht verwechselt werden kann. Den Tartufo estivo gibt's in ganz Norditalien, in Spanien, Frankreich, sogar in Nordafrika. Er ist im Aroma recht zurückhaltend (bis neutral), duftet zuweilen nach Steinpilzen oder Nüssen. Seine Beliebtheit in der Gastronomie resultiert aus dem relativ niedrigen Preis und der fast ganzjährigen Verfügbar-

keit. Im Zusammenspiel mit Trüffelöl kann der Scorzone immerhin Illusionen wecken und die Vorfreude auf die eigentliche Trüffelsaison im Herbst steigern.

Tartufo nero invernale

Der Tartufo nero invernale (invernale = Winter) heißt auf Lateinisch Tuber brumale Vitt. und wird von Dezember bis März gefunden. Außen schwarz und innen dunkel (mit weißen Adern!), könnte diese Wintertrüffel optisch mit dem sehr viel wertvolleren Tartufo nero pregiato beziehungsweise Périgord-Trüffel verwechselt werden. Spätestens beim Duft und im Geschmack wird der Klassenunterschied offenbar. Im günstigsten Fall verdient sie den ebenso gebräuchlichen Namen Tartufo moscato, oft lassen aber mehr oder weniger intensive Bitumen-Ausdünstungen erkennen, warum diese Trüffel auch Tartufo bitumoso genannt wird.

Tartufo nero liscio

Das »liscio« im Namen steht für »glatt« und beschreibt die gegenüber dem Tartufo estivo relativ gleichmäßige Oberfläche dieser außen dunklen und innen meist hellbraunen Trüffel (Tuber macrosporum Vitt.). Saison ist im Spätherbst.

Tartufo nero pregiato

»Pregiato« heißt »wertvoll«. Dieser Zusatz im Namen ist wichtig, um diese Trüffel von all den anderen schwarzen Trüffeln zu unterscheiden. Beim Tuber melanosporum Vitt. (melano = schwarz), der gattungsmäßig identisch ist mit dem französischen Périgord-Trüffel (s. dort), handelt es sich um die zweitteuerste Trüffelart. Ihre Saison schließt sich mit Dezember bis Februar/März dem Tartufo bianco an. Sie ist außen schwarz und innen je nach Ausprägung dunkelgrau bis schwarz oder dunkelbraun. Im Unterschied zum Tartufo bianco, der roh über die Speisen gehobelt wird, eignet sich diese Trüffel auch zum Kochen. Was vor allem darin begründet liegt, dass der echte Tartufo nero weniger vom Geruch geprägt wird, sondern primär über die intensiven Geschmacksnoten. Weiteres Synonym: Norcia-Trüffel beziehungsweise Tartufo di Norcia (s. Umbrien).

Tartufo rosso

Diese Trüffel ist zum Verzehr nicht geeignet. Sie wird hier nur deshalb aufgeführt, um exemplarisch aufzuzeigen, dass es auch giftige (wenngleich nicht tödliche) Trüffeln gibt.

Tignanello

Der Kultwein Tignanello kommt aus dem Hause Antinori, ist ein Verschnitt von primär Sangiovese mit etwas Cabernet Sauvignon, wird in Barriques ausgebaut und gilt als Urvater der Super-Toskaner.

Torrone

Eine süße piemontesische Spezialität (italienischer Nougat), die ihre Heimat in der Langhe hat. Sie besteht aus Haselnüssen, Honig und Zucker. Maresciallo Viberti legt großen Wert darauf, dass der Haselnussanteil (der Sorte Tonda e gentile) mindestens 50 Prozent beträgt.

Torrone-Parfait

Dieses schicksalhafte (halb gefrorene) Dessert gönnt der Maresciallo seinen Gästen anlässlich ihres finalen Zusammentreffens. Zutaten: 3 Eigelb, 80 g Zucker, Abrieb von 1/2 Zitrone, 3 EL Orangenlikör, 1 Messerspitze geriebener frischer Ingwer, 200 g Torrone, 200 g süße Sahne. Zubereitung: Eigelb und Zucker schaumig rühren. Zitronenabrieb, Orangenlikör und Ingwer untermischen. Torrone klein hacken (mühsam) und zu der Masse geben. Sahne steif schlagen und unterheben. Eine rechteckige Kastenform mit Klarsichtfolie auslegen und das Parfait einfüllen. Einige Stunden ins

Gefrierfach stellen. Zum Servieren stürzen, Folie entfernen und das halb gefrorene Parfait in Scheiben schneiden.

Torta di noci

Dieser im Piemont hochgeschätzte Haselnusskuchen wird (auch nach dem alten Familienrezept von Maria Battardi) »senza farina«, also ohne Mehl gebacken. Zutaten: 6 Eigelb, 6 Eiweiß, 200 g Puderzucker, Abrieb einer unbehandelten Zitrone, Mark einer Vanilleschote, 1/2 TL Zimt, ein Gläschen Amaretto (Mandellikör), 200 g geriebene Haselnüsse, eine Prise Salz. Zubereitung: Eigelb mit dem Puderzucker schaumig rühren. Vanillemark, Zitronenabrieb, Zimt und Amaretto hinzufügen. Geriebene Haselnüsse unterrühren, das Eiweiß mit einer Prise Salz steif schlagen und unter die Masse heben. Eine Springform mit Butter einfetten, den Teig einfüllen und auf der mittleren Einschubleiste im vorgeheizten Backofen bei 170 Grad ca. 40 Min. backen. Abkühlen lassen und mit Puderzucker bestreuen.

Toskana

Zypressenalleen, Renaissance-Paläste, der David von Michelangelo, der Palio in Siena, der schiefe Turm in Pisa – beim Stichwort Toskana mangelt es nicht an spontanen Assoziationen. Bei Weinliebhabern kommt wahrscheinlich reflexartig ein Brunello di Montalcino in den Sinn, ein Vino Nobile di Montepulciano, ein Tignanello, Ornellaia oder Sassicaia (s. dort) oder ein renommierter Chianti Classico. Vor allem rund um die Orte San Miniato und San Giovanni d'Asso (s. dort) erweist sich die Toskana zudem als formidable Trüffelregion. Ein Klassiker: das Bistecca fiorentina mit darübergehobelter weißer Trüffel.

Treiso

Fährt man westlich von Alba ins Barbaresco-Gebiet, hat man in Tre Stelle die Wahl zwischen drei Straßen. Eine führt nach Neive, die andere nach Barbaresco – und die dritte hinauf nach Treiso. An mittelalterlichem Charme kann es Treiso mit den beiden anderen Orten leider nicht aufnehmen, trotz der Pfarrkirche Dell'Assunta, des Klosters Confraternita dei Battuti und einer überlieferten 5000-jährigen Geschichte bis zurück in die Jungsteinzeit. Dafür hat Treiso etwas anderes zu bieten, nämlich einen herrlichen Ausblick auf die weite Landschaft, über die Hügel der Langhe bis ins Roero-Gebiet und auf die schneebedeckten Berggipfel der Westalpen. Und für Feinschmecker lohnt sich die Anfahrt schon wegen des (Sterne-)Restaurants ***La Ciau del Tornavento***. Hier haben Hipp und Sabrina schon im Roman *Vino Criminale* gespeist, und auch in diesem Buch finden sie den Weg nach Treiso. Auf der Terrasse und im verglasten Restaurant des Tornavento lassen sich die Genüsse des Fernblicks mit denen der Küche und des Weinkellers in Einklang bringen. Mit ***Pelissero*** und ***Fiorenzo Nada*** hat Treiso zudem zwei hervorragende Erzeuger von Barbaresco zu bieten.

La Ciau del Tornavento (Ristorante)
Piazza Baracco 7, Tel. 01 73 - 63 83 33,
www.laciaudeltornavento.it
(Ruhetag: Mittwoch und Donnerstag mittags)

Fiorenzo Nada
Via Ausario 12c, Tel. 01 73 - 63 82 54,
www.nada.it

Pelissero
Via Ferrere 10, Tel. 01 73 - 63 84 30,
www.pelissero.com

Trifolao

So wird im Piemont der Trüffelsucher genannt (im sonstigen Italien: Tartufaio, Cercatore oder Cavatore). Er muss vor der Forstbehörde eine Prüfung abgelegt haben und über eine entsprechende Erlaubnis (Tesserino) verfügen. In Begleitung seines Hundes macht er sich oft noch in der Nacht auf die Suche, ausgerüstet mit einer Laterne, mit einer Hacke, die im Piemont Sapin genannt wird (Zappa), und einem Barot, dem Trüffelstock. Nicht zu vergessen eine Weste mit vielen Taschen, um die gefundenen Trüffeln zu verstauen. Für den Hund wird als Belohnung in ausreichender Menge Hundekuchen bereitgehalten. Bei der Pirsch im Wald dirigiert der Trifolao seinen Hund üblicherweise mit dem Barot und Kommandos wie: guarda bene (such gut), guarda qui (such hier), prendilo (hol ihn raus), aspetta (warte). Im piemontesischen Dialekt: baica bin, baica sí, pijlo, speta sí!

Trüffel

Dem ebenso faszinierenden wie komplizierten Thema Trüffel kann man sich kulinarisch nähern oder wissenschaftlich nüchtern. Selbstverständlich ist die kulinarische Methode weitaus lustbringender: eine weiße Alba-Trüffel, in dünnen Scheiben über Tagliolini gehobelt, ein intensives Aroma verströmend, die Sinne betörend … Wissenschaftlich betrachtet, handelt es sich bei der Trüffel (die entgegen häufigem Sprachgebrauch weiblichen Geschlechts ist) um einen Schlauchpilz, der im Falle der weißen Alba-Trüffel (Tartufo bianco) den lateinischen Namen Tuber magnatum Pico trägt – nach dem Turiner Botaniker Vittorio Pico. Trüffeln wachsen unter der Erde am Fuße von Bäumen, die ihnen als Wirtspflanzen dienen und mit deren Wurzeln sie über ein Fadengeflecht (Myzel) verbunden sind. Strenggenommen sind die Trüffeln die Fruchtkörper (Sporokarpen) dieser Pilze, die aus den Bäumen lebenswichtige Substanzen wie Zucker beziehen, umgekehrt ihre Wirtspflanze mit Mineralstoffe aus dem Erdreich versorgen. Diese Wechselbeziehung ist insofern von kulinarischem Interesse, als die Bäume (vor allem Eichen, Weiden, Linden, Pappeln, Haselnussbäume) das Aussehen sowie die Duft- und Geschmacksnote der Trüffeln prägen. So ist ein Tartufo bianco vom Fuße einer Eiche im Farbton bräunlicher und im Aroma intensiver als ein Artgenosse von der Pappel, der womöglich heller ist und glatter in der Oberfläche. Diese Differenzierung ist allerdings schon die hohe Schule und selbst von Experten oft nicht eindeutig nachzuvollziehen. Viel wichtiger ist es, die Trüffelarten insgesamt auseinanderzuhalten. Rund zweihundert soll es auf der Welt geben, fast alle kann man getrost ignorieren. Wobei man nicht so weit gehen muss wie Maresciallo Viberti, der als aufrechter Patriot nur die weiße Alba-Trüffel gelten lässt. Folgende drei Sorten sollte man in jedem Fall zu unterscheiden wissen (genauere Beschreibungen unter den Stichwörtern): die weiße Alba-Trüffel beziehungsweise den Tartufo bianco (s. dort) mit Saison von Ende September bis Dezember. Den Tartufo nero pregiato (s. dort), also die schwarze Wintertrüffel, die der französischen Périgord- beziehungsweise der Norcia-Trüffel (s. dort) entspricht, mit Saison von Dezember bis Februar/März. Sowie die schwarze Sommertrüffel beziehungsweise den Tartufo estivo (s. dort) oder Scorzone, die man von Mai bis Dezember findet. Üblicherweise wird man in der Gastronomie vor allem mit diesen drei Trüffelarten konfrontiert, wobei der Tartufo estivo aromamäßig und demzufolge auch preislich deutlich abfällt. Zur Unterscheidung: Der Tartufo bianco ist außen und innen hell, der Tartufo nero pregiato außen und innen dunkel, der Tartufo estivo außen dunkel und innen hell – weshalb er äußerlich dem Tartufo nero pregiato ähnlich sieht, gehobelt mit dem Tartufo bianco verwechselt werden kann. Neben diesen drei Trüffelarten wären noch zu erwähnen der Bianchetto, der Tartufo nero invernale und der Tartufo nero liscio (alle s. dort). Darüber hinaus gibt es natürlich viele weitere Trüffelarten, die sich in Italien, Frankreich oder Spanien regionaler Beliebtheit erfreuen und zur allgemeinen Verwirrung beitragen. Da selbst die Alba-Trüffeln nicht nur in Alba wachsen und im Piemont, sondern unter anderem auch in den Marken, der Toskana, der Emilia-Romagna oder in

Istrien, sind wundersame (und preissteigernde) Verwandlungen ihrer Herkunft an der Tagesordnung. Wenn sich unter wertvolle schwarze Trüffeln optisch ähnliche, aber geschmacklich nichtssagende Himalaya-Trüffeln (s. dort) mischen, dann darf hinter dieser Verwechslung kriminelle Absicht vermutet werden. Zu Alibizwecken im meist synthetisch aromatisierten Trüffelöl schwimmend, ist die Himalaya-Trüffel indes legal, muss aber auf dem Etikett mit dem lateinischen Namen ausgewiesen werden. Die Kalahari-Trüffeln (s. dort) werden nicht nur in der gleichnamigen Wüste in Namibia gefunden, sondern auch in arabischen Ländern, und unterscheiden sich in Konsistenz und Aroma deutlich von den »klassischen« Trüffelarten. Noch ein Wort zu Deutschland. Auch hierzulande werden gelegentlich Trüffeln gefunden, aber leider nicht die edlen aus dem Mittelmeerraum, und außerdem stehen sie unter Naturschutz und dürfen nicht verkauft werden. Im besten Fall handelt es sich um Burgundertrüffeln (s. dort), auch werden erste Versuche mit Trüffelplantagen gemacht. Weiterführende Infos zu den verschiedenen Trüffeln gibt es unter den jeweiligen Stichwörtern – und versteckt im Roman. Zu den Preisen: Dass Trüffeln teuer sind, vornehmlich die Tartufi bianchi, ist allgemein bekannt. Nicht von ungefähr werden sie häufig als »teuerstes Lebensmittel« apostrophiert. Wie teuer sie sind, ist pauschal schwer zu sagen. Trüffelpreise schwanken stärker als Aktienkurse. Weiße Trüffeln aus der Region Alba sind üblicherweise am teuersten, jene aus Süditalien am preiswertesten. Der Trüffelpreis wird gemeinhin auf ein Kilo bezogen, auch wenn dieses Gewicht eher theoretischer Natur ist. Da man zum Darüberhobeln (alla grattata) pro Teller mit etwa 10 Gramm Trüffeln rechnen sollte, zieht man am besten vom Kilopreis zwei Nullen ab, dann hat man den ungefähren Preis für eine normale Portion. Natürlich kosten Trüffeln im Restaurant am meisten, im Feinkostladen etwas weniger, in Italien sind sie oft (aber nicht immer) günstiger zu haben. Der

Tartufo nero pregiato beziehungsweise die Périgord-Trüffel kostet in der Regel rund ein Drittel der weißen Trüffel (wobei die französische im Verhältnis etwas teurer ist). Und die Sommertrüffel (Scorzone) liegt bei unter 10 Prozent des Tartufo bianco. Einen Sonderpreis erzielen die spektakulären Riesentrüffeln, über die immer wieder in den Medien berichtet wird. Ihr Wert orientiert sich nicht am üblichen Kilopreis, sondern ist das Ergebnis großer Versteigerungen (mit gemeinnützigem Hintergrund).

Trüffelbutter

Wird als eine der besten Methoden angesehen, die Aromen von Trüffeln zu bewahren. Trüffelbutter ist nicht nur im Handel erhältlich, sondern lässt sich auch gut selbst herstellen (gehobelte und klein gehackte Trüffeln, es dürfen auch Sommertrüffeln sein, mit weicher Butter verrühren), dann einfrieren und irgendwann zum Beispiel auf heißen Tagliatelle zerfließen lassen.

Trüffelcreme

Im besten Fall wird die im Handel erhältliche Trüffelcreme (Crema di tartufo) aus weißen Tartufi hergestellt, um mit ihr unter anderem Nudelgerichte kulinarisch aufzuwerten. Weniger werthaltig ist die Crema di tartufo nero estivo, also jene von der Sommertrüffel. Grundsätzlich ist die Trüffelcreme aber eine gute Sache, die zur Verfeinerung etwa von Pasta oder Risotto von vielen Kennern dem Trüffelöl vorgezogen wird.

Trüffelhistorie

Gerne wird erzählt, dass die alten Römer zwar nicht die Gabel kannten (jene verdanken wir den Venezianern), sehr wohl aber den Trüffelhobel. Was womöglich wenig innovativ war, denn schon von den noch viel älteren Babyloniern und von Ägyptens Pharao Cheops ist überliefert, dass sie geradezu trüffelsüchtig waren. Auch bei den antiken Griechen sind mit Theophrastos und Galenus prominente Trüffelliebhaber bekannt, wobei letzterer sogar aus medizinischer Sicht die aphrodisierende Wirkung des Schlauchpilzes beschrieben hat. Im alten Rom waren es schließlich Apicius (Autor des ältesten Kochbuchs) und der Konsul Lucullus, die sich kulinarisch mit der richtigen Verwendung (roh gerieben, gekocht oder gebraten) von Trüffeln auseinandersetzten. Im 16. Jahrhundert hatte die schöne Lucrezia Borgia ein Faible für schwarze Trüffeln. Und Caterina de' Medici gebührt bekanntermaßen das Verdienst, die italienische Küchenkultur im Allgemeinen (und Rezepte mit Trüffeln im Speziellen) bei ihrer Verehelichung mit Henri II. nach Frankreich gebracht zu haben. Zu den historisch verbürgten Trüffelfreunden zählte ein Casanova ebenso wie die Madame Pompadour (und ihr Geliebter, König Ludwig XIV). Napoléon soll durch einen seiner Offiziere auf den Geschmack gekommen sein. Der junge Mann schaffte es, bei jedem Heimaturlaub einen Sohn zu zeugen. Napoléon war schwer beeindruckt und fragte ihn nach seinem Geheimnis. Der Offizier, er stammte aus dem Périgord, verriet es ihm: Trüffeln in Champagner! Wenig später wurde Marie Louise von Napoléon schwanger. Der Verzehr von Trüffeln hat also eine lange Tradition, nicht nur kulinarische Motive und namhafte Protagonisten. Dabei ist der heutige Kult vor allem einem Mann zu verdanken. 1928 erwarb ein gewisser Giacomo Morra das Hotel Savona in Alba. Er sollte zum unumschränkten »Re dei tartufi« werden, indem er die Trüffeln auch kommunikativ nach allen Regeln der Kunst vermarktete, die erste Trüffelmesse initiierte und begann, im Auftrag von Alba prominenten Persönlichkeiten aus aller Welt jedes Jahr die größte gefundene Trüffel zum medienwirksamen Geschenk zu machen. So kam der amerikanische Präsident Truman (1951) in den Genuss einer monströsen Trüffel von über 2 Kilo. Zum illustren Kreis der Empfänger gesellten sich im Laufe der Jahre unter anderem Marilyn Monroe, Winston Churchill, Rita Hayworth, John F. Kennedy und Brigitte Bardot.

Trüffelhunde

In Italien sind Schweine zur Trüffelsuche aus gutem Grund verboten: Sie wühlen den Boden auf (wo dann so schnell keine Trüffel mehr wächst) und fressen die Tartufi am liebsten selbst. Hunde geben sich dagegen als Prämie mit Hundekuchen zufrieden und folgen (mehr oder weniger) den Befehlen des Trifolao (s. dort). Beliebt sind Mischlinge, weil sie als robuster gelten, außerdem Bracke, Setter oder Breton. Wenn es überhaupt einen klassischen Trüffelhund gibt, dann ist es der wuschlige Lagotto Romagnolo. Dass viele Trüffelsucher besonderen Wert auf weiße Hunde legen, hat einen simplen Grund – sie sind bei der nächtlichen Suche besser zu sehen. Wichtig ist die Ausbildung der Hunde. In Roddi bei Alba gibt es sogar eine »Hundeuniversität« (mit kleinem Museum), die in der vierten Generation von Giovanni Monchiero geführt wird und in der den »Cani da tartufo« die erforderlichen Fähigkeiten beigebracht werden.

Università dei Cani da Tartufo (Museo)
Roddi, Via Carlo Alberto 13, Tel. 01 73 - 61 51 56

Trüffelkonservierung

Weil es die wertvollen weißen und schwarzen Trüffeln unglückseligerweise nur im Herbst und im Winter gibt, wird natürlich versucht, sie für die anderen Jahreszeiten zu konservieren. Um es gleich vorweg zu sagen: Eine frische Trüffel wird immer besser sein. Aber immerhin gelingt es einigen wenigen Firmen, die Trüffeln in guter Qualität (»naturale« oder mit Olivenöl) in Gläsern und Dosen anzubieten. Fast noch interessanter sind die vielen »Prodotti«, die von ihnen aus Trüffeln gewonnen werden, zum Beispiel Crema di tartufo (s. Trüffelcreme), Peperoni tartufati, Burro con tartufi (s. Trüffelbutter), getrüffelter Reis für Risotto, Polenta, Miele al tartufo (Trüffelhonig) sowie Tagliolini mit Trüffeln. Alles hervorragende Mitbringsel von einer Reise nach Italien – aber erfreulicherweise auch in deutschen Landen erhältlich. Etwa von ***TartufLanghe***, ***Inaudi*** oder ***Appennino***.

Appennino
(s. La Bilancia)

Inaudi
Borgo San Dalmazzo, Corso Mazzini 148,
www.inaudi.com

TartufLanghe
(s. dort)

Trüffelmesse
(s. Alba)

Trüffelöl
Beim Trüffelöl gibt es dramatische Qualitätsunterschiede. Häufig ist einfaches Olivenöl schlicht mit synthetischen Aromastoffen versetzt worden. Ein im Öl schwimmendes Trüffelfragment mag allenfalls eine Alibifunktion haben. Wenn sich auf dem Etikett wie häufig der Hinweis »Tuber indicum« findet, handelt es sich um die weitgehend geruchsneutrale Himalaya-Trüffel. Am anderen Ende der Qualitätsskala stehen ausgezeichnete und entsprechend teure Trüffelöle aus hochwertigem Olio extra vergine, das sein Aroma frischen weißen Trüffeln verdankt – aber wohl auch hier nur in den seltensten Fällen ganz ohne Aromastoffe auskommt. Bei Verwendung des Trüffelöls ist hinsichtlich der Dosierung eine diskrete Zurückhaltung anzuraten.

Trüffelpralinen
Die meisten Trüffelpralinen tragen ihren Namen streng genommen zu Unrecht, weil sie nämlich nie in Kontakt mit Trüffeln kamen.

Natürlich können sie dennoch ganz vorzüglich schmecken. Aber »echte« Trüffelpralinen enthalten neben (Zartbitter-)Schokolade und Haselnusskrokant auch Anteile von schwarzen Trüffeln (Tuber melanosporum).

Trüffelrezepte

Wenn es um Rezepte für den Tartufo bianco geht, hat Viberti vier unumstößliche Grundsätze. Erstens: Es gibt überhaupt keine Trüffelrezepte! Zweitens: Denn man kann die Trüffel über jede erdenkliche Speise hobeln! Drittens: Dies hat in ausreichender Menge zu erfolgen (10 Gramm pro Person, es darf ruhig mehr sein)! Viertens: Die einfachsten Gerichte sind die besten! Wie immer (wenn es um Essen und Trinken geht) hat der Maresciallo recht. Vielleicht das beste »Trüffelrezept« überhaupt ist ein simples Spiegelei (Uova al tegame) oder Rührei (Uova strapazzate) mit hauchdünn darübergehobelten Scheiben von der weißen Alba-Trüffel. Die Wärme lässt den Duft förmlich explodieren. Auch frisch geröstetes Brot mit Olivenöl (Bruschetta) ist eine perfekte Unterlage für den Tartufo. Natürlich Pasta jedweder Art (etwa Tagliatelle beziehungsweise Tajarin oder Fettucine). Und eine Bistecca Fiorentina. Alles möglichst unverfälscht und ohne übertriebene Finesse – diese würde ohnehin vom Trüffelaroma gnadenlos überlagert. Aber auch kalte Gerichte wie ein Carpaccio oder sogar eine Panna cotta oder Vanilleeis werden beim Maresciallo konsequent mit Trüffeln »verfeinert«. Zu den kulinarischen Klassikern des Tartufo bianco zählen folgende Gerichte, deren Zubereitung in diesem Supplemento kurz beschrieben wird: Bruschetta al tartufo bianco, Carne cruda all'Albese, Fonduta al tartufo, Risotto al barolo e tartufo, Tagliata con tartufo bianco, Tajarin con tartufo, Uovo in cocotte con tartufo bianco (alle s. dort). Natürlich darf nicht unerwähnt bleiben, dass auch die schwarze Trüffel viele kulinarische Perspektiven eröffnet. Vielleicht sogar in raffinierterer Weise als bei der weißen, da man sie nicht nur hobeln, sondern mit ihr auch kochen kann. So lässt sich der Tartufo nero pregiato in Suppen oder in Pasta-Saucen einrühren oder als Füllung für Braten oder Geflügel verwenden. Und als Périgord-Trüffel hat sie sich in der Gänseleber (Foie gras) verewigt.

Trüffelschweine

Im Unterschied zu Italien werden Trüffeln in Frankreich gelegentlich noch mit Schweinen gesucht (zum Beispiel im Périgord). Dass man dafür ausschließlich weibliche Schweine zum Einsatz bringt, hat einen einfachen Grund. Der Geruchsstoff der Trüffeln (Androstenon und Androstenol) ist identisch mit dem eines paarungsbereiten Ebers. Was das Trüffelschwein so in Verzückung versetzt, dass es nur noch schwer zurückzuhalten ist. Der Flurschaden ist entsprechend. Ein Effekt, der sich bei Périgord-Trüffeln noch gerade beherrschen lässt, bei intensiver riechenden weißen Trüffeln geraten die Schweine dagegen vollends außer Kontrolle. Da auch der Mensch diese Pheromone riechen kann, leitet sich hier wohl die Mar von der aphrodisierenden Wirkung der Trüffeln ab. Nur müsste in der Analogie die stimulierende Wirkung der Duftstoffe auf Frauen stärker sein. Weshalb es als Mann schon unter diesem Gesichtspunkt falsch wäre, alle Trüffeln selbst zu essen! Jedenfalls ist das traditionelle (und sprichwörtliche) Trüffelschwein auch in Frankreich immer seltener zu finden, denn die Suche mit dem Hund geht sehr viel leichter vonstatten – und er passt besser ins Auto!

Trüffeltransport

Kontrovers wird die Frage diskutiert, wie sich Trüffeln am besten transportieren und lagern lassen. Der häufig gehörten Empfehlung, die Trüffeln in einem Glas mit Reis zu lagern, kann man nur dann zustimmen, wenn man guten Reis möchte. Denn die Trüffeln selbst werden hinterher kaum mehr zufriedenstellen. Grundsätzlich neigen Trüffeln dazu, ihre Aromen an das Umgebungsmedium abzugeben. Was sich durchaus fortsetzen lässt. Tut man später Wachteleier in den Reis, nehmen diese über die Schale den Duft auf, man bekommt also gute Wachtelspiegeleier. Zurück zu den Trüffeln. Bewährt hat sich die Methode, diese locker in Küchenkrepp einzuwickeln und in Kühlboxen aus Styropor zu lagern (mit ein, zwei Kühlelementen) oder in einem luftdichten Schraubglas. Die Trüffeln einzufrieren (am besten einzeln in Alufolie eingewickelt) funktioniert zwar, erhält auch weitgehend den Duft, führt aber zu einer unbefriedigenden weichen Konsistenz. Deshalb sollten sie im noch leicht angefrorenen Zustand gehobelt werden. Trüffeln lassen sich kurzfristig gut vakuumieren oder auch in Olivenöl einlegen. Der beste Rat ist noch immer, die Trüffeln möglichst schnell dem Verzehr zuzuführen. Sie bestehen nun mal zu rund 80 Prozent aus Wasser – und mit der Feuchtigkeit verflüchtigt sich auch das Aroma.

Trüffelzucht

Bei zunehmender Nachfrage, rückläufigen Funden in der freien Natur und entsprechend steigenden Preisen bleibt natürlich nichts unversucht, Trüffeln zu züchten. Wohl um den Mythos zu bewahren, wird nicht allzu gerne über die unbestrittenen Erfolge beim Trüffelanbau geredet. Tatsächlich ist schon die intensiv betriebene Aufforstung in den Trüffelregionen ein erster Ansatz. Wenn die Bedingungen stimmen (Bodenbeschaffenheit, Niederschläge et cetera), kommt es unweigerlich zu vermehrten Trüffelfunden. Dies erst recht, wenn die Setzlinge zuvor mit Trüffelsporen infiziert wurden. Ausgesprochen gut klappt diese Methode beim Tartufo nero pregiato beziehungsweise Périgord-Trüffel, während es die weiße Alba-Trüffel den Züchtern weiterhin ausgesprochen schwer macht und sich auf diese Weise (bislang) ihren Sonderstatus und damit auch hohen Preis bewahrt. Bei den schwarzen Trüffeln aber gibt es vor allem in Spanien und Frankreich ertragstarke Farmen mit bis zu 150 000 infizierten Bäumen. Bereits 80 Prozent aller Périgord-Trüffeln sollen aus dem

Anbau stammen. Auch in Neuseeland und in den USA versucht man sich erfolgreich in der Trüffelzucht. Was übrigens auch nicht ohne kriminelle Zwischenfälle abgeht, denn natürlich lohnt es sich, die umzäunten Plantagen nächtens zu plündern.

Umbrien

Umbrien ist als Trüffelregion allgemein nicht so berühmt wie Piemont, aber gleichwohl von großer Bedeutung mit vor allem schwarzen Trüffeln, aber auch Sommertrüffeln und Tartufi bianchi. Der Name ***Norcia-Trüffel*** als Synonym für den Tartufo nero pregiato beziehungsweise die Périgord-Trüffel geht auf den gleichnamigen Ort in Umbrien zurück. Weitere Hochburgen sind Gubbio mit dem alljährlichen Event »Il tartufo d'oro«, außerdem Valtopina (Mostra mercato), Città di Castello (Mostra del tartufo) und Fabro.

Norcia-Trüffel

www.tartufonerodinorcia.it

Uovo in cocotte con tartufo bianco

Bei dieser Variante der Fonduta al tartufo kommt ein verlorenes (und gut verstecktes) Ei ins Spiel. Zunächst wie beim Rezept für Fonduta (s. dort) eine cremige Käsesauce herstellen. Danach Wasser mit einem Schuss Essig zum Kochen bringen, mit Hilfe einer Suppenkelle ein rohes Ei hineingleiten und so lange stocken lassen, bis das Eiweiß fest ist. Das Ei vorsichtig herausfischen, in eine kleine hitzefeste Form geben, mit der heißen Käsesauce begießen und eine weiße Trüffel darüberhobeln. Im Roman wird Hipp von Viberti im korrekten Verzehr dieser Spezialität unterwiesen. Mit einem kleinen Löffel werden Trüffel, geschmolzener Fontina-Käse und das verlorene (wachsweiche) Ei miteinander verrührt.

Vorwahl für Italien aus Deutschland: 0039 (bei der folgenden Ortsvorwahl die Null grundsätzlich mitwählen)

Der Autor bedankt sich bei allen, die ihm bei seinen Recherchen geholfen, das Manuskript auf Fehler durchgesehen und wertvolle Informationen beigesteuert haben. Ganz besonders bei seiner lieben Verena – nicht nur, aber auch für die köstlichen Rezepte. Bacino!

Alle Angaben in diesem Buch wurden vom Autor mit größter Sorgfalt zusammengestellt. Sollten sich dennoch Fehler eingeschlichen haben, bittet er dies zu entschuldigen. Außerdem unterliegen insbesondere Telefonnummern sowie Angaben zu Restaurants und Hotels häufigen Veränderungen. Der Autor kann keine Verantwortung für die Richtigkeit der Angaben übernehmen. Was die handelnden Personen im Roman betrifft, so sind diese frei erfunden. Jede Ähnlichkeit oder Namensgleichheit mit lebenden Personen wäre rein zufällig und unbeabsichtigt.

Besuchen Sie den Autor auf seiner Website:
www.michael-boeckler.de